에이전트 오렌지

휴먼앤북스
뉴에이지 문학선 12

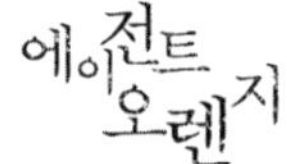

에이전트 오렌지

구현 지음

1판 1쇄 발행 | 2010. 12. 6

발행처 | **Human & Books**
발행인 | 하응백
출판등록 | 2002년 6월 5일 제2002-113호
서울특별시 종로구 경운동 88 수운회관 1009호
기획 홍보부 | 02-6327-3535, 편집부 | 02-6327-3537, 팩시밀리 | 02-6327-5353
이메일 | hbooks@empal.com

값은 뒤표지에 있습니다.
ISBN 978-89-6078-106-1 03810

휴먼앤북스
뉴에이지 문학선 **12**

에이전트 오렌지

구현 장편소설

Agent Orange 목차

네바다 주 사막지대. 황량한 모래벌판이 사방을 에워싸고 있다. 어디 신기루 같은 게 없나, 하고 일행 중 하나가 이마에 차양을 만들어 둘러보지만, 역시나 보이는 건 이 끝부터 저 끝까지 온통 모래뿐이다.

이 허허공공한 미국의 사막 한가운데, 국방색 시에스복을 아무렇게나 걸쳐 입고, 내리쬐는 태양 아래 가쁜 숨을 헐떡이며, 낡은 소총을 어깨에 걸어 멘 한 무리의 군인들이 늙은 낙타처럼 터벅터벅 걸음을 옮긴다. 어깨엔 모래바람에 누렇게 변색된 태극기가 달려 있다.

그들에게 방향과 동선을 지시하는 것은 네 사람의 미군이다. 그들은 돌이킬 수 없는 선을 넘어버린 정신병자들처럼 이 텁텁한 날씨에, 작열하는 태양 볕 아래, 홀딱 벗고 다녀도 시원찮을 모래사막 위에서, 방호복 차림이다.

미친놈들. 한국인 하나가 만면에 미소를 띤 채 말했다. 일행들이 키득키득 웃었다. 미군들은 영문도 모른 채 따라 웃었다. 방호복 때문에 어떤 표정인지는 알 수 없었다. 흑인 대위가 통역을 담당한 군인에게 뭐가 그리 재밌는지 물었다. 실컷 웃고 묻기는, 하고 미친놈이라고 떠들었던 녀석이 여전히 생글거리며 뇌까렸다.

입이 걸걸한 이 사내와는 달리, 통역을 맡은 남자는 제법 품위가 있다. 그는 적당히 둘러댄다. 그냥 좋은 구경이라고, 한국에서는 보기 힘든. 미군이 고개를 끄덕이며 맞장구친다. 아무렴, 한국에선 보기 어렵지. 암, 어렵고말고.

남자는 대위의 대답을 들으며 생각한다. 우리는 지금 여기서 뭘 하고 있는 것일까? 네바다에 도착한 이후, 남자의 머릿속을 떠나지 않는 의문이다. 미군들에게 물어봐도, 단지 훈련의 일종일 뿐이라는 답변만 돌아왔다. 하여간 미군은 세계 최강이라더니, 훈련도 유난스럽군. 사막 행군이라니, 도대체 이걸 우리가 어디다 써먹게 되는 거지, 하고 남자는 의아하다. 한국엔 사막도 없는데.

남자는 이번에도 흑인 대위에게 물었다. 도대체 당신들은 왜 이 무더운 사막에서 방호복을 껴입고 있는 거지? 대위는 이것이 미군의 방식이라고 했다. 사막 훈련을 제대로 하려면 역시 방호복이 필요하지. 그럼 우리는? 남자가 되물었다. 흑인 대위가 뭐 그런 걸 묻느냐는 표정으로 대답했다. 아니, 그럼 이걸 입고 싶단 말이야? 오 갓, 댁들은 미군도 아니잖아.

남자는 고개를 끄덕인다. 그래, 미국에서 훈련받고 있긴 하지만, 그들은 엄연히 한국군이었다. 아, 근데 도대체 이게 무슨 의미냐고. 그는 속으로 의문을 집어 삼킨다. 너무 많은 질문은, 이런 무더위 속에선 짜증만 불러 일으킬 뿐이다. 질문엔 언제나 쿨 하게, 가 모토인 듯한 대위도 방호복 안에 갇혀 여간 고생스러운 게 아닐 테니, 뭐 이쯤 해두자, 라는 생각이 든다. 대위가 어떤 답을 주든, 실제로 달라지는 것도 없을 테니.

남자의 일행은 죄다 늙은 개처럼 축 늘어져 있다. 그나마 기력이 남아 있는 한둘은, 그저 미군들이 알아듣지 못한다는 이유만으로 쓸데없는 욕설이나 조롱 따위를 내뱉고 있다. 간간이 자조적인 웃음이 흐른다. 다들 사막의 냉정한 열기에 이만저만 지친 게 아니다.

그들은 모두 조국의 미래를 이끌 엘리트들이다. 그들이 지금, 이곳에 있다는 것이 가장 분명한 증거다. 꿈의 땅 미국은 언제나 선택받은 자들만이 올 수 있는 곳이니까. 그러니 모래바람에 몸이 서걱거리고 태양에 생살이 부르터도, 이건 자부심을 가져야 할 문제다. 그게 조국이 원하는 거니까, 라고 남자는 스스로를 다그친다.

흑인 대위가 방호복 겉에 찬 시계를 들여다보더니, 갑자기 손을 들어올렸다. 미군들이 일제히 바닥에 넙죽 엎드렸다. 무언가에게 발목을 낚이기라도 한 것처럼, 순식간에 일사분란하게 자빠졌다. 미친놈들, 이젠 아예 생쇼를 해요, 생쇼를. 아까부터 미친놈 소리를 입에 달고 있던 남자의 동료가 혀를 찼다.

그리고 거대한 모래바람이 일었다. 그것은 사막 저 끝, 보이지도 않는 저 어딘가에서 마치 밀물의 파도처럼 스스로 부피를 부풀리며 다가와 일행을 덮쳤다. 모래가 사방에서 솟구쳤다. 미군들처럼, 남자도 휘청거리다 엎어졌다. 모래 입자가 사방에서 서걱거리며 몸을 때렸다. 따끔따끔했다. 모래바람 사이로 정체를 알 수 없는 불쾌한 느낌이 함께 와 닿았다 지나갔다.

그리고 그게 끝이었다. 이내 바람이 잦아들었고, 모두들 아무 일도 없었다는 듯, 몸에 묻은 모래를 툭툭 털며 자리에서 일어났다. 와우, 대단한 바람이었어, 하고 역시나 미친놈 소리 전문이 먼저 입을 뗐다. 하지만 통역을 맡은 남자는 무언가를 느낀다. 뭔가 있었어, 뭔지는 모르겠지만. 그는 망가진 시계를 주물럭거리고 있는 흑인 대위를 바라본다. 아마 그에게 물어봐도 쿨 하게, 뭘 그건 걸, 하고 대답을 회피하겠지.

흑인 대위가 몸을 대충 털더니, 갑자기 껄껄 웃으며 화통하게 외쳤다. 훈련 끝! 한 십 분쯤 몸에 붙은 모래를 털고 있자니, 느닷없이 사막 한가운데로 군용트럭이 질주해왔다. 바퀴에 무슨 짓을 한 건지, 모래 위에서도 스각스각 잘도 달렸다. 트럭이 일행을 태우고는 다시 사막을 가로질렀다. 기습적인 모래돌풍이 지나간 후, 네바다의 사막은 그 어느 때보다도 적막하고 황량했다.

트럭에 올라탄 남자는 여전히 생각에 잠겨 있다. 뭔가, 분명히 뭔가가 달라졌어. 도대체 그게 뭐지?

물론 트럭은, 남자의 고민 따위에 아랑곳하지 않고, 네바다의 공허한 모래사막 위를 매끄럽게 질주했다.

제1부 | 존재미학
Agent Orange

소녀는 지금 어디에

속보 방송의 시그널 음악이 끝나자, 중후한 인상의 앵커가 화면에 등장했다. 그는, 육상대회에 출전해 백 미터를 전력으로 질주한 후, 아차, 방송이 있었지, 하고 다시 전력 질주해 가까스로 스튜디오에 도착한 사람처럼, 가쁜 숨을 몰아쉬며 뉴스의 시작을 알렸다. 꽤나 부산스러운 오프닝이었다.

하지만 그런 부산스러움이 무색하지 않을 만한 뉴스였다. 연이은 속보 경쟁으로 이미 전 국민이 정황을 알고 있는 사건이었지만, 베테랑 앵커의 장중한 목소리는 사안을 새삼 비감스럽게 만들어 주었다. 근 십 년 동안 메인 뉴스의 데스크를 독차지할 수 있도록 해준, 그만의 경쟁력이었다.

아, 인간이 이럴 수 있을까요, 라는 다분히 주관적인 멘트로 앵커는 입을 열었다. 오늘 오전 10시경 서울의 여자 중학교에 복면을 쓴 4인조 강도가 잠입, 수업 중이던 교사와 학생 여덟 명을 잔인하게 살해하고 도주하였습니다. 현재 학생 하나를 인질로 납치한 상태입니다. 백주대낮에 태연하게 벌어진 전대미문의 참혹한 사건, 현장 연결하겠습니다.

다급하게 현장으로 화면을 넘긴 후, 앵커는 넥타이를 살짝 느슨하게 풀었다. 그의 가쁜 숨에는 다 이유가 있었다. 그의 막내딸이 그 문제의 학교를 다니고 있었다. 다행히 사건 현장에 있었던 건 아니지만, 딸이 받았을 정신적 충격과 그로 인해 파생될 가정에서의 불쾌, 가 예상되어 맘이 편치 않았다. 예민한 딸과 예민한 애 엄마가, 예민한 그의 마음을 사정없이 도려낼 것이다.

앵커의 흥분은 아무것도 아니었다. 현장 기자의 호들갑은, 이런 상황만 아니었더라면, 저 사람 참 채신머리없군, 하는 시청자들의 힐난을 불러일으킬 법한 것이었다. 기자의 멘트는 다분히 감정적이었지만, 아마 오늘만큼은 그 누구도 크게 개의치 않을 것이다.

아, 이거 정말 대단합니다. 인간에 대한 회의가 느껴질 만큼 참혹한 현장입니다. 사고현장은 수사 진행과 함께 철저히 통제되고 있지만, 현장 주변 곳곳에 남겨진 핏자국과 사고 당시의 긴박함을 증명하는 교실의 붕괴 모습이 여기서도 생생하게 확인되고 있습니다. 먼발치에서 잡은 화면에 교실 하나가 깡그리 박살난 게 보였다.

경찰의 초동수사 보고에 따르면 시신들은 단순한 자상이 아니라, 마치 도살장의 짐승처럼 도륙되었다고 합니다. 도륙, 이라는 단어가 방송에 적합한 용어인지, 현장 기자는 확신이 서지 않았지만 머뭇거림은 없었다.

여기서 한 번, 한 템포 끊어가는 센스는 그런 흥분의 와중에도 변함없이 발휘되었다. 현장에서만 12년 차였다. 이번 부장급 인사에 승진만 됐어도 이런 험한 꼴은 안 보는 건데, 하고 그 짧은 순간 생각, 했던 건 아니고 평소 늘 그런 회환과 불만을 지닌 사람이었다.

교사와 친구들이 살해당하는 것을 목격한 학생들은 심한 정신적 충격으로 이상을 호소하고 있으며, 간단한 경찰 수사를 거친 후 현재는 인근 병원으로 옮겨 치료를 받고 있습니다. 화면은 스튜디오를 거치지 않고 촌각을 다투듯, 이곳저곳을 다급하게 넘나들었다.

카메라가 병원에 누워 있는 학생들을 잠시 비추다, 모자이크 처리된 한 학생의 면상에 마이크를 디밀었다. 학생은, 흑흑흑, 몰라요, 갑자기, 들어와서, 선생님이, 뭐냐고, 근데 칼로, 소리 지르니까, 친구들 목에, 아, 흑흑흑, 몰라요, 기억, 안 나요. 흑흑흑, 은 결국 엉엉엉, 으로 끝났다. 다시 화면은 현장수사를 맡은 서초경찰서의 수사과장에게로 넘어갔다. 그는 연신, 그야말로 참혹한 현장, 이라는 말과, 치밀한 계획 범행, 이라는 발뺌으로 초동수사 실패에 대해 변명했다.

어쩌다 수습된 시신을 목격한 현장기자는, 그 참혹함이 단순한 참혹, 이 아니라는 걸 까발리고 싶었다. 살을 다 발라냈더라구요, 힘줄 하나하나까지 다 끊어놓고, 배를 가르고 내장을 뽑아냈더군요, 마치 도살장에서 소를 부위별로 도려내듯이! 그렇게 소리치고 싶었지만, 선정보도로 문제를 확대시키고 싶진 않았다. 안 그래도 자신의 호들갑스런 멘트에 대한 자각이 서서히 일고 있었던지라, 자제심이 발동했다. 이럴 땐, 스튜디오로 돌리는 게 최선이었다.

화면이 넘어올 거라는 신호가 들어오자, 앵커는 다급히 넥타이를 고쳐 맸다. 급하게 조이느라 숨통이 막힐 뻔했지만, 역시나 베테랑답게 재빨리 표정을 간수하고 현장에서 넘어온 바통을 제때 받아냈다. 현재 경찰은 경기 인근 지역을 철저히 봉쇄하고 주요 도주 루트로 추정되는 길목에서 군경 합동으로 검문검색을 강화하고 있습니다만, 아직 용의자들의 소재 파악에는 성공하진 못한 듯합니다. 백주대낮에 벌어진 사건임에도 범인 추적에 실패한 이유는 무엇인지, 경찰에 나가 있는 김기진 기자 연결합니다. 이번엔 이원 중계였다.

김기진 기자가 나왔다. 경력 3년차, 마침내 자신도 빛을 볼 기회가 왔다. 하지만 의욕이 너무 앞선 나머지, 그는 오디오 신호가 들어오기도 전에 말을 시작했고, 덕분에 방송 멘트는, 첫인사와 ‘경’자를 날려 먹은 채, 찰청에 나와 있습니다, 로 시작되었다. 앵커가 물었다. 조기 추적에 실패한 가장 큰 이유는 무엇입니까?

예, 가장 큰 이유는 목격자 진술이 심하게 엇갈린 데서 비롯되었습니다. 학생들이 심한 정신적 충격을 받은 상태라 정확한 진술을 받기 어려웠고, 서로 의견마저 엇갈린 탓에 수사에 난항을 겪고 있습니다. 어떤 진술들이었나요? 범인들이 복면을 쓰고 있었던 데다, 워낙 기습적으로 들어와 살인을 저지르고, 아, 예…… 그러니까, 살인을 저지르고……. 너무 긴장한 나머지 김기진 기자가 순간적으로 다음 멘트를 잊었다. 그토록 준비했건만, 젠장. 젠장, 이라고 맘속으로 외치자, 젠장, 젠장, 젠장, 젠장, 젠장, 만 머릿속을 메아리쳐서, 더욱 당혹스러웠다. 자연스럽게 횡설수설이 시작되었다.

달아나다 보니까, 창밖으로 봤는데, 흰색 밴이, 예, 흰색 카니발 밴을 타고 달아났다는 진술에 토대를 두고, 경찰이 수사를 했고, 아, 했는데, 그렇게 집중 검문 대상을 잡았는데, 후에 다른 학생들이 잿빛의 렉스턴이었던 것 같다고, 또 진술하고, 그래서 수사에 혼선이, 라고 말한 다음, 김기진은 에잇, 하고 소리치고 싶었지만 꾹 참고, 있었습니다, 로 말을 맺었다. 화면상으로도 그의 얼굴이 벌겋게 달아오른 게 보였다.

현재 수사 진행 경과는 어떤가요, 라고 앵커가 불신감을 얼굴에 드러내며 물었고, 이미 사고를 친 김기진은 당혹감에 계속 말이 헛나왔다. 아, 엉망, 아니 진척이 전혀 없습니다. 경찰은 이후 거리의 CCTV와 목격자 진술을 통해 경기도 인근, 에, 그쪽으로 도주한 것으로 보고 있습니다만, 진술, 그러니까 구체적인 정황은 포착하지 못해서, 낭패, 아니 혼란을 겪고 있으며, 복면을 쓴 범인들에 대해서는, 아니 대해서도, 전혀, 모르고 있습니다.

저 새끼, 저거 어떻게 방송사에 들어온 거야, 하는 짜증이 앵커의 예민한 마음을 어지럽혔다. 그러나 역시 그는 베테랑, 재빨리 스튜디오로 화면을 돌려놓고 사태를 매듭지었다. 실로 심각한 상황입니다. 조속한 수사로 이 반인륜적 범죄자들을 잡는 데 총력을 기울여야겠습니다.

이제, '이들은 도대체 누구?'라는 제목 아래 4인조 복면강도의 형상이 들어간 가상 이미지가 앵커의 머리 오른편에 떴다. 이들은 도대체 누구일까요? 그들은 교실 칠판에, 이건 모두 재미난 장난일 뿐, 이라는 문구를 남겨두었습니다. 재미로 사람을 죽인다는 건, 극도로 반사회적이고 위험한 존재, 즉 전형적인 사이코패스의 징후입니다. 정확하고 신속한 살인, 개인의 특징을 전혀 노출하지 않는 복장, 완벽한 도주로와 인질 확보 등의 정황은 이들이 매우 치밀하게 사건을 계획하고 주도했음을 보여주고 있습니다.

이들에게 납치된 여학생 이유나 양은, 이라고 말하는 순간, 유나 양의 사진이 공개되었다. 이 마당에 신원을 숨기는 건 무의미한 일이라는 수사진의 판단 때문이었다. 차라리 시민 제보를 받는 편이 답답한 수사 상황에 물꼬를 틔어줄 것 같았다.

매우 성실하고 리더십이 뛰어나 학급의 반장을 맡고 있던 여학생입니다. 사고현장에 있던 학생들의 진술에 의하면, 살인마들이 달아나기 전 학급의 반장을 찾았고, 그녀가 자발적으로 일어나 나갔다고 합니다, 라고 말하면서도 앵커는 설마, 하고 생각했다.

그야말로 투철한 사명감을 지닌 소녀가 아닐 수 없습니다. 범인들은 반장 이유나 양을 준비해온 차량에 태운 다음, 유유히 사라졌습니다. 지금 이유나 양의 부모는 망연자실한 상태입니다. 시민 여러분의 신속한 제보 부탁드립니다. 이제 고작 열네 살, 유나 양은 지금 어디에 있을까요?

여기…… 있다. 이런 젠장.

강원도로 들어서는 국도변의 설렁탕집. 주인은 느닷없이 들이닥친 단체 손님, 남자 넷에 여자애 하나에게 설렁탕 다섯 그릇을 내준 다음, 태연하게 뉴스를 보고 있었다. 저런, 저런, 하는 추임새까지 넣어가며 앵커와 함께 공분을 품었다. 현장 기자의 호들갑에도, 김기진의 횡설수설에도 개의치 않았다. 그런데 소녀의 사진이 뜰 줄이야. 이런 젠장. 저 아이가 왜, 도대체 왜, 여기 있단 말인가.

땀방울이 그의 정수리에서부터 샘솟듯이 흘러넘쳤다. 뒤를 돌아보기가 두려워 그는 잠시 그대로 굳어 있었다. 놈들이 뉴스를 봤을까? 채널을 잽싸게 돌려볼까? 아, 주인은 등 뒤의 반응이 너무 두렵다.

마침내 설렁탕집 주인이 자신이 생각해도 지극히 부자연스러운 자세로 고개를 천천히 꺾었다. 녹슨 로봇의 대가리처럼 삐걱대며 고개를 돌리다, 놈들 중 하나와 눈이 딱 마주쳤다. 놈은…… 놈은, 싱글벙글 웃고 있었다. 입가에 만면의 미소를 띠고, 오른손에 쥔 칼자루로 왼손바닥을 따닥따닥 리드미컬하게 두드리면서. 주인이 미친 듯이 주방으로 달려갔지만, 스프린터처럼 튀어 오른 녀석의 칼이 더 빨랐다. 무언가가 그의 뒷골, 연수 부위를 정확하게 뚫고 들어왔다. 뉴스가 방송되고 정확하게 2분 뒤 그의 목이 잘려나갔다. 주방에서 기겁하고 뛰어나온 주인의 마누라도 달려 나오는 속도 그대로 20센티 길이의 단검에 가슴이 꿰뚫렸다. 하여간 TV가 사람들을 망친다니까, 라고 칼을 찌른 놈이 중얼거렸다.

18

그리고 남자들은 태연하게 자리에 앉아 설렁탕을 먹었다. 유나는 비명 은커녕 숨도 못 쉴 지경이었다. 교실에서의 그 끔찍한 도살을 생생히 목격했던 터라, 섣부른 행동은 엄두도 낼 수 없었다. 여차하면 그 자리에서 목숨을 잃으리라는 걸, 그녀는 충분히 알고 있다. 그래서 묵묵히 설렁탕만 먹고 있었다. 어쩌면 마지막 식사일지도 모른다는 생각, 은 들지도 않았다. 목으로 넘어가니 밥인가 보다 했을 뿐.

뉴스에 자신의 사진이 떴을 때, 오 맙소사, 그녀도 놀랐다. 나보고 어쩌라고. 다행히, 이걸 다행히, 라고 말할 수는 없겠지만, 자신이 아니라, 설렁탕집 내외가 먼저 죽었다. 놈들 중 하나가, 썰렁한데 설렁탕이나 먹고 갈까, 라고 했기 때문에, 그리고 하필이면 그때 주변에 설렁탕집이라곤 이곳 하나밖에 없었기 때문에, 예기치도 못하게 오늘 생을 마감한 것이다. 오, 젠장. 유나는 눈물이 터져 나오려는 걸 가까스로 참았다. 웬 눈물, 그러면서 칼로 찌를 것 같아서였다.

야, 넌 왜 그렇게 못 먹나. 놈들 중 우두머리로 보이는 냉철한 인상의 사내가 유나에게 물었다. 그녀는 그냥…… 이라고 웅얼거렸다. 쥐새끼처럼 생긴 녀석이 소리쳤다. 중학생이나 된 년이 밥도 하나 제대로 못 처먹어? 정말 이러니 나라꼴이, 참. 니가 나라꼴이 어떤지 알기나 하냐? 우락부락한 사내가 비꼬았다. 땅딸막한 놈이 막 소변을 보고 나오면서 지퍼를 올렸다. 이것들 어떡하지? 땅딸보가 시체들을 가리키며 말했다. 도려낼까? 냅둬. 그가 어깨를 으쓱했다. 그러지 뭐.

우두머리가 외쳤다. 니들 잘 기억해둬, 이건 모두 장난일 뿐이라는 걸. 그렇지, 이건 장난이지, 킥킥. 쥐새끼가 장단을 맞췄다. 죽이는 장난 아니냐. 절대로 심각해지면 안 된다고.

유나는, 차라리 눈이나 가려줬으면, 그럼 혹여나 살아 돌아갈 희망이라도 가질 수 있었을 텐데, 하고 생각했다. 놈들은 뻔뻔하게도 그녀를 차에 태우자마자, 복면을 벗고 면상을 들이밀며 그녀를 훑었다. 그 바람에 놈들의 이목구비가 그녀의 뇌리에 제대로 박혀버렸고, 그 순간 나이보다 영악하단 소릴 많이 들어온 유나는 확실히 깨달았다. 세상에 발붙인 지 고작 십사 년 만에 죽음의 손길이 성큼성큼 다가와 그녀의 목을 사정없이 움켜쥐고 있다는 것을. 참 불공평한 세상이야, 그녀는 그렇게 세상사의 이치를 깨달으며 한 단계 성장, 하자마자 죽게 생겼다.

설렁탕을 먹은 다음, 그들은 다시 우르르 차에 올라타, 인적 드문 강원도의 이차선 국도를 양껏 달렸다. 군부대 주변을 몇 차례 스쳐 지나가고, 허름한 읍내 버스 몇 대를 간간이 지나쳐 보냈다. 그래도 검문은 한 번도 당하지 않았고, 그대로 내처 달리고 달린 다음, 인제에 오신 걸 환영합니다, 라는 경계석이 시속 140킬로로 스쳐 지나가는 것도 보았다. 유나는 그사이에도 내내 우두머리와 쥐새끼와 우락부락과 땅딸보가 자신을 희롱하는 것을 묵묵히 감내해야 했다.

더 이상 길이 있을까 싶은 곳을 몇 차례나 더 뚫고 들어간 다음 마침내 차가 섰고, 그녀가 강제로 끌어내려졌다. 서 있을 기력조차 없는 그녀를 일행은 무자비하게 다루었다. 일행은 길도 나지 않은 산길을 올라타 제멋대로 뻗은 침엽수 가지들과 자그마한 덤불들을 칼로 이리저리 쳐낸 다음, 마침내, 정말 인적 드문, 정도가 아니라, 인적이 한 번도 깃들지 않았을 법한 산중턱에 도착했다.

우락부락이 확 밀치는 바람에, 유나는 저만치 나가떨어졌다. 치마가 말려 올라갔고, 쥐새끼가 음흉한 미소를 지었다. 우두머리가 유나에게 말했다. 긴장하지 마, 이건 다 장난이니까. 그리고 유나가 원한 것도 아닌데, 그는 친절한 미소를 지으며 이후에 벌어질 일들에 대한 설명을 시작했다.

다 장난이야, 장난. 세상은 다 장난이거든. 우린 장난스럽게, 돌아가면서 너를 애무하고 가지고 놀 거야. 너 해본 적은 있냐. 유나의 뺨을 타고 눈물이 흐른다. 1년 전만 해도 나 초등학생이었다고, 말이 안 나와 속으로 중얼거렸다.

그다음엔 우리들이 네 안에 우리 거를 하나씩 하나씩 집어넣겠지. 솔직히 아까 학교에서 네 친구들 죽일 때 너무 흥분해서 이게 빵 터질 것 같았는데, 다행이야, 너 꽤 예뻐서. 우두머리가 바지 위로 불뚝 솟은 그곳을 움켜쥐고 지껄였다.

그러고 난 다음엔 전리품으로 네 머리털을 깎아서 우리들이 나눠 가질 거고, 장난을 맺는 거룩한 의식으로 네 목을 따고, 가슴을 도려내고, 엉덩이를 잘라내고, 살을 발라, 뼈를 곱게 뽑아내고, 부위별로 이 산에 골고루 흩뿌릴 거야. 내장은 산짐승 몫이고. 아, 그 과정이 진행될 동안 네가 외롭지 않도록 계속 대화를 나눌 거야. 조금 아프겠지만, 금방이잖아. 다시 말하지만, 이건 다 장난이야, 장난. 사는 것도 장난, 죽는 것도 장난, 죽이는 것도 장난. 그러니까, 편하게 생각해. 네가 처음도 아니야. 네 친구들 말고도 우리 벌써 여섯이나 그렇게 즐겼어. 사람들이 몰라서 그렇지, 킥킥.

물론 유나는 편하게 즐길 수 없었다. 어떻게 그럴 수 있겠는가. 이 미친 새끼들아! 이번엔 울음과 동시에 마음속 울분이 우렁찬 외침으로 튀어나왔다. 자신을 갈가리 찢어 죽이겠다는데, 더 이상 눈물을 참을 이유가 없었다.

우두머리가 고개를 끄덕이며 만면에 미소를 지었다. 드디어 너도 우리의 장난을 이해했구나. 그래 소리 질러, 욕하라고! 미친 듯이 놀아보자! 그래야 네가 좀 더 사랑스럽지. 어쨌거나, 우린 그냥 계획대로 할 거야.

할 거야, 와 동시에 우두머리가 바지 혁대를 풀고 지퍼를 내렸다. 짜잔, 하고 중심부위가 크게 도드라진 검정 삼각팬티가 드러났다. 그가 팬티 차림으로 다가와서는 유나의 뺨을 손으로 쓸었다. 아, 정말 부드러워. 꼭 아기 피부 같아. 쥐새끼와 우락부락과 땅딸보가 부러움에 가득 찬 시선으로, 그러나 곧 제 차례가 돌아오리라는 기대감에 부풀어 흐뭇한 미소를 지었다.

유나가 발버둥 쳤다. 이제 죽음은 피할 수 없는 일로 느껴졌다. 인적 없는 숲속, 도와줄 이는 아무도 없었다. 이러나저러나 죽을 거, 발버둥이나 치자, 는 심산은 아니었고, 그야말로 본능적으로 몸부림이 일었다. 죽음이 지척에서 비척대며 다가오고 있었고, 예리한 칼날이 날짐승의 이빨처럼 근처를 배회하고 있었다. 시간이, 없었다.

놈의 징글맞은 혀가 그녀의 뺨을 타고 흘렀고, 놈의 손이 그녀의 가슴을 주물렀다. 놈의 다리와 부풀어 오른 성기가 그녀의 하반신에 착 달라붙었다. 유나가 거칠게 몸부림치자, 우두머리가 짜증이 났는지 주먹으로 유나의 얼굴을 내리쳤다. 맙소사, 유나는 거의 실신할 뻔했다. 아기처럼 깨끗하던 피부가 순식간에 부풀어 올라 눈두덩이 거대한 혹처럼 변했다. 아, 포기다, 포기. 유나는 절망 가운데, 그저 고통 없는 죽음만을 기다린다. 오, 신이시여, 왜 내게 이런 시련을, 하고 원망하고 하소연할 기력도 남아 있지 않아, 그녀는 대신, 빠르고 고통 없는 죽음이나 주옵소서, 라고 빌었다.

그리고 바로 그때, 우거진 수풀 한편에서 사사삭, 하는 소리가 그녀의 귓가에 들렸다. 산짐승이 민첩하게 움직이는 소리. 그것은 이미 너무 가까이 다가와 있었다. 차라리 멧돼지라도 튀어나와 모조리 받아버렸으면 좋겠다, 고 유나는 생각한다. 그쪽이 고통은 덜할 텐데.

살인마들도 순간 일제히 몸을 움츠렸다. 이거, 멧돼지 아냐, 하고 땅딸보가 외쳤다. 에이, 그러니까, 이런 산속은 위험하다니까. 뱀도 있을지 모른다고. 칼이나 뽑아. 우두머리가 팬티 차림으로도 침착하게 지시했다. 괜히 우두머리가 아닌 것이다. 근데 어떻게 이렇게 소리 없이 다가온 거지?

그러게, 라고 쥐새끼가 말하는데, 덤불 하나가 잠시 머뭇거리는 기색도 없이 사르륵 열렸다.

눈가를 찌르는 솔잎 때문에 살짝 눈살을 찌푸리며, 거기, 위기에 처한 그녀 앞에, 마치 신이 내린 기적처럼,

그가 나타났다.

불과 한 시간 전, 그의 일상

남자는 차를 몰고 읍내로 향했다. 자그마하고 외진 동네라 읍내라 해도 소박하기 그지없다. 애국심이 남다른 사람들조차도 자신의 조국에 이런 동네가 있는지 미처 모를, 그런 곳이다. 그리고 사람들이 잘 모른다는 바로 그 점 때문에, 그가 여기 있는 것이다.

아내가 세상을 떠난 후, 그의 일상은 최소한의 활동 반경 내에서만 이루어져 왔다. 오래전의 그는 결코 이렇지 않았다. 그러니까, 아내가 죽기 전에 말이다. 아내의 죽음은 그의 삶을 송두리째 바꿔놓았다. 마치 거대한 지각변동이 일어나 이전 대륙의 모양을 더 이상 찾아볼 수 없게 된 것처럼, 블랙홀이 온 우주를 빨아들여 태초의 세계를 기억할 수 없게 된 것처럼, 그의 삶의 모든 형태들이 일순간 일그러졌다. 그리고 그것은 돌이킬 수 없는 것임을, 그는 안다. 아니, 돌이켜서는 안 되는 일이라고, 그는 또 버릇처럼 혼잣말을 한다.

그는 매주 수요일 오후에 잠깐 읍내에 들른다. 보통은 간단한 식료품만 구매하지만, 오늘은 이달의 말일. 그는 오늘 식료품을 구매한 다음, 은행에서 돈을 조금 찾고, 이발까지 할 생각이다. 한 달 만에 그는 세상과 최소한의 소통을 하게 될 것이다. 이발사 최 씨는 그가 유일하게 대화다운 대화를 나누는 사람이기 때문이다.

낡은 코란도 지프차가 그의 유일한 동반자다. 누군가 폐기하려고 방기한 것을 우연히 발견해 직접 수리한 것이다. 원래의 형체를 기억하기 어려울 정도로 낡은 차가 그는 맘에 든다. 이 정도면 충분하지, 하고. 나 같은 놈에겐 말이야. 안 그래, 여보? 조수석의 머리 폴더에 붙어 있는 아내의 사진을 바라보며 그가 농을 건다. 아내는 대답 없이 생글생글 웃기만 한다.

수요일 오후 세 시 반, 어떤 일을 시작하기에 너무 늦었거나 아직 이른 시간, 읍내는 그야말로 침울하다. 읍내로 들어서기 직전, 폐교된 학교가 보인다. 이곳엔 아이들이 없다. 온통 노인들뿐이다. 간혹 휴가 나온 군인들이 길을 잘못 들어 거쳐가기도 하지만, 본질적으로 이 땅은 잊혀진 노인들의 땅이다. 그것이야말로 그가 바라는 바다.

인근의 지세 험한 산자락에 위치한, 거의 폐가에 가까운 그의 외딴집에서 40여 분을 달려야 읍내에 도달할 수 있다. 그의 차가 읍내로 들어서면, 사람들은 그가 왔음을 쉽게 알아본다. 그의 시간은 일정하고, 이제는 단종 된 구형 코란도는 어디서나 눈에 띌 법한 것이었다. 하지만 아무도 그에게 손을 흔들거나 환영의 뜻을 표하지 않는다. 그는 고집이 세고 말수가 적은 남자이며, 무엇보다도 침묵과 우울을 몸에 휘감고 다니는 남자다.

몸은 품위 있게 곧으나, 담배 체향이 진하게 배어나오고, 미간과 눈가에 매력적이라면 매력적이고, 냉혹하게 보자면 한없이 무자비하게 보이는 주름이 잔뜩 자리 잡고 있다. 촌사람 고유의 친밀함이나, 배타적인 우애

같은 것도 보이지 않는다. 그는 오로지 혼자이며, 혼자라도 위협받지 않을 만큼 강인해 보이는 남자다. 그리고 그는 보이는 것과 꼭 같은 사람이다.

차를 농협에서 운영하는 마트 앞에 바싹 갖다 댔다. 코란도가 툴툴거리며 잠들었다. 보통 때 같으면 십오 분 정도면 충분하겠지만, 오늘은 은행 업무와 이발까지 해야 하니, 한동안 거기 그대로 서 있어야 할 것이다. 그는 차에서 내리기 전에, 다시 한 번 아내를 본다. 아, 그래, 말 안 해도 안다. 잽싸게 내리기나 하라고? 그러지 뭐. 아내는 여전히 웃고 있다. 하지만 그에게 그것은 더 이상 밝고 우호적인 웃음이 아니다. 아, 그래, 안다니까.

그는 민첩하게 차에서 내린다. 그의 동작은 여든을 넘은 자신의 나이와 전혀 어울리지 않게 젊다. 왜 그런지, 그도 정확한 이유를 모른다. 다만 그럴 뿐이다. 민첩하게 차에서 내린다, 그렇게 마음먹으면 그렇게 움직일 수 있다. 불신과 의심에 찬 사람들의 시선을 받고 싶지 않아서, 그는 종종 노인처럼 어깨를 웅크리고 느릿느릿 걷는다. 아무리 발버둥 쳐도 나이는 어쩔 수 없다는 듯이. 그러면 사람들은 예의 그 무심한 눈길을 돌려보낸다. 그런 거다. 나이에 걸맞게 늙는 것이, 그래서 중요하다.

그는 마트 안으로 들어간다. 장바구니를 들고 과일 코너로 간다. 먼저 귤을 담는다. 아내는 귤을 좋아했다. 죽음을 앞둔 마지막 며칠 동안, 그녀는 귤을 많이 먹고 싶어 했다. 한동안 그는 아내를 위해 늘 귤을 샀다. 이제 아내는 그의 곁에 없지만, 그래도 그는 귤을 산다. 매주 가장 신선하고 맛있는 귤을 섬세하게 골라 담는다. 그것은 그에게 의식과 같은 행위이다.

대충 비닐에 담아 가져가면, 저울 앞에 안면이 익은 아줌마가 서 있다.

지난 수년간 늘 반복해서 보아온 얼굴. 지리가 바뀌고, 세상이 변해가고, 사람이 늙어가도, 늘 같은 자리를 지키는 사람들이 있다. 그처럼, 그녀도 이곳을 떠나지 않으려는 특별한 이유가 있는 건지도 모른다. 그러나 그도, 그녀도 말이 없다. 지난 수년간, 과일을 담은 봉지에 가격표를 붙이며, 그 액수를 그대로 읊는 것 외에는 아무런 대화도 없다. 오늘도 그녀는 말했다. 만 사천팔백 원입니다. 그는 여느 때처럼 말없이 고개만 까닥하고 봉지를 받아 바구니에 담는다.

싸구려 위스키를 한 병 산다. 위스키라니, 한국의 두메산골에서 딱히 어울리는 취향은 아니다. 그가 미국에 잠깐 머물렀을 동안 깃든 것이다. 미국이란, 참 지독한 나라다. 아주 짧은 시간 안에 자신만의 취향으로 사람을 물들이는 곳. 벗어던지고 싶지만, 생각처럼 되진 않는다. 값싼 시바스 리갈 한 병을 바구니에 담는다. 맥주도 몇 개. 맥주는 국산을 마신다. 소주는 이제 마시지 않는다. 더 이상.

라면을 세트로 담긴 걸로 두 개 정도 챙긴다. 가볍게 데워먹을 수 있는 인스턴트 음식들을 잔뜩 집는다. 이런 음식들은 고르기 편하다. 어느 걸 골라도 질이 고만고만하기 때문에, 고민할 필요가 없다. 그에게 식사란, 그저 배를 채우는 본능적인 일일 뿐 취향의 문제가 아니다. 이토록 부실한 식사와 영양가 낮은 음식을 섭취하고도, 그는 건강에 전혀 이상이 없다. 오히려 갈수록 원기가 왕성해진다. 각혈이 시작된 이래, 매번 이런 식이다.

일용품 몇 가지를 더 담으니, 그의 장바구니가 그득하다. 누가 봐도 상당한 무게감이 느껴지는 양이지만, 그는 태연하게 한 팔로, 핏줄조차 도드라지지 않은 채 가볍게 들고 있다.

그 모습에 카운터의 여직원은 늘 감탄한다. 이 동네에서는 보기 드물게 젊은, 사십 대의 노처녀다. 그녀는 오늘도 품위 있게 늙은 남자가 진열 대를 돌며 그 건장한 팔뚝으로 물품을 가득 채우는 것을 훔쳐본다. 그는 잘생겼다. 아마 젊은 시절에 꽤나 인기가 있었으리라. 아니, 지금도 그는 여전히 매력적이다. 눈가의 주름이나 희끗희끗한 머리칼이 그의 노쇠를 증명해주고 있지만, 꼿꼿한 허리, 우수 어린 표정, 군살 없는 몸매, 말수 적은 과묵함이 그의 남성미를 드러내준다. 그러다가 그녀는 곧 머리를 휘 휘 저었다. 아무리 노처녀래도 그렇지, 여든 줄의 노인에게 매력을 느끼 다니, 스스로가 한심하다.

어서 이 동네를 떠나든지 해야지. 그녀는 십 년 전부터 반복해온 결심 을 다시 한 번 되새긴다. 반복은 그녀의 일상이다. 결심을 반복하고, 손님 들에게 단조로운 목소리로, 어서 오세요, 를 반복하고, 바코드에 단말기 갖다 대기를 반복하고, 물품을 봉지에 담아 건네기를 반복하고, 집에 돌 아가 혼자 자위하기를 반복한다. 그뿐이다. 그런 동네인 것이다.

카운터의 여직원이 빙긋 웃으며, 그에게 봉지를 건넸다. 남자는 표정 변 화 없이 간단하게 받아들고는 가볍게 목례했다. 품격이 있어, 품격이. 하 지만…… 너무 늙었잖아, 하고 여직원은 다시 마음을 추스른다. 아무래 도 너무 늙었어.

그는 마트에서 나와 바로 딸려 있는 농협 365일 코너로 들어갔다. 한산 한 시각, 자본주의의 최전선에서 365일 휴일도 없이 고군분투하는 ATM 기들도, 한없이 늘어지는 지루한 시간이다. 남자가 ATM기에 카드를 밀어 넣었다. 그가 가진 단 한 장의 현금카드다.

잔고는 충분했다. 연금은 꼬박꼬박 정확하게 입금되고 있었다. 돈을 거 의 쓰지 않으니, 통장에는 돈이 쌓여만 간다. 그는 얼마간의 돈을 찾았 다. 당장 이발을 해야 했으니까. 이발사 최는, 신용카드를 받지 않는다. 영세업이라 그렇다고 했다. 그에게는 할 필요가 없는 이야기였다. 신용카드 따위는 만들어 본 적도 없으니까.

그가 느릿느릿 허름한 이발소로 향했다. 젊은 아낙이 하는 미용실도 하나 있었지만, 그는 늘 최의 이발소를 고집했다. 백발이 성성한 최는 이 동네에서만 40년간 머리를 깎았다. 처음 문을 열었을 때 찾아왔던 손님들의 아들들, 그리고 그 아들들의 아들들까지 손님으로 맞아오면서도, 실력은 그다지 늘지 않았다. 게다가 늘 한 가지 스타일만 고집하는 버릇이 있어, 손님에게 어떻게 깎아드릴까요, 라고 묻지도 않았고, 손님이 이렇게 깎아주세요, 라고 요구해도 무시하기 일쑤였다. 말수가 아예 없진 않았지만, 많다고는 볼 수 없었다. 과묵하기도 했거니와, 이발 중에도 담배를 입에서 떼지 않는 골초였기 때문이다.

손님들은 뒤에서 스멀스멀 넘어오는 담배 냄새를 감내하며 앉아 있어야 했고, 면도를 할 때는 이발사의 주름진 손이 미세하게 떨리는 듯한 느낌에 바싹 긴장해야만 했다. 당연한 결과로, 문짝에 오랜 역사와 전통을 자랑한다고 큼지막하게 새겨둔, 최의 이발소에는 최근 들어 손님이 거의 없었다.

미닫이문을 드르륵 열고 들어가자, 최가 혼자 앉아 담배를 뻑뻑 피워대고 있었다. 최가 그를 보고는, 중동에 일하러 떠났던 벗이 막 돌아온 것 마냥 반가운 표정으로, 인사 대신 담배 연기를 뿜어내며 고개를 까딱했다. 최가, 뭘 기다리시나, 곧장 이리 앉으시오, 라는 의미로 이발석을 툭툭 쳤다.

남자가 자리에 앉았다. 최가 담배를 비벼 끄더니, 새로운 담배를 꺼내 불을 붙이고, 남자의 머리에 분무기로 물을 뿌렸다. 그러고서야, 담배를 빼 한 손에 살짝 들고, 말했다. 잘 계셨소? 남자가 고개를 끄덕였다. 말을 너무 안 하면 입이 굳는다. 입이 굳고 정신도 굳는다. 입이 굳고 정신도 굳고 삶도 굳어버린다. 그러니 정말 하나쯤은 말상대가 있어도 좋다. 너무 수다스럽지 않고, 지나치게 타인의 삶에 간섭하려 들지 않는다면야. 최가 딱 그런 사람이었다.

최의 손길이 스쳐갈 때마다 머리가 뭉텅뭉텅 잘려나갔다. 사각사각, 가위소리와 빽빽, 담배 태우는 소리가 귓가를 울린다. 이발사 최는 그와 닮은 점이 많다. 쓸데없는 말을 굳이 하려 들지 않는다는 점도 그렇고, 나이에 어울리지 않게 건강하다는 점도 그렇다. 그러니 그 나이에도 남의 머리를 깎고 있다. 면도할 때 간혹 손님의 목에 상처를 입히기도 하지만, 그 정도면 정말 약과다. 저 나이에는 말이다.

막내 녀석이 결혼했습니다. 뜬금없이 최가 입을 열었다. 나이 마흔입니다. 축하할 일이군요. 남자가 의례적인 인사를 건넸다. 막내까지 장가가니, 아이들이 이제 일을 그만두라는군요. 최가 담배를 다시 빨았다 뱉어냈다. 그는 이야기와 담배를 적절히 버무릴 줄 아는 사람이다. 손님도 없고, 벌이도 안 된다, 이거죠. 무엇보다도 이젠 늙었으니, 좀 쉬라는 거죠.

그가 새 담배를 꺼내 불을 붙이고 쭉 빨아 당겨 폐를 일순시킨 다음, 검고 쾨쾨한 연기를 받아냈다. 젊을 땐, 언젠가 이렇게 늙게 되리라 상상조차 못했는데, 어느새 늙었다고 집에서 애나 보라는 소릴 듣는군요.

누구나 젊을 땐, 머잖아 자신에게 찾아올 노쇠를 생각하지 못하는 법이죠. 남자가 대답했다. 그리고 바로 덧붙였다. 어쩌면 그러는 게 맞는 것일지도 모르고. 하긴 그렇죠. 최가 맞장구를 쳤다. 젊을 땐 젊게 살아야지, 늙어 힘 빠질 때 생각하면 뭐 하겠습니까. 맞는 말씀입니다.

손님은 그래도 복 받으신 겁니다. 예? 하고 거울 속에서 세 번째 담배를 물고 있는 최에게 남자가 반문했다. 이리 건강하시니 말입니다. 아들에게 들은 이야기 때문에 오늘 최의 마음이 심란한가 보다, 하고 남자는 생각한다. 여느 때 같으면 절대로 이런 식으로 이야기가 뻗어가지 않는다. 남자가 말했다. 그쪽도 건강하신데, 뭘 그러시오. 하, 보기엔 이리 정정해 보여도 속은 망신창이입니다. 지금까지 살아 있는 게 기적이지, 기적. 이래저래 벌써 50년 줄담배 인생이란 말입니다. 아무래도 정상은 아니겠지. 젊었을 때야, 폼 나게 살았지만, 이젠 늙고 병든 홀아비요, 손님 없는 이발소의 이발사일 뿐이죠. 누구나 그렇게 늙는 걸지도 모르겠습니다만…… 어, 이거 괜히 주저리주저리 말이 많았군요. 최는 갑작스레 말수가 늘어난 것에 대한 자각이 일었는지, 입을 다물었다. 남자가 괜찮다는 의미로 손가락 두어 개를 살짝 세웠다 놓았다.

최는 순식간에 예의 그 말수 적은 이발사로 돌아왔다. 아무 말 없이 사각사각과 빽빽이 다시 반복되었다. 남자도 말이 없었다. 침묵 속에서 이발이 끝났다. 자, 됐습니다. 머리 감으시지요. 아니 가서 감지요. 예, 그럼. 최가 드라이기로 머리를 날려 잔 부스러기를 털어주었다. 남자는 뻣뻣하게 일어나, 대금을 지불하고 이발소를 나섰다.

나가는 남자에게 최가 말했다. 다음에 또 뵙지요. 그때까진 있을 겁니까? 아무래도 그렇겠죠. 40년인데 그렇게 단박에 끝내진 못하겠죠. 담배를 뻐끔거리며 최가 인사를 했고, 남자가 손을 올려 인사를 받은 다음, 최는 안으로, 남자는 밖으로 걸어 나간다.

읍내는 아직 한적하다. 처리해야 할 일을 다 끝내고 나니, 피로감이 밀려온다. 고립된 생활에 익숙해지자, 사람과 한 토막 대화를 나누는 일도 버거워진다. 금세 지친다. 육체적인 것은 아니고, 순전히 정신적인 피로 탓이다. 육체적으로 말하자면, 이런 말이 우습게 들릴지 모르지만, 그는 좀처럼 피로를 느끼지도 않고 지치는 법도 없다. 아마도 각혈과 상관있을 거라 생각하지만, 정확한 건 알 수 없다. 확실한 건, 자신의 육체적 기능이 여든이라는 생리학적 범주와는 전혀 맞지 않다는 점이다.

그가 귀를 기울이면, 대기 중에 먼지가 부유하는 미세한 소리까지 들린다. 그가 눈을 똑바로 응시하면 저 멀리, 읍내 저 너머까지 볼 수 있다. 그가 달리기 시작하면, 바람보다는 아닐지라도 낡은 코란도만큼은 빠를 것이다. 농담이 아니다. 그도 자신의 그런 기이한 능력에 대해 자각하고 있다. 다만 드러내고 싶지 않을 뿐이다. 그런 능력이 가져오는 참담한 결과를, 그는 이미 경험한 바 있다.

그는 코란도에 시동을 걸었다. 주인만큼이나 늙은 지프차는 힘겹게 몸을 떤 다음, 가까스로 엔진을 돌렸다. 남자는 천천히 읍내를 벗어난다. 바퀴가 몇 번 구르지도 않았는데, 이내 읍내를 벗어나 산기슭으로 향하는 가변국도를 달렸다. 삼십 분이면 다시 홀로 생의 무료함과 맞닥뜨릴 수 있는 집으로 돌아갈 수 있다, 고 그는 자신을 다독인다. 오로지 아내의 사진과 함께. 아내는 여전히 속마음을 감춘 채 생긋 웃고만 있다.

국도변에서 집으로 빠지는 좁고 허술한 길목으로 들어서려는 순간. 그의 귀에 환청이 들린다. 여자아이의 울음소리. 단순한 울음소리가 아니다. 겁에 질린, 고통과 분노가 담긴, 죽음보다 더한 공포를 목전에 둔 여자아이의 울음소리. 환청이다. 오래전 그는 이런 소리를 많이 들었었다. 아이들의 울부짖음, 지옥과도 같은 아비규환, 죽음과 절망이 땅속에 뿌리를 내리고 싹을 틔어 저주의 열매를 맺는 소리.

아마도 이것은 환청일 것이다, 라고 생각하려 하지만, 그는 안다. 그의 예민한 귀는, 그의 또렷한 정신은, 환청과 실제를 구별할 수 없을 만큼 녹슬지 않았다. 아니 오히려 생의 그 어느 순간보다 지금, 가장 발달되어 있다. 그러니, 이건 절대 환청이 아니다. 어린 소녀가 지금 이 어딘가에서 실제로 고통 받고 있다. 그게 어딘지, 그가 마음먹으면, 찾아내는 건 식은 죽 먹기다.

그는 갈등한다. 이런 일에 휘말리고 싶지 않다. 아내와 자신만의 고독한 은신처에서 벗어나고 싶지 않다. 그냥 그대로, 세상 사람들이 흔히들 그러듯이, 타인의 문제에 무심히 지나치고 싶다. 말마따나, 그의 예민한 귀가 아니었더라면, 악당들이 그가 집으로 돌아가는 길목 어딘가에서 범죄를 저지르지 않았더라면, 그와는 전혀 무관했을 일이다. 지금 이 순간 어딘가에서 벌어지고 있을 수많은 살인과 강간과 폭행과 강도행각들처럼.

그래, 나와는 무관한 일이다, 라고 중얼거리면서도 그는 어느새 갓길에 차를 댄다. 그리고 민첩하게 주위를 살핀다. 소리의 출처는 반대쪽 도로변에 자리 잡은 야산의 중턱쯤이다. 그러니까, 그가 아니면 누구도 찾을 수 없는 곳이다.

그래, 정말 이럴 필요는 없어, 그러니 잘 선택하라고, 이 친구야. 그는 스스로를 다그치며 어떻게든 상황을 회피해보려 한다. 알잖아, 이 친구야, 자넨 이미 늙었다고. 아이의 울음소리가 격해진다. 외면하고 싶지만, 그의 의식은 이미 그 소리에 온통 휘감겨 있다. 악당들이 주절주절 읊는 소리가 들린다. 모든 것이 장난이라고 말하는 소리. 장난? 그의 마음이 소용돌이친다. 이건 아니다, 이건 아니야. 그는 스스로에게 주술을 건다. 그냥 다시 차를 몰아 냉큼 떠나자고. 다음 순간 울창한 수풀에 가로막혀 넓게 퍼지지 못한 소녀의 절규가 그의 귓가에 쟁쟁거리고, 이어 놈들이 아이의 몸을 훑는 소리가 들린다. 그리고 바로 그때!

아내가 소리쳤다. 이 미친 영감탱이야, 어서 안 가보고 뭐 하는 거야! 저 울음소리가 안 들려? 당신, 참 양심도 없군. 아, 고맙게도 아내는 단호하다. 조금은 화가 난 듯하지만, 그래도 여전히 사진 속의 그녀는 생글생글, 이다.

그는 더 이상 망설이지 않는다. 일단 마음먹었으면, 최대한 빨리 아이를 구하는 게 옳다. 이 일이 어떤 파장을 불러일으킬지 그는 잘 모른다. 어쩌면, 아니 아마도 각혈이 다시 시작될 것이고, 그럼 일이 어떻게 끝날지 알 수 없다. 하지만 아이가 울고 있고, 아내가 다그친다. 그 이상 무슨 판단이 필요한가.

그가 차가 다니지 않는 국도를 가볍게 건너, 마치 물도마뱀이 물 위를 스쳐 날아가듯 도로 외곽의 황무지와 수풀을 사사삭 헤치고 달려간다. 노인으로는 도저히 불가능한 체력으로, 인간이 낼 수 있는 최대한의 민첩함과 스피드로, 불과 오 분도 되지 않아 문제의 현장에 도착한다.

남자는 자신의 정체를 숨기거나, 적들의 동향을 몰래 파악하려는 시도도 하지 않는다. 그럴 필요가 없다는 걸 스스로 알고 있다. 그는 달려간 속도 그대로 내처 수풀을 헤치고 덤불 너머 공간 속으로 들어섰다.

공간 속에 사내 넷이 서 있다. 그들 사이에서, 소녀가 울부짖고 있다.

그리고 이제, 그가 왔다.

장난의 진수

소녀의 기대는 순식간에 좌절로 바뀌었다. 모든 것을 체념하고 그저 간단한 죽음만을 바랐던 순간보다, 애꿎은 희망에 부풀었다 이내 그것이 허황된 기대였음이 밝혀진 지금 이 순간이 더 절망적이었다. 마치 기도의 응답처럼 누군가가 나타났지만, 나타난 사람은 아무리 보아도 신이 보낸 전사로 보이진 않았다. 그는……

그냥 노인일 뿐이었다. 허리가 꼿꼿하고 자태가 의연하며 키가 꽤 큰 편이었지만, 어쨌거나 머리가 희끗한 노인인 것이다. 새파랗게 젊은 데다, 이미 살인과 도륙에 익숙한 살인마 넷을 상대하기에는 가당치도 않아 보였다. 눈두덩이 시퍼렇게 부어오른 소녀의 눈가로 눈물이 주룩 흘렀다. 정말 이렇게 끝나는구나.

노인의 갑작스런 등장으로 살짝 긴장했던 살인마들은, 느닷없이 눈앞에 모습을 드러낸 상대가 하다못해 굶주린 멧돼지만큼도 위협적이지 않은 노인에 불과하다는 사실에, 긴장했다는 것 자체가 무안했던지 과도한 너털웃음을 터트렸다. 허허허, 이게 뭐야. 괜히 쪽팔리는데. 우락부락이 말했다. 그래도 뱀보단 낫네, 하고 땅딸보가 가지를 쳤다. 쥐새끼가 쥐처럼 찍찍거렸고, 우두머리가 상황을 한마디로 정리했다. 망할 영감탱이.

이봐, 영감. 길을 잘못 들었나본데. 쥐새끼가 입에서 새어나오는 대로 지껄였다. 그런데 이걸 어쩌나, 잘못 든 길이 황천길이 되었네. 우락부락이 손마디를 뚝뚝 꺾으며, 귀찮게시리 저런 영감까지 처리해야 해, 하고 딱히 누구에게랄 것도 없이 구시렁거렸다. 땅딸보가 받았다. 뭐, 어때, 것도 괜찮지. 저 친구가 여자애랑 재미 보는 동안, 멀뚱하니 서서 구경만 하기도 뭐했는데, 저 영감이랑 장난 좀 치지 뭐. 어이, 영감 도망칠 생각 말라고. 그런 건 이미 글러버렸거든.

우두머리가, 거 참 좋은 생각이로군, 하는 표정으로 땅딸보를 흐뭇하게 바라보더니, 노인에게 시선을 맞췄다. 그들이 뭐라 지껄여대건, 노인은 개의치 않았다. 아니, 아예 그들의 말을 듣고 있지도 않는 것처럼 보였다. 노인의 시선은 바닥에 나동그라진 채 오들오들 떨고 있는 소녀에게 향해 있었다. 소녀는 노인의 시선을 외면했다. 외려 더 깊은 절망의 나락으로 몰아넣은 노인이 원망스럽기까지 했다.

괜찮은 건가. 마침내 노인이 입을 열었다. 목소리는 노인의 것처럼 탁하지 않았다. 청정하고 정갈한 목소리다. 복식호흡에 익숙해져 있어 일상의 톤조차도 뱃심으로 발성하게 된 성악가처럼, 쫙 깔린 노인의 음성은 중후한 멋이 있었다. 노인이 손가락을 살짝 까딱여 소녀를 가리켰다.

우두머리의 호기심이 동했다. 이 노인, 길을 잘못 든 것치곤 너무 초연한데. 어이, 영감. 우두머리가 노인을 불렀다. 그제야 노인은 천천히 고개를 돌려 우두머리와 시선을 마주쳤다. 노인의 시선에 섬광이 번뜩, 인 것은 아니고, 그의 눈은 그저 평범한 노인의 눈이었을 뿐이다. 잔주름이 자글한 노인의 눈을 보자, 우두머리는 다시 안심이 되었다. 뭐, 그냥 노인네

일 뿐이잖아.

영감, 지금 우리가 뭘 하는 걸로 보이시나. 우두머리가 물었다. 글쎄, 애들 장난 같군. 노인이 대답했다. 씨발, 영감탱이, 허세는. 쥐새끼가 기가 차다는 어투로 끼어들었다. 우락부락이 아까부터 계속되는 손마디 꺾기를 멈추고, 당장이라도 달려들어 노인을 으깨버릴 태세를 취했다. 우두머리가 손을 들어 모두를 제지시켰다. 가만, 가만.

오호라, 이 영감, 우리가 하는 일의 의미를 제대로 알고 있잖아. 그래, 당신 말이 맞아. 이건 모두 장난이야, 장난. 재밌잖아, 안 그래? 노인은 말 없이 태연하게 주머니에 손을 집어넣었다. 순간 모두들 몸을 움츠렸다. 설마, 저기서 총이라도 나오는 건 아니겠지?

물론, 아니었다. 노인이 꺼낸 것은 담뱃갑이었다. 담뱃갑에 딱 두 개비의 담배만 남아 있었다. 아, 그러고 보니, 담배 사는 걸 깜빡했군. 최가 그토록 담배를 태워댔는데도 미처 생각하지 못했어, 하고 노인은 혼잣말을 하며 담배를 물었다.

땅딸보가, 깔깔거리며 말했다. 와, 정말 허세 하나는 끝내주는군. 그게 당신 인생의 마지막 담배가 될 거라는 건 알고 있는 거야? 노인이 담배를 크게 한 모금 빨아 당겼다가 뿜어냈다. 아주 오랫동안 담배를 피워온 사람만이 낼 수 있는 자연스러운 문양의 연기구름을 만들어내며, 그가 되물었다. 이게, 무슨 장난이란 말이냐.

우두머리는 노인에게 흥미를 느꼈다. 좋아, 내 특별히 댁에게 말해주지. 우린 방금 이 아이 친구 여덟을 죽였어. 오늘 아침에 말이야. 다들 깜짝 놀랐을 거야. 애도 그렇고, 애네 친구들도 그렇고, 운 좋게 살아남은 애들도 그렇고. 오늘 아침 등교할 때까지만 해도 자기가, 아님 친구가 그렇게 공개적으로 도살될 거라곤 생각조차 못했을 테니까. 평범한 일상의 파괴가 주는 예측 못할 놀라움, 그런 신선한 감동이야말로 장난을 장난답게 만드는 최고의 덕목이지.

우린 애초에 딱 여덟만 죽이기로 했어. 선생은 그냥 덤으로 죽인 거고. 그 반에 한 사십 명쯤 있었나? 그중 무작위로 손에 닿는 대로 각자 둘씩 여덟을 죽였어. 신기하지 않아? 누군 죽고, 누군 산다는 게. 누군 비참하게 살이 발리고, 누군 살아남아 자신이 목격한 충격적인 장면을 평생 뇌리에 담고 살아가야 한다는 게. 어느 쪽이 더 나을지 모르겠어. 어쨌든 모든 것은 그야말로 운인 거야. 안 그래? 그런 무작위의 공포야말로 장난의 진짜 묘미라고.

또 뭐가 있을까. 공포? 그래, 그것도 좋지. 이 아인 오들오들 떨고 있어. 내가 자기를 어떻게 할 건지 소상하게 알려줬거든. 이게 장난이란 걸 이해하면 훨씬 덜할 텐데, 멍청한 계집애가 그걸 몰라. 지 죽을 것만 알고, 잠깐 아플 것 때문에 생의 마지막 순간을 저토록 고통스럽게 보내고 있다고. 나라면 생의 마지막 순간을 저렇게 낭비하진 않을 텐데, 말이야. 다 장난일 뿐이라고 몇 번이나 이야기해줘도, 모른다니까, 멍청해서 말이야. 그런데, 그거 아나? 한바탕 장난의 전리품으로는 저런 멍청한 애가 최고라는 거.

우두머리가 장광설을 늘어놓았다. 쥐새끼는 불만이다. 이 새끼, 항상 말이 너무 많아. 우두머리만 아니었어도, 그냥 발라버리는 건데, 하고. 확실히 그는 말이 많은 편이다. 노인이 보기에도 그랬다. 그래서 말했다. 뭐, 말이 그렇게 많아.

곧 죽을 새끼가, 정말 제대로 죽기로 작정한 모양이군. 우두머리가 빈정 상한 티를 확 냈다.

그래, 얼마나 죽였다고? 노인이 물었다. 고작 여덟이 다인가?

고작, 고작이라고! 우락부락이 소리쳤다. 땅딸보가 여전히 깔깔거리며 대답했다. 오늘 아침에만 여덟. 두 달 전부터 매주 꾸준히 장난을 쳤지. 이제까지 총 열네 명 정도 죽인 것 같군. 죽이는 게 끝이 아니지. 우린 허준처럼 분해한다니까. 하나하나 뜯어내는 거야. 인체를 완전히 정복한다고. 한 사람의 삶을 우리의 장난 속에 완전히 융해시키는 거지. 거, 손맛 짜릿하지. 중독성이 있다니까. 하지만 뭐, 어때, 다 장난인걸. 킥킥.

문득 우두머리가, 역시 우두머리인지라 자각이 일었다. 근데, 우리가 왜 당신과 이런 대화를 주고받아야 하지? 그냥 당신을 죽여 버리면 그만인데. 맞아, 맞아. 이제야 때가 되었다는 사실이 만족스러운지, 우락부락이 다시 한 번, 지금까지 한 것 중 가장 크게 손마디를 꺾었다. 우두둑 뼈가 맞부딪는 음산한 소리가 났다. 쥐새끼는 잭나이프를 뽑았다. 예리하게 갈아진 칼날이 섬뜩하게 번뜩였다.

그러거나 말거나, 노인은 또다시 태연하게 담배를 빨았다 탁한 연기를 뱉어냈다.

고작 열네 명이라. 정말 장난 수준이로군.

이 영감, 우리들의 장난에 대해 뭘 좀 이해하나 본데. 우두머리가 킥킥거렸다. 하지만 이걸 어쩌나, 아저씨는 우리 장난에 끼기엔 너무 늙었어. 그리고는 나머지 녀석들에게 말했다. 나 얘랑 하던 거 마저 할 테니까, 그 사이에 분해해서 쫙 늘어놔. 우두머리가 몸을 돌려, 퉁퉁 부은 눈으로 노인과 살인마들의 대화를 듣고 있던 소녀의 몸에 올라탔다. 그가 소녀의 교복 치마를 거칠게 끌어내렸다.

동시에 우락부락이 발정 난 황소처럼 맹렬하게 노인에게 돌진했다. 노인은 태연하게 담배를 바닥에다 던지고 민첩하게 뛰어올라, 그건 말이 좋아, 뛰어올라, 이지, 실제로는 우락부락의 큰 덩치를 가뿐히 넘길 만큼 높이 치솟았다 다시 내려오며, 우락부락의 등을 팔꿈치로 내리쳤다. 퍼억, 하고 우락부락이 그대로 바닥으로 퍼졌다. 그리고 그 급격한 동작이 무리를 주었는지, 노인이 갑자기 울컥하고 각혈을 했다. 피가 땅으로 쏟아졌다.

우락부락을 단박에 내지른 노인의 실력에 깜짝 놀라, 잠시 얼어붙었던 땅딸보와 쥐새끼가, 노인의 피를 보고는, 본능적으로 달려들었다. 피는 언제나 그들의 아드레날린을 과다 분비하게끔 만드는 최고의 흥분제였다. 둘 다 손에 칼을 쥐고 있었다. 땅딸보가 아래쪽을 파고들었다. 하지만 노인은 몸을 이리저리 유연하게 틀어 다 피해냈다. 이봐, 이봐, 피를 봤잖아, 이젠 정말 돌이킬 수 없게 돼, 하고 노인이 소리쳤다. 그리고 다음 순간.

쥐새끼의 칼이 그대로 제 주인의 목을 뚫었다. 팔이 완전히 부러져 180도로 꺾인 상태였다. 노인의 순간적인 타격에, 쥐새끼가 목에 피를 분출하며 비척댔다. 이젠 돌이킬 수 없다니까. 노인이 마지막으로 중얼거렸다. 그리고는 민첩하게 아래쪽으로 치고 들어오는 땅딸보의 다리를 지르밟았다. 살짝 눌렀음에도, 땅딸보의 다리가 우직근하고 끊어져 두 동강이 났다. 절단면에서 피가 솟구쳤다. 누가 봐도, 저 정도의 분출이면 십 분도 안 돼 쇼크사할 게 자명했다.

우두머리가 소녀에게서 떨어져 나왔다. 이건, 전혀 예상치 못한 시나리오였다. 아니, 누구라도, 저 여든 줄에 다다른 노인이 저런 괴물 같은 능력을, 아니 저런 괴물일 줄 알았을까. 태어나서 처음으로 그는 공포라는 것을 느꼈다. 쥐새끼와 땅딸보가 사정없이 찢겨나가고 있을 때, 그는 슬금슬금 뒷걸음질을 쳤다. 살고 죽는 게 다 장난일 뿐이라는 평소의 지론과는 전혀 다른, 본능의 목소리가 그의 내면을 지배하고 있었다. 뭐하는 거야, 멍청아. 저건 인간이 아니야, 달아나라고, 달아나!

그러나 누구보다도 예리한 시각과 청각의 소유자인 노인이 그를 놓칠 리 만무했다. 두 녀석이 사방에다 피를 흩뿌리며 죽어가는 걸 내버려둔 채, 노인이 우두머리를 향해 발을 옮기려는데, 분위기 파악도 못하고 우락부락이 굽은 허리를 펴며 몸을 일으켰다. 으으윽, 하고 비오는 날 하루 종일 바둑 두다 일어나는 노인 같은 소리를 냈다. 그가 고개를 돌리자마자, 노인의 발 뒷축이 녀석의 안면에 적중했다. 그것은 불곰의 앞발에 차이는 것 같은 느낌이었고, 그 느낌이 우락부락의 머리가 몸에서 찢겨나가며 느낀 마지막 감각이었다.

우두머리가 뒤돌아 달리기 시작했다. 달리기라면 그도 자신 있었다. 육상 선수 출신이라는 것은 범죄에도 유용했다. 머리도 좋고 몸도 튼실했기 때문에, 이제껏 한 번도 꼬리를 밟히지 않았던 것이다. 하지만 지금은 그저, 일단 저 괴물에게서 달아나야 한다는 일념밖에는 없었다. 하지만 그가 채 덤불을 다 헤집기도 전에 무언가가 그의 목덜미를 움켜쥐더니 그대로 뒤로 집어던졌다. 그의 몸이 세계신기록을 수립한 장대높이뛰기 선수처럼 부드럽게 굽으며 허공을 갈랐다가 공터 바닥에 철퍼덕 떨어졌다. 기껏 뛰었는데, 단번에 제자리로 돌아온 셈이었다.

벌써 삭신이 망가졌는지, 몸을 움직일 수가 없었다. 팬티 사이로 오줌이 질질 흘렀다. 그의 시야에 노인이 다가오는 것이 보였다. 생의 마지막 순간, 그는 자신이 끔찍한 공포를 선사했던 이들의 심정을 백분 체감할 수 있었다. 노인이 다가와 그의 심장에 발을 살짝 올렸다.

열네 명이라고 했나. 노인이 담배를 꺼내 물었다. 난 하루에도 그보다 많이 죽였었다. 우두머리의 공포가 눈알을 뚫고 튀어나올 것 같았다. 그런 장난은, 언제나 끝이 좋지 않은 법이지. 후, 하고 노인이 담배 연기를 뿜어냈다. 마지막 담배다. 편의점에서 한 보루 정도는 샀어야 하는데. 노인은 잠시 그런 생각을 했다.

클클클, 하고 우두머리가 간신히 웃었다. 체념이 공포심을 다소 억눌렀다. 정말이지 대단하군. 내가 한 일은 정말 다 장난에 불과했군. 숨이 가빠서, 말은 가까스로 흘러나왔다. 당신 같은, 괴물이, 있었다니, 정말, 세상은, 더럽게, 위험한, 곳이야, 클클. 입은 웃고 있는데, 우두머리의 눈가에서는 하염없이 눈물이 흘렀다.

노인이 그를 물끄러미 내려다보다 마치 시를 읊조리듯 나지막하게 말했다. 애만 안 건드렸어도 괜찮았을 거야. 애를 건드리다니, 그건 안 될 일이지. 살아 있어도 별 의미가 없는 삶일 테니까. 노인이 발끝에 힘을 주었다. 뼈가 사정없이 부스러지는 소리. 단말마의 비명조차도 없었다. 그대로 가슴이 폭삭 내려앉아, 쟁반에 실려 나온 횟집의 생선 대가리 모양으로 우두머리가 죽었다.

소녀는 이 모든 과정을 눈두덩이 부어올라 선명하지 않은 시선으로 지켜보았다. 이젠 비명조차 나오지 않았다. 오늘 하루 열 명도 넘는 사람의 죽음을 지켜보았다. 하나같이 평범하지 않은, 지독하게 끔찍해 뇌리에서 사라질 것 같지 않은 죽음의 형태들이었다. 그리고 이제 소녀는 자신의 차례라는 생각이 들었다.

노인이 다가오는 것이 보였다. 소녀가 피가래가 치밀어 오르는 목구멍으로 침을 꼴깍 삼켰다. 노인이 소녀를 물끄러미 바라보고 있었다. 애야, 괜찮니? 소녀가 간신히 고개를 끄덕이며 물었다. 저도 죽이실 건가요? 노인이 잔주름으로 뒤덮인 무표정한 얼굴로 대답했다.

그럴 리가.

꼼짝 마!

강 경위와 박 경사는 국도변에 무단 주차된, 주인 없는 코란도 옆에서, 눈앞의 상황이 의미하는 바에 대해 곰곰 생각하고 있었다. 차 후드의 온기는 방금 전까지 사람이 타고 있었음을 증명하고 있었다. 인적 드문 국도변이었고, 차를 세워두고 잠시 볼일을, 이라고 말할 만한 이유는 조금도 없는 곳이었다.

강원도 방향으로 살인마들이 도주했다는 것이, 사건 발생 다섯 시간 만에야 비로소 확인되었다. 덕분에 비번이라 투기성 오락 삼매경에 빠져 있던 강 경위는, 느닷없는 호출을 받고 박 경사와 함께 지시받은 검문소로 향하던 중이었다.

온종일 경기도서 허탕 치다가 이제야 강원도 쪽이라는 걸 알았다니, 참 어지간히도 잡겠다. 강 경위는 박 경사에게 군소리를 해댔다. 하여간 서울 애들 초동수사 개차반으로 하는 데는 뭐 있어, 안 그래, 박 경사? 예, 예. 그래서 우리가 지금 출동하는 거 아닙니까. 박 경사가 마지못해 대답했다. 오늘 하루 종일 저 불평에 맞장구 쳐주어야 할 생각을 하니, 벌써부터 숨이 막혔다. 박 경사의 숨통이야 어찌되든 간에, 강 경위의 불평은 계속되었다. 강원도 쪽이라는 것도 대중이 있어야 말이지. 이쪽으로 왔겠냐고, 이쪽으로. 이 코딱지만 한 동네들에 숨을 데가 어디 있다고.

놈들 사진도 없고 말입니다. 기껏해야 이 여자애 사진뿐인데, 하면서 박 경사가 본청에서 팩스로 전송된 유나의 사진을 꺼냈다. 강 경위는 힐끔 쳐다보고는 말했다. 새끈하네. 그 개새끼들도 그러니까 데려갔지, 뭐 아무나 데려갔겠습니까. 그런 새끼들이 눈은 또 높아요, 하여간 발정 난 개새끼들은 못 말려. 게다가 이 황금 같은 비번 날 말이야, 젠장.

그때, 강 경위의 눈에 국도변에 무턱대고 세워진 차량이 보였다. 야, 차 세워봐. 박 경사가 차를 세우는 대신, 속도만 살짝 줄이며 대답했다. 빨리 가야 하는데요. 벌써 늦었다고 난립니다. 아, 새끼, 저기 뭔가 이상하잖아. 여기 왜 차가 세워져 있냐고. 시동도 안 꺼진 것 같은데. 어떤 잡놈이 오줌 마려워서 세워놨겠죠. 아, 이 새끼, 차 세우라면 세워! 강 경위가 버럭 소리 지르자, 그제야 박 경사가 몸을 움찔하며 브레이크를 꾹 눌러 밟았다. 강 경위가 성을 내느라 몸을 틀었다가 급격한 정차로 인해 창에다 그대로 얼굴을 문질렀다. 이 새끼가, 정말. 박 경사가 기어들어가는 목소리로, 죄송합니다, 하고 황급히 조아렸다.

그들은 황망히 역주행을 했다. 오가는 차가 없어, 문제될 건 전혀 없었다. 갓길에 방치된 차는 방금 전까지도 운전 중이었다는 사실을 노골적으로 드러내고 있었다. 그제야 박 경사도 호기심이 동했다. 여긴 오줌 쌀 데도 없는데요. 오줌 같았으면 차 옆에서 봤겠지. 주변을 봐. 어디 갈 데도 없잖아. 강 경위가 차체를 탁탁 두드리며 말했다. 이거 도대체 뭐야? 야, 박 경사, 차 뒤져봐.

박 경사가 잠겨 있지도 않은 문을 열고 엉거주춤 올라탔다. 키는 그대로 꽂혀 있었다. 조수석의 서랍 칸을 열었지만, 먼지만 자욱하게 일었다. 박 경사가 콜록콜록, 기침을 했다. 차량등록증도 없었다. 차는 오래 묵은 먼지 외에는 장식 하나 없이 정갈했다. 짐칸을 보니, 농협 마트의 촌스러운 로고가 박힌 대형 비닐봉지가 내용물을 잔뜩 품고 있었다. 비닐봉지에 담긴 물품들을 제외하면, 짐칸 역시 먼지뿐이었다.

짐칸을 살피다 앞으로 돌아앉아 머리맡의 폴더를 내리자, 사진이 하나 걸려 있었다. 빛바랜 컬러사진이었다. 양 가로 세월의 더께처럼 누런 곰팡이가 슬어 있다. 거기 나이는 좀 먹었지만, 굉장히 품위 있고, 꽤 아름다운, 아마도 젊었을 적엔 남자들 맘 좀 아프게 했겠는걸, 하고 주억거리게 만들 만한 인상의 여자가 생글생글 웃고 있었다. 아니나 다를까, 박 경사가, 젊었을 적엔 남자들 맘 좀 아프게 했겠는걸, 하고 중얼거렸다. 하지만 역시 젊은 애가 낫지, 하며 그는 가슴팍을 두드렸다. 거기, 유나의 사진이 있었다. 역시나 예쁘게 생글생글 웃고 있는, 후가공이 잘된 프로필 사진이었다.

강 경위가 밖에서 담배 한 대를 다 태우고는 물었다. 뭐 건진 거 있어? 아니오. 먼지랑 오래된 여자 사진이랑 음식들뿐인데요. 봉지를 보니까, 저쪽 읍내 마트에서 산 모양입니다. 거기서 이까지 음식물을 사다 날라? 어디로 가져가려는 거지? 글쎄요, 아지트 같은 곳 아닐까요? 근데, 왜 사람은 없는 거야? 적에게 당한 거 아닐까요? 적? 예, 옛 조직 동료가 보낸 청부업자에게 길 한가운데서 당한 거죠. 악당의 최후라? 예, 악당의 전형적인 최후죠.

강 경위가 박 경사의 추리에 이리저리 맞장구를 쳐주다, 버럭 소리를 질렀다. 아예 소설을 써라, 소설을! 박 경사는 강 경위의 저런 괴팍함이 짜증나 죽을 맛이었다. 하지만 계급발이 끗발이라고 박 경사는 역시나,

죄송합니다, 라고 중얼거릴 뿐, 달리 방도가 없었다.

서에 전화해서 차량 조회하라고 해봐. 어떤 새끼 면상 뜨나. 건수 하나 걸리면 좋을 텐데. 말도 안 되는 검문일랑 집어치우고, 여기서 좀 빠지게. 박 경사가 시무룩한 얼굴로 서에 전화를 걸었다. 여기선 강 경위에게 치이지만, 검문소에 빨리 가지 않으면 교체조의 최 경위가 또 난리를 쳐댈 것이다. 선임인 강 경위에겐 뭐라 못할 테고, 안 봐도 뻔하다, 모든 불똥은 자신에게 튈 테지, 제기랄.

박 경사가 차량번호를 하나하나 또박또박 무전기 저편에다 대고 읊어대는 동안, 강 경위는 새 담배를 피워 물며 차체를 살폈다. 아이구, 이거 오래된 연식이구만. 이런 똥차가 굴러간다는 게 기적이다, 기적. 이거 폐차비 아까워서 버리고 토낀 거 아냐? 연락을 마치고 돌아온 박 경사가 반박했다. 에이, 설마 그럴 사람이 마트에서 장본 걸 두고 가나요? 박 경사는 맘속으로, 아예 소설을 써라, 써, 하고 덧붙였다. 경찰 짬밥 10년에 이런저런 범죄자들 족쳐본 게 한두 번이 아닌지라, 웬만큼 독심술에 정통하다 자부하는 강 경위도, 표정 단속 확실히 하며 주억거리는 박 경사의 내심까진 뚫어보지 못했다.

그때 무전기가 울렸다. 뭐라고, 차 등록이 뭐? 갑자기 왜 이리 감이 안 좋아, 하며 박 경사가 무전기를 툭툭 쳤다. 산세 때문에 이 부근에선 흔한 일이었다.

이봐, 뭐래? 누구라는 거야? 뭔 말귀를 그렇게 못 알아들어. 이리 줘봐. 강 경위가 박 경사가 들고 있던 무전기를 홱 가로챘다. 지지직, 지지직. 이거, 왜 이래. 하여간 돈 좀 쓰란 말이야, 돈. 이놈의 정부는 국가의 안녕을 지켜주겠다는데 돈도 안 써요. 제 말이, 그 말입니다, 라고 박 경사가 모처럼 강 경위의 말에 진심으로 동의했다. 그리고 바로 그때.

그들의 뒤통수로 섬뜩한 기운이 흘렀다. 목덜미를 타고 오르는 전율. 인적 드문 국도변이기에 더 오금 저리는 낯선 존재감이, 인기척도 없이 그들의 등 뒤로 바싹 다가와 있었다. 너무 갑작스럽고 소리 없는 접근이었던지라, 뒤돌아보지 않아도 위협적인 상황임을 직감할 수 있었다.

강 경위가 섣불리 움직이지 말라는 눈짓을 보내며, 천천히 손을 벨트 아래로 가져갔다. 총이 닿았다. 38구경 M10 리볼버다. 아차, 실탄이 장전되어 있지 않다. 뭐, 평소에 쏠 일이 있었어야 말이지. 그는 속으로 개탄했다. 하지만 속이 더부룩해 아예 차에다 던져놓은 박 경사만큼 당혹스럽지는 않았을 것이다. 박 경사로서는 이제 경찰에 입문해 익힌 태극권 솜씨가 빛을 발하기만을 바랄 뿐이다.

강 경위는 일단 상대의 접근을 차단하기 위해, 고난이도의 연기를 펼치리라 다짐한다. 한때는 꿈이 배우였던 적도 있었다. 자신의 얼굴이 자기가 태어나 먹고 자란 촌 동네에서나 조금 먹어주는 수준이라는 걸 자각하기 전까지. 하지만 사춘기 시절 이후 언제나 흠모해온 윤발 형님 흉내쯤은 지금도 가능하리라 믿고, 총을 뽑으며 거칠게 몸을 틀었다. 이런 경우, 최대한 거칠게, 가 포인트였다. 얼떨결에 박 경사도 함께 돌아서며 정권 찌르기 기마 자세를 취했다.

정말로 이차선 국도 저편에 사람이 서 있었다. 정갈한 느낌의 캐주얼 차림을 한 노인이었다. 그리고 그의 품에 여자아이가 하나 안겨 있었다.

아, 노인이었잖아. 강 경위와 박 경사는 머쓱했다. 노인이랑 어린 여자애 앞에서 총을 겨누고, 정권을 찌르려는 꼴이었으니.

강 경위가 총을 내리며 손을 올려 미안하다는 표시를 했다. 마약반의 베테랑이, 오랫동안 안면을 익혀온 거대 조직의 보스에게, 어이, 오랜만이지, 하고 말할 때처럼. 노인이 천천히 길을 건너왔다. 강 경위가 건너오는 노인에게 물었다. 이거 댁 차요, 엉? 여다 차를 세워두면 어떡합니까. 그 앤 또 뭐, 에서 말이 딱 멎었다. 박 경사가 왼쪽 안주머니에서 주섬주섬 사진을 꺼내들고는 입을 쩍 벌렸다. 이런 젠장, 유나잖아. 피범벅이 되어 부어오른 소녀의 얼굴은 사진 속의 싱그러운 소녀의 모습과는 딴판이었 지만, 정체를 못 알아볼 정도는 아니었다. 그제야, 노인의 정갈한 캐주얼 복이 원래부터 붉은색은 아니라는 것을, 강 경위와 박 경사도 알아챘다.

어, 뭐라고? 강 경위가 박 경사에게 태연하게 되묻는 척하다, 잽싸게 총 구를 들어 올려 노인을 겨누었다. 거기 서! 노인이 시키는 대로 고분고분 히 도로 한가운데 딱 멈췄다. 다, 당신 뭐야? 그 살인마냐? 물으면서도 강 경위는 장전되지 않은 총 때문에 손이 덜덜 떨렸다. 오늘 뉴스를 통해 놈 들이 얼마나 잔악한지에 대해서는 수도 없이 들었다. 인간 백정에 다름없 다는 그 지독한 악랄함에 대해. 그런데 왜 하나뿐이지?

노인이 마침내 입을 열었다. 놈들은 저기 산중턱에 널브러져 있소. 이 아이를 돌봐주시오. 많이 놀란 것 같은데. 노인이 아이를 건네주기 위해 한 발짝 뗐다. 강 경위가 미친 듯 발악하며, 목청을 높였다. 목소리가 갈 라지며, 꼼짝 마, 가 간신히 새어나왔다. 노인이 중앙선 위에서 다시 멈춰 섰다.

당신은 누, 누구냐? 강 경위가 물었다. 그 와중에도 박 경사는 이 판국 에, 당신은 누구냐가 뭐냐, 당신은 누구냐가, 하고 생각했다. 너는 누구냐, 라고 쿨 하게 가든지, 아님 당신은 누구세요, 라고 정중하게 가든지. 하 지만 이내 그런 조롱은 사라졌다. 그럴 때가 아니라는 반성이 일었기 때 문이다. 눈앞의 상대가 살인마라면 자기 몸이 갈가리 찢겨나갈지도 모를 판이었다.

노인이 다시 입을 열었다. 그 차의 주인이오. 엉, 뭔 차? 하고 강 경위가 되물었다. 뜬금없이 차라니, 했다가 이내, 아, 하고 각성의 소리를 냈다. 불법 주차된 코란도를 말하는 거였다. 누구냐고 묻는데, 차 주인이라니, 이런 미친놈을 봤나, 하고 강 경위는 생각했다.

그때 노인의 품에서 소녀가 웅얼거렸다. 눈두덩이 부어오르고 교복은 제멋대로 찢겨나간 데다 목에 피가 고여 발음마저 뭉쳐 나오자, 가뜩이나 긴장한 강 경위와 박 경사에게는 그 웅얼거림이 꼭, 살려주세요, 로만 들렸다.

아이를 내려놓으라고 말해야 하는데, 강 경위는 딜레마에 빠졌다. 아이를 내려놓으면 수갑을 채우거나 총을 쏘아야 하는데, 총알은 없고, 딱 봐도 어색한 기마 포즈의 박 경사가 제대로 해줄 것 같지도 않았다. 게다가 아무리 빈총이라지만 명색이 총인데, 노인은 총구 앞에서 너무 의연했다.

아니, 다른 걸 다 떠나서 사람을 안고 어떻게 그토록 빨리, 그리고 소리없이 다가올 수 있단 말인가. 방심하면 죽는다. 강 경위가 경찰 생활 10년 만에 맞닥뜨린 최악의 상황 앞에서 이러지도 저러지도 못하고 어정쩡하게 서 있었다.

노인이 갑자기 움찔하더니 말했다. 여기 계속 서 있다간 위험하겠는데. 차가 온단 말이오. 강 경위가 잠시 주변을 둘러본 다음, 버럭 소리를 질렀다. 무슨 개수작이야. 여기 어디 차가 온단 말이냐. 그 자리에서 한 발짝만 움직여도 그냥 갈겨버릴 테다! 노인은 도대체 뭘 어쩌란 말이냐, 하는 담담한 표정으로 가만히 서 있었다.

그리고 바로 그때, 텅 빈 이차선 국도 한쪽 끝에서 짐을 가득 실은 푸른색 프론티어 1톤 트럭 한 대가, 1톤의 무게를 안고도 저런 속도로 달릴 수 있나, 싶을 만큼 맹렬하게 커브를 돌아 나타났다. 이 시간에는 이 국도가 텅 비어 있는 거나 마찬가지라는 걸 잘 아는 운전사였다. 이런 데서는 장거리 운전의 스트레스나 푸는 거야, 하고 운전사는 있는 힘껏 페달을 밟아왔던 것이다. 거기다 반주까지 한잔 곁들인 탓에 눈도 반쯤 풀린 상태였다.

그런데 웬걸, 경찰이 있다! 이런, 총까지 뽑아들고. 운전사는 정신이 번쩍 들었지만, 이미 너무 늦었다. 길 한가운데 서서 피할 생각도 않고 멍하니 고개를 돌리는 저 노인은 또 뭔가. 그가 급히 브레이크를 밟으며 핸들을 꺾었지만, 차는 중심을 잃고 180도 회전하며 그대로 미끄러져 나갔다. 핸들이 운전사의 손을 벗어나 헛돌았다. 강 경위와 박 경사도, 노인의 품에 안긴 소녀도 깜짝 놀라, 새된 비명을 질렀다. 으아악! 놀라지 않은 건, 노인뿐이었다.

쾅. 무언가를 제대로 들이받는 소리. 운전사는 기절하기 직전, 자신이 노인을 들이받았다고 생각했다. 하지만 마지막 순간 그의 눈앞에 보인 것은 흰색 코란도의 후면범퍼였고, 튕겨나간 건 안전벨트조차 매지 않은 운전사 자신이었다. 그는 피를 질질 흘리며 그대로 기절해 버렸다.

트럭의 급회전과 질주로 비명을 지르며 나자빠진 강 경위와 박 경사는 입을 떡 벌린 채 할 말을 잃었다. 너무 순식간에 벌어진 일이라, 라는 구차한 변명이 딱 어울리는 순간이었다. 그리고 그 찰나의 순간에, 강 경위와 박 경사는 못 볼 걸, 아니 봐서는 안 될 것을 본 기분이었다.

방향성과 제동능력을 상실한 트럭이 노인을 치었지만, 이런 맙소사, 튕겨나간 건 노인과 소녀가 아니라 미친 망아지처럼 굴던 트럭이었다. 트럭은 그대로 바깥으로 밀려나 코란도 후면을 들이받았고, 그 바람에 그 앞에 서 있던 강 경위와 박 경사는 폭발 직전의 화학공장에서 몸을 날려 빠져나오던 영화 속 형사들처럼 데굴데굴 굴러야 했다.

다행히 폭발은 없었고, 정신을 잃은 운전사도 이마가 찢어진 찰과상을 제외하면 큰 부상으로 보이지 않았다. 하지만 설령 큰 부상이 있었다 해도, 지금으로선 경찰들이 신경 써 줄 여력이 없었다. 어느새 중앙선을 넘어 자신들 코앞까지 다가온 노인에 대한 대처가, 무엇보다도 시급한 문제였다. 하지만 강 경위는 이제 총을 들 엄두도 나지 않았다. 어떤 경찰 교본에도, 차를 등으로 받아낼 수 있는 노인을 맞닥뜨렸을 때의 대처법에 관해서는 언급되어 있지 않았다.

두 사람 앞에 우뚝 선 노인이, 자신의 그림자 속에 웅크리고 앉아 있던 경찰들에게 유나를 건넸다. 엉겁결에 박 경사가 유나를 품에 안았다. 사진과 꼭 닮아 있어야 할 아이는, 눈두덩이 작은 호박만 하게 부어올라 있고 코와 입가로 피가 흘러, 사진과는 전혀 달랐다. 무엇보다도 전혀 웃고 있지 않았다.

노인이 몸을 틀어 도로 저편의 야트막한 구릉을 가리키며 말했다. 저기, 놈들이 있소. 내가 처치했지. 노, 놈들이라뇨? 강 경위가 용기를 짜내 물었다. 존댓말이 절로 나왔다. 이 아이를 괴롭히던 놈들 말이오. 아, 그 살인마들. 강 경위가 멍하니 되뇌었다. 알고 있었소? 노인이 담담하게 물었다. 박 경사가 고개를 끄덕이며 대답했다. 오늘 온종일 TV에서 나, 난리였잖습니까. 아, 난 TV가 없어서. 어쨌든 내가 놈들을 박살내 버렸는데, 이제 난 어떻게 되는 거요?

강 경위가 일단 문제의 살인마가 아니라는 점에 가슴을 쓸어내렸다. 하지만 여전히 불안감을 감추지 못한 채 말을 이었다. 저…… 일단은, 괜찮으시다면, 정말로, 아주 급한 일이, 있는 게 아니라면, 그러니까, 이게 워낙, 큰 사안인지라, 어쨌든, 서로, 같이 좀 가, 주시겠습니까. 어쨌든, 상황 설명이, 필요하니까, 요. 사건 현장은, 저희 대원들 불러서, 조사, 하지요. 그리고는 잽싸게 덧붙였다. 그래주시면, 진심으로, 감사드리겠는데, 요.

그때 유나가 박 경사의 품에서 다시 웅얼거렸다. 겁에 질린 박 경사에게는 여전히 그 소리가, 어서 총을 뽑아 저 괴물을 쏘지 않고 뭐하는 거예요, 라고 따지고 있는 것처럼 여겨졌다. 하지만 멍하니 계속 듣고 있자니, 서서히 웅얼거림의 언어구조를 이해할 수 있었고, 그제야 유나가 하는 말의 의미를 깨달을 수 있었다. 유나는 이렇게 말하고 있었다.

저 할아버지가 날 구해줬어요. 악당들을 무찌르고요.

취재의 기술

　오전에 평소답지 않은 비장함으로 방송을 열었던 앵커는, 저녁엔 한껏 과장된 목소리로 방송을 시작해야만 했다. 이런 뉴스엔 하이톤의 음성이 시청자들에게 더 어필할 수 있다는 제작진의 판단에 따른 것이었다.
　예민한 아내와 딸 걱정에, 온종일 그 어느 때보다 예민해 있었던 그는 제작진에게 군소리를 조금 해댔지만, 역시 베테랑이었던지라 제작진의 요구에 딱 부합하는 발성으로 방송을 이끌었다. 어쨌거나 딸의 친구는 무사히 돌아왔고, 전대미문의 슈퍼히어로가 탄생한 순간이니까. 도무지 직접 보지 않고는 믿기 힘든 내용들이라, 자신이 읊고 있는 멘트가 3류 액션영화의 대본 한 토막처럼 느껴졌지만, 역시나 그는 프로였으므로 뉴스로서의 무게감을 유지하는 데는 변함없이 발군의 실력을 드러냈다.
　다음 날 발 빠른 신문들의 1면 헤드카피는 대부분, 슈퍼히어로, 슈퍼히어로를 구하다, 라는 식이었다. 영웅과 영웅의 만남, 이라는 식상한 표현이 오만 군데서 등장했다. 되도 않게, 용호상박이나 첩혈쌍웅이라는 표현을 쓴 찌라시들도 허다했다.

강 경위가 당당하게 전화기를 집어 들고 유나 구출 소식을 타전하자마자, 언론이 벌 떼처럼 몰려들었다. 폐광으로 이미 십 수 년 전에 생명력이 절단 난, 강원도의 인적 드문 변두리 마을에, 내로라하는 언론사들은 죄다 모여들었다. 마치 하나의 여행코스처럼, A팀이 서울에서 이 놀라운 괴력의 노인과, 악당들 틈에서 살아남은 소녀를 카메라에 담는 동안, B팀은 처참한 사건현장과 악당들의 널브러진 시신 등 영웅의 흔적을 취재하느라 정신이 없었다.

B팀이 본 것은, 그야말로 사람의 눈을 의심케 하는 장면들이었다. 하지만 수사 진행 단계임을 감안하고, 또 선정성의 문제도 조금 의식하고, 무엇보다도 영웅의 등장에 환대하는 국민적 여론에 절대적으로 편승해, 악당들의 참혹한 시신에 대해서는 암묵적 함구가 이루어졌다. 오직 몇몇 베테랑들만이 굳이 당장 기사화하진 않더라도, 인생살이 새옹지마라고, 언제 무슨 일이 생길지 모른다는 올곧은 마음가짐으로 현장을 꼼꼼히 챙겼다.

정주아도 마찬가지였다. 현장취재만 11년차, 사회부에서만 죽치고 있는 베테랑 기자였다. 꼼꼼한 취재 능력과 영민한 두뇌 회전 덕분에 몇 차례 특종을 터트린 바 있어 데스크로 올라갈 기회도 여러 차례 있었지만, 정 기자는 한사코 현장취재 일을 고집했다. 사내 부서 로테이션 관례에도 영향 받지 않을 만큼, 독보적인 실력을 자랑하는 그녀였다. 사건의 숨겨진 베일을 벗겨내는 그 일련의 과정을 즐기는 데다 여기자 특유의 섬세함과 타고난 배짱이 더해져, 그녀의 취재는 거의 베테랑 수사관의 수사력에 필적할 정도였다.

그녀는 자신의 인적 네트워크를 통해 남들보다 한발 앞서 유나 구출 소식을 접수하고는, 신문사 헬기까지 동원해 문제의 사건현장으로 달려왔다. 몸에 밴 민첩함과 영민한 판단력 덕분에, 그녀는 경찰이 최초 현장 감식을 끝내기도 전에 도착할 수 있었다. 다른 기자들은 아직 보이지 않았다.

현장에서 그녀가 본 광경은, 장장 11년 동안 매일같이 온갖 추잡한 살인과 강간과 폭력의 흔적들을 지켜봐왔음에도, 오 마이 갓, 소리가 절로 나올 법한 것이었다. 가슴만 마른 종이처럼 폭삭 내려앉은 놈, 팔이 부러져 제 목에 칼을 꽂고 있는 놈, 다리가 절단된 채로 굳어버린 놈, 목과 몸통이 지저분하게 찢겨 나뒹구는 놈. 네 살인마의 사체는 그녀가 이제껏 본 어떤 사고현장에서보다 잔혹했다. 그녀는 TV 화면으로 본 영웅의 얼굴을 떠올렸다. 잔주름이 인상적이던 그 노인이 도대체 어떻게? 정주아의 본능이 그녀의 이성에게 모든 것이 미심쩍다는 신호를 보내고 있었다.

현장감식반 대원들이 분주하게 증거를 수집하고 사체를 정리하는 사이, 그녀는 주변을 꼼꼼히 살폈다. 이번 사건의 현장수사를 위해 서울본청에서 파견 나온 수사국장도 정주아와의 돈독한 인연을 모른 척할 수는 없었다. 정주아의 취재기술, 즉 적당히 까발리고 상황에 맞게 적당히 덮어주는 센스가, 경찰관계자들과의 유대를 돈독하게 만들어 주기도 했다. 가끔 특종으로 뒤통수를 때리기도 했지만, 뭐, 전반적으로는 양호했다. 게다가, 정 기자를 무시했다가는, 어떻게 나올지 안 봐도 뻔하다고, 언론통제에 관해서라면 이골이 난 수사국장도 겁을 낼 정도였다.

사건이 벌어진 곳이 쉽게 찾기 힘들 만큼 외진 곳이라는 점과 그 기이한 참혹함을 제외하면, 특별한 것은 없었다. 특별하지 않다고? 아니 이번 사건에서 특별하지 않은 걸 찾는 게 더 쉽겠다, 고 그녀는 중얼거렸다. 그리고 그녀의 시야에 정말 특별한 것이 보였다. 금발의 백인들이었다. 웬 백인? 이 사건에 외국인이 개입할 여지가 있었나? 죽은 놈들 중 하나가,

미국 시민권 소유자라도 되나? 아님, 그 괴력의 노인이? 노인이 미국인이라면 그건 좀 곤란해질 텐데. 모처럼의 영웅이 외국인이라니, 국민들의 실망감이 이만저만이 아닐 테니까.

답을 모를 때 가장 확실한 방법은, 알 만한 사람을 취조하는 거다. 그녀는 현장을 지휘하고 있는 수사국장을 찾아가 대놓고 물었다. 국장님, 저 외국인들은 뭐죠? 아, 하고 국장이 두리번거리며 외국인들을 찾았다. 그들은 설렁설렁 근처를 돌아다니고 있었다. 구식 메트로놈처럼 뭔가 요상한 물체를 하나 들었을 뿐이었다.

어, 쟤들, 무슨 박사라던데. 범죄 현장 연구를 골자로 한 책을 집필 중이라나 뭐라나. 고작 책 쓴다고 사건현장에 데려와요? 아, 그럼 어째, 위에서 허락해 주라는데. 그래요? 뭐 방해도 안 하고, 그냥 둘러만 보는 거니까, 신경 쓰지 말라고. 정주아가 고개를 끄덕였다. 하지만 수사국장이 뭐라든, 그녀는 신경이 쓰였다.

국장이 대뜸 그녀에게 말했다. 쟤들보다, 난 정 기자가 더 성가셔. 어머, 제가 왜요? 아, 이놈들 죽일 놈의 악당들이잖아. 온 국민들이 잘 죽었다고 속 시원해한다고. 아, 학교에서 이놈들 한 짓을 봐. 저렇게 죽어도 싼 놈들이지. 그 여자애가 다 증언했으니까, 그 노인도 정당방위가 확실하고. 여기 쑤셔서 뭐 새로운 거, 나올 거 없어. 그니까, 정 기자도 거치적거리지 말고, 가서 그 슈퍼맨이나 취재해.

정 기자가 곱게 눈을 흘겼다. 그냥 다 정 기자, 자기 위해 해주는 말이야. 지금은 그 영웅 드높여 주실 때라고. 어쨌든, 하고 정 기자가 말을 돌렸다. 여기 이 상황 어때 보여요? 수사국장이 현장을 대충 둘러보고는 말했다. 괴력은 정말 괴력이야. 멧돼지한테 제대로 받혀도 이런 그림은 안 나와.

차도 받아냈다던데요? 아, 그거. 몰라, 더 조사해봐야지. 음주운전한 놈은, 지가 사람 안 죽인 것만 해도 천만다행이라고 생각하는데, 진짜 맞는 말이야. 살인마들에게서 겨우 살아 돌아온 소녀를 음주운전으로 치어 죽여? 그럼, 그 자식 정말 끝장나는 거지, 뭐. 여하튼 지는 놀래서 제정신도 아니었고, 깨어나 보니 병원이더라, 뭐 이런 식이야. 술김이라, 헛것을 봤을 수도 있고.

경찰 증언도 있잖아요. 그렇긴 한데, 걔들도 알아보니, 워낙 사고 많이 치는 애들이라. 위엣 놈은 하도 자잘한 사고를 많이 치고 다녀서, 자르긴 뭣하고 그대로 두기도 뭣해, 이쪽저쪽 돌려쓰는 케이스고, 밑엣 놈은 뭐, 어리바리하기가 이만저만이 아니더라고. 하여튼 걔들 말로는 노인이 등으로 받았다는데, 아, 그게 말이 되냐고, 말이.

하지만 사건현장을 둘러보고 있자니, 정주아도, 수사국장도 내심으론, 그럴 수도, 라는 생각이 들었다. 이건 아무리 봐도, 정당방위나 방어공격이라고 보기 어려웠다. 정주아가 보기에 이건, 그야말로 처형이나 마찬가지였다.

근데, 저 미국인들, 손에 든 건 뭐죠? 낸들 아나. 하여간 코쟁이들은 하나같이 별나. 여기 와서 저게 뭐하는 짓들이냐고. 수사국장이 고개를 가로저으며 쿵쿵거렸다. 자기도 지쳤으니 좀 알아달라는 의미다. 정 기자, 하여간 빨리 끝내. 우리도 여기 곧 수습할 거니까. 정주아가 고개를 끄덕이고는, 수첩에 '미국인 등장', '처형'이라는 단어를 써넣었다. 그리고 미군이 들고 있던 기계도 대충 그려두었다. 나중에 제이에게 물어봐야겠다.

그녀는 간단한 속보 기사를 작성해 전송한 다음, 다음 행선지로 발을 옮겼다.

　강 경위는 정 기자가 사주는 커피를 고맙게 받아 마셨다. 여기자를 만나기는 처음이었다. 갸름한 턱 선에, 약간 신경질적인 눈매. 매사 제멋대로인 강 경위였지만 사람 보는 눈은 제법인지라, 눈앞의 여자가 만만한 상대가 아니라는 걸 직감했다. 사실 그는 눈앞에서 노인이 등으로 차를 우그러뜨리는 장면을 목격한 이후로는, 보이는 게 전부는 아니라는 걸 뼈저리게 느끼고 있었다.

　어쨌든 경찰 생활 중 그의 주가가 최고로 치솟은 게 바로 지금이었다. 강 경위 스스로도 그 사실을 충분히 인지하고 있었다. 어쨌거나 유나를 최초로 인계받은 경찰인 것이다. 이 일로 경찰 중 누군가 표창을 받을 부분이 있다면, 그것은 필경 자신의 몫이 될 거라고 확신했다. 박 경사야 계급발도 달리고 일단 어리바리해서, 딱히 경쟁자란 생각도 들지 않았다. 당장 이렇게 서울에서 온 미모의 여기자가 자신에게 커피도 사주지 않는가, 말이다.

　그러니까, 확실히 등으로 받았단 말이죠? 그럼요. 눈 깜짝할 새였다니까요. 충돌하는 소리도 분명히 들었죠. 스르륵, 이렇게 아슬아슬 스친 게 아니라, 제대로 쾅, 하고 받았단 말입니다. 그러면서 강 경위는 오른 주먹으로 왼 손바닥을 세게 내리쳤다. 그런데 노인은 그대로더군요. 조금도 안 다쳤어요. 노인 품에 안겨 있던, 개, 유나도 말짱하고요. 차요? 범퍼가 나갔죠. 운전사, 그 술 취한 새끼가 살아남은 거, 그것도 기적이라니까요. 강 경위가 찻잔 머리를 손가락으로 돌돌 돌리며 말했다. 여차하면, 내가 죽을 뻔했다고요. 하여간 그 순간 깨달았죠. 이건 슈퍼맨이다. 하지만 저도 경찰이니까, 내색하지 않고 말했죠. 우선 아이를 넘겨 달라. 순순히 넘겨주더군요. 그래서 일단 확인절차가 필요하니까 서로 동행하자, 그랬더니, 또 준법정신은 강한지 순순히 따라오더군요. 여기서 강조하고 싶은 것은, 거기 그 자리에 제가 있었고, 경찰로서의 소임을 다해 아이를 무사히 인계받았다는 겁니다.

정주아는 대꾸 없이 질문만 던졌다. 뭐라고는 안 하던가요? 강 경위가 잠시 생각하는 듯하다 대답했다. 뭐, 지금 TV 나오는 거 봐도 아시겠지만, 워낙 말수가 적은 사람인지라. 아 참, 차에 올라타며 그러더군요. 각혈을 해서 피가 목에 고인 것 같다고, 휴지 좀 달라더군요. 피를 뱉던가요? 아뇨. 그냥 캑캑거리더니, 고개만 흔들고 말더군요. 아무리 슈퍼맨이라 하더라도, 노인은 노인이더란 말입니다. 확실히 주민등록상으로는 여든을 넘겼으니까요. 하여간 독특했어요.

거주지가 어디던가요? 강 경위가, 찾아가기 쉽지 않을 거예요, 너무 외진 곳이라, 하고 말을 흐렸다. 차라리 고 가까운 읍내로 가보시죠. 노인이 거길 들렀다 오는 길이었다니까. 마트에서 산 식료품과 물건들이 차 짐칸에 실려 있더라고요. 차가 박살나, 이제는 쓸 수 없게 되었겠지만, 말입니다.

정주아는 강 경위의 이야기를 대충 정리하자마자 몸을 일으켰다. 노인이 종종 들른다는 읍내에 잠시라도 다녀가려면 부지런히 서둘러야 했다. 정주아는 총총히 이모네, 라는 상호를 가진, 정말 그녀의 이모처럼 비대한 덩치의 여주인이 홀로 운영하는 허름한 다방을 벗어났다. 갑자기 버림받은 강 경위는 뭔가 아쉬운 마음에 남은 커피를 한 입에 털어 넣었다.

정주아는 마을 어귀에 내다걸린 플래카드를 보고 깜짝 놀랐다. 우리 마을의 자랑, 그가 있어 행복합니다, 라는 글귀 아래, 고딕체로 이 식상한 이벤트의 출처가 기재되어 있었다. 읍사무소였다. 하여간 엉뚱한 데서 빛을 발하는 관공서 행정의 신속함에 그녀는 혀를 내둘렀다.

마트의 카운터 여직원은 바코드의 단말기를 찍어대면서도 손님들 머리 너머에 걸린 14인치짜리 TV 화면에서 눈을 떼지 못했다. 노인의 어리둥절한 모습이 온종일 화면을 메우고 있었다. 그는 그녀 앞에서 늘 그랬던 것처럼, 그저 묵묵부답이었다.

정주아가 신분을 밝힌 다음, 여직원에게 물었다. 여긴 자주 오시나요? 여직원은 노인의 영예에 자신이 끼어들 여지가 생겼다는 사실에 무턱대고 감동했다. 굉장히 규칙적인 분이세요. 매주 수요일 같은 시각에 딱 오시죠. 여든이라지만 전혀 여든처럼 안 보인다니까요. 보세요! 여직원이 TV를 가리켰다. 솔직히 지금이 제일 늙어 보이네요. 화면발은 잘 안 받으시네……. 하여간 멋진 분일 줄 알았다니까요. 정주아가 고개를 갸웃거리며 물었다. 저분을 잘 아세요? 그럼요, 제가 여기 일하기 시작한 때부터, 그러니까 근 이십여 년을 매주 봐왔는걸요. 영웅의 풍모가 있었어요. 귤 하나를 고를 때도, 영웅처럼, 척척 이렇게 담는다니까요. 여직원이 굳이 귤 담는 시늉까지 해보였다.

아니 그런 거 말고, 좀 더 구체적인 정보는 없어요? 가령 지금까지 어떤 일을 해왔다거나, 고향이 어디라거나, 무슨 이유로 이 도시로 왔다거나. 갑자기 여자의 얼굴이 침울해지더니 꿀 먹은 벙어리가 되었다. 정주아가, 아무것도 몰라요? 귤 고르는 모습 같은 거 말고는? 하고 다그치자, 여자가 기어들어가는 목소리로, 그리고 굳이 그런 걸 까발려야겠느냐는 원망 섞인 눈초리를 하고 대답했다. 그분은, 그러니까, 그분은…… 저희 마트의 단골고객이십니다.

이발사 최는 여전히 심드렁하게 담배를 물고 있었다. 정주아가 물었다. 그래도 여기, 매달 한 번씩 꼬박꼬박 오셨다고 하던데요? 그랬지요. 뻑, 하고 담배를 뿜었다. 손님은 없었다. 쾨쾨한 냄새만이 정주아의 코끝을 간질였다. 그럼 이런저런 이야기도 많이 나누셨겠네요. 글쎄, 내 생각엔 다른 사람들보단 많았겠지, 싶소만. 어떤 이야기들을 주로 나누셨나요? 그가 잠시 골똘히 생각하는 듯한 표정을 짓더니, 방금 전 자신이 한 말을 정정했다. 다른 사람들보다 많았단 이야기지, 나와도 뭐 그다지 많은 이야길 나눈 건 아니었지. 그 손님도, 나도 말수가 많은 사람들이 아닌지라.

정주아가 표정에서 실망감을 감추질 못했다. 괜스레 미안해졌던지, 이발사 최가 말했다. 이야기를 나누었다면, 하고 그가 입을 열자, 정주아가 혹시나 하는 마음으로 눈을 반짝였다. 보통 늙어간다는 것에 대한 것이었지. 그 손님도 그렇고 나도 그렇고, 나이를 먹을 만큼 먹었으니까. 예전에 군인이었다는 이야기를 얼핏 했던 적도 있었던 것 같은데, 정확하진 않소. 어쨌거나 우리 연배는 다 전쟁 통을 지나온 세대니까.

군인이라는 말에 정주아의 눈이 반짝거렸다. 군인이었다구요? 모르겠소. 얼핏 전쟁 이야기를 한마디 했던 것 같기도 한데. 왜 9.11 터졌을 땐가, 아프가니스탄에 미군이 들어갔을 땐가. 잘은 기억이 안 나. 나도 노인이니까. 여하튼 길게 이야기하는 사람도 아니었고. 그가 텅 빈 이발소를 휘이 두르며 담배 연기를 뿜어냈다. 정주아의 코가 매캐했다.

그 사람, 돌아올 거라고 봐. 예? 정주아가 뜬금없이 무슨 소리냐는 표정으로 되물었다. 이 담배 같은 거라. 사십 년 동안 피워오면서 내내 끊어야지, 하고 생각했거든. 그런데 이 나이쯤 되면 그런 건 아무래도 상관없는 거잖아. 끊지도 못하고, 끊을 수도 없는 거요. 그냥 나랑 죽을 때까지 같이 가는 거지. 그런 거야. 그 사람, 말을 안 해 무슨 사연인지 모르겠지만, 몇 십 년 동안 산골에 처박혀 혼자 살던 손님이오. 그걸 벗어나고 싶어 하진 않을 거야. 숨겨진 능력이건, 괴력이건, 슈퍼맨이건, 어쨌든 그 사람은 지금 여기 돌아오고 싶어 안달이 났을걸. 뉴스 보니까, 안색이 너무 안 좋더라고. 항상 건강하던 사람인데……

정주아는 이발사의 지극히 주관적인 견해였음에도 노트에다 그대로 받아 적었다. 정주아는 이발소 문을 드르륵 열다, 이 동네에서 가장 오랜 역사와 전통을 자랑하는 이발소, 라는 글귀를 보고 말했다. 이제, 슈퍼맨이 단골로 깎던 이발소, 라고 하는 게 더 효과적이겠는데요? 이발사가 담배를 뿜어내며 말했다. 나, 관둘 거요. 그 사람처럼 슈퍼맨도 아니고, 가위 들고 있기도 버거워. 나 늙었단 말이오.

호기심을 발동시키는 몇몇 부분과 불확실한 정보를 옆으로 밀쳐두면, 그녀가 보기에 확실한 건 하나뿐이었다. 은둔자. 어떤 이유에서인진 몰라도, 그는 말수가 적고 친구가 없다. 왜? 그리고 그런 사람이 왜 갑자기 영웅의 자리로 뛰어나온 거지? 뭔가를 찾아내야 해. 아까 현장 봤지, 그 처참함. 분명 뭔가 있어. 그녀는 언제나 그랬듯이, 자신의 직감을 믿었다.

피로

노인은 심히 피로했다. 물론 이 경우에도 순전히 정신적인 것이었지만, 어쨌든 그는 지쳐 있었다. 소녀를 돕기로 결정한 순간부터, 이미 어느 정도는 예상했던 바였다. 상대가 어떤 놈들이든 간에, 어쨌든 사람을 죽인 것이다. 취조와 증명과 심문과 어쩌면 고문으로까지 이어질지도 모른다고, 그는 생각하고 있었다.

하지만 맞닥트린 상황은 그가 예상한 것과는 너무나도 달랐다. 갑자기 기자들이 아프리카 물소 떼처럼 우르르 몰려오질 않나, 묻지도 않고 그의 면전에서 플래시를 터트려대고, 사건을 이첩 받은 서초경찰서장이라는 작자는, 연신 싱글벙글하며 일면식도 없었던 자신에 대해 주저리주저리 떠들고 있었다. 당황하기도 했거니와 예상치 못한 상황에 더욱 기가 막혀, 안 그래도 적은 말수가 아에 없어지다시피 했다.

기자들이 어떤 질문을 퍼붓건, 그는 그 망할 경찰들에게서 아내의 사진을 돌려받지 못한 것에만 신경이 곤두서 있었다. 그는 서장을 볼 때마다 아내의 사진을 찾아달라고 부탁했지만, 오랜만에 매스컴에 얼굴을 타

싱글벙글한 그는 연신, 그 부분은 걱정하지 마십시오, 저희가 꼭 무사히 찾아서 돌려보내 드리겠습니다, 라고 판에 박힌 대답만 반복했다.

도무지 마를 기미가 보이지 않는 기자들의 질문 공세에, 노인은 그저 담배 연기를 뱉어내듯 노골적으로 한숨을 내쉬거나, 서술형의 답변을 요하는 질문에 퉁명스럽게 예, 아니오만 반복했다. 어떤 질문엔 아예 시선을 외면해버리기까지 했다. 그러면, 기자들의 불만을 무마하기 위해, 대변인을 자청한 서장이 대신 답을 해주는 경우가 태반이었는데, 서장은 소속 연예인의 갑작스런 성공에 들뜬 초짜 매니저처럼, 과장과 허풍을 잔뜩 끼워 늘어놓았다. 가령, 그때 이분의 영웅적인 의기가 발동하여, 소시 적부터 익혀온 무술 실력을 발휘, 악당들과 사투를 벌였으며, 소녀의 고귀한 목숨을 구하기 위해서는 무자비한 악당들의 목숨을 거둘 수밖에 없었지요, 라는 식에는 노인조차 고개를 절레절레 흔들 수밖에 없었다. 지금 노인이 바라는 건 단 하나뿐이었다. 아내의 사진을 찾아 집으로 돌아가는 것.

하지만 기자들은 멈출 생각이 없었다. 아무리 아귀를 짜 맞춰도 이 사건은 개연성에 허점이 너무 많았다. 그들이 보기에 가장 흥미로운 부분은 악당 넷을 맨손으로 상대한 이가 여든의 노인이라는 점, 그리고 도무지 인적이 들지 않을 듯한 그 은밀한 현장을 노인이 어떻게 찾아낼 수 있었으며, 도대체 왜 그런 위험 속으로 뛰어들었는가, 하는 것이었다. 결국, 그 모든 것은 하나의 질문으로 귀결되었다. 도대체 당신 정체가 뭐야? 명색이 기잔데, 그들도 그 답을 찾아내기까지는 멈출 수 없는 노릇이었다.

비밀이 많고 과묵한 슈퍼히어로의 존재는 대중들의 호기심을 끊임없이 자극했고, 그럴수록 언론과 매스컴은 발을 동동 굴러야 했다. 좀처럼 입을 열지 않는 영웅의 한마디를 받아내기 위해 시도 때도 없이 그를 괴롭

했지만, 노력만큼 성과를 거두는 경우는 거의 없었다. 기자들 입장에선, 최악의 취재대상인 셈이었다.

　피로하기는 유나도 마찬가지였다. 그녀의 경우에는 정신적인 것뿐 아니라 육체적인 피로까지 고스란히 포함한, 순수한 개념의 피로였다. 영특한 딸에게 거는 기대가 남달랐던 유나의 부모는 딸이 받은 충격과 피로를 걱정하면서도, 매스컴의 찬사를 받는 딸의 모습이 장해 내심 흐뭇한 게 사실이었다. 솔직히 유나가 극심한 두통과 피로를 호소하지만 않았더라면, 밀고 들어오려는 기자들을 막을 생각이 없었고, 외려 병실 앞에 죽치고 앉아 딸의 영웅 스토리를 만방에 알리려는 기자들의 노고를 치하해주고 싶어 죽을 지경이었다.

　무자비한 폭력의 희생자로 낙인 찍혀 혼삿길 막히는 게 아닌가 내심 걱정이었던 유나의 엄마는, 취재의 방향이 친구들을 대신해 자신을 희생한 용감한 소녀 영웅 이미지로 흐르자, 크게 안도했다. 보아하니 대학 수시 합격은 이미 보장된 셈이고, 이왕 이렇게 된 거, 이참에 딸의 주가나 팍팍 올려놓자는 심산이었다. 눈의 붓기가 덜 빠지고 수술 받은 코의 상처가 여태 아물지 않아, 딸의 미모를 맘껏 과시하지 못하는 게 그저 안타까울 뿐이었다.

　유나는 어리둥절했다. 그녀는 자신을 그저 불운한 피해자로만 생각하고 있었다. 노인이 제때 등장하지 않았더라면 아마도 자신은 갈기갈기 도륙된 채 널브러진 사체의 형태로 발견되었을 것이고, 예기치 않게 끔찍한 최후를 맞은 불운한 소녀의 아이콘이 되어 잔혹한 살인사건이 발생할 때마다 회자될 운명이 되었으리라는 걸, 똑똑한 그녀는 잘 알고 있었다.

　그런데, 뜬금없이 영웅이라니. 침상머리에 설치된 브라운관을 통해 노인의 융통성 없는 표정을 보며 참 일관성 있는 할아버지라고 생각하고 있는데, 느닷없이 자신의 가장 해맑은 사진이 뜨더니, 다짜고짜 영웅으로 지칭하는 것이 아닌가. 그리고는 병실에 드러누운 같은 반 여자 아이들이 나와, 눈 부위를 모자이크 처리하고 목소리마저 변조한 채, 유나의 영웅적인 행각을 증언하기 시작했다.

아, 반장을 부르더라고요. 다 눈을 피하고 두려워 떠는데, 그때, 유나가 벌떡 일어나 태연하게 걸어 나갔어요. 옆 침상에 누워 있던 아이가 불쑥 치고 들어왔다. 맞아요. 조금도 떨지 않았어요. 반장다웠다고요. 다시 첫 번째 아이가 공을 가로챘다. 그러더니 그랬던 것 같아요. 내가 반장이니까, 다른 애들은 내버려두라고. 다들 비명을 질렀기 때문에 정확하게 듣진 못했지만, 분명히 그런 식으로 이야기했던 것 같아요. 그리곤 둘이서 함께 소리쳤다. 그 앤 우리 반 반장이었어요!

모자이크를 하고 목소리를 바꾸었지만, 아, 저 숨길 수 없는 독특한 억양들이라니. 유나는 1번 영미와 12번 혜주라는 사실을 대번에 알아보았다. 쳇, 하고 유나가 콧방귀를 뀐다. 이건 정말 너무하잖아. 내가 누구 때문에 놈들에게 붙들려갔는데. 쳐 죽일 년들. 유나는 그냥 고개를 돌리고 말았다. 하지만 그녀는 곧 알게 되었다. 그녀가 이미 언론이 소개한 그대로, 작은 영웅이 되어 있음을.

인생에서 가장 예민하다는 사춘기 시절을 이토록 소란스럽게 보내고 있는 유나는, 정말 삐뚤어져 버릴 테다, 하는 반항심마저 일었다. 다른 걸 다 떠나서 화장실도 제대로 다닐 수 없었다. 기자들은 가능하다면 그녀가 오줌 싸는 소리까지 취재해갈 판이었다.

마침내 참다못한 그녀가 버럭 소리를 질렀다. 영웅은 내가 아니라, 그 할아버지예요. 그 할아버지 아니었음, 난 지금 시체가 되어 있었을 거라고요. 알아요? 난 이제 막 죽다 살아 돌아온 사람일 뿐이에요. 제발 쉬고 싶어요. 저 할아버지도 아마, 쉬고 싶을 거구요. 난 할아버지에게 제대로 인사드릴 기회조차 없었다구요. 댁들 덕분에요!

다음 날 신문기사의 헤드라인은, 죽다 살아 돌아온 작은 영웅, 여든의 슈퍼히어로와 다시 해후하길 원하다, 라고 붙었다. 그 뒤론 화가 나는 것도 참아야만 했고, 결국엔, 에라 모르겠다, 하는 심정이 되고 말았다. 기자들이 죽치고 있거나 말거나, 그녀는 만화책을 읽고 PMP로 불법다운로드 한 영화를 보고, 기자들이 쫓아오거나 말거나, 화장실에 들어가 시원하게 변을 보고, 기자들이 보거나 말거나, 코까지 팠다. 그래도 그녀는 건강하고 쾌활하며 점점 정상을 찾아가는 작은 영웅이자 국민 여동생이었다. 그쯤 되자, 그녀도 정말로, 그러거나 말거나, 의 심정이 되고 말았다.

정주아는 현장에서 돌아오자마자, A팀에 합류했다. 취재는 공격적으로, 라는 모토를 가진 정주아의 지휘 아래, 무미건조했던 취재는 활기를 띠기 시작했다. 정주아는 팀을 다시 세분하고 후배들을 다그쳐, 노인의 신상에 관한 정보를 모으는 데 주력했다. 그리고 자신은 직접 경찰서장을 찾아가, 단독면담을 신청했다. 평소 정주아에게 남다른 감정을 가지고 있던 서장은, 다른 기자들과의 형평성마저 무시하고 흔쾌히 응해주었다.

그녀는 서장을 꼬드겼다. 이렇게 재미없는 그림, 좀 그렇잖아, 이쯤에서 감동의 페이소스를 뽑아낼 차례라고요. 도와드릴게요. 우선 노인의 신상에 대해 파악된 거 있음, 좀 제공하세요. 아, 그건 좀 곤란해. 요즘 정부의 정책 실패랑 인선 비리에 대해 말들이 많아서, 요 건으로 좀 질질 끌어야 하긴 한데, 또 위에서 지침은 신상 공개는 최대한 자제하라는군. 노인 본인도 완강히 거부하고 말이야. 뭐, 이력이래야, 전쟁 참전해 훈장 받은 게 전분데, 저 연배의 퇴역장교라면 누구나 가지고 있을 법한 이력이잖아. 하, 그러니 내가 돌아. 당사자는 말도 안 해, 공개할 것도 없어, 근데 관심은 계속 유도하라니, 이것 참. 정 기자가 고개를 주억거리며 서장의 말을 받아 적었다.

서장이 괜한 말을 했다 싶었는지, 재빨리 덧붙였다. 근데 방금 내가 한 말로 기사 낼 건 아니지? 이건, 그냥 사적인 대화야, 사적인 대화. 서장은 뼛속까지 기자인 정주아와 사적인 대화가 가능한가 싶었지만, 이미 저지른 실수를 주워 담긴 글렀고, 얼기설기 봉합이라도 해야 했다. 특히 정부의 방침, 어쩌고 한 건 그냥 넋두리였어. 알지? 이거 내면 오보야, 오보. 노련한 정 기자가 고개를 갸웃거리며 대답했다. 글쎄요. 서장은 애가 달았다. 아, 진짜, 이러기야.

정주아가 대답했다. 어쨌든 전 기자고, 취재 중인 사안이니까요. 허허, 정 기자, 우리 다시 안 볼 사이도 아니잖아. 정주아가 그 말을 곰곰 되씹는 척하며 내심 흐뭇한 미소를 지었다. 좋아요, 그럼. 서장의 얼굴이 다시 밝아졌다. 안도감이 드러난 서장의 얼굴을 똑바로 쳐다보며 정주아가 초를 쳤다. 부탁 하나 들어줘요.

서장의 얼굴이 납빛으로 변했다. 또 뭘 하려는 거야? 뭐, 간단한 거예요. 노인과 소녀의 상봉 장면 만들어 주세요. 맨 앞자리는 저희 기자 자리구요. 회견 끝나면 그 두 사람 단독 인터뷰 자리 만들어줘요. 서장이 곰곰이 생각했다. 단독 인터뷰는 그렇다 쳐도, 둘의 재상봉은 극적인 효과를 창출할 수 있을 테니, 자신으로서도 뭐 손해 볼 장사가 아니었다. 서장은 큰 선심이라도 쓰듯, 뭐, 노력해 보지, 하고 흔쾌히 대답했다.

그리고 가지고 있는 신상 자료 주세요. 에, 그건 안 돼. 우유부단한 서장이 이번엔 망설임 없이 대답했다. 어차피 우리가 찾아내려면 다 찾아낼 수 있어요. 시간 절약 좀 하게 해달라고요. 이 노인 고립된 기간이 너무 길어서 빈틈 메우기가 쉽진 않네요. 아, 안 된대도. 정부 방침이라잖아. 좋아요, 그럼 그 정부 방침에 대한 기사를 써야겠어요. 서장님 코멘트 달아드릴게요.

서장이 발을 동동 구르며 정주아에게 매달렸다. 아, 왜 이래? 그러니까, 주세요. 당장은 말고 적당한 시기에 사용할게요. 물론 전적으로 제가 취재한 걸로 하고요. 서장이 쭈뼛쭈뼛 대꾸했다. 취재원은 보호해 주겠다? 그 말, 믿을 수 있는 거야? 그럼요, 우리 다시 안 볼 사이도 아니잖아요?

경찰서를 나오는 그녀의 발걸음이 한결 가벼웠다. 조만간 노인과 소녀의 상봉이 있을 것이고, 노인의 괴력이나 정체불명의 미국인들에 대한 진실도 파헤칠 수 있을 것이다. 서장이 건네줄 노인의 이력에서부터 출발하자. 사실에서 감동으로, 감동에서 음모로, 음모에서 진실로. 이 사건에 엄청난 금맥이 숨겨져 있음을, 정주아는 기자의 직감으로 확신하고 있었다. 여태껏 그녀의 확신은 크게 엇나간 적이 없었다.

정주아에게 괜한 말실수로 책잡힌 서장은 곤욕스러웠다. 하여간, 이놈의 입이 방정이라니까. 그도 오랜 공직생활 속에 노련해질 대로 노련해졌지만, 정주아 앞에만 서면 꼭 허술해지고 말았다. 아내의 젊은 시절과 너무 닮아서 일지도 모른다. 아마 그래서였을 것이다. 그의 아내는 젊은 시절의 우아하고 품격 있는 미모는 이제 온데간데없고, 탐욕스러운 인상에 만성비만 상태로 변해 있었다. 마음 같아서는 윽박이라도 지르고 싶었지만, 자신이 경찰서장 자리에 체면 구기지 않고 오른 데는 명문 집안 출신의 아내가 자존심 다 버리고 발품을 판 데 기인한 바가 컸기 때문에, 이래라저래라 할 입장도 아니었다. 그러니 그는 솔직히 여우 같은 정주아

기자를 만나는 게 좋았다. 정주아가 자기처럼 순수한 마음이 아니라는 게 문제였지만.

어쨌든 약속한 게 있으니 주긴 줘야 하는데, 가급적 신원 공개는 자제하라는 어정쩡한 지침이 내려와 있었다. 뭐, 그리 대단한 이력을 가진 것도 아닌데, 하고 그는 자신이 가진 파일을 들여다보았다. 훈장 몇 개 받은 화려한 군 경력 말고는 특별할 게 없었다. 아니 이런 경력이라면 보다 적극적으로 내세워 국가 이미지를 높일 게 아닌가. 아내와의 사별도 그 나이엔 흔한 일 아닌가. 한때는 엘리트였던 홀아비 퇴역장교, 그게 전부였다. 왜들 이러시나, 참.

그러면서도 그는 서류를 들고 비서실로 갔다. 비서실에는 최 경감 혼자 꾸벅꾸벅 졸고 있었다. 어이, 하고 서장이 그를 툭툭 쳤다. 아, 예. 최 경감이 화들짝 깨어났다. 자기도 짬밥이 있는데, 너무 호들갑 떨며 깨어난 것 같아 무안했다. 서장은 한바탕 윽박지를까 하다, 생각을 바꿔 달콤한 목소리로 속삭였다.

이봐, 경찰일이란 게 그래. 항시 피곤한 거지. 최 경감은 지금 서장이 자기를 조롱하는 거라고 생각했다. 자기 짬밥도 20년을 훌쩍 넘겼는데, 지금, 고단한 야근으로 사시사철 잠이 부족한 신입형사에게나 해줄 법한 말을, 그것도 서장의 캐릭터에 맞지 않는 사근사근한 목소리로 씨부리고 있지 않은가 말이다. 그러거나 말거나, 서장은 계속 달콤하게 늘어지는 목소리로 말했다. 뭐, 별일 없을 테니, 잠깐 눈 좀 붙이고 오게. 하지만 지금은 그 슈퍼맨 때문에 장난 아니게 바쁜 시기입니다. 경감이 대꾸했다. 아, 그걸 아는 놈이 처자고 있나, 라고 소리치고 싶었지만, 서장은 대신 더 달콤하게 말했다. 벌써 한풀 꺾이고 있잖아. 우리나라 사람들 냄비근성 알아주잖아. 또 일 터지면 힘들어질 테니, 지금 잠깐 쉬고 와. 아, 어서.

서장이 인자한 형님처럼 권하자, 반쯤 미심쩍어 하면서도 그가 엉거주춤 자리에서 일어나, 어젯밤 마누라가 많이 아파서 잠을 좀 설쳐서요, 라는 뻔한 변명과, 명민한 판단력을 위해 잠깐, 아주 잠깐만 눈 좀 붙이고 오겠습니다, 라는 맘에도 없는 군소리를 보태고는 문을 열었다. 아, 그래, 그러라니까. 서장이 길 떠나는 동생의 등을 두드려주는 형처럼 밝은 미소를 덧붙였다. 저럴 땐, 참 사람 좋아 보인단 말이야. 경감이 속으로 뇌까리며 문 밖으로 냉큼 빠져나갔다.

아, 씨발, 내가 복사까지 해야 돼? 이 나이에, 이 계급에. 서장이 복사기의 전원을 켜고 예열시킨 다음, 여덟 장의 종이를 밀어 넣고 여덟 장의 종이를 뽑아냈다. 원본을 잘 추스르고, 사본을 최 경감 책상을 뒤져 찾아낸 서류봉투에 담아, 테이프로 꼼꼼하게 봉합했다. 됐어. 그는 정주아의 번호를 눌렀다. 어차피 줄 거, 정 기자랑 밥이나 같이 먹자. 돼지 같은 마누라랑 저녁상에 앉는 것보다야 소화도 잘될 테고. 이깟 종이 몇 장에 뭐 문제될 거 있겠어?

정 기자가 전화를 받았다. 저녁 식사나 할까? 주실 건 있는 거죠? 아, 그렇다니까. 그래요, 그럼. 서장의 기대에 못 미치는 간결한 통화였다.

정 기자와의 통화를 끝내고, 서장은 바로 당직실로 콜을 넣었다. 그새 완전히 곯아떨어진 건지 경감은 전화를 받지 않았다. 서장은 지나가는 순경 하나를 불러 지시했다. 가서, 그대로 전해. 야, 이 미친 새끼야, 지금이 어느 시국인데, 경감이나 돼먹은 자식이 잠을 처자? 1분 이내로 튀어 와서 자리 안 지키면, 강등시켜 버린다! 가서 토씨 하나 빼지 말고 그대로 전해.

잠에서 덜 깬 얼굴로 아들 뻘쯤 되는 순경에게 미친 새끼 운운하는 소리를 들으며, 최 경감은 생각했다. 역시 속임수였다. 그 달콤한 목소리는 악마의 유혹이었고, 자신은 순진하게도 거기 넘어간 거야, 바보같이. 짬밥이 부끄러웠다. 그는 허겁지겁 달려가며, 좀 전에 서장이 보여준 인자한 미소를 떠올렸다. 진짜 악마가 따로 없군, 원 더러워서.

노인은 집으로 돌아가고 싶었다. 마음만 먹는다면 충분히 가능한 일이었다. 하지만 서장은 늘 싱글벙글한 목소리로 조금만, 조금만 더, 를 부르짖었다. 경찰서 브리핑룸에서 인터뷰를 하고 나면, 호텔 VIP룸으로 돌아와 휴식을 취했다. 따뜻하고 세련된 분위기, 모든 것이 충족된 공간, 가진 자의 상징과도 같은 그 모든 환경이 그에게 여간 거북살스러운 것이 아니었다.

그럼에도 불구하고 그가 서울에 머문 것은, 그의 소중한 아지트가 제공해온 정적이 파괴될지도 모른다는 두려움 때문이었다. 어쩌면 소란이 가라앉고 자신이 잊혀지기를 잠시 기다리는 게 나을지도 모르겠다는 생각이 들었다.

아내의 사진은 아직도 돌아오지 않았다. 그녀의 생글생글한 웃음이 그리웠다. 이상하게도 자꾸 보지 않으니까, 그녀의 형체가 흐릿해진다. 기억력의 감퇴를 문제 삼을 이유는 전혀 없었다. 왜냐면 그의 기억력은 그 어느 때보다 비상하고, 바로 그 점이 그를 고통스럽게 하니까. 그런데도, 자꾸 아내의 얼굴을 잊어버릴 것만 같은 불안감이 느껴진다.

거대한 침대에 엉덩이를 엉거주춤 걸치고 앉아 생각에 잠겨 있는데, 벨이 울렸다. 이 늦은 시간에 누가? 문 밖에는 룸 보이 대신, 배불뚝이 서장이 술에 취한 얼큰한 표정으로 서 있었다. 사람 좋은 밝은 미소를 지으며, 그가 말했다.

내일, 그 아이를 보러 갑시다. 서장이 거두절미하고 대뜸 말했다. 누구?

노인이 되물었다. 그 아이 말입니다. 당신이 구해준 여자애. 당신을 보고 싶어 한다니까요.

문득 노인은 자신이 이 불편한 상황에서 벗어나 집으로 돌아가지 않은 진짜 이유가, 어쩌면 그 아이를 다시 보고 싶어서 일지도 모른다는 생각이 들었다. 아내가 죽은 후, 그에게 온기를 건네준 유일한 사람이었다. 마지막 순간의 아내처럼 그의 품에 웅크리고. 노인이 대답했다.

그럽시다.

노인과 소녀

노인은 소녀를 만나기로 한 것을 후회하고 있다. 조용하고 소박한 만남을 기대했던 그는, 벌 떼처럼 몰려든 기자들을 보고 시작하기 전부터 짜증을 느꼈다.

노인과 소녀의 만남은 역시나 대서특필 감이었다. 영웅에 대한 새로운 정보들이 바닥을 드러내던 찰나에 적절하게 펼쳐진 감동의 퍼포먼스였으니까. 전 국민이 마치 이산가족 상봉 때나 남북의 정상이 만나 포옹할 때처럼, 극적인 순간을 기대하며 생중계되는 화면을 지켜보았다.

유나는 최고의 의료진이 밤잠을 설치는 노고를 아끼지 않은 데다 스타가 된 딸의 매니저를 자처한 부모의 극성 때문에, 붓기가 많이 가라앉고 터진 입술이 오물조물 잘 봉합되어, 예전의 모습을 어느 정도 찾아 있었다. 상처 부위에 화장은 좋지 않다는 의사의 권고에도 불구하고, 유나의 엄마는 화면발이 잘 받도록 딸의 얼굴에 7종 세트 상품을 마구 찍어 발랐다. 그래서 사실 유나는 얼굴이 많이 따끔거렸고, 가뜩이나 불편한 심기와 취재진의 플래시 세례 때문에 절로 눈살이 찌푸려졌다.

유나가 피로에 찌든 인상으로 지정된 자리에 앉자, 노인이 도착해 있던 대기실에 관계자가 찾아와 큐 사인을 주었다. 지금 나오시면 될 것 같아요. 노인은 고개를 끄덕였다. 이런 작위적인 만남이 예정되어 있는 줄은 몰랐기에 그는 무척 당혹스러웠다.

회견장에 첫발을 내딛기도 전에, 플래시가 전투적으로 터졌다. 오래전에 이 비슷한 경험을 한 적 있었다. 적들의 모든 총구가 자신의 가슴팍을 향했던 경험. 그런 건 시간이 아무리 흐르고 나이를 아무리 먹어도, 두뇌의 기능이 마지막 한 줌의 힘을 짜내야 하는 그 순간까지도 쉽사리 잊혀지지 않는 법이다.

노인은 회견장 중앙에 마련된 좌석을 향해 쭈뼛쭈뼛 걸음을 옮겼다. 그야말로 전형적인 노인의 움직임이었다. 먼저 나와 자리에 앉아 있던 유나도 노인을 보고 엉거주춤 일어섰다. 둘 다 피로와 어색함이 역력히 드러난 표정이었다. 와락, 하는 감동의 현장을 기대한 기자들은 의외의 싱거운 진행이 성에 차지 않았다.

누군가가 소리쳤다. 한번 안아주세요. 그러자 일제히 소리치기 시작했다. 달려가요, 생명의 은인이잖아. 와락, 껴안으라고. 좀 더 허리를 펴주세요. 조금 가까이 다가가주세요. 왁자지껄한 말들의 향연이 펼쳐졌다. 하지만 노인이 매서운 눈초리로 포토라인 밖에서 웅성거리는 취재진을 쩨려보자, 모두들 일제히 입을 다물었다. 아, 그것이야말로, 적들을 초살 시킨 슈퍼히어로의 눈매였던 것이다. 순간적으로 움찔했던 기자들이 옳다구나 일제히 셔터를 눌러댔다.

노인이 유나와 1미터 간극까지 좁혀간 다음, 정말 입을 열긴 싫지만 그래도 해야겠지, 하는 표정으로 말했다. 괜찮으냐. 아, 저 노인의 말투라니, 하고 먼발치에서 정주아가 중얼거렸다. 그녀는 이 모든 행사의 주관자처

럼 한발 물러나 있었다. 촬영은 신참후배가 몸을 부대끼며 밀고 들어간,
것은 아니고 서장의 배려로 마련된 제일 앞자리에서 편안하게 하고 있었
다. 그녀에게는 이후의 단독 인터뷰가 예정되어 있었다. 다른 매체에서
말들이 많겠지만, 뭐, 그건 서장이 알아서 처리할 문제였다.

노인이 한마디 툭 뱉고는 예의 그 무표정으로 돌아가 버린 탓에, 기자
들의 실망감과 불만이 다시 표면 위로 분출되려는 순간, 기자들이 그토
록 바라던 장면이 눈앞에서 펼쳐졌다. 누가 떠다민 것도 아닌데, 유나가
갑자기 와락 노인의 품을 파고든 것이다. 기자들만큼이나 노인 역시 깜
짝 놀라, 눈이 휘둥그레졌다. 하지만 이내 그런 상황에서는 지극히 자연
스러운 반응을 취했다. 노인의 손이 소녀의 등을 감쌌다. 소녀는 울고 있
었다. 가는 물줄기가 뺨을 타고 내려, 노인의 가슴팍을 적셨다.

노인이 소녀의 등을 두드리며, 정말 할아버지가 손녀딸에게 하듯 말했
다. 그래, 괜찮다, 괜찮아. 이제 다 끝났단다. 기자들도, 서장을 위시한 경
찰관계자들도, 집무실에서 화면을 지켜보던 위정자들도 하나같이 고개를
주억거리며 흐뭇한 미소를 지을 만한 풍경이었다. 정주아도 눈물까지는
예상치 못했던지라 조금 놀랐다.

다른 기자들의 반응을 살피려고 고개를 돌리던 그녀의 눈에 퍼뜩 들
어온 것이 있었다. 그녀가 다시 한 번 몸을 틀어 취재진과 방송장비 저
너머, 어둠 속의 공간을 응시했다. 누군가 서 있었다. 그녀는 눈을 찌푸리
고 대상을 응시해, 그들의 정체를 알아냈다. 이런 맙소사, 그 미국인들이
잖아. 그들은 예의 그 이상한 기계를 마치 자신의 신체 일부인 양 들고서
는 회견장을 겨누고 있었다.

아무리 봐도 책을 쓰는 연구자들처럼 보이진 않았다. 모양이 아무래도
이상했다. 노트도 카메라도 아닌, 저 장비 하나로 모든 걸 파악할 수 있

다는 듯. 그녀는 다시 한 번 그들의 모습을 주시했다. 언젠가, 그녀가 그들과 맞닥뜨리게 되리라는 예감이 퍼뜩 들었다.

마침내 유나의 눈물이 멎고, 두 사람이 나란히 기자회견석에 앉았다. 하지만 엉켰던 어깨를 풀자, 어색함이 다시 찾아왔다. 유나도 자신이 그렇게 행동하리라 예상치 못한 탓에 얼떨떨한 모습이었다. 유나의 부모가 억지로 시켜놓은 화장은 눈물로 다 무위가 되었고, 눈가가 민망하게 번들거렸다.

그러거나 말거나, 둘은 자리에 나란히 앉자 다시 말이 없어졌다. 유나는 울음의 여파로 머리가 너무 청명해져 외려 어리둥절한 모습이었고, 노인은 순간의 격정이 불러올 신체적 반응이 두려워 예의 그 무심함으로 돌아가려 애쓰고 있었다. 기자들은 이미 필요한 사진과 기사거리를 다 취재한 터라, 이번에는 굳이 두 사람을 심하게 다그치지 않았다. 어쨌거나 품에 안겨 울었다, 는 오늘의 포인트는 충족되었으니까.

기자 중 하나가 노인에게, 아이를 다시 보니까 어떻습니까, 하고 물었다. 거두절미하고, 다행이군요, 라고 대답한 다음, 침묵. 아이에게 한마디 해주시죠? 침묵. 품에 안으시니 기분이 어떠십니까? 침묵, 했지만, 속으로는 그도 좋았다. 사람과 사람이 몸을 맞대고 온기를 공유하는 그 기분이. 너무 오래 홀로 지낸 탓인지도 모른다. 하지만 어쨌거나 겉으로는 무심한 표정으로, 침묵.

실제로는 그 무심한 표정 아래로 그의 감정이 기폭제를 건드린 액체 폭탄처럼 보글보글 끓고 있었다. 소녀가 그의 품을 파고들었을 때부터. 이건 그다지 좋은 현상이 아니었다.

노인이 계속 침묵하자, 질문은 이제 유나에게 집중되었다. 왜 우셨어요? 그냥, 하고 유나는 얼굴이 발그레해졌다. 생명의 은인에게 한 말씀 하시죠. 그냥, 나중에. 나중에, 라니 언제 말입니까? 유나는 고개를 저었다. 자기도 지금 무슨 말을 하는 건지 모르겠다는 표정이었다. 아, 뭔가 말씀 좀 제대로 해보세요. 성마른 기자 하나가 성급하게 소리를 쳤다. 유나가 죄 지은 사람처럼 화들짝 놀라, 그를 바라보았다. 갑작스레 시선이 마주 치자, 성마른 기자가 주춤했다. 누가 뭐라고 한 것도 아닌데. 아니, 아니, 은인에게 하서야죠, 저 말고. 그는 황급히 꼬리를 내리며 말투를 부드럽 게 깔았다.

유나가 말했다. 그냥, 다, 고마워요. 할아버지 품에 안겨서 그 지옥에서 벗어날 때, 거기가 너무 따뜻한 느낌이어서, 오늘도 그 따뜻함이 그리워 서, 라고 드디어 제대로 된 멘트를 이어가는데, 가만히 듣고 있던 노인이 울컥 각혈을 했다. 노인이 다급히 입을 막았지만, 손가락 틈새로 멀건 피 가 흘러넘쳤다. 유나가 손을 뻗어 노인의 손등을 타고 흐르는 피를 함께 막았다. 노인이 피를 흘리거나 말거나, 기자들은 신바람이 나 플래시를 터트리며 소리쳤다. 왜 그러세요? 어디 안 좋으세요? 지병이 있으십니까?

경찰관계자가 황망하게 올라와 노인을 부축했고, 노인은 피를 흘린 사 람답지 않게 벌떡 일어나 관계자를 따라 이동했다. 유나가 노인의 등을 붙잡고 따라 움직였다. 진행자가 올라와 말했다. 아무래도 피로하신 모양 입니다. 취재는 여기서 마치죠. 진료 결과에 대해서는 따로 보고 드리겠 습니다.

기자들도 모두들 수긍하며 자리에서 일어섰다. 이미 뽑을 건 다 뽑았 다. 유나가 노인의 품에 안겨 우는 장면, 따뜻한 품에 대한 진술, 그리고 어쩌면 노인의 지병까지도.

정주아는 노인의 갑작스런 각혈을 지켜보다, 다시 어둠 속의 미국인들 을 보았다. 노인이 각혈하는 순간, 기계를 바라보던 두 사람이 서로의 얼굴을 바라보는 것이 보였다. 역시나 어둠 속이라 그 표정이 무엇을 말하는지는 분간할 수 없었지만. 곧 그들이 휴대폰을 꺼내 어딘가로 연락을 취하는 게 보였다. 입술을 달싹달싹 움직이는 모습만 보아도, 그들이 매우 다급하게 누군가에게 연락을 취하고 있음을 알 수 있었다. 저 각혈이 무슨 의미를 지닌 거지, 하고 정주아는 생각했다.

회견장을 벗어나자, 언제 그랬냐는 듯, 노인의 각혈이 멎었다. 마치 어색하기 짝이 없는 회견을 그쯤에서 끝내기로 작정하고 수작을 부린 것처럼. 하지만 노인의 심각한 표정을 보니, 유나는 그런 생각이 쏙 들어갔다.

경찰관계자가 뒷수습을 하기 위해, 노인과 소녀를 접견실에 남겨두고 나가자마자, 유나가 입을 열었다. 괜찮으세요? 유나가 걱정스러운 표정을 지었다. 노인은 그런 유나의 얼굴에서 아내의 표정을 읽었다. 그가 각혈을 할 때마다 세상의 모든 아픔을 짊어진 듯 걱정하던 그 표정이었다. 그래 괜찮다. 노인이 말했다.

병, 있어요? 아니, 그런 건 없다. 유나가 쭈뼛거리며 말했다. 하지만……그날도 피를 토했잖아요. 그는 고개를 끄덕여 시인했다. 봤구나. 예. 그에 대해 뭔가 더 해명하리라 생각해 유나는 잠시 기다렸지만, 노인은 역시나 과묵한 사람이었다. 노인과 친해지기 위해서는 그런 침묵에 익숙해져야만 했다.

이번에도 유나가 먼저 침묵을 깨고 말했다. 미안해요, 갑자기 안겨서. 사과할 일이 아니라는 의미로 노인이 말없이 허리춤에서 손목을 까딱했다. 속으로는 내심, 나도 나쁘지 않았다, 라고 말해주고 싶었지만 어쨌든 그 갑작스런 접촉이 각혈을 유도한 것은 사실이었다.

그냥 고마워서요. 반갑기도 했구요. 요즘 너무 힘들었거든요. 날 편안하게 해줄 누군가의 품에 안겨 울고 싶었어요. 노인이 고개를 갸웃거렸다. 신기한 일이구나. 사람들은 다들 날 불편해한다. 저도 할아버지가 악당들을 처치할 땐 무서웠어요. 하지만 할아버지가 나를 품에 안아 올렸을 때, 확실히 알 수 있었어요. 할아버지의 품에서만큼은 안전하다는 걸.

노인은 태어나 그런 말은 처음 들어본다는 듯한 표정으로 유나를 바라보았다. 하지만 처음 듣는 말은 아니었다. 아내도, 언제나 그랬다. 그의 품을 파고들며, 세상에서 여기가 제일 따뜻해, 라고 말하곤 했다. 소녀에게 같은 말을 듣고 있자니 묘한 감응이 일었다.

그 때문일까, 그가 질문을 했다. 이제 다 끝난 일인데, 뭐가 그리 힘들더냐? 유나가 또 눈물이 글썽글썽한 눈으로 노인과 시선을 마주치며 말했다. 다요, 다. 모든 게 다. 내가 그 지옥 같은 곳에 갔다 기어이 살아 돌아온 모든 과정이 전부 다요. 그것만으로도 평생 짊어질 짐을 다 짊어진 기분이에요. 그런데 돌아와 보니 나는 어느새 희생양에서 영웅이 되어 있었어요. 딸의 주가나 올리려는 엄마아빠의 성화에도 환멸이 느껴지고, 눈만 뜨면 뭐든 캐내려 덤벼드는 기자들도 지겹고, 그렇다고 학교로 돌아가고 싶지도 않아요. 나는 영웅이 아니에요. 정말로 단 한순간도 영웅이었던 적이 없다구요.

내가 듣기론, 하고 노인이 입을 열었다. 하지만 유나가 잽싸게 말을 가로챘다. 제가 반장이어서 아이들을 구하려고 놈들에게 걸어 나갔다고요? 거짓말이에요. 놈들이 제 친구들과 선생님을 마치 도살장의 소 잡듯이 잡은 다음, 반장을 찾았어요. 반장이라는 사실이 우주에서 가장 잘못된 일처럼 느껴졌어요. 그것도 엄마의 성화 때문에 억지로 나가서 가까스로 되었던 거라고요. 난 몸을 웅크렸어요. 꼭꼭 숨어 있을 생각이었어요. 당연한 거잖아요. 고작 반장 타이틀이 뭐 그리 대단하다고, 그것 때문에 죽을 마음은 눈곱만큼도 없었어요. 어떻게든 살고 싶었어요. 적어도 그렇게 비참하게 죽고 싶진 않았다고요. 유나의 눈에서 눈물이 툭 떨어졌다.

노인은 말없이 듣기만 했다.

그런데 아이들이, 물론 걔들도 다 무서워서 그랬겠지만, 일제히 나를 쳐다보잖아요. 아, 그 무서운 시선들이라니. 놈들보다 더 무서웠어요. 너 뭐하는 거야, 네가 반장 아니야? 뽑아줬음, 할 일을 해야 할 거 아냐, 이런 표정들이었다고요. 난 몸이 완전히 굳어버렸죠. 근데 누군가가, 아마 영미였을 거야, 걔가 내 등을 탁 밀더군요. 난 거의 구르다시피 한 발을 내디뎠고, 그때부터 아이들 손이 들러붙어 노골적이지는 않았지만, 분명한 의지와 방향성을 갖고 날 밀어냈어요. 정신이 멍했죠. 정신을 어느 정도 차렸을 때는 이미 놈들의 차에 몸이 실린 채, 놈들이 뱉어내는 장난이니 뭐니 하는 소리들을 듣고 있더라구요. 그랬던 애들이 절 영웅으로 둔갑시켜 놓았어요. 지금 세상에 내 편은 없는 것 같아요. 할아버지밖에는. 그러면서 유나가 슬쩍 노인의 표정을 살폈다. 문득 자신의 하소연이 혹여 노인의 심기를 불편하게 만든 건 아닌가, 하는 생각이 들었기 때문이었다.

노인이 입술을 달싹였다. 스스로도 선뜻 꺼내기가 민망한 이야긴지, 망설임이 입술의 움직임에 그대로 드러났다. 내가 네 편이 되어주마. 유나의 입가에 환한 미소가 번졌다.

노인도 자신의 입에서 흘러나온 말에 깜짝 놀랐다. 지금 이 아이에게 무슨 말을……. 하지만 그는 자신의 말을 다시 거둬들이지는 않았다. 어느 정도는 진실을 내포하고 있다고 믿었으니까. 게다가 그는 어차피 지금이 이 소녀와 만나는 마지막 순간이 될 거라고 생각하고 있었다. 그의 각혈이 치료되지 않는 한, 그 누구와도 함께할 수 없는 일이었다. 아내 꼴이 날 테니까.

노인의 말에 유나의 마음이 진정되었다. 노인이, 무슨 소리냐, 난 그냥 길 가다 재수 없이 거길 들렀고, 그래서 결국 요 모양으로 생고생 중이다, 라고 대답했더라면, 유나는 정말 좌절하고 말았을 것이다. 다행이에요, 정말로. 중간의 말들은 다 생략하고 유나가 말했다. 중간의 말들이 다 생략되었음에도, 노인 역시 고개를 끄덕였다. 유나가 메모지를 꺼내더니 번호를 적어 노인에게 건넸다. 제 핸드폰 번호에요. 노인이 물끄러미 번호를 바라보았다. 그래 기억해두마.

용기를 얻은 유나가 또 다른 질문을 던졌다. 그거 사실이에요? 뭐? 하룻밤에 놈들보다 많은 사람을 죽였다는 거요. 유나가 이런 것까지 물어도 되나 하는 생각에 기어들어가는 목소리로 물었다. 노인이 또 유나를 물끄러미 바라보다 천천히 말했다.

난 군인이었다. 두 번의 큰 전쟁에 참여했지. 많은 사람들을 죽였다. 죽이지 않았으면 내가 죽었을 거다. 총을 들고 어른들끼리 하는 싸움은 늘 그런 식이지. 그럼 그때도 영웅이었겠네요? 그래…… 그랬다. 노인이 회한에 찬 사람처럼 말을 날숨에 실어 내보냈다. 사람을 많이 죽이고 오면 훈장을 줬으니까. 때론 살아남기만 해도 영웅이 되곤 했다. 그래, 살아남는 게 중요했지. 많은 사람들이 살아남지 못했으니까. 그러니 친구들이 어쨌든, 너도 살아남았다는 게 중요하다. 그게 가장 중요한 거다. 적어도 네 나이에는 말이다.

할아버지 덕분이에요. 그런 말을 듣자고 한 말이 아니다, 라는 의미로 노인이 또 손을 내저었다. 훈장까지 받았으니 자랑스러웠겠어요. 노인이 잠시 생각에 잠기는 듯하더니 말했다. 그때는, 그랬는지도 모르겠다. 하지만…… 돌이킬 수만 있다면, 그냥 내가 죽는 쪽을 택하고 싶다. 그럼 지금까지 살아남아, 고통 받지 않아도 되었을 테니 말이다.

살아남는 게 중요하다면서요? 유나가 반문했다. 너 말이다. 난 아니다. 단지 살아남는 것만으로 모든 것이 용납될 나이는 이미 오래전에 지났다. 하지만 아이들은 반드시 살아남아야 해. 왜냐면, 아이들은 죄가 없으니까. 어떤 아이들을 말하는 거예요? 갑자기 둔탁해진 노인의 눈을 의식하며 유나가 되물었다. 노인이 눈을 지그시 감았다 뜨며 말했다. 이 이야긴 그만 하자꾸나.

유나가 또 미안해요, 라고 말했다. 뭔지는 모르지만 자신의 질문이 잘못되었다는 생각이 들었던 것이다. 아니, 아니다. 너 때문이 아니다. 좀 쉬고 싶어졌을 뿐이다. 아까 피를 흘려서 그런 모양이다.

근데요, 유나가 또 조심스럽게 입을 열었다. 병원에 있을 때, 웬 미국인들이 경찰이랑 같이 와서 이것저것 캐물었어요. 그날의 상황에 대해서요. 기자들이겠지. 노인이 대수롭지 않게 대답했다. 무슨 연구자라고들 하더라고요. 근데 신분증도 보여주지 않고, 다른 기자들처럼 카메라를 들고 온 것도 아니고, 게다가…… 특이한 걸 물었어요. 적들을 죽일 때 어떤 식으로 동작을 취했느냐, 공기의 흐름이 이상하게 느껴지진 않았느냐, 품에 안겼을 때 통증은 없었느냐, 뭐 그런 것들이요. 그래? 노인이 비로소 호기심을 드러냈다.

바로 그때, 접견실의 문이 벌컥 열리고, 서장이 들어왔다. 유나의 엄마가 들어오려고 실랑이를 벌이는 소리가 들렸지만, 대신 들어온 사람은 여기자였다. 서장이 소개했다. 아, 어르신, 이쪽은 정주아 기자입니다. 뭐, 몇 가지만 묻겠다는데, 괜찮으시겠죠? 서장은 이런 자리까지 마련해 주었는데, 그 정도는 충분히 요구할 수 있는 거 아니냐는 표정으로 당당하게 말했다.

싫소. 노인이 단호하게 대답했다. 난 더 이상 아무 말도 하지 않을 거요. 난 피를 흘려 지쳤고, 이 아이도 오늘 무척 피곤할 거요. 오늘은 이만 했으면 싶소. 유나야, 그만 일어나자. 노인이 말을 마치자마자 태연하게 몸을 일으켰다. 유나도 이제 난 오로지 할아버지 편, 이라는 걸 과시하고 싶은지 냉큼 일어섰다.

노인이 유나에게 말했다. 당분간 만나긴 힘들 거다. 이 난리들이니 말이다. 하지만 시간이 지나 모든 게 잠잠해지면, 한 번쯤 만나도 좋겠지. 유나가 만나자 또 이별인가 싶어 눈물을 글썽글썽하며, 그러나 고분고분하게 예, 하고 대답했다.

이 갑작스런 유대는 또 뭐지, 하는 심정으로 둘을 바라보던 정주아는, 노인이 자리에서 일어나 서장의 만류를 뿌리치고 문 쪽으로 걸어가자, 다급하게 외쳤다. 하나만, 하나만요! 1962년 미국에서 무슨 일이 있었던 거죠? 노인의 발걸음이 딱 멈췄다. 천천히 몸을 틀어 정주아를 바라보았다. 잠깐의 정적이 흐른 후, 노인은 자신도 도통 모르겠다는 듯 고개를 절레절레 저으며 짧게 잘라 말했다.

아무 일도 없었소. 정말로, 아무 일도.

그들이 온다

불룩하게 쳐진 배에 항상 벌레 씹은 얼굴을 하고 다닌 탓에, '불독' 해리라고 불리는, 그래 바로 그 해리가 자리에서 일어나 전화를 받았다. 미친 놈, 지금이 몇 신데. 아, 정말 어떤 새끼지, 확, 하면서도 그는 아주 공손하게 전화를 받았다. 잠에서 막 깨, 잔뜩 잠긴 목소리로 받는 게 당연할 법한 상황에서도, 그는 수화기를 막고 헛기침을 해 목을 낭랑하게 만든 다음, 약간의 피로감이 묻은 목소리로 대답했다. 그에게는 사시사철 밤낮을 가리지 않고, 툭하면 전화를 걸어대는 상사들이 있었기 때문이다. 그리고 몇 안 되는 그의 상사라면, 엄청난 거물들이었다.

이번에도 그런 전화들 중 하나…… 는 아니었다. 이런 망할, 새까맣게 어린 예하의 녀석이었다. 아니, 이게 무슨 짓거리야. 해리가 소리쳤다. 위계도 건너뛰고, 너 같은 새끼 요원이 조직의 수장인 내게 직접? 의아함과 분노를 동시에 드러내며 해리는 소리쳤다. 하지만 상대도 뭔가 믿는 구석이 있으니 그러지, 그냥 걸어서 이 욕 처먹으려 했겠냐는 심정으로 담담하게 대꾸했다. 직통 보고사항입니다. 해리는 섬뜩했다. 직통이라면, 뭐

야, 이건 전쟁 아니면 핵에 관한 건이다. 새까만 막내 요원이 감히 비밀정
보조직의 수장에게 직접 전화를 걸 정도면, 그래 분명히 뭔가 있는 법이
지.

갑자기 해리가 숨을 죽이며 말했다. 그래, 뭐야? 실험에서 살아남은 사
람을 찾아냈습니다. 그 사람처럼요. 랜돌프 말입니다. 멍청한 자식, 그 이
름 입에 담지 마! 해리가 버럭 소리 질렀다. 아, 예. 죄송합니다. 수화기 너
머에서 신속하게 사과했다. 해리가 이마의 땀을 닦았다. 그래 어딘가? 서
울입니다. 여든의 노인이구요. 얼마 전 연쇄살인마들을 찢어죽이고 이곳
에서 영웅 대접을 받고 있습니다. 어쩌다 그렇게 관심을 끌도록 내버려
둔 거야. 저희가 개입하기 전에, 이미 국가적 차원에서 영웅 만들기에 들
어가 버린지라……. 이쪽 정부에 대한 국민신뢰도가 바닥을 치고 있거든
요.

뭐, 그건 됐고. 그래, 확실한 정보야? 아무래도 그런 것 같습니다. 여러
정황이 랜, 아니, 그 사람과 비슷합니다. 기계도 반응했습니다. 그 사람이
피를 토할 때요. 그래? 예. 흠, 하고 해리가 수화기를 든 채 잠시 생각에
잠겼다. 잠에서 덜 깨 다시 꾸벅꾸벅 조는 것처럼 보였지만, 비밀정보조직
의 수장직까지 오를 정도면, 그렇지 않은가, 그토록 허술할 리가 없다.

계속 감시해. 그리고 가능한 빨리 대중의 관심에서 멀어지도록 손쓰
고. 우리가 추적하는 걸 눈치 채지 못하게 해. 만일 그 사람이 정말 우리
친구와 같다면, 조심해야 해. 섣불리 나서지 말고, 다음 지시 떨어질 때까
지 잘 감시해. 예.

그 사람은 언제였지? 1962년입니다. 네바다 주였고. 파일넘버는 1048입
니다. 우리가 어떻게 그를 잊었던 거지? 토마스 중령 사망 당시 넘어온 실
험 데이터가 너무 방대해서 한차례 대폭 정리한 바 있습니다. 1048번 실

험은 실패로 간주되었고, 이 남자를 제외하면, 자료를 넘겨받을 당시에 이미 살아남은 사람은 하나도 없었죠. 남자의 자료에는 폐와 혈관 질환으로 퇴역했다고 되어 있었고, 아마도 곧 죽을 거라 판단한 모양입니다.

그런데 살아남았더란 말이지? 예. 어쨌든 그쪽 정부도 눈치 채지 못하게 처리하라고. 실력 발휘 좀 해보란 말이야. 알아들었어? 예. 자네 이름이 뭐지? 로버트입니다, 로버트 게일. 좋아, 로버트, 지금 내 눈에 자네의 미래가 보여, 보인다고. 알아들었나? 예. 그래, 아무래도 우리 친구를 보내야 될 것 같군. 예. 지시가 떨어지면, 신속하게 움직여야 해. 알겠나? 예.

해리가 전화기를 내려놓았다. 잠은 확 달아나 온데간데없었다. 뭔가 조치를 취해야 했다. 잘하면 지금까지 자신이 정보국에서 이룬 성취들을 다 모은 것과도 비교할 수 없을 대성과를 거둘 수도 있었다. 마침내 인류 최강의 군대를 양산할 비밀의 제조법을 발견하게 될지도 모를 일이다. 하지만 만에 하나라도 잘못되면? 끝 모르게 치솟던 그의 경력이 한순간 하락세로 들어설 수도 있었다. 정보를 다루는 사람들은 돌아온다는 개념이 없다. 한번 하락세로 접어들면, 그대로 지옥까지 내려가는 거다.

신중해야 해, 신중. 아무리 생각해도, 가장 확실한 방법은 랜돌프에게 맡기는 것뿐이었다. 그라면, 실수가 없을 테니까. 하지만 상대 역시 자신의 힘을 자각하고 있다면, 힘겨운 싸움이 될 수도 있었다. 괴물들의 충돌이 어떤 결과를 불러올지도 예단할 수 없었다. 하지만 달리 그 남자를 안전하게 데려올 방도가 있는 것도 아니지 않은가. 그래, 랜돌프를 보낼 수밖에.

해리가 그의 변태적 취향을 드러내주는, 레이스 천이 사방을 에워싼 침대에서 벗어나 고풍스러운 앤티크 찬장에서 50년산 글렌피디를 꺼냈다.

잔에다 술을 가득 채운 다음, 그는 취향대로 스트레이트로 들이켰다. 안 그래도 각성된 그의 정신을 싱글몰트 위스키가 강렬하게 자극했다. 아내가 그의 변태적 취향에 질려 달아난 다음, 그의 유일한 밤 친구였다. 불타는 위스키여, 내 외로운 마음을 달래주오. 아내는 실종 상태였다. 물론 해리는 그녀가 어디 있는지 알고 있다. 세계 제일의 비밀정보조직 실세니까, 그가 맘먹으면 못 찾을 게 없다. 하지만 아내는 실종 상태로 남겨진 쪽이 낫다. 취향은 철저히 개인적인 것이지만, 어떤 취향은 심각한 문제를 낳는 법이다.

그는 방금 로버트와 통화했던 수화기를 다시 집어 든다. 40년대 골동 전화다. 전화를 놓은 바닥 천은 린넨 재질의 분홍빛 레이스가 달린 것이다. 앤티크와 레이스, 그의 외골수 취향.

몇 번의 신호음이 울리고, 상대가 지루함에 함몰된 듯한 목소리로 등장했다. 누구요? 날세, 해리. 오, 해리, 이 미친 친구야, 지금이 몇 신줄 아나? 화내지 말게. 재미있는 일이 벌어졌으니까. 뭐지? 또 어느 나라 빨갱이 새끼가 정권이라도 찬탈했나? 가서 모가지를 따오라고? 이봐, 그런 건 이제 너무 식상해. 내일 이야기하자고. 수화기 너머에서 짜증이 잔뜩 배어나왔다.

아니, 아닐세, 친구. 해리가 다급하게 소리쳤다. 자네와 비슷한 케이스가 발견되었네. 자네처럼 실험에 참여했다 살아남은 사람을 찾았다고. 한동안 랜돌프는 말이 없었다. 해리가, 여보세요, 하고 전화가 끊긴 게 아닐까 확인하자, 랜돌프가 대꾸했다. 듣고 있네. 어디에? 서울. 뭐? 동양인이란 말인가? 그렇다는군. 해리가 은근히 물었다. 어떤가? 무슨 생뚱맞은 질문이냐는 듯 랜돌프가 되물었다. 뭐가? 아, 그러니까, 자네가 그 친구를 좀 데려왔으면 해서……. 해리가 괜히 초조해 분홍 레이스를 만지작거렸다.

아, 물론. 내가 가지. 가고말고. 흥미로워. 굉장히 흥미로워. 해리가 이마에 맺힌 땀을 닦아내며 말했다. 그렇다니, 정말 다행이로군. 좋아, 그럼 곧 출발하지. 랜돌프가 흔쾌히 대답했다. 너무 서두르진 말게. 해리가 당부했다. 우리 쪽에서도 사전 작업을 좀 해야 하고. 갑자기 사라지면 그 나라에서도 의아해할 만한 인물이 됐거든. 아무래도 상관없네. 자네들 시간에 맞게끔 비행편을 알아봐주게. 하지만 난 한시라도 빨리 그 친구를 만나보고 싶군.

전화를 끊고, 해리는 탈진한 듯 의자 등받이로 몸을 툭 내던졌다. 랜돌프와 통화할 때마다, 그는 위압감을 느꼈다. 해리는 이 막무가내의 괴물을 통제할 방법을 고민하고 있었다. 이대로라면 머잖아 통제 불능 상태로 날뛸 날이 찾아올 게 자명했다. 그나마 다행인 것은 아직까지는 랜돌프가 해리와 일하는 걸 즐긴다는 점이었다.

예상과 달리, 조지 랜돌프는 다음 날 아침 일찍 해리가 보낸 사람들의 안내를 받아 비행기에 몸을 실었다. 그는 퍼스트클래스 좌석에 앉고서야, 항공편이 베트남을 경유한다는 사실을 알았다. 베트남이라……. 그가 애증이 뒤섞인 모호한 표정으로 중얼거렸다.

나이 마흔을 눈앞에 둔 쯔엉 흐우는 오늘도 사람 좋은 웃음을 짓는다. 아직 삼십대의 마지막 줄을 타고 있지만, 불룩 나온 배, 벗겨진 머리, 산전수전을 다 겪고도 넉넉한 마음으로 세상을 이겨온 자만이 지닐 수 있는 잔주름 덕분에 훨씬 겉늙어 보였다. 그러니 당연지사, 노총각 신세를 면치 못하고 있다. 아니, 아니다. 사람 취향이야 천차만별일진대, 그가 장가들지 못한 것이 겉늙은 외양 탓만은 아니다. 자신의 의지와는 전혀 상관없이, 그의 인생에 철썩 들러붙은 라이따이한이라는 꼬리표가 은연중에 위력을 발휘한 탓이기도 했다.

나이 오십사 세의 모친은 그래서 늘 그에게 미안한 마음이었다. 흐우는 그런 모친을 위해 늘 웃었고, 그러다 보니 인품도 표정 따라 형성된 케이스였다. 덕분에 그는 대부분의 라이따이한들이 밟는 전철을 살짝 비껴나, 그래도 합법적으로 입에 풀칠은 하고 살 만한 직장을 가지고 있었다, 고는 하지만, 그래봐야, 외국계 통신사의 잡역부 노릇이었다.

그래도 그는 늘 싱글벙글이었다. 그 싱글벙글 뒤에는, 자신의 뿌리를 향한 강렬한 열망이 도사리고 있었다. 모친이 늘 그에게 말해 왔던 것이다. 네가 여기 태어나서 그렇지, 박복한 날 만나 그렇지, 번듯한 네 아버지 자식으로, 네 아버지의 나라에서 태어났더라면, 넌 아마 아주 대단한 사람이 되었을 거다. 그리고 어쩌면 그래서 넌 특별한 건지도, 라고 생뚱맞은 말을 덧붙이곤 했다.

흐우는 아무리 생각해봐도 자신에게 특별한 점이라곤, 남들보다 훨씬 일찍, 빠른 속도로 머리가 벗겨진다는 것밖에는 떠오르지 않았다. 하지만 그가 꿈 많은 유년시절부터 귀에 인이 박히도록 들어온 그 이야기는, 이상하게도 그의 가슴을 두근거리게 만들었다.

현실은 아무렇게나 정액을 싸질러 놓고 사라져 버린 아버지란 작자 때문에, 뭘 해도 제대로 풀리는 일 없이 사시사철 가난을 입에 물고 살아야 했지만, 그의 꿈에서 아버지는 언제나 영웅의 모습으로 찾아와 그에게 용기를 북돋워주었다. 넌, 영웅의 아들이다. 소년 쯔엉 흐우를 삐뚤어지지 않게 이끈 건, 순전히 그 이상화된 아버지를 향한 동경, 그리고 언젠가는 그 아버지를 만나고야 말리라는 굳은 결심이었다.

그리고 그날은 불현듯 닥쳐왔다. 통신사의 바닥을 싹싹 쓸고 닦으며,

연신 사람 좋은 웃음을 짓던 그가 갑자기 동작을 딱 멈췄다. 통신사 중앙에 설치된 대형 모니터에 한국발 토픽 뉴스 화면이 나오고 있었다. 아무도 그것이 무엇인지 이야기해주지 않았지만, 쯔엉 흐우는 알 수 있었다. 어설프지만, 언젠가 아버지를 만날 그날을 위해 꾸준히 익혀온 한국어가 도움이 되었다. 서당 개 3년이면 풍월을 읊는다고, 그는 영어도 능숙했다.

여하튼 전반적으로 볼 때, 그 뉴스는 영웅에 대한 장황한 찬사를 담고 있었다. 흐우는 가슴속에 차오르는 벅찬 감응을 느꼈다. 고압선의 한쪽 철책을 건드린 것처럼 전류가 그의 몸에 뱀처럼 똬리를 틀었고, 그래서 그는 확신할 수 있었다. 저 사람은, 내 아버지야. 어머니 말이 옳았어, 내 아버지는 영웅이었어!

그는 영웅의 아들이라는 자신의 신분을 자각하자, 밀대자루를 그냥 쥐고 있을 수 없었다. 그가 밀대자루를 복도 중간에 내팽개쳤다. 기자들 몇이 방금 들어온 외신을 자국어로 번역하다, 흘깃 돌아보았지만, 늘 그렇듯이, 기자들은 잡역부의 사소한 심경 변화 따위엔 크게 신경 쓰지 않았다.

그는 친분이 있는 연예 담당 기자에게 가서, 기사와 사진 출력을 부탁했다. 기자가, 왜, 직종 전환해 보려고? 하는 농담을 곁들였지만, 왜, 네 아버지 나라 일이라 궁금하냐, 하는 내심이 표정에 노골적으로 드러나 있었다.

사진에 담긴 노인의 인상은 어머니가 그에게 일러준 그대로였다. 적어도 어머니는 아버지의 외양을 거짓으로 꾸미지는 않았던 것이다. 그는 사진을 받자마자, 어떤 잡놈이 여기 밀대를 내팽개쳐놓고 노닥거리고 있는 거야, 라고 누군가가 소리치는 걸 귓등으로 흘리며 곧장 퇴근해 버렸다.

어떤 운명적 부름 같은 것이 이제 더는 이놈의 회사에 발붙일 일 없으니 걱정 말라고 그를 응원하는 것 같았다.

어머니는 사진을 물끄러미 들여다보며 한동안 말이 없었다. 하지만 입을 열지 않아도 흐우는 어머니의 눈동자가 굴러가는 모습에서, 증오와 사랑과 회한이 복합적으로 버무려진 모호한 감정을 읽었다. 마침내 그래, 네 아버진 이렇게 곱게 늙었는데 넌 도대체 왜 그런 거냐, 는 표정으로 흐우를 바라보며, 어머니가 입을 열었다. 그래, 이 사람이 네 아버지로구나. 그 나라에서 영웅 대접을 받는구나. 그렇게 말하며 흐우의 모친은 다 허물어져 가는 자신의 천막집을 훑었다. 단지 시선 처리 때문이었지만, 충분히 의도적으로 받아들여질 법한 행위였다. 그러거나 말거나, 아들은 들떠 있었다.

저, 갈래요. 어떻게든 아버지를 만나고 오겠어요. 비행기 삯은 어떻게든 구할 수 있을 거예요. 얘야, 여권이랑 출입국 허가는 어떻게 받으려고 그러니? 동생에게 부탁해보지요, 뭐. 잘도 들어주겠다. 모친이 냉랭한 목소리로 말했다. 흐우의 동생은 흐우의 모친이 아들을 먹여 살리기 위해 한때 몸담았던 화류계에서 어떤 놈팡이와의 사이에 낳은 망나니였다. 아버지가 놈팡이긴 했지만 현지인이었으니, 엄밀히 말해 라이따이한은 아니었지만, 라이따이한 형과 창녀 출신인 엄마 덕분에 인생이 잔뜩 꼬였다고 믿는 녀석이었다. 그는 지금 베트남 최대의 갱단에서 중간 보스로 군림하고 있었지만, 조직 내에서도 라이따이한 형을 두었다는 이유로 한계를 느끼고 있던 찰나였다.

모친이 말했다. 잘못하면 다칠지도 모른다. 아니요, 도와줄 거예요. 그녀석, 내가 사라지길 바라고 있으니까요. 하지만 네 아버지가 너를 받아줄까. 그 사람은 네가 태어난 것도 모를 게다. 모친이 아들이 받을 상처가 예상된다는 듯 심히 염려스러운 얼굴로 말했다. 그래서 알려주러 가는 거예요. 어머니, 아버지는 영웅이에요. 영웅은 사람들을 외면하지 않아요. 가족이라면 더더욱 그렇겠죠. 아직 우리를 찾아오지 않은 건, 우리가 있다는 사실을 모르기 때문이라구요. 이제 모든 걸 바로잡을 때가 됐어요.

그래, 네 뜻이 정히 그렇다면 그렇게 하려무나. 조금만 기다리세요. 아버지를 만난 다음에는 어머니를 모시러 올게요. 굳이 그럴 것까진 없다. 대신, 네 아버지를 만나면 이렇게 좀 전해주겠니? 모친이 아무도 듣는 사람이 없는데, 그의 귀에다 대고 속삭였다. 망할 새끼, 영웅 좋아하네, 엿이나 먹어! 흐우가 깜짝 놀라 물었다. 어머니 왜 그런……? 알 거 없다. 그냥 전해주면 좋겠구나. 그리고 그가 받아준다면, 사이좋게 지내거라. ……예.

동생은 쌍수를 들어 환영했다. 그래, 제발 그 망할 나라에 가서, 그 망할 영감이랑, 거기서 죽 눌러 살다 죽어라. 내가 다 준비해줄게. 비행기 표, 여권, 출입국 허가, 얼마간 지낼 여비까지 모조리 다. 하지만 잘 들어, 이 잡종아. 다시는 돌아오지 마라. 알아들었냐? 흐우는 가운데가 빈 머리를 크게 끄덕였다. 내 나라, 내 고향, 내 어머니가 계신 곳인데, 내가 왜? 하는 심정이었지만, 동생이 자신의 부탁을 이리 흔쾌히 들어주는 것도 처음이었고, 일단 번거로운 문제가 모두 해결될 수 있다는 사실만 해도 그에겐 감지덕지한 상황이었다. 지금으로선 아버지를 만나러 가는 게 가장 급선무였다.

동생은 역시나 이런 방면에서는 최고였다. 형을 위해, 라고는 하지만, 그는 흐우를 한 번도 형이라고 부른 적이 없고 그저 자기 인생을 꼬이게 만드는 장애물 정도로 생각하고 있었기 때문에, 한마디로 장애물을 걷어치우기 위해 그 어느 때보다 적극적이고 민첩하게 움직였다. 관리 몇을 구워삶고, 상인 몇을 공갈 협박해, 제반 절차를 처리하고 자금을 마련해주었다. 딱 하루 걸렸다.

그리하여 흐우는 한국행 비행기에 올라탈 수 있었다. 그가 아버지의 실체를 인식하고, 어머니를 설득하고, 회사에서 해고당하고, 동생에게 아쉬운 소리를 한 지 단 하루만에. 우애라곤 눈곱만치도 없는 동생이지만, 확실히 대단하긴 대단하다는 생각이 새삼 들었다. 친히 공항까지 마중 나온 동생이 능글맞은 미소를 띠며, 흐우에게 말했다. 이걸로 영영 바이—바이. 그 영웅 아버지랑 잘 지내쇼.

흐우는 어머니를 크게 한 번 안은 다음, 동생이 내민 항공권을 받아들고 게이트로 들어갔다. 태어나 생전 처음 타보는 비행기였다. 촌놈, 기겁할 거다. 형을 떠나보낸 동생이 대동한 부하들에게 킥킥거리며 말했다.

놀랍게도 동생은 퍼스트클래스 좌석을 끊어놓았다. 촌스러운 외양으로 늘씬한 미녀 스튜어디스들의 접대를 받자니, 흐우는 여간 어색한, 정도가 아니라 불편해 미칠 지경이었다. 스튜어디스들의 과장된 친절이 꼭, 이런 꼬락서니로 감히 우리를 부리려 들어, 하는 반감에서 나오는 것처럼 느껴졌다.

베트남발 서울행 항공기 퍼스트 클래스에는 딱 두 사람뿐이었다. 앞쪽에 깔끔하고 고급스러운 정장 슈트를 입고, 이런 깍듯한 대접을 받는 것이 너무나도 익숙하고 자연스러운 느낌의 백인이 앉아 있었다. 슈트로 가려져 있었지만, 그 아래 숨죽이고 있을 우락부락한 근육이 그대로 느껴질 정도였다.

흐우는 저도 모르게 볼록 나온 자신의 배를 내려다보았고, 곧 모든 스튜어디스들이 자신의 초라한 행색을 다른 손님과 비교하며 수군거리고 있을 거란 생각에 더욱 의기소침해졌다. 흐우는 왠지 시작부터 뭔가 일이 꼬인다는 느낌을 지울 수 없었다.

추락하는 것에 날개 따윈 없다

　여기자가 던진 질문이 그의 심장을 또 자극했나 보다. 노인은 방금 호텔에서 또 각혈을 했다. 아내가 죽음을 앞둔 그즈음에도 각혈이 잦았다. 하지만 아내가 죽고, 마치 엄마 태속에서부터 온몸에 고독을 휘감고 태어난 것처럼 외따로 지낸 지난 삼십여 년 동안 각혈의 빈도는 무뎌져 있었다.

　유나를 구해준 걸 후회하진 않지만, 그 일 이후 각혈이 다시 잦아진 건 불길한 징조였다. 정신적인 피로에다 언뜻언뜻 감정적인 폭주를 유발하는 상황들이 생겨 스스로를 통제하기가 힘들었던 것이다. 너무 오래 머물렀어. 그는 아무래도 이제 슬슬 돌아갈 때가 되었다고 생각했다.

　그나저나 그 여기자는 자신의 신상명세를 훤히 알고 있었다. 그녀의 말은 옳았다. 그는 그때 미국에 있었다. 하지만 그때 거기 미국에서 그는 아무것도 하지 않았고, 아무 일도 벌어지지 않았다. 거짓말이 아니다. 자신이 왜 거기 있어야 하는지조차 몰랐으니까.

　하지만 그 질문을 받고 곰곰 생각하자니, 그 당시의 기억이 되살아났다. 그는, 자신이 그 모래사막에서 돌아온 다음, 분명히 뭔가 달라졌다는 느낌을 받았었다. 그래 어쩌면, 자신이 모르는 무슨 일이 벌어졌던 건지도 모른다. 하지만 그의 초능력이 발현된 것은 그보다 한참 뒤의 일이었다. 그는 고개를 절레절레 저으며, 질문의 저의를 모르겠어, 라고 또 혼잣말을 했다.

그는 피 묻은 입가를 닦아내고, 차가운 물에 샤워를 하고, 비치된 가운을 입은 다음, 창 바로 앞에 놓인 탁자에 앉아 담배를 꺼내 물었다. 창밖으로 어둠이 내린 도시의 무심함이 느껴졌다. 그것은 의외의 위로였다. 그의 마음이 한결 나아졌다. 그리고 유나의 얼굴이 떠올랐다. 예쁜 아이였다. 그는 조금은 안심이 된다는 얼굴로 벗어놓은 외투 주머니에서 사진을 꺼냈다. 기자회견 직전에 돌려받은 아내의 사진이었다.

그동안 어디 갔다 왔냐는 노인의 질문에도 아내는 여전히 생글생글, 이다. 여보, 그 아이 봤어? 아무래도 당신 말을 듣고 그 아일 구해주길 잘한 것 같아. 글쎄 그 아이, 당신과 꼭 닮았더라니까. 착하고 용감해. 품에 안아보니 따뜻하더군. 당신처럼 말이야. 그리고.

그리고, 까지 이야기한 다음, 그는 위스키를 따랐다. 미국에서 가져온 취향, 그의 삶에 끈덕지게 따라붙는 명백한 흔적들. 그것들은 일제히 손을 모아 외치고 있었다. 당신은 거기 미국에 있었어!

노인은 그 흔적들을 애써 무시하며 아내에게 말을 이었다. 어쩌면 내가 오래전에 저지른 일들에 대해 보상할 기회를 주었던 건지도 모르지. 그제야 아내가 입을 열었다. 홍, 당신 그 어린애한테 홀딱 반했군. 아내가 생글생글 웃으며 질투심을 드러냈다. 아, 그래. 그런 것 같아. 하지만 당신이 꼭 알았으면 해. 그 아이에게 반한 건, 그 아이가 당신을 닮았기 때문이야. 정말로.

아내의 환한 웃음이, 거짓말! 하고 외치는 것 같았지만, 그는 그냥 사진 속의 아내와 눈을 마주치며 방긋 웃었다. 그러다 문득, 그는 자신이 웃었다는 생각에 소름이 돋았다. 내가 웃어? 아내가 죽었는데, 내가 웃어? 아내가 생글생글 웃으며 말했다. 괜찮아, 웃어. 웃을 수 있을 때 실컷 웃어. 어쩜…… 이제 다시는 못 웃을 수도 있으니까.

뭐라고? 노인이 아내의 사진을 들여다보며 되묻는데, 누군가 다급하게 복도를 내딛는 소리가 들리더니, 잠시도 머뭇거리지 않고 룸 도어를 부수고 들어왔다. 테러범을 잡을 때나 사용할 법한 방탄조끼와 철모까지 쓰고, 경찰특공대가 그에게 총구를 겨누며 한 무더기나 서 있었다. 노인은 지금 눈앞에 펼쳐진 상황을 전혀 이해할 수 없었지만, 무장한 군인들의 총구에 겨누어진 경험은 한두 번이 아니었으므로, 태연하고 침착하게 행동했다. 그런 침착함에는 베테랑 특공대장도 혀를 내둘렀다.

특공대장이 외쳤다. 당신을 불법무기소지 및 거래 혐의로 긴급체포한다. 손을 들고 바닥에 엎드려! 지금 당장! 호기롭게 외친 것과는 달리, 특공대장의 내면엔 두려움이 도사리고 있었다. 노인의 폭주는 가볍게 여길 것이 아니었다. 하지만 그의 머릿속에 아내 얼굴이 떠오르고 갓 태어난 막내아들의 칭얼대는 울음소리가 귓가에 울릴 틈도 없이, 노인이 손을 들고 침대에 몸을 바짝 엎드렸다. 어라, 이거 너무 싱거운데. 대장의 지시만 떨어지면 당장이라도 방아쇠를 당겨버릴 듯 으르렁거리던 무장요원 수십이 계면쩍게 서 있었다.

노인은 일단 시키는 대로 고분고분하게 응했다. 뭐랄까, 애초부터 그가 원해서 이런 상황에 이른 것도 아니고, 모든 일들이 그의 지난 삼십여 년의 무미건조했던 삶과는 대조적으로 너무 급박하게 흘러갔고, 그래서 그도 이제는 어떤 일이 일어나더라도 새로울 게 없다는 생각이 들었고, 하긴 생각해보면, 이제껏 자신의 삶에 일어난 일 하나하나가 참 새롭고 별난 일들뿐이라는 생각도 들었고, 물론 맘만 먹으면 이 군인들을 복도 밖으로 밀어내거나 창 밖으로 집어던지고, 간단히 총 하나를 갈취해 방바닥을 민첩하게 데굴데굴 구르며 다 갈겨버리고, 경찰들의 피로 홍건해진 호텔 객실을 유유히 걸어 빠져나갈 수 있으리란 생각도 들었지만, 나이 서른여섯에 애가 넷이나 딸렸다는 청소부 아줌마가 치러야할 뒷감당이 너무 크다는 생각도 들었고, 지금 그런 식으로 벗어난대도, 이제는 전국적으로 얼굴이 공개된 마당에 어디 숨을 데도 마땅치 않았고, 그렇담 끊임없이 이런저런 소란을 일으키며 다녀야 하는데, 그러다 보면 또 누군가를 죽이게 될 테고…… 한마디로 너무 번잡했다. 그래서 그는 시키는 대로 몸을 뉘였다.

하지만 그는 이번에 아내 사진을 빼앗기면 다시는 찾지 못하리라는 예감이 들었고, 그래서 바닥 대신 침대에 몸을 엎드리며, 민첩하게 매트리스 사이로 사진을 밀어 넣었다.

불법무기거래라니, 노인은 정말이지 터무니없다는 생각을 했다. 도대체 어디서부터 일이 꼬인 거지? 지금 이 순간 그는 자신과 아내의 사진만이 존재했던 그 고요 속으로 돌아가고 싶은 마음이 간절했다. 하지만 당연하게도, 후회스러운 시간들을 돌이키고 싶다고 해서, 그렇게 할 수 있는 건 아니다. 세상에 그보다 자명한 진리는 없다. 그리고, 바로 그 때문에, 그는 늘 고통스럽다.

특공대장은 혹시라도 마지막 순간 그가 돌변하지 않을까 싶어 조심스레 다가갔다. 하지만 수갑이 노인의 손목을 옥죄어 경쾌하게 딸각 소리가 나도록, 아무 일도 벌어지지 않았다. 이토록 고분고분한 용의자는 처음이라는 생각이 들 정도였다. 그제야 특공대장은 세상을 다 얻은 듯한 안도의 한숨을 내쉬었다.

노인은 혼란스러웠다. 어제까지만 해도 영웅 대접을 받으며 드나들던 경찰청에 이젠 오라를 차고 들게 생겼으니. 영웅이 되고 싶었던 적은 한 번도 없었지만, 그렇다고 범죄자가 되어 거길 들어가고 싶은 마음은 더욱 없었다. 들었다 났다, 모두 제멋대로다. 자신의 의중 따위는 누구도 묻지 않았다. 하긴 어제오늘의 일이 아니다. 지난 수십 년간, 그의 인생이 늘 그랬다. 누군가 그의 삶을 두고 장난을 치고 있는 듯한 불쾌감이 머리 끝에서 발끝까지 치달았다.

어제까지 영웅의 일거수일투족에 혈안이 되어 쫓아다니던 기자단이 이제는 정체가 탄로 난 악당의 베일을 벗기기 위해 안간힘을 쓰겠지. 그럼 그가 들추어내고 싶지 않은 자신의 인생사가 타인의 입방아에 오르내리게 될 것이다. 두 번의 전쟁, 무수한 전투, 수많은 살상, 베트남의 정글, 무공훈장, 아내의 죽음, 그리고 지금도 진의를 확신할 수 없는 미국행과 거기서 체험한 진저리나는 모래바람.

그러나 야밤의 연행은 그토록 호들갑스러운 체포에도 불구하고 잡음 하나 없이 이루어졌다. 취재진을 따돌리기 위해서인지, 대형화재가 아니라면 일반인의 출입이 엄격하게 통제되는 비상구를 이용해 매우 민첩하게 이송되었다. 역시 특공대는 특공대였던 것이다. 정글 속의 베트콩 게릴라들처럼 매우 치밀하고 조심스럽게, 그러나 신속하고 정확한 동선을 확보한 채 움직였다. 훈련받은 대원들도 버거울 법한 민첩함이 요구되었지만, 노인은 마치 오랫동안 함께 호흡을 맞춰 온 베테랑 대원인 양, 하나로 동화되어 자신의 압송 과정을 무리 없이 소화해냈다.

호텔 뒷문을 열고 나오자, 이런 일급 호텔과 어울리지 않는 허름한 골목이 나왔다. 한 무리의 양아치들이 으슥한 골목 뒷길에서 모처럼 바람

쐬러 나온 모범생 둘을 구석에 몰아넣고 돈을 갈취하다, 영화에서나 볼 법한 스와트 차림의 경찰들이 우르르 쏟아져 나오자, 기겁했다. 늘 그곳을 아지트 삼아 왔건만, 그 녹슨 문이 열릴 수 있다는 건 오늘에서야 알았다. 누가 시킨 것도 아닌데, 놈들이 반사적으로 손을 들어 올리며 무릎을 꿇었다.

구타와 갈취의 모욕을 뼛속까지 체감하고 있던 모범생들은 아, 자신의 모자란 아버지들이, 사실은 특수임무를 띤 스파이였던 건 아닐까, 그래서 이 절체절명의 순간, 이토록 과시적으로 아들을 구하러 온 것은 아닐까, 기대에 부풀었지만, 특공대는 무릎을 꿇은 양아치들에게는 눈길 한 번 주지 않았고, 한 줄기 희망에 눈을 반짝인 모범생들은 더더욱 관심 밖이었다. 그들에게 스쳐가는 눈길이라도 보내준 것은, 수갑을 찬 범죄자 하나뿐이었다.

순식간에 나타났다 허름한 골목을 소리 없이 스쳐 지나간, 그 일련의 과정이 너무 비현실적이어서, 무릎을 꿇었던 양아치들은 민망했고 희망에 차올랐던 모범생들은 실망했다. 양아치들은 민망함을 감추기 위해 더욱 폭력적으로 날뛰었고, 모범생들은, 그러면 그렇지, 내 인생에 뭐가 특별한 게 있겠어, 하는 자괴적인 심정으로 자신에게 자행되는 갈취와 폭력의 과정을 담담히 받아들였다. 눈가에 피멍이 이는 그 순간까지, 지독히 폭력적인 세계에 변변한 저항 한 번 할 수 없는 자신들의 처절한 무기력함을 탓하며.

노인은 호송용 차에 태워지면서, 문득 기자들이 보이지 않는다는 사실을 자각했다. 기자들도 미처 찾아내지 못한 비밀통로라니, 이건 정말 조직적이고 치밀한 계획 아래 이루어진 체포였다. 호텔이야 그렇게 벗어난다 치더라도, 이대로 경찰서로 들어가면, 또 그 앞에서 죽치고 있을 상주 기자단의 눈길은 피하기 힘들 텐데, 하고 생각하는데, 문득 살펴보니, 차는 엉뚱한 방향으로 향하고 있었다. 바깥을 볼 수 없게끔 짙게 태닝을 해놓은 상태였지만, 노인의 정밀한 눈은 그 반투명 차단막을 뚫고 외부를 또렷이 응시할 수 있었다.

서울 지리에는 깜깜했지만, 지난 며칠간 호텔과 경찰서를 오가던 길이 아니라는 것쯤은 쉽게 알 수 있었다. 아니나 다를까, 난데없이 터널을 지나고 산턱을 기어오르더니 쭈르륵 미끄러져 내려가, 어딘가 수상쩍은, 담벼락이 마치 알카트로즈를 연상시킬 만큼 높고 진회색을 띤 저택으로 차가 들어섰다. 특공대장이 총을 바투 잡고 겨누며, 내리라고 지시했다. 노인은, 뭐 어떻게든 되겠지, 하는 자조적인 심정으로 지시에 응했다.

현관문 앞에서 특공대장이 지문 인식 장치에 엄지를 갖다 댄 다음, 노인을 아주 조심스럽게 밀어 넣었다. 특공대장도 따라 들어올 줄 알았더니 문은 그대로 닫혔고, 곧 내부에서 대기하고 있던 이들이 그의 양팔을 꼈다.

시키는 대로 하면 아무 일 없을 거요. 팔을 낀 사내들과 삼각형의 꼭지를 이루는 지점에서, 검은 슈트를 쫙 빼입은 사내가 영어로 지껄였다. 그가 몸을 틀자, 사내들이 그의 팔을 잡아끌었다. 뿌리쳐 버릴까 싶었지만, 노인이 바라는 것도 아무 일 없는 바로 그것이었고, 그래서 그냥 시키는 대로 응했다.

그들이 움직이기 시작하자, 실내의 어둠 속에서 남자 대여섯이 총을 겨누며 우르르 몰려나와 그들의 뒤를 따랐다. 어디로 가는 건가? 노인이 마침내 입을 열었다. 앞장 선 사내가 뒤를 돌아보며 말했다. 도착할 때까지 입 다물고 있는 게 좋을 거요. 좋은 게 좋은 거지, 하는 마음으로 노인은 역시나 시키는 대로 입을 다물었다. 이왕 이까지 온 마당에, 이게 무슨 수작인지 알아보고 싶은 맘이 생겼기 때문이었다.

노인은 양복 사내들이 이끄는 대로, 지하로 내려가 어두침침한 통로를 쭉 따라간 다음, 다시 또 더 깊은 지하로 향하는 계단을 걸어 내려간 후에야, 난데없는 한밤의 여행을 끝낼 수 있었다.

그가 도착한 곳은 아무것도 없는 순백의 공간이었다. 여기가 도대체 어디지? 양복들은 대꾸 없이, 그를 방 안에 밀어 넣고는 문을 딸각 잠가버렸다. 뭐 하자는 짓거리지? 그는 문을 쳐다보았다. 순백으로 칠해진 철제문. 어깨로 몇 번 받아주면 결국엔 떨어져나갈 것이다. 지금 당장으로서는 그다지 위협적이지 않았다.

갑자기 위이잉, 하는 기계음이 나며 바닥 중간에 틈이 벌어지더니 의자 하나가 올라왔다. 사형대의 전기의자처럼 살벌한 느낌을 자아내는 장치였다. 어쩌면 고문기계일지도 모른다는 생각이 들었다. 그러거나 말거나, 의자는 마침내 자리를 잡았고, 그에게 앉을 것을 강요하듯이 보였다. 뭐 굳이 의자의 부름에까지 응할 필요야, 하며 그는 의자 주변의 텅 빈 공간을 느릿느릿 돌았다.

그리고, 갑자기 어디선가 소리가 흘러나왔다. 거기 앉으시오. 역시나 영어였다. 누구요? 왜 이러는 거요? 노인 역시 영어로 담담하게 대꾸했다. 한때 그는 군에서 통역관의 역할을 수행하기도 했다.

소리가 다시 말했다. 앉는 게 좋겠소. 앉으면 이야기를 시작하겠소. 계속 혼자 서성거리고 있을 작정이오? 생각해보니, 허공에다 대꾸하며 서 있는 것도 민망한 일 같아 노인은 이번에도 시키는 대로 자리에 앉았다. 그래 이번까지만 들어주마, 하지만 다음에는 나도 참지 않겠어, 라고 작심하고. 앉고 보니, 등받이의 경사가 너무 심해 거의 드러누운 형국이 되었다.

등받이에 몸을 누이자마자, 온기가 그의 등을 타고 흘렀다. 하루에 두어 시간의 수면이면, 육체적인 피로 따위는 거의 느끼지 않는 그였지만, 이상하게도 잠 벌레가 스멀스멀 기어올라와 그의 대뇌에서 번식을 시작한 것처럼 순식간에 졸음이 밀려왔다. 아, 이런, 이거 왜 이러지? 그가 속으로 중얼거리는데, 소리가 마치 다 알고 있다는 듯이 대꾸했다. 많이 졸리지? 그래, 그럴 거야.

노인은 이제야 막 제 나이에 걸맞게 늙어버린 것처럼 느릿느릿 대꾸했다. 도대체, 뭐언 지이잇 드으르을 하아아고 이있, 느으은, 거기서 그는 정말 고단하다는 듯, 한숨을 내쉰 다음, 거어야아, 하고 말을 맺었다. 원래는 끝을 날카롭게 올려 강한 어조로 따질 생각이었지만, 목소리에 힘이 들어가지 않아, 마치 모든 것을 수긍하고 있는 그대로 받아들이겠다는 듯한 투가 되어 버렸다.

졸리면 잠들면 돼. 당신을 깨우거나 방해하지 않을 테니까. 노인은 힘겹게 고개를 저었다. 최루탄이 터지고, 파편이 튀고, 네이팜탄의 매캐함이 코끝을 간질일 때도 그는 끄떡없었다. 화공가스에 대한 신체적 저항력은 단련될 대로 되어 있었다. 그러니 지금의 이 상황은 도무지 이해할 수 없는 것이었다. 코끝을 간질이거나 대뇌를 숨 막히게 하는 어떤 성분도 감지할 수 없었다. 이건 마치 아내가 악몽에서 깨어난 그를 그 풍만하고 부드러운 가슴에 품고 도닥이며 다 괜찮다고 말해주는, 그런 나른한 느낌이었다.

고문이라면, 이겨낼 자신이 있었다. 그건 그가 초인적인 힘을 가지기 전부터 이미 그랬다. 그는 유능한 군인이었고, 그런 식의 위기에 대처하는 능력과 의지를 가지고 있었다. 하지만 지금은······.

그저 졸릴 뿐이다. 정말로 태어나서 이렇게 졸린 적이 있었을까, 싶을 정도였다. 언제부턴가 그에게 잠이란 자신의 생과 거의 무관한 개념이었다. 마음만 먹는다면, 일주일 정도는 자지 않고 버틸 수 있을지도 모른다. 하지만 지금은 정말 억수 같은 잠이 쏟아졌다.

와우, 정말 대단하군. 스피커에서 찬사가 쏟아졌다. 이 정도로 버텨낼 수 있을 줄이야. 정말 초인이로군. 보통 같으면, 눕자마자 가버렸을 텐데. 노인은 또 생각한다. 어물쩍대다가 이렇게 되어버렸군. 언제나 그랬듯이 말이야. 처음부터 호텔에서 특공대장을 밀치고 창밖으로 뛰어내리는 게 더 나았을지도 모르겠어. 아님 이 저택으로 오는 길에 달리는 차문을 열고 도로로 굴러버리든가, 검정 슈트의 기생오라비들을 간단히 제압하고 이 무색무취의 공간을 온몸으로 부수고 달아났어야 했을지도. 그러나 그러기엔 이미 너무 늦었다. 이 졸음은 도무지 이겨내기 힘들었다.

고오오무우운, 이이, 라아, 머어언, 까지 이야기하고 그는 힘겨움을 이겨내지 못하고 다시 휴, 하고 한숨을 쉬었다. 힘겹게 이야기한 걸, 정체불명의 목소리는 간단하게 되풀이했다. 고문이라면? 아, 아, 아, 아, 다음 말이 가까스로 터져 나왔다. 무, 거어엇도오오, 휴, 아아아라아아내애앨, 휴, 수우우 어어없으으을 거어어, 다. 그는 겨우겨우 필사적으로 말을 뱉었다.

소리가 야비한 웃음을 흘렸다. 이런, 이런. 이번엔 당신이 틀렸소. 고문은 없소. 당신의 신체가 그토록 강한데, 고문이 무슨 소용 있겠소. 이미 우린 당신에 대해 많은 것을 알고 있소. 다만 몇 가지 중요한 포인트를 모르겠는데, 사실은 그래서 이런 자리를 마련한 거요. 우리가 아무것도 알아낼 수 없을 거란 말도 틀렸소. 우릴 너무 과소평가한 것 같소. 우린 지금부터 당신에 대해 샅샅이 알아볼 작정이니까.

노인이 더 이상 나오지 않는 목소리로 옹알이를 하듯, 으으윽, 하고 입술을 달싹였다. 갑자기 문이 드드륵 열리고, 흰 방호복을 덕지덕지 껴입은 사람들이 우르르 들어왔다. 노인은 오래전에 그 복장을 본 적 있다는 생각을 한다. 아, 그래, 그 흑인 대위가 그랬다. 이게 미국의 방식이지, 라고. 아주 오래전의, 아마 그보다 더 오래전의 어느 날이었을 것이다.

그는 팔을 저어 자신의 팔을 움켜쥐려는 자들을 뿌리치려 했지만, 머릿속에 그려진 자신의 동작이 실제로는 조금도 이루어지지 않는다는 사실에 좌절감을 느꼈다. 그는 여전히 의사의 말을 잘 듣는 착한 환자처럼, 부동자세를 유지하고 있었다. 그들이 그의 팔에 고리를 채우고는 주사를 박아 넣었다. 이물스러운 것이 그의 몸속으로, 그의 혈관 속으로, 그의 정신 속으로 파고드는 것이 느껴진다. 그것은 그것대로 그의 기분을 언짢게 만들었지만, 잠이 이미 그의 두뇌를 거의 다 집어삼킨 상태라 어쩔 도리가 없었다.

방호복을 입은 남자들이 껄껄거리며 웃는 소리가 들린 듯했다. 그가 가물가물한 의식을 애써 그러모아 노려보자, 거기 흑인 대위가 서 있었다. 아, 자넨 죽은 걸로 아는데. 그는 곧 자신이 본 것이 꿈결의 한 자락임을 깨닫는다.

로버트 게일이 상황실에서 지켜보다 마침내 큰 한숨을 내쉬었다. 자못 여유로운 듯 허세를 부렸지만, 보통 같으면 즉시 작용했어야 할 약발이 먹혀들지 않아, 그는 당혹스러웠던 것이다. 노인이 마취도 되기 전에 힘을 행사하기라도 하면 여간 위험천만한 게 아니었다. 게다가 약효가 언제까지 지속될지도 알 수 없었다.

댄 블룸이 로버트에게 물었다. 이봐, 확실히 된 거야? 그래, 확실해. 약은 어디서 구한 건가? 러시아 쪽에서 입수한 거야. 아직 공개되지 않은 완전 신종이야. 아편의 백만 배는 될 걸. 술술 불게 될 거야. 깨어나면 뒷골이 지끈지끈한 게 뒤끝이 개운치 않다는 게 문제이긴 한데, 뭐, 아무렴 어째, 내 머리 아픈 것도 아닌데. 하긴. 자, 시간 없으니 어서 질문을 시작해볼까.

로버트 게일과 댄 블룸이 나란히 서서 상황실의 모니터로 약에 취해 잠든 노인을 바라본다. 이봐, 이봐. 로버트가 또다시 스피커의 목소리로 노인을 불렀다. 노인이 완전히 잠결에 잠긴 듯 몸을 아주 살짝 틀더니, 놀랍게도 또렷한 발성으로 대답했다. 어, 어. 로버트가 고개를 끄덕이며 만족스러운 미소를 지었다.

간단한 것부터 하지. 이봐, 당신 이름이 뭐더라?

어, 어. 내 이름? 그것도 몰라? 바보들, 잘 들어둬. 내 이름은 말이야…….

제2부 | 초능력과 각혈의 상관관계

1951년 겨울, 사선(死線)

　이런, 남자는 자신이 왜 여기 있는지 모른다. 어쩌다 지금 이 순간에 이른 것인지, 기억이 날 듯 말듯 하다. 대동아전쟁 당시 일본군에 군수물자를 납품했던 아버지 덕분인지, 그의 무모한 성격이나 격변기의 시대 흐름 탓인지 도무지 분간할 수 없었지만, 어쨌든 그는 지금 이곳에 있다. 더 이상한 것은, 지금 이 순간이 이미 그가 한 번 거쳐 온 듯한 기시감을 불러일으킨다는 점이었다.

　시간만 많았다면, 잠시 무릎을 꾸부리고 주먹으로 턱을 괸 채 곰곰 생각해보았을 테지만, 이런, 그럴 겨를이 없다. 고지가 바로 눈앞에 있었고, 상황은 그야말로 아비규환의 지옥이었다. 사방에서 피비린내와 화염의 매캐함이 혼재된 전장 고유의 악취가 피어올라 코끝을 간질인다. 아니 쑤셔대고 있다. 그러니 지금 그가 해야 할 일은, 자신의 과거를 추적하는 것도, 이 정체 모를 기시감의 정체를 밝히는 것도 아니다. 오로지 바로 지금 여기서, 살아남는 것뿐이다. 어떻게든 살아남지 못하면 죄다 쓸데없는 일이다.

안 그래도, 방금 남자가 몸을 가린 은폐물 지척에 적군이 날린 포탄 하나가 포르르 날아와, 쾅 터진다. 자갈과 흙더미가 파편과 함께 튀어 올랐다가 와르르 쏟아진다. 와르르 속에 툭, 하고 묵직한 것 하나가 그의 몸 위로 떨어진다. 이거 뭐지, 라고 물을 것도 없다. 사람의 팔이다. 이런 시국에서는 구하기 쉽지 않은 손목시계가 채워져 있다. 시계바늘이 멈춘 지 오래되었음에도 끝내 벗지 않던 소대의 막내 것이다. 열여덟 이른 나이에 식까지 마치고 입대한 그 친구의, 그보다 더 어린 아내가, 그가 전장으로 떠나기 전에 가진 패물을 탁탁 털어 사주었다는 시계. 시계 뒷면에 유치하게도 아내의 사진이 붙어 있다. 마치 영화처럼, 만삭이다.

아기를 볼 수 없게 되었군, 하는 연민 따위는 일 틈도 없었다. 뭔가를 생각하려 할 때마다 지척에서 포탄이 터지고, 고지 아래 은폐물에서 고개를 빼끔히 내미는 이들을 향해 적들이 필사적으로 총알을 퍼부어댔기 때문이다. 빗방울도 그렇게 떨어지면, 겁이 날 정도다. 젠장, 여기가 도대체 어디지? 전장에 도착하고 꽤나 시간이 흐른 모양인데, 도무지 기억할 수가 없다. 모든 게 이상하다. 사방에 죽음이 난무하는 절체절명의 순간인데, 남자의 머릿속에는 온갖 생각들이 맴돈다. 도대체 이게 무슨 상황이지?

물론 전투 상황이다. 그것도 굉장히 치열하다. 그렇지 않고서야, 이 망할 놈의 총을 들고 사람들의 몸이 찢기고 내장이 철철 흘러넘치는 이 생지옥에 그가 웅크리고 있을 이유가 없다. 누군가 총알을 요리조리 피해, 다급하게 몸을 날려 남자의 어깨에 부닥친다. 그가 몸을 누여 자신을 겨냥해 날아온 총알을 간발의 차로 피해내며, 남자에게 소리쳤다. 소대장님, 지시를 내리십시오!

소대장? 맞다. 남자는 자신이 소대장이라는 걸 깨닫는다. 어깨를 툭

툭 털자, 옷을 뒤덮은 흙먼지를 비집고 계급장이 모습을 드러낸다. 일선의 말단 장교임을 증명하는 계급장이 낡은 골동처럼 둔탁한 광을 내고 있다. 상대를 바라보자, 상대가, 도대체 뭘 기다리는 거요, 하는 표정으로 마주보고 있다. 그래, 지시를 내려야겠지. 근데 무슨 지시를? 하고 고민할 새도 없이 남자는 입을 열어 태연하게 지시를 내린다.

통신병에게 찰리, 브라운 부대 지원 요청하고, 자넨, 이, 박, 최 데리고 우회해서 올라가. 나머지는 날 따라 전진한다. 그리곤, 자신도 전혀 예상치 못한 대범한 발언까지 덧붙인다. 오늘 밤 고지를 탈환하지 못하면, 우린 다 죽는다. 밤이 벌써 막다른 골목까지 몰린 처지, 이제 곧 동녘에서 새벽 어스름이 들 시점이었으니, 다급하기 짝이 없는 다그침이었다.

남자의 작전은 아마 훌륭한 것이었을 것이다. 오랫동안 유사한 상황에 대비해 시뮬레이션 해둔 그대로, 병사들을 움직이고 적들을 포위해 섬멸하는 방법이었을 것이다. 어쩌면 이미 다른 전투에서 써먹어 실효를 본 작전일 수도 있다. 하지만, 이런 오밤중의 봉두난발 같은 난장에서는 계획을 세우고 임무를 내린다는 자체가 무의미하게 느껴진다.

아니나 다를까, 그의 지시를 받아, 최, 박, 이에다 애꿎은 정까지 데리고 우회로로 뛰어든 상사 일행은 채 열 발자국도 전진하기 전에, 적 기관단총의 표적이 되어 따따따따 탄피 튀는 요란한 음악소리에 맞춰 덩실덩실 춤을 추다 쓰러졌다. 마치 확인사살을 하듯, 수류탄 하나가 정확하게 그 지점에 떨어졌고, 콰쾅! 피폭의 매연과 분사 속으로 심장인지, 허파인지, 비장인지, 뭔지는 몰라도 분명 내장의 일종이 분명한 미끄덩한 물체가, 방금 던진 수류탄처럼 핑그르르 허공을 돌더니, 가뜩이나 공황 상태에 빠져 동료들에게 민폐를 끼치고 있던 통신병의 철모를 때렸다. 얼굴을 타고 떨어지는 인간의 내장을 보고, 그가 으아악 비명을 지르며 벌떡 몸을 일으켰고, 섬뜩한 비명소리로 주의를 끈 다음이었던지라, 곧장 총알이 그의 철모를 관통했다. 통신병의 머리통이 그대로 박살났다.

자, 이제 철모도 믿을 게 못 된다는 게 드러났고, 역시나 믿을 놈은 총뿐이다. 남자는 소총을 꾹 움켜쥔다. 다행히 남자의 사격실력은 훌륭하다. 사격표지판에 열에 아홉은 정중앙에 박아 넣을 수 있는 수준이다. 하지만 이런 혼전 상태가 되면, 사격실력이라는 것도 무의미하다. 그저 빨리, 그리고 망설임 없이 갈겨댈 수 있는 담력과 스피드가 가장 중요하다.

귀를 먹먹하게 하는 피폭의 소음들을 느끼며 그가 고개를 반대쪽으로 튼다. 그리고 거기 눈동자들이 보인다. 제발 우리 모두가 살 수 있는 지시를 내려주세요, 하는 간절한 바람이 담긴 부하들의 시선. 남자가 담담히 그들을 응시하며, 다음 지시를 구상한다. 어쨌든 중대장은 일찌감치 나가 떨어졌고, 무전기는 박살났고, 무전기를 들고 있던 통신병도 산산조각 났으니, 자신이 모든 것을 판단해야 한다. 전장에 와서 계속 멍하니 웅크리고 있을 수도 없고, 또 계속 그러다간 십중팔구 황천행일 테다.

이번엔 중사 하나가 그를 향해 낮은 포복 자세로, 질질 기어온다. 소대장님, 제가 지시를 수달하겠습니다. 중사는 충성심에 불타는 군인이다. 그게 애국심인지, 자부심인지, 맹목적인 추종인지 알 수 없지만, 어쨌든 그는, 자네가 총알받이가 되어 주게, 라고 지시해도 군말 없이 따를 인물이다.

우리도 치고 올라가야겠어. 옛. 다른 부대의 위치를 확인할 길이 없어 위험부담은 따르겠지만, 이미 퇴로도 확신할 수 없는 처지니까. 옛. 두 팀으로 갈라 한 팀이 엄호사격을 할 동안, 다른 한 팀이 치고 올라간다. 일단 올라가면 다음 등성이에서 몸을 은폐하고 대기하게. 우리가 치고 올라가면 호응하는 부대가 있을 거야. 예, 아마도. 진, 구, 정, 최, 설을 자네가 이끌고 엄호사격 해. 나머지는 나를 따라 한 블록 올라간다. 지시 수달해. 옛.

중사가 또 낮은 포복 자세로 어둠속의 전장을 누빈다. 그의 국방색 시에스복이 닳을 대로 닳아 있다. 저 반대편까지 기어간 중사가 오케이 신호를 보낸다. 어둠이 눈에 익어 이제 그의 동작을 뚜렷이 구분할 수 있다. 적들과, 그리고 저기 수풀 너머 어딘가에서 역시 고독한 싸움들을 벌이고 있을 아군의 소대에서 간간이 쏘아올린 야광탄 덕에 대략의 상황을 체크할 수 있다. 빛이 허공에서 흩뿌려질 때마다 보이는, 공포와 절망에 휩싸인 얼굴들. 자신의 표정도 저럴까 싶어, 남자는 의도적으로 표정을 일그러뜨리고, 그래서 결국 그로테스크한 인상을 풍기게 된다.

남자는 자신을 이 지옥으로 이끈 것이 무엇일지 생각한다. 제대로 기억할 수 없다. 아무래도 지금의 그는 뭔가 이상한 기시감에 휩싸여 있기 때문에 과거를 정확하게 기억해내기가 어렵다.

그의 의식이 명확히 인식할 수 있는 것은 오직 현재의 바로 이 순간뿐이고, 그걸 자각하면 그에게 남는 것은 생존에 대한 욕구뿐이었다. 전우들의 표정을 통해, 남자는 그들 역시 다르지 않다는 걸 안다. 모두들, 이 끔찍한 불구덩이에서 무사히 돌아갈 수 있기만을 희망하고 있다. 그러나 딱히 해법이 보이진 않는다.

퇴로는 이미 차단되었고, 찾을 길도 없다. 혹여 퇴로를 찾아낸다 해도, 내일이면 다시 기어 올라와 비슷한 상황을 맞게 될 것이고, 또 많은 부하들과 전우들이 죽어나갈 것이다. 남자는 그 무모한 반복의 고리를 끊기 위해서라도, 반드시 오늘 고지를 탈환하리라 다짐한다. 어쨌든 그는 현재 단위 부대의 지휘관이고, 그의 지시에 고지탈환이라는 임무의 성패가 달려 있었다. 어딘가 아군이 있을 거라는 불분명한 믿음에 의지해, 그는 끝까지 가보기로 결심한다.

중사와 수신호를 주고받은 다음, 그는 자신을 따라 올라올 부하들에게, 다시 수신호를 보낸다. 손가락을 브이 자로 펴, 더듬이처럼 그들의 눈을 가리키고, 자신을 가리킨 다음, 다시 전방을 가리킨다.

쏟아지는 총탄을 뚫고 전진하는 작전인 만큼, 과감하고 터프한 친구들을 골랐다. 이 하사가 지척에서 그를 쫓을 것이다. 광기가 보이는 친구다. 사람을 죽이는 데 거리낌이 없고, 적을 섬멸하는 데 주저함이 없다. 이데올로기나 신념 따위도 없다. 죽여도 좋다고 하니 죽일 뿐인 사람이다. 적군이 아닌 게 다행일 정도다.

중사가 이끄는 구, 정, 설이 엄호사격을 시작했다. 정은 사격을 위해 총구를 들어 올리다, 그대로 표적이 되어 목이 뎅강 잘려버렸다. 하지만 나머지 대원들의 일제사격은 적들을 움츠러들게 했다. 남자가 조심스레 고개를 들어 전방을 살피니, 저만치 앞의 가시권에서 어린 적병들이 한껏 몸을 움츠리는 게 보인다. 저들도 똑같은 것이다. 총에 맞으면 죽는다는 사실에 공포를 느끼고, 어떻게든 살아남아야겠다는 본능적인 욕구에 충실하고, 어쨌든 고지를 지켜야 한다는 의무감에 거기, 그렇게 사색이 되어 머물러 있는 것이다.

남자는 중사가 충분히 퍼부었다는 신호를 보냄과 동시에 몸을 일으켰다. 아직 희뿌연 화염이 어둠 속의 대기에 서려 있어, 적들은 충분히 재정비를 하지 못했다. 총알을 많이 소비했으니, 이번 기회를 놓치면, 다시 전진하기 어렵다. 남자는 화끈하고 용감하게 전진 스텝을 밟는다. 어쨌든 그는 지휘관이었고, 뭔가를 보여주어야 했다. 이 하사가 역시나 바로 지척에 따라붙었고, 지금 따라붙지 않으면 무사히 살아남아도 이 하사의 총에 배가 뚫릴지 모른다는 걸 아는 병사들이 차례로 몸을 일으켜 함께 전진 스텝을 밟았다. 전진! 전진! 전진! 이 하사가 달리면서, 쉬지 않고 소리친다. 완전 신이 난 모양, 춤을 추듯 사뿐사뿐하다. 적들 가운데 저런 놈이 있을까봐, 남자는 겁이 난다.

곧 전열을 가다듬은 적들이 미친 듯이 총알세례를 퍼붓기 시작했다. 뛰는 놈이나 갈기는 놈이나, 모두 다 미쳐 날뛰고 있었다. 남자는 그저 총알이 자신만은 비껴가기를 천운에 맡길 뿐이었다.

총알이 잘 달구어진 프라이팬 위에 올려놓은 콩처럼 따다다닥 튀었고, 윙윙거리는 벌떼들의 질주처럼 쉭쉭거리며 사방을 날았다. 총알은 용케도, 남자의 옆구리를 살짝 스치거나, 전후좌우 한 발짝 거리에서 땅을 패거나, 말처럼 민첩하게 내달리는 두 다리 사이를 교묘하게 빠져나가거나, 골대 바로 앞에서 차올린 안드로메다 행 슛이나 홈런성 파울 타구처럼 머리 위 아득히 높은 곳을 날아가, 남자의 뒤를 따르던 부하들의 정강이를 뚫거나, 머리통을 날리거나, 요추를 부수거나, 엉덩이 살을 도려내고 내장을 뜯어내 바닥에 너저분하게 흩어놓았다.

이왕이면 죽어가는 쪽이 적군이길 바라고, 그게 여의치 않다면 적어도 다른 부대원이길 바라지만, 항상 죽음의 목록에는 그의 부하들이 끼어 있었다. 아무렴 어떤가, 여기는 지옥이고, 누군가는 죽게 마련인 전장이니까. 자신의 목숨이 사신의 간택을 받지 않은 것만 해도 어디란 말인가.

그래도 이 하사는 여전히 그의 배후를 바싹 쫓고 있다. 역시 믿음직한 친구다. 하사는 부하들이 죽어나가는 것에 조금도 개의치 않을 것이다. 아니나 다를까, 그는 부하들이 죽거나 말거나 온 힘을 다해 거듭 소리친다. 전진! 전진! 전……. 전, 에서 갑자기 말이 뚝 끊겼다. 전과 진 사이에 총알 하나가 정확하게 그의 입으로 빨려 들어갔고, 입 윗부분을 날려버린 것이다. 말이 없어진 하사가 관성으로 몸체만 계속 전진하며 병사들을 독촉한다. 나처럼 해봐요, 이렇게!

바로 곁에서 하사가 죽어나갈 때는, 남자도 눈살을 찌푸리지 않을 수 없었다. 이런 전장에서는 저런 포악한 인간이 가장 믿음직한 법이니까. 폭력의 세계에서는 폭력에 가장 집요하게 집착하는 자가 최고인 법이다.

어쨌거나 지금 와서 후퇴, 를 외치고 돌아서기란 불가능하다. 눈앞의 적들을 죽이고, 고지를 탈환한다. 그것뿐이다. 그리고 정말 어느새, 그 무수한 총알들에 상처 하나 입지 않고 적의 기관총수 앞에 다다랐다.

마지막 순간까지 한 발 한 발 정성껏 총알을 배출했음에도 남자를 맞히지 못한 것에 충격 받은 적병이 아악, 하는 두려움의 울부짖음을 배출하고는, 손을 번쩍 치켜든다. 항복! 그래, 그럼, 하고 터치하면 끝나는 애들 장난이 아니다. 아직 십대 후반쯤으로 보이는, 못 먹고 공포에 질려 피골이 상접한 어린 북한군의 심장에, 남자의 총 끄트머리에 달린 총검이 그대로 들어가 박힌다. 심장을 찔렀는데, 피는 입과 코에서부터 흘러나온다. 꺼억꺼억, 하고 눈알이 뒤집히는 것이 보인다. 남자는, 어린놈이, 하고 안쓰러운 마음이 살짝 들었지만, 그렇다고 가책을 느끼진 않는다. 그의 기관총에 벌벌 떨어야 했던 시간들과, 죽어나간 전우들과, 고지 탈환이라는 조국의 명령을 생각하면, 그건 응분의 처우였다.

위에서 퍼부어대던 기관총수들이 남자와 그의 부하들에 의해 하나씩 검에 찔리고, 총에 맞고, 개머리판에 머리가 부서져 나가떨어지자, 어둠 속에 은닉해 있던 다른 부대의 지원이 이어졌다. 어느새 가장 선두에 서 있던 남자와 그의 소대원들이 고지 점령의 상징적인 위치에 도달해 태극기를 꽂았다. 돌아보니, 남은 소대원은 둘뿐. 엄호사격을 하고 뒤쫓아 오던 중사도 이미 저세상 떠나고 없었다. 지독한 전투였다.

멀리서 동이 터오자 지옥이 그 실체를 드러냈다. 안개처럼 가득한 화염의 기운들이 스르륵 걷히자, 움푹 파인 곳마다 잔뜩 고인 핏물과 마치 벌레처럼 꿈틀대는 내장들의 향연, 누군가의 신체로 기능하다 뿔뿔이 찢겨나온 팔다리와, 이제는 누구의 것인지조차 확인할 길 없는 살점들의 조잡한 결합이 구릉을 가득 메우고 있었다. 산 것도 죽은 것도 아닌 자들이 웅얼웅얼 내뱉는 신음소리가 귀를 따갑게 하고, 화염의 불씨가 옮겨붙어 활활 타오르는 나무들이 마치 제단에 바친 성화처럼 흐느적거리고 있다.

막 발하기 시작한 찬란한 태양빛이 그 참혹함을 보다 생생하게 윤을 냈다. 이 전쟁에서 해방되려면, 앞으로 이런 전투를 얼마나 더 치러야 하는 것일까. 얼마나 더 많은 부하들을 잃어야, 얼마나 더 많은 적군의 어린 병사들을 총검으로 찔러야 하는 걸까.

부하 하나가 그의 어깨를 툭 쳤다. 소대장님, 우리가 고지를 탈환했습니다. 그의 목소리에 감격이 묻어 있다. 동료들이 죄다 죽어나갔는데도, 그는 임무완수에 대한 감격으로 가득 차 있다. 어쩌면, 이번 일로 이 전쟁에서 해방되거나, 포상을 기대하고 있는 건지도 모른다.

아니다. 아마도 어린 소대원은 정말로 순수하게, 그저 살아남았다는 사실에 안도하고 있는 것일 테다. 저 아래, 전우들처럼 몸이 찢겨나가지 않고, 내장이 손상되지 않고, 동공이 풀린 시체로 변하지 않고, 여기 자신이 직접 꽂은 태극기 옆에 서 있다는 사실, 바로 그 사실에 감동했을 뿐이다. 그 감동이 가시면, 살아남은 자의 특권인 지독한 허무와 구차한 슬픔이 그를 지배할 것이다.

고지 탈환은 전세의 반전을 불러오는 데 결정적인 기여를 했다. 고작 산등성이 하나에 태극기 하나 꽂았을 뿐인데, 작전상 거점 확보와 사기 진작이라는 측면에서 지대한 공로로 인정되었다. 여전히 전쟁 중이었음에도, 그는 무공훈장을 수여받았다. 두 계급 특진으로 그는 단번에 대위 계급장을 달았다. 아마 분명히 그 사이, 몇 차례의 전투를 더 치렀을 것 이고 가까스로 살아남는 아슬아슬한 과정들이 이어졌겠지만, 어느새 그 는 수많은 군인들이 도열한 널찍한 강당의 단상에 서 있다.

남자는 급격한 시간의 흐름에 어리둥절하다. 하지만 거듭 반복되는 전 투로 인해, 시간의 흐름과 부피를 충분히 인식하지 못했으리라 생각할 뿐 이다. 당장 눈앞에 하늘같이 높으신 국방장관이 서 있으니, 다른 생각을 할 게재가 아니다.

국방장관이 그의 왼편 가슴에 훈장을 꾹 눌러 달아주며 말했다. 자넨, 조국의 영광을 지켰어. 대통령 각하와 국민들을 대신해 귀관에게 감사를 표하는 바일세. 그런 느닷없는 헌사에 깜짝 놀란 남자는, 중얼중얼한다. 장관이, 뭐라고? 하고 되묻자, 남자는 조금 더 큰소리로 대답한다. 부하들 을 잃은 무능한 소대장일 뿐입니다, 저는. 국방장관이 모두에게 과시해도 좋을 만큼 매력적인 미소를 띠우며 그의 귓가에 속삭였다.

무슨 소리 하는 건가? 자넨 살아남았어. 그게 중요한 거라네. 전쟁에서 는 최후에 살아남은 자가 어느 편이냐 하는 것이 가장 중요한 거야. 자넨 최후의 생존자이고, 우린 그게 우리 편이란 게 기쁠 뿐일세. 장관이 남자 의 어깨를 토닥였다.

시간이 또 쏜살같이 흐른다. 남자는 도무지 그 흐름을 주체할 수 없어 당혹스럽다.

이제 남자의 눈앞에는, 새로운 국방장관이 여전히 예전 장관들과 똑같 은 미소를 흘리며 서 있다. 그가 묻는다. 자네, 영어를 잘한다던데, 사실 인가? 예, 조금 합니다. 좋아, 아주 좋아. 자네 같은 엘리트가 이 나라의 군을 이끌어야 해. 고작 영어 하나 익혔을 뿐인데, 그걸로 그냥 엘리트 소리를 듣는다는 게 남자는 무안하다. 아버지의 닦달과 호들갑이 아니었더라면, 남의 나라 말 따위를 배워두진 않았을 것이다.

게다가 무공훈장을 받은 베테랑 전투요원이란 말이지. 장관이 흡족한 미소를 띠며 말했다. 이 정도면, 지금으로선 최고로군. 보내도 손색이 없겠어. 장관이 비서실장 격인 대령을 쳐다보며 고개를 끄덕였다.

장관이 결재서류에 사인을 하고 탁 덮으며, 호기롭게 외쳤다. 좋아, 이 친구 포함해서, 명단에 올라온 열 명 다 보내. 영어가 되니까, 이 친구를 단장으로 하고. 예. 바통을 이어받은 대령이 남자에게 말했다. 자넨, 조국의 명예를 어깨에 짊어지고 있다는 마음으로, 명령을 받게. 남자가 부동자세를 취했다.

대통령령으로 미 웨스트포인트사관학교의 정예장교 양성교육과정에 파견할 한국군 단장이자 통역관으로, 자넬 임명하네. 대통령 명령이라니, 전후사정에 대한 설명을 요구할 겨를도 없었다. 대령이 그의 곁에 바싹 다가와 말했다.

이건 자네에게 더할 나위 없는 기회야. 세계 최강의 군에서 최고 수준의 군사훈련을 받고 오는 거라고. 무공훈장에 미 군사훈련과정 이수 경력이면, 머지않은 미래에 우리 군의 주축이 될 수 있을 걸세. 국가는 자신을 위해 헌신한 사람을 결코 버리지 않는다는 걸, 자네가 보여주게.

이 주일 뒤 남자는 미국으로 출항하는 배에 몸을 실었다. 영어는 못하지만 건장한 신체와 탁월한 정신력을 갖춘 엘리트 장교 아홉 명이 그와 함께 승선했다.

이제 남자는 열여덟 살의 소년이다. 정체를 알 수 없는 기시감은 여전하다. 어쩌면 그것은 사춘기 소년만이 감지할 수 있는 예민한 삶의 숨결, 일지도 모른다고 막연히 생각할 뿐이다.

어쨌든 지금은 예민한 감성 운운할 겨를이 없다. 소년의 아버지가, 일장 연설을 앞두고 있으니까. 가진 철학이라고는 가부장제에 대한 맹신뿐인 아버지 앞에서 소년의 모든 행동은 긴장으로 가득 차 있다. 소년에게 가장 두려운 일은 아버지와 단둘이 한 방에 남겨지는 건데, 어쩌다 이런 상황에 이른 건지는 모르겠지만, 바로 지금이 딱 그런 상황이다. 다행히 매가 보이지 않는 걸 보니, 심각한 폭력 사태가 벌어질 조짐은 아니다. 그나마 안도감이 느껴지지만, 그렇다고 어깨에 잔뜩 들어간 긴장감이 사르르 눈 녹듯 풀릴 리 없다.

소년의 아버지는 자그마한 주물 공장을 가진 기업가다. 식민지 시대임에도 자본가로 자수성가한 보기 드문 조선인이다. 찌들어지게 가난한 집안에서 태어나, 어린 나이에 아비어미 다 잃고 심지어는 조국조차 식민지가 되어버린 상황에서, 그가 그만한 자산을 일구어내기까지 얼마나 고생했는지는 모르겠으나, 어쨌든 한 업을 이룬 후 그 모든 억눌린 분노가 뜬금없이 아내에게 폭발했다. 시도 때도 없이 반복되는 남편의 손찌검에 어머니가 화병으로 일찍 세상을 떠나는 바람에, 이제 그 엇나간 폭력을 감당해야 하는 것은 온전히 소년의 몫이 되었다. 그러니, 지금 소년이 아버지 앞에서 바짝 긴장하는 것은 결코 납득 못할 기행이 아니다.

오늘은 웬일? 상다리 휘어지도록 음식들이 즐비하다. 술잔도 두 개. 아버지가 소년에게 술을 따른다. 소년이 황망히 술 주전자를 가로채려 하지만, 아버지가 권위가 잔뜩 실린 고압적인 목소리로 말한다. 됐다. 내가 먼저 줄 테니, 받기나 해라. 소년은 한마디 대꾸도 없이 신속하게 잔을 들어 아버지가 하사하신 데워진 정종을 받는다. 잔이 뽀르르 찬다. 이 영감탱이, 또 뭔 소릴 하려고, 소년은 맘속으로 불만이 가득하다. 열아홉만 되면, 집을 나가 이 망할 영감탱이에게서 멀어질 테다.

아버지가 소년에게 말한다. 그는 이미 얼큰한 상태다. 소년의 아버지는 술에 취하면 기분을 종잡을 수 없는 사람이었다. 지금은 좋게 시작하지만, 어느 순간 술상이 뒤집어지면, 아, 정말 개판이 될 수도 있다. 한순간도 긴장을 풀어선 안 된다고 소년은 스스로에게 다짐을 둔다. 아버지가 어떤 인간인지, 너 알잖아. 소년에게 그의 아버지는 어머니를 죽인 장본인이고, 언젠가 아들마저 죽이고 말 인간이다.

게다가 뼛속까지 친일파다. 아니, 아니다. 그는 친일파가 아니다. 그저 힘세고 도움 될 만한 이들에게 들러붙어 있을 뿐이다. 아마 그것이 그가 자수성가한 비결일 것이다. 언젠가 믿었던 구석이 사라지면, 누구보다도 빨리 뒤돌아설 사람이다. 사실 소년의 아버지는, 안 그래도 오늘 그런 이야기를 할 참이었다.

소년의 아버지는 소년이 잔에 술을 채우는 걸 가만히 지켜보다, 잔을 들어 단숨에 들이켰다. 입가를 손으로 훔치며 소년의 아버지가 말했다. 잘 들어라. 예, 아버지. 지금 시국을 잘 읽어야 한다. 예, 아버지. 네가 학도병으로 징집되지 않은 것도, 내가 일본군에 군수물자를 댄 덕분이다. 예, 아버지. 소년은 생각한다. 집을 나가면 꼭 군인이 되어야지. 독립군이든 학도병이든, 남들 다 끌려간 전장, 나도 가보는 게 옳겠지. 소년은 왠지 모를 수치심과 죄책감을 느낀다.

근데, 내가 잘 보니, 일본 놈들 질 것 같다. 예, 아버지, 예? 소년이 의무적으로 대답하다 깜짝 놀라 반문했다. 언제부터 일본 어르신들이 놈들이 되었나. 소년은 아버지의 격한 표현도 그렇지만, 일본이 패망하는 그림도 쉽게 상상하기 어려웠다.

소년은 가부장제의 맹신자이자 부유한 친일파인 아버지 슬하에서 자란 탓에, 일본에 대한 비판 여론이나 국제정세를 엿들을 일이 별로 없었다. 풍문으로 들어도 충격적일 일인데, 일본인에게 술 사 먹이는 것이 지출의 90프로를 차지하는 아버지에게 들으니, 이건 정말 충격적이었다. 자기 아버지가 독립운동 하러 상해에 가 있다고 은밀하게 일러준 절친한 친구가 들으면 정말 좋아라, 할 일이다. 조국 독립에 특별한 의지나 감회를 가진 건 아니지만, 솔직히 소년에게도 나쁘지 않은 소식이었다. 아버지에 대한 소년의 뿌리 깊은 분노는, 아버지가 신뢰하는 모든 것들에 대해 반감을 가지게끔 만들었다.

아버지가 술을 들이켰다. 후루룩, 아주 얌생이처럼 당겨 마신다. 남자답지 못한 아버지. 소년의 아버지에게 있어 남자다움은 태도나 취향의 문제가 아니다. 그에게 남자다움이란 여자와 아이가 자신에게 복종하는 것, 그리고 그것을 유도하는 공포와 권위를 가지는 것이다. 사장님 아드님이라는 휘황찬란한 이름표를 달고 아버지 회사에 놀러간다거나 하는 유년기 고유의 해맑은 경험이 없는 소년으로서는 업주로서의 아버지에 대해 확인할 길이 없었지만, 모르긴 몰라도 종업원들에게도 비슷하리라 생각했다. 약자에게는 유달리 강한 인간이었으니까.

소년의 아버지가 말했다. 전쟁에 미국이 끼어든 이후, 판도가 변했다. 태평양과 하늘을 그 코쟁이들에게 내주고 있다고. 아마도 조만간, 일본 놈들 크게 한방 먹을 것 같다. 예, 아버지. 넌, 예, 아버지, 밖에 모르냐. 예, 아버지, 당신이 그렇게 만들었잖아요, 라고 대꾸하고 싶었지만, 소년은 이번에는, 아닙니다, 아버지, 라고 대답했다. 그리곤 조심스럽게, 그럼 우리나라는 어떻게? 하고 되물었다.

미국 놈들 것이 되겠지. 세상은 이긴 놈이 다 가지게 되어 있다. 승자독식. 정글보다 더한 곳이 이곳이란 말이다. 짐승들이야 얼마나 편하냐. 그냥 지가 강하면 잡아먹고, 약하면 먹혀 죽으면 끝나. 근데, 인간 세계는 아니거든. 강했다가 한순간 약해지고, 약했다가 한순간 주도권을 잡을 수도 있어. 그 미묘한 변화의 기류를 읽는 것이 세상에서 성공하는 비법이고, 내가 지금껏 이토록 튼실한 가게를 이끌어온 까닭이다.

튼실한 가게, 라는 말에 소년은 울컥한다. 뭐가 튼실하단 말인가. 어머니는 화병으로 소년이 열 살도 되기 전에 세상을 떠났다. 아들은 아버지를 볼 때마다 슬금슬금 피한다. 술에 얼큰하게 오른 아버지는 처음엔 아내를, 지금은 아들을 때린다. 회초리로, 각목으로, 혁대로, 여자 손처럼 야리야리하지만 그 어느 누구보다 매서운 손바닥으로. 이건 튼실이고 뭐고, 할 문제가 아니다. 아예 기초 자체가 없으니까.

곧 일본이 패망하고 떠날 거다. 소년의 아버지가 말을 이었다. 그럼, 우리는 어떻게 되는 겁니까? 아, 걱정 마라. 일본이 떠난다고 해서 우리 가업이 당장 위기에 처하진 않을 거다. 미국이 우리를 지배하든 한국에 정부가 수립되든 주물 산업은 필요할 테고, 일본 놈들이 자기네들 기업을 남겨두고 갈 리 만무하니 우리 사업은 더 잘될 거다. 친일파에 대한 민심은요, 라고 물으려다, 소년은 입을 다문다. 일본 패망을 예상하고 있을 정도라면, 벌써 뭔가 조치를 취하고 있겠지 싶었고, 또 아직까진 그다지 심기가 불편해 보이지 않는 아버지를 자극해 매를 벌고 싶은 마음은 없었기 때문이다.

후루룩. 아버지가 두 번째 잔을 비운다. 소년은 조금 불안해진다. 아버지가 점점 취하고 있다. 아버지의 폭력에는 이미 익숙해져 있었지만, 걱정은 그것만이 아니었다. 아버지란 작자가 날뛸 때마다, 소년의 가슴속에 분노와 폭력의 욕구가 꿈틀대는 것이 스스로 불안하다. 소년의 역할 모델은 더 말할 것도 없이 자신의 아버지다. 아버지와 딱 반대로만 살 거야.

소년의 아버지가 말했다. 난, 지금 새로운 언어를 배우기가 버겁다. 예? 소년은 무슨 말인가 싶어 그를 빤히 바라본다. 네가 영어를 배워라. 예? 그냥, 예, 라고 대답해라. 예? 소년은 아차, 싶었다. 예, 아버지, 를 원하는 아버지 앞에서 예? 라고 말끝을 올리다니. 아버지의 인상이 조금 구겨졌다. 불길한 징조다. 이런 사소한 것에서부터 수가 틀리면, 끝이 좋지 않다는 걸 소년은 안다.

네놈이 영어를 좀 배우란 말이다. 새로운 시대에 맞는 사업을 하나 준비할 생각이다. 새로운 시대에는 영어가 필수다. 예, 아버지, 하지만……. 어떻게, 갑자기, 무슨 식으로, 라는 굉장히 합리적인 질문을 던지려 했지만, 하지만, 에서 이미 술상은 엎어졌고, 아버지의 야리야리하지만 비열하게 매서운 따귀가 소년의 뺨에 착 감겼다. 그리곤 여느 때와 같은 과정의 반복이다. 그냥 예, 라고만 하란 말이다! 아버지의 고함소리가 귓가에 윙윙거린다.

　며칠 후, 소년의 아버지는 어디서 구해왔는지, 한 무더기의 영어책과 라디오를 이고 왔다. 참 수완 좋다 싶을 정도고, 추진력은 그보다 백배쯤 더 좋다. 아버지의 강압과 폭력적 감시 아래, 소년의 영어공부가 시작되었다. 그것이 자신의 인생에 어떤 기여를 하게 될지 전혀 모르면서도 그 낯선 이국의 언어를 읽고 쓰고 듣고 말하기를 반복했다. 아버지의 점검은 소년의 정신적 스트레스 수치를 엄청나게 높여 놓았지만, 습득속도를 향상시키는 데는 주효했다. 그리하여 일본이 패망하고 미군이 들어와, 기지촌 아이들이 '기브 미 쪼꼬레뜨'로 본격적인 영어시대를 열어젖힐 즈음, 그는 이미 수준급의 영어를 구사할 수 있게 되었다.

　일본의 패망과 동시에 자신만만하던 소년의 아버지도 몰락했다. 다 대책을 마련해놓았을 줄 알았던 그도 광복의 들뜬 열기와 억눌린 이들의 폭발을 막아내기엔 역부족이었다. 대부분의 친일파들이 미군과 새로운 정부의 비호를 얻어냈을 때도 소년의 아버지는 배제되었고, 그걸로 그의 찬란했던 시절도 끝이었다. 아버지가 몰매를 맞고, 재산을 강탈, 당했다기보다는 강탈했던 것들을 죄다 되돌려주는 과정을 거친 다음, 완전히 쪼그라들었을 때에야, 소년은 아버지가 얼마나 왜소한 체구인가를 깨달았다. 마을 사람들은 아버지에 대한 소년의 분노를 익히 알고 있었기에, 소년은 그 아수라장에서 무사할 수 있었다. 소년의 가장 절친한 친구가, 광복 후 임정요원 자격으로 돌아온 독립운동가의 숨겨둔 아들이라는 점도 도움이 되었다.

　소년은 곧 영어를 곧잘 한다는 이유로 미 군목의 통역관으로 뽑혔고, 그 군목의 눈에 들어 학비 일체를 지원받으며 대학을 다니게 되었다. 소년은 바야흐로 때가 되었다고 생각했다. 그래서 폭삭 늙어버린 아버지에게 선포했다. 아버지, 이제 아버지 곁을 떠납니다. 모든 것을 잃어도 성정만은 변키 힘든 것이 인간인지라, 그의 아버지는 벌컥 화부터 냈다. 어디를 간단 말이냐? 전, 군인이 될 생각입니다. 미친놈, 넌 가업을 다시 일으켜야 한다. 싫습니다. 뭐, 뭐라고? 소년의 되바라진 대꾸에, 아버지는 말을 잇지 못했다. 대신 무언가 집어던질 게 없나 주변을 살피는 척하더니, 기습적으로 따귀를 올…… 리려다, 소년에게 손목이 탁 잡혔다. 무기력한 영감탱이, 힘이라곤 쥐뿔도 없으면서. 소년은 이 연약한 손목이 왜 그토록 두려웠는지, 이해하기 힘들다.

전 군인이 되겠습니다. 아버지 덕분에 맷집과 체력 하나는 자신 있거든요. 아버지를 피해 다니느라 주변을 살피고 존재를 감지하는 감각도 예민해졌고, 아마 아버지 아들이니까 폭력성도 충분히 도사리고 있겠지요. 아버지처럼 되고 싶지는 않습니다. 난 그걸 적에게나 퍼붓겠어요. 손목이 잡힌 채 분노로 바들바들 떨던 소년의 아버지가 말했다. 이 망할 새끼, 내가 널 어떻게 공부시켰는데, 엉? 지금껏 익힌 그 영어, 도대체 어디다 써먹을 생각이냐? 엉? 군대에서 그딴 게 필요하겠냐고!

그러니까, 그딴 거 왜 그렇게 시키셨어요. 날 좀 그만 괴롭히세요. 그만하면 됐으니까요.

소년은 이제 남자가 된다. 군인이 되었고 전쟁에 참여했으며, 고지를 탈환하고 공을 세웠다. 그리고 국방장관에게서 미국에 다녀오라는 명령을 받는다. 그게 전부는 아니었겠지만, 어쨌든 그딴 쓸데없는 영어공부가 도움이 된 건 부인할 수 없게 되었다.

그딴 쓸데없는 영어공부를 강요했던 소년의 아버지는 전쟁 통에 집과 함께 폭사했다.

우리는 왜 여기 있는가

도대체 이건 무슨 망할 놈의 짓거리지? 미국에 건너온 이후 매사가 불만인 욕쟁이 동기가 말했다. 혼잣말인 양 구시렁댔지만, 남자는 안다. 그 질문이 자신에게 던져진 것임을. 그래도 명색이 당신이 단장이고, 또 미국 놈하고 말도 통하는 유일한 사람인데, 좀 확실한 답을 줘야 하는 거 아니냐는 의미일 테다. 하지만 남자도 모른다. 망할 놈의 짓거리라는 데는 동의하지만, 왜 자신을 포함한 여섯 명의 건장한 한국 장교들이 이 광활한 사막에서 이러고 있어야 하는지는.

하여간 미국 놈의 새끼들, 정말 종잡을 수가 없다니까. 입만 열면 욕부터 쏟아내는 동기가 또 짜증을 낸다. 그는 엄청나게 몰상식한 녀석이었지만, 처세에는 능해 분위기 파악을 잘했고, 가장 심한 욕설을 내뱉는 순간에도 얼굴엔 언제나 사람 좋은 미소를 내걸 수 있는 그런 인간이었다. 그런 그도 말이 안 통하는 낯선 이역에선 통역을 담당한 남자가 가장 실세라는 것쯤은 분별할 줄 안다.

좀 물어봐. 뭘? 우리 뭐 하러 데려온 거냐고. 벌써 몇 번이나 물어봤잖

아. 그래서 도대체 뭐래는 거야? 이게 다 선진 훈련 시스템이라잖아. 그는 몇 번이나 반복했던 말을 다시 해준다. 아, 총도 안 쏘고, 그렇다고 군무 행정을 배우는 것도 아니고, 여기서 이게 뭐 하는 짓거리냐. 차라리 워싱턴에서 훈련받을 때가 낫다, 나아. 참 내, 이거 여긴 뭐 볼 것도 없고, 진짜 좆같구먼.

욕쟁이 동기뿐 아니라, 일행 여섯 모두 그런 생각을 한다. 처음 미국행 배에 올랐을 때만 해도, 선발된 대한민국 엘리트 장교들이라는 자부심이 그들의 의식에 자리 잡고 있었다. 미국이 아닌가. 아무렴, 아무나 보내겠나 싶었다. 아마도 배 안에서 만난 서로를 보면서 그런 확신은 더 강해졌을 것이다. 모두들 튼실한 육체와, 입이 싸고 처세술만 능한 하나를 제외하면 대체로 건전한 정신의 소유자들이었던 것이다. 누가 봐도, 이건 딱 엘리트 사단이잖아, 하는 생각이 드는 무리였다.

미군도 그들을 보고는 어처구니들을 보낸 건 아니로군, 하고 반색하는 것이 느껴졌다. 그들은 입영 전 신체검사에 꽤 많은 시간을 소요했는데, 뒤로 돌려세운 뒤 음낭과 항문까지 검사하는 치밀함을 보였다. 나잇살 처먹고 코쟁이들에게 항문이 까발리는 이 수모가 뭐냐고, 여전히 생글거리는 웃음을 지으며 욕쟁이 동기가 말했었다. 딱히 동조하지는 않았지만, 모두들 썩 기분 좋은 경험은 아니었다. 다행스럽게도 열 명 모두 통과되었다. 열흘 밤낮 배 타고 찾아온 발걸음이 아예 헛되지는 않았던 것이다.

훈련은 말 그대로 고난이도의 강훈련이었다. 웨스트포인트 사관학교의 실내교장과 야외교장을 오가며, 정말 체내에서 뽑아낼 수 있는 땀은 죄다 뽑아냈다. 밥 먹고 헌혈하듯 땀을 뽑아내고 또 뽑아내면서, 일행은 하나같이 감탄했다. 아, 이래서 미군이 최고로구나. 이건 정말 대단해. 하지만 그들을 훈련시키는 미군 교관들은 지시만 내릴 뿐, 훈련에 직접 동참

하는 법이 없었고, 그들이 훈련하는 동안에는 한순간도 다른 미군들의 모습을 볼 수 없었다.

그래도 욕쟁이 동기는 감탄했다. 이봐, 역시 미군이야, 미군. 우리도 꽤나 한다고 생각했는데, 얘들 훈련 정말 제대론데. 씨발, 괜히 최고가 아니라고. 하지만 드물게 사색적인 후배 하나의 생각은 달랐다. 근데, 좀 이상하지 않습니까? 난 뭔가 미군만의 최신 무기를 다루거나 응용 가능한 전략 전술 같은 걸 배우리라 기대했는데요. 이건 우리나라에서 받는 훈련을 조금 강도 높게 설정해둔 것뿐이잖습니까. 욕쟁이가 그 말을 잘랐다. 바보 새끼, 순서라는 게 있는 거야. 전쟁 겪어봤잖아. 강인한 육체가 없으면 다 쓸데없는 거야. 참고 인내하는 자, 다음을 보게 되리니. 그가 일요일마다 참석하는 미사에서 본 군종신부 흉내를 내며 성호를 그었다.

그리고 참고 인내하지 못한 네 사람이 떨어져나갔다. 지나치다 싶을 정도로 가혹한 그 육체 훈련에서 마침내 백기를 든 친구들. 미군은 가타부타 말도 없었다. 왜 그리 유약한 거냐고 다그치지도 않았다. 그냥 그대로 아웃. 욕쟁이 동기는 우월감에 가득 차, 패배자들을 가차 없이 힐난했다. 나라 망신시킨 놈들, 조국을 위해 그 정도 고생조차 감수하지 못하다니.

그들이 아웃된 바로 그날, 그들의 훈련을 전담한 토마스 중령이 선언했다. 이 냉철한 인상의 백인은, 군인이라기보다는 예리한 눈매를 갖춘 과학자 같았다. 그들이 처음 미국에 도착했을 때부터, 마치 거금을 들여 막 들여온 가축의 품질상태를 점검하듯이, 일행의 신체 이모저모를 꼼꼼히 점검하는가 하면, 훈련 도중 예상치 못한 곳에서 불쑥불쑥 나타나 스톱워치를 누르거나 서류에 뭔가를 끼적거리거나 하는 식으로 그들의 일거수일투족을 관찰하곤 했다. 일행 중 넷을 돌려보낸 것도 그였다.

보낼 자들을 보낸 다음, 그가 말했다. 이제 다음 단계로 넘어가도 될 때가 되었군요. 그는 매우 신사적이고 나긋나긋한 말투를 지녔다. 내일 장거리 이동을 하게 될 겁니다. 오늘은 푹 쉬세요. 남자가 토마스의 말을 통역한 다음, 자신이 직접 질문을 던졌다. 어디로 가는 겁니까? 토마스가 말했다. 네바다로 갑니다. 거기선 또 뭘 배우는 겁니까? 실전 대비 훈련입니다. 아니, 이렇게 얘기하는 게 가장 정확하겠군요. 우리 미군의 가장 큰 능력을 체험하러 가는 겁니다. 아주, 의미심장한 일이지요.

봤지, 내가 뭐랬냐. 토마스가 자리를 비우자마자, 욕쟁이 동기가 당당하게 소리쳤다. 하지만 사색적인 후배는 여전히 반신반의하는 듯했다. 굳이 장소까지 옮겨서 우리에게 가르쳐주려는 훈련이 뭘까요? 미군의 가장 큰 능력이라니, 뭔가 기분이 썩 깨끗하지 않은데요. 욕쟁이 동기가 또 욕설로 면박을 줬다. 저 새끼, 늘 저렇게 의심이 많아. 딱 보면 모르겠냐. 우릴 미군과 한국군의 중간다리쯤으로 인식하고 있다 이거야. 그니까 연합작전을 잘 수행하려면 다른 한국군은 몰라도, 우리만큼은 쟤네들 전략이나 무기를 확실히 이해해야 하는 거라고. 아마 우리 한국에 돌아가도 미군이 아주 제대로 관리할걸. 우린 그야말로 특수군이야, 특수군. 아무렴, 미국 갔다 온 장교가 흔하겠냐.

그러나 남자는 욕쟁이 동기의 말에 공감하지 않는다. 확실히 의심스러운 구석이 있다. 토마스는 그의 질문에 답을 해준 듯하면서도, 실제로는 아무것도 이야기해주지 않았다. 그렇다 해도, 의심은 의심일 뿐이고, 해야 할 일은 해야만 하는 법이다. 그들은 군장을 꾸리고, 훈련용으로 지급받은 칼빈 소총을 분해하고 닦고 재조립하는, 미국까지 와서 하기에는 참 무기력한 짓거리들을 하며 다음 날의 이동을 준비했다.

아주 오랜 이동이었다. 그들은 군용트럭으로 오랜 시간을 이동한 끝에, 낯선 사막지대 한가운데 도착했다. 건물 하나가 사막에 파묻히듯 있었고,

그 외엔 온통 모래뿐이었다. 바람이 스산하게 불면, 밀려오는 파도처럼 모래 알갱이들이 자갈자갈 소리를 내며 스르륵 다가왔다 휩쓸려가기를 반복했다. 사막에서 흔히 볼 수 있는 선인장 하나조차 보이지 않았다. 태고 때부터 모래에게 전권을 내어준 듯한 그런 곳이었다.

미리 도착한 토마스가 그들을 맞았다. 일행이 처음 미국에 도착해 배에서 내렸을 때처럼 그가 큼지막한 미소를, 언제나 그 배후가 아리송하고 못 먹을 걸 먹은 듯 속이 켕기게 만드는 바로 그 미소를 띠고 말했다. 웰컴 투 네바다.

그리하여 남자와 일행은 지금 네바다에 있다. 그리고 무료한 날들이 이어졌다. 남자는 또다시 기시감을 느낀다. 온갖 잡스런 영상이 남자의 머리를 휘감는다. 이건 뭐지? 남자는 모른다. 알 수가 없다. 그것은 마치 또 다른 자신이 자신을 지켜보는 듯한 느낌이랄까. 아마도 그것은, 이 지겹도록 무료한 훈련 때문이겠지. 그는 이 뼈저린 무기력함 때문에 머리까지 어떻게 되는 걸까 걱정한다.

지옥 같은 육체훈련을 끝내고 나니, 이제는 숫제 인내력 테스트다. 그들이 이 광활한 사막에서 하는 일이라곤, 대한민국의 가장 말단 병사라도 거뜬히 해내고도 남을 일들뿐이었다. 경비와 순찰. 그 텅 빈 모래사막 위를 수시로, 무시로, 지시가 내려올 때마다, 꼭두새벽이건, 태양이 작열하는 한낮이건, 오슬오슬한 추위가 내려앉은 한밤이건 개의치 않고, 달에 착륙한 우주인 마냥 방호복을 걸친 흑인들과 함께 사막을 배회했다. 마치 모래 위의 유령처럼 흐느적거리며.

그러니 욕쟁이 동기가 자신의 인생에서 이제껏 체득해온 욕이란 욕은 모조리 그러모아 내뱉는 걸, 이해 못할 바도 아니다. 그는 자신의 감정에 지나치게 충실할 뿐이다. 분노와 짜증과 무료와 비참함과 무기력을 욕설로 이겨내려 할 뿐이다. 사색적인 후배는 연신 안경알을 닦으며 모래와 맞서 사색을 했다. 그는 멍하니 모래만 바라보고 있으면 모든 걸 이해할 수 있다는 듯이, 온종일 사막을 바라보며 뭔가를 중얼거리기만 했다.

언젠가 딱 한 번 흑인 대위가 남자에게 훈련에 대해 이야기한 적이 있다. 술이 얼큰하게 취해서였다. 그들은 간혹, 남자를 술자리에 끼워주곤 했다. 저들도 이 목적 없는 훈련이 지겨울 즈음이었다. 무료하긴 한국인이나 흑인들이나 마찬가지였던 것이다. 흑인들은 저들 고유의 허세로 남자를 압도하려는 듯했다. 남자는 기분이 나빴지만, 그냥 묵묵히 받아들인다. 어쨌든 이곳은 남의 나라고, 그들의 군대가 있는 곳이니까.

술자리가 파할 즈음, 완전히 인사불성이 된 흑인 대위가 남자에게 물었다. 당신들은 도대체 여기 왜 온 거지? 그건 남자가 묻고 싶은 말이었다. 그래서 되물었다. 우리는 왜 여기 온 거지? 흑인 대위가 고개를 절레절레 저으며 손사래를 쳤다. 나도 몰라. 그가 술에 취해 벌게진 얼굴을 양손으로 문지른 다음 말을 이었다. 그러니 내가 미칠 지경이라고. 아무도 이 훈련의 의미를 이해하지 못했다. 흑인 넷과 한국인 여섯은 그냥 그렇게 지시받은 대로 거기 머물러 있을 뿐이었다. 아마도 이유를 아는 건 토마스 중령뿐일지도 모르지만, 그는 네바다 입성 이후 다시 모습을 드러내지 않았다.

다음 날 술이 깬 흑인 대위는 지난밤의 횡설수설을 전혀 기억하지 못하는 얼굴로 여전히 껄껄거리며, 이것이야말로 우리 미국이 자랑하는 최고의 훈련이라고 허세를 부렸다. 그의 말에 따르면, 이 과정을 이수하면 비로소 제대로 된 미군이 될 수 있다는 것이었다. 하지만 남자는 고개를 갸웃거렸다. 우리는 미군이 되기 위해 여기 온 게 아닌데. 흑인 대위는 남자의 말을 못 들은 척했고, 그걸로 대화는 끝났다.

무려 두 달을 거기 그렇게 하릴없이 머물렀다. 그리고 두 달이 지나갈 무렵, 토마스에게서 연락이 왔다. 흑인들이 주섬주섬 방호복을 걸친 다음, 평상시와 다름없이 시에스복을 껴입은 남자 일행을 데리고 사막으로 나갔다. 평소보다 더 깊고 더 멀리, 사위를 분간할 지표가 전혀 없는 사막 한가운데로. 그리고 굉장한 모래폭풍을 만났다.

매서운 모래바람이, 미세한 모래 입자들이, 그 사막의 후끈한 열기가 몸의 세포 하나하나를 훑고 지나갔다. 욕쟁이 동기와 사색적인 후배가 몸을 털며 일어나 욕과 사색의 멘트들을 남발하고는, 나름 재미있는 경험이었다고 흥분했다. 무기력한 일상에 신선한 (문자 그대로) 한 줄기 바람이었다. 욕쟁이 동기는 한국에 돌아가 떠벌릴 건지가 하나 생겼다는 데 만족하는 눈치였다. 너희들 미국의 모래폭풍, 맞아본 적 없지? 그걸 경험해봐야, 진짜 지옥을 봤다고 할 수 있지. 멋모르는 부하들을 앉혀놓고 그렇게 주절대겠지. 남자는? 남자는 뭐라고 딱히 꼬집어 말할 수 없는 불쾌한 기분이었다. 뭔가 이상한 일이 일어났어. 분명히 뭔가…… 달라졌어.

그리고는 또 한 달간 예의 그 반복적인 일상으로 돌아갔다. 사막을 순례하고, 텅 빈 모래구릉에다 대고 가끔 총을 몇 방 갈기고 돌아왔다. 토마스에게서는 더 이상 연락이 없었다. 그리고 마침내 훈련이 끝났다.

그들은 어느 날 갑자기 워싱턴으로 돌아오라는 지시를 받았다. 그리고 그때부터 당시로서는 최신이라 할 만한 시청각 자료와 군용화기들 일부를 접해볼 수 있었다. 미국이 이미 한바탕 써먹고 폐기한 전략 몇 개를 세밀하게 들었고, 그 와중에도 이번에는 어렵기 짝이 없다며 욕쟁이 동기는 욕을 하고, 역시 다 순서가 있나 봅니다, 라고 사색적인 후배는 만족감을 드러냈다.

하지만 남자의 의식은 언제나 네바다의 그 모래폭풍을 향해 있었다.

거기서 분명히 무슨 일인가 일어난 것만 같은데, 그 정체를 알 수 없었다. 아니, 오히려 그것은, 먼 미래가 보내는 분명한 암시 같았다. 마치 미래의 자신이 현재의 자신에게, 그 정체를 알 수 없는 감각을 조심하라고 일깨워주는 느낌이었다.

아니, 뭐라는 거야, 나 정신이 어떻게 되고 있나? 남자가 정신을 모으기 위해 눈을 깜빡인다. 몇 번 깜빡이고 보니, 어느새 훈련은 끝났고, 그는 또다시 전쟁터다.

뭐라고 전쟁터? 또?

그래 또. 이건 낯선 이국의 냄새. 아, 시작부터가 징그러운 냄새다. 뭔가 고약하다. 왠지 모르게 억울한 느낌이다. 남자는 잠시 기억을 반추한다.

미국에서 돌아온 직후, 그는 일 계급 특진과 함께 소규모 부대의 단위 지휘관으로 임명되었다. 함께 다녀온 일행 모두 마찬가지였다. 그리고 그들의 소식을 다시 들을 즈음엔, 이미 이 세상 사람들이 아니었다. 여섯 중 자신을 제외한 어느 누구도 살아 있지 않았다. 하나는 한국에 돌아오자마자 각혈을 하며 쓰러져 죽었고, 다른 하나는 어느 날 갑자기 돌연사했으며, 또 다른 하나는 교통사고로 죽었다. 트럭에 깔려 형체도 알아볼 수 없을 정도였다고, 그런 정보에는 남달리 빠른 욕쟁이 동기가 알려주었다.

사색적인 후배는 한 이 년쯤 뒤, 정치에 나섰다 줄을 잘못 선 바람에 인생이 끝장나 버렸는데, 강제 전역된 이후 암에 걸려 골골거리다 죽었다. 욕쟁이 동기는 한동안 승승장구했지만, 어느 날 갑자기 신장이 좋지 않다고 드러눕더니 그렇게 산송장이 되어 버렸다. 그들의 말년은 다들 하나같이 처참했다. 피골이 상접했고 정신이 뒤틀리고 각혈을 하는, 뒷맛이 개운치 않은 죽음이었다.

참전 직전, 남자도 몸의 이상을 감지했다. 심장에서부터 역류하는 비릿한 피 냄새를 맡기 시작했고, 몸을 관통해 지나가는 통증으로 움츠러들 때가 잦아졌다. 하지만 어쨌든 그는 아직 살아 있었다. 어쩌면 그는 단지 운이 조금 더 좋았을 뿐인지도 모른다. 그는 그 운이 다할 때까지는 가볼 심산이었다.

아, 코끝을 간질이는 냄새가 다시 피어오른다. 남자는 문득 깨닫는다. 냄새의 정체를. 이 불길하고 비릿한 냄새. 죽음을 부르는 이 간질간질한 이물거림. 대기를 떠도는 공포의, 소리 없는 형체들. 젠장, 이 새끼들 또 퍼부을 셈이군. 남자가 혼잣말로 구시렁거린다.

아니나 다를까, 미군 전투기 두 대가 윙윙거리며 남자의 머리 위를 지나치더니, 저만치 떨어진 정글 위로 무언가를 잔뜩 떨어트린다.

베이스캠프에서는 도박이 한창이다. 이곳에서 할 수 있는 일이란 그 정도가 고작이다. 담배를 꼬나물고, 담배 연기로 매캐한 좁은 간이천막에 모여앉아 생명수당으로 지급받은 돈을 걸고 도박을 하거나, 술을 마시거나, 시시껄렁한 농담을 하는 것. 그러다 지시가 떨어지면, 총을 어깨에 걸고, 에누리 없이 완전 무장을 하고, 목표지점을 찾아가 갈겨대는 것이다. 대부분은 죽이는 쪽이지만 가끔 죽어나가기도 하고, 또 때로는 어설프게 팔이나 다리 하나가 끊어진 채 돌아오는 바람에 집으로 돌아가기도 했다. 하지만 살아남은 이들은 베이스캠프로 돌아오게 되고, 그러면 또 담배를 물고 술을 마시며 도박을 하고, 누군가의 저질 농담에 껄껄 하고 웃고 마는 것이다. 입 밖으로 나오는 것은 언제나 시시껄렁한 농담 아니면 욕설뿐이다. 아열대의 무더위와 정글의 습기가 대기를 가득 메우고 있었다.

가뜩이나 무더운데, 또 다른 열기도 힘을 보탠다. 시도 때도 없이 뿌려대는 고엽제의 후끈함. 고엽제가 식장의 드라이아이스처럼 진하게 깔린

대지와 정글을 맨몸으로 뚫고 올라가 적을 섬멸해야 하는 군인들에게는 달갑지 않은 친구다. 아군과 적군의 경계조차 불분명한 지역에 무작위로 떨어지는 네이팜탄은 또 어떤가. 그 매캐한 악취와 후끈한 열기는 아무래도 정 붙이기 힘든 것이었다.

중령님. 누군가 남자를 부른다. 중령? 남자는 자신이 어느덧 그렇게나 되었나 싶다. 파견명령을 받기 직전, 그는 몸 상태가 좋지 않다는 심각한 징후들을 발견했다. 어쨌거나 죽는다면, 전장에서 군인으로 죽는 게 보기 좋을 거라는 생각에 그는 의사의 권고 대신 국가의 부름에 응했다. 언젠가부터 남자는 죽음의 냄새를 짙게 맡고 있다. 아마도 용쟁이 동기를 마지막으로, 미국에 함께 다녀온 동료들이 전부 죽었을 때부터였을 것이다. 코끝을 자극하는 죽음의 향취. 아니, 어쩌면 그것은 고엽제의 향취일 수도 있다. 베트남에 너무 오래 머문 탓에, 다양한 향취에 대한 감각이 마비된 듯했다. 이제 그의 코는 에이전트 오렌지의 성분에 너무 길들여졌다.

뭐지? 여단장님께서 찾으십니다. 남자가 고개를 끄덕인다. 아마도 또 출동이겠지. 이젠 별로 긴장도 안 된다. 정글의 폭염은 사람을 미치게 만들기에 충분한 것이었고 모두를 진저리나게 만드는 기이한 마법을 부렸지만, 남자는 개의치 않는다. 설령 살아 돌아가도 자신을 기다리는 건, 지척에 얼씬거리는 죽음의 존재감뿐일 거라는 생각이 그를 최고의 전사로 만들어 놓았다. 무엇에 대한 분노인지도 모른 채, 그는 베트콩들에게 무자비한 응징을 가했고, 덕분에 아군뿐 아니라 적군에게도 전설적인 이름이 되어가고 있었다.

이번이 몇 번째지? 여단장이 앉은 채로 눈을 치켜뜨며 물었다. 손가락은 초조하게 탁자를 따닥따닥 두드리고 있었다. 오늘 나가면 여섯 번째가 됩니다. 항상 전적이 좋았지. 여단장이 인정할 건 쿨 하게 인정한다는 의미로 고개를 까딱했다. 남자가 긍정도 부정도 아닌, 담담한 시선으로 응수했다. 그래, 하고 싶은 말이 뭐요, 라고 대들고픈 도발적인 표정이다. 당장 내일의 전투에서 목이 날아갈지도 모를 판에, 상급자의 말에 일희일비할 것까지는 없었던 것이다.

역시 미국에서 교육받아 그런지 다르긴 다르군. 무슨 소리하는 거냐, 여단장, 하고 소리치고 싶었지만, 그러지 않았다. 전장에선 누구나 총을 차고 다니니까, 여차하면 같은 편에게도 총을 맞을 수 있다. 그리고 그런 게 전장이다.

이번에 말이야, 자네가 미국에 다녀온 실력을 제대로 한번 보여줘야겠어. 뭐, 그간 자네의 공적이 대단하다는 건 본국에서도 익히 알고 있고. 귀국하면, 분명 무공훈장이 자네를 기다리고 있을 거야. 이제껏 그랬듯이 자넨 계속 승승장구할 거고, 내가 앉은 이 자리를 차지할 날도 머잖아 오겠지. 그런 날이 오면, 난 퇴물이 되어 집에서 손자 놈들 기저귀나 빨고 있겠지, 껄껄껄. 그가 쿨 한 유머라도 날렸다고 생각하는지 경쾌하게 웃었다. 만일 그게 유머라고 한 거였다면, 베트남의 전장에서 날리기에는 전혀 재미없는 유머다. 남자는 괜스레 짜증이 난다.

남자의 정색을 눈치 챘는지, 여단장이 헛기침을 하고는 표정을 관리했다. 이봐, 자네 부대가 이번 미국과의 합동작전에 참여해 줘야겠어. 그냥 지시만 내리면 될 일을 왜 불러서 지랄이야, 라고 생각할지 모르겠지만, 하고 여단장이 말했다. 안 그래도 남자는, 그냥 지시만 내리면 될 일을 왜 불러서 지랄이야, 하고 생각하고 있었다. 그는 자신의 폭력적이고 짜증 어린 반응이 자신의 몸에 드리운 죽음의 손길 탓인지, 이 망할 베트남의 후텁지근한 기운 때문인지, 아니면 이제야 아버지로부터 물려받은 기질이 발현된 까닭인지 분간할 수 없었다.

어쨌든 지난 몇 년간 그의 기질이 보다 폭력적으로 변한 건 분명했다. 아니면 폭력적 현상이나 징후들에 무감각해졌거나. 그것은 남자로서는 다행한 일이었다. 때마침 그 분노를 맘껏 배설할 공간을 부여받았으니. 남자의 반응이 어떻건, 여단장은 자신의 말을 마저 뱉어냈다. 그만큼 중요한 임무라는 거지. 우리 군이 굳이 이 먼 곳까지 파병을 해서 남의 나라 전쟁을 도와준 보람이 있다는 걸, 미국 애들한테 확실하게 보여줘야 한단 말이야. 각하께서도 그 문제에 민감하시고. 아무래도 자네가 역할을 좀 해줘야겠어.

남자가 고개를 끄덕인다. 그러죠. 그래, 바로 그거야. 언제나처럼 말일세. 사령관이 다시 한 번 강조했다. 명심하겠습니다. 아, 그리고, 자네 부하들, 용맹하긴 한데 조금 삐딱하게 구는 구석들이 있어. 남자는, 또 시작이로군, 하는 생각에 자신도 모르게 미간이 찌푸려진다. 여단장이 남자의 눈치를 살피더니 황급히 덧붙였다. 아니, 아니, 오해는 말게. 자네 부하들이 최고의 전투원들이라는 건 자명한데, 아, 그래서 내가 자네 부대를 직접 찍어서 보내는 거 아니겠나. 근데, 뭐 이 난리통에 큰 문제는 아니겠지만, 잡음들이 간혹 들려오더란 말이지. 지금이야 전시니까, 이러쿵저러쿵 해도 대충 넘어가지만, 만에 하나 이 전쟁의 끝이 좋지 않거나 평화가 찾아오면 뒤늦게 문제가 될 수도 있으니까. 전리품 좀 챙기는 거야 괜찮지만, 남의 나라에 씨를 너무 많이 남기지는 않도록 자제 좀 시키게. 이제 곧 귀국하면 다들 영웅이 될 텐데, 그때 가서 말이야, 우리 말 통하는 애들이랑 쓰기에도 모자라잖아. 내 말 무슨 의민지 알지?

물론 안다. 하지만 여단장의 지침을 부하들에게 전달하지 않을 거란 것도 안다. 여기는 전쟁터고, 남자는 지금 자신의 분노와 치밀어 오르는 폭력성을 소화하기에도 벅차다. 상대가 베트콩인지, 민간인인지 구별조차 할 수 없는 이 망할 나라에서, 부하들이 사로잡은 여자들에게 씨를 뿌리는 걸로 전쟁의 공포와 짜증을 이겨내는 것까지 어떻게 하란 말인가. 고국의 위문단이 다녀간 지도 벌써 오래고 답보 상태의 전쟁은 언제 끝날지 가늠할 수 없었다. 언제 다시 맘 편히 욕정을 배설할 수 있을지 알 수 없는 일이었다. 아니, 위문단이 다 무슨 소용인가. 당장 내일 전장의 이슬로 사라질지도 모를 판에.

전쟁은 거친 남자들에게는 발정기와 같다. 본능과 힘이 모든 것을 지배하는 시기니까. 게다가, 여기는 문자 그대로, 정글이었다. 뭐가 대수겠는가.

냉혹한 인상의 백인 중령이 이끄는 미군 대대와 합류한 것은 다음 날 오후였다. 미군들은 국경 근처에서 한바탕 일전을 치른 후 남하한 상태였다. 백인 중령은 가차 없는 잔인함으로 유명세를 떨치고 있었다. 전반적으로 전쟁에서 미군들이 고전을 면치 못하고 있었음에도 불구하고, 그만은 소규모 전투에서 꾸준히 전공을 쌓고 있었다. 전쟁 초기의 대학살에서 가장 큰 공을 세운 인물이기도 했다. 그 무자비함과 잔혹함으로 인해 베트콩들은 물론 미군들 사이에서도 '악마'라 불리던 사내였다.

악마가 남자에게 말했다. 다 쓸어버리자고. 이 지긋지긋한 새끼들, 이 조그마하고 누리끼리한 자식들을 말이야. 그는 눈앞의 남자가, 바로 그 조그마하고 누리끼리한 인종 군에 속한다는 건 조금도 개의치 않았다. 하긴 뭐 이쪽도 미군들에게 코쟁이 양키 새끼라는 별칭을 붙이곤 했으니까.

작전은 뭐지? 남자가 고지를 바라보며 악마에게 물었다. 작전은 무슨 개뿔. 이 전쟁엔 그딴 게 하나도 소용없더란 말이지. 악마가 말했다. 그냥 가서 눈에 띄는 족족 죽여버리는 거야. 그거면 충분하지. 제대로 망가진 놈이로군, 하고 남자는 생각한다. 이 전쟁에서 망가진 사람들을 남자는 많이 보았다. 목숨을 잃거나 낯선 나라에 신체의 일부를 너저분하게 깔아놓고 돌아가는 그런 식의 망가짐은 이젠 하도 흔해 말할 건수도 되지 않았다. 하루에도 어마어마한 사람들이 목숨을 잃고 있었다. 군인이든, 베트콩이든, 민간인이든.

정말 눈에 띄는 종족들은 인간성이 망가진 이들이다. 잔혹한 야수처럼, 적이라는 개념마저 상실한 채, 그저 눈앞의 존재에 분노를 느끼고 광적인 살의를 느끼는 치들. 남자의 눈앞에 있는 악마가 딱 그런 부류였다. 남자는 이곳에 온 이후 자신의 활약상을 돌아볼 때, 아마도 조만간 자신 역시 그런 부류에 속하게 되리라는 걸 안다. 하지만 아무렴 어떠랴. 어차피 죽어가고 있는걸. 남자는 백인 중령이 건넨 시거를 받아 물며 대답했다. 아무렴, 어떻겠어. 이쪽도 죽고 저쪽도 죽는데, 끝까지 살아남는 쪽이 최고지.

눈앞에 사람 눈높이만큼이나 자란 들풀들이 바람에 흔들리고 있다. 남서풍의 후덥지근한 바람이 백인의 빡빡머리와 남자의 까까머리를 스쳐간다. 땀이 사내들의 머리에서 떨어져 나와 우거진 들풀들 사이로 떨어진다. 두 남자는 그저 시거를 빨았다 뱉어내며, 그들이 이제 격전을 치르러 나아가야 할 행로를 살핀다. 갑자기 악마가 남자를 툭 치며 말했다. 어이, 이봐, 코리언들, 우리랑 내기 안 할래? 무슨 내기? 남자가 되묻는다.

누가 많이 죽이나. 악마가 담담하게 말했다. 그런 걸 세지 않아도 많이 죽이게 될 거다. 남자가 별 관심 없다는 투로 심드렁하게 대꾸했다. 우리 쪽도 많이 죽을 거고. 하, 그렇게 심각해지지 말자고. 이거 그냥 게임일 뿐이라고. 장난 같은 거 말이야.

남자가 문득 고개를 돌려보니, 어느새 지휘관들을 중심으로 양쪽의 부하들이 바싹 몰려와 있다. 영어도 못하는 남자의 부하들이, 기똥차게도 게임이라는 단어를 알아들었던 것이다. 안 그래도, 이 망할 악마의 목소리는 기차라도 삶아먹은 듯 시종일관 시끄럽고 호방해, 남자는 귀가 다 먹먹할 지경이었다.

대대 선임하사가 말했다. 이 코쟁이 새끼가 뭐라는 겁니까. 남자는 사실대로 이야기해줄지 말지 잠시 고민하다, 이 상황에서 뭘, 하는 생각이 들어 그대로 전해주었다. 우리랑 내기를 하자는군. 뭔 소리가 오가는지도 모르면서 악마가 선임하사를 향해 윙크를 찡긋 해보였다. 그건 사내들 사이에서 흔히 도발의 의미로 받아들여지는 제스처였다. 망할 누렁이 새끼들, 왜 미군이랑 붙으려니까 겁나냐, 라는 의미로 선임하사는 받아들였다.

한다고 하십시오. 우리도 여기서 혁혁한 전공을 세우고 있잖습니까. 씨발, 코리아의 저력을 보여주자고요! 선임하사가 소리치자, 부하들이 일제히 동조했다. 어제 출정 소식을 들었을 때까지만 해도, 쥐꼬리만 한 돈 쥐어주고 사지로 몰아넣는 조국의 처사에 분개하며, 있는 욕 없는 욕 다 뱉어내던 부하들이, 코리아네 조국이네 용맹이네 하면서 일제히 떠들어대기 시작했다. 그런 분위기는 미군들에게도 전염돼 갑자기 진지한 경쟁 모드로 돌변했다.

남자가 침착하게 부하들을 진정시켰다. 어이, 이봐들, 이건 전쟁이야. 도박이 아니라고. 선임하사가 대꾸했다. 대대장님, 틀렸습니다. 이 전쟁은 도박입니다. 이 너른 평야와 저 무성한 정글 속에서 도대체 놈들이 어디서 튀어나올지 아무도 모른단 말입니다. 사람이 도무지 있을 것 같지 않은 곳에서 놈들의 총알이 날아오고, 정말 시골의 촌년같이 수더분한 여자가 장바구니에서 난데없이 기관총을 꺼내 난사하는 동네란 말입니다. 보이지 않는 적, 구분할 수 없는 상대, 정체를 알 수 없는 저 망할 놈의 정글, 도대체 우리가 여기서 왜 죽음을 무릅써야 하는지도 모르는 상황! 이건 정말 완벽한 도박판이란 말입니다.

부하들의 불평을 적당히 무시하는 데는 이골이 난 남자였지만, 은퇴 기로에 서 있는 노회한 선임하사의 한바탕 장광설에는 공감하지 않을 수 없었다. 게다가 선임하사는 한바탕 요설을 퍼붓고는, 이내 선임하사 본연의 자세로 돌아와 덧붙였다. 게다가 게임이라 생각하고 임하면, 이 녀석들도 공포를 덜 느낄 테고, 더 좋은 성과를 내게 될 겁니다. 그게 조국의 명예니, 전우의 복수니 하는 것보단 훨씬 더 동기부여가 될 테니까요. 미국 놈들 달러 좀 걸겠죠. 안 그렇습니까?

판이 커졌다. 미군들이 남자의 부대원들 전체 월급의 두 배에 달하는 거금을 내걸었다. 악마의 말로는, 한국군이 미군의 실력을 능가한다면, 그 정도 지불은 정말 아무것도 아니라는 것이었다. 한국군에게 받기로 한 돈은, 장병들의 한 달 치 월급에 해당하는 금액이었다. 미군들은 너그럽게 이해해 주었다. 그들에게 중요한 것은 내기에 걸린 돈이 아니라, 내기 그 자체였고, 거기서 승리하는 (그래서 상대를 맘껏 우롱할 수 있는) 쾌감이었다.

귀는 두 개니까 속임이 있을 수 있고, 아무래도 코가 좋겠군. 악마가 정말 아무것도 아니라는 표정으로 천연덕스럽게 말했다. 코를 베어내는 섬뜩하고 물컹한 느낌은 상상만 해도 진저리나는 것이었지만, 전장에서는 그 행위가 아주 끔찍하게 느껴질 법한 것은 아니었다. 악마가 말했다. 자네가 동으로 치면, 우린 서로 치지. 자네가 서로 치자면, 우린 동으로 칠게. 좋을 대로 하게.

남자는 동을 택했다. 지도상으로 넓은 평원을 가로질러, 민가가 있는 마을 하나를 거치고, 최종목적지인 울창한 정글 산 앞에 도달하는 것이다. 서로 가는 미군들은 들판과 야트막한 구릉을 넘은 다음, 강도 하나 건너야 목적지에 다다를 수 있었다. 그 정글에 적들의 전진기지가 있었다. 고지를 차지하면 주요 보급로와 기지 하나를 통째로 집어 삼킬 수 있었다.

선임하사는 아까 남자를 설득할 때처럼, 부하들을 선동했다. 이 생고생하고 목숨까지 거는데, 제대로 돈 한번 벌어보자. 베트콩들 백날 죽여 봐야 돈이 더 나오냐 집엘 보내주냐. 이 거만한 양키 놈들에게 우리의 저력을 보여주자! 어떻게든 살아 돌아가자는 심정이던 병사들의 표정이 한층 의욕적으로 변했다. 안 그래도 남자의 부대는 잦은 출정으로, 살상엔 도가 튼 경지에 이르러 있었다.

코다, 코! 선임하사가 다시 한 번 강조했다. 무조건 베어, 닥치는 대로! 남자의 내면에서도 폭력에 대한 욕구가 꿈틀댄다. 하지만 그는 수많은 전투 경험을 쌓아온 베테랑이었고, 부하들의 목숨을 이끌고 가는 지휘관이었다. 게다가 미국까지 다녀온 엘리트 장교 아니던가. 이런 과열된 분위기에 휩쓸려선 안 된다는 자각이 있다. 하지만 이내, 뭐 어떠랴, 하는 생각이 깃든다. 어쨌든 미군이 먼저 제안한 게임이다. 세계에서 가장 선진화되었다는 자유의 수호신들 아니던가. 열악한 장비와 시원찮은 보수를 받고 적과 맞서야 하는 부하들에게 사기는 승패를 떠나 생사의 중요한 변수였으니, 그로서는 이 열기를 여기서 끊기도 어려웠다. 게다가 자신만큼이나 전쟁에 이골이 나 있는 선임하사가 저리도 적극적이니, 뭐 어쩔 수 없다는 생각이 들었다.

아닌 게 아니라, 악마의 도발에 자신도 발끈한 게 사실이니까. 미국에 가서 훈련받는 동안, 하릴없이 미군들에게 이리저리 휘둘린 경험을 생각하면, 그는 이것이 소소하나마 일종의 복수가 될 수도 있다는 생각이 들었던 게 분명하다. 들었던 게 분명하다, 라니. 남자는 지금 자기 감정을 마치 남의 일 지켜보듯 하는 자신이 어색하다.

남자의 진군 명령으로, 게임은 시작되었다. 악마는 자신의 계략에 말려든 무기력한 인간들에게 보내기에 딱, 인 그런 미소를 지으며, 남자에게 의례적인 행운을 빌었다. 남자는 이제 목적지까지 매복한 적이 최대한 없기를 바라야 할지, 어떻게든 많은 적들을 살상해 저 악마의 코를 납작하게 눌러줄 수 있기를 바라야 할지, 갈피를 잡을 수 없다. 하지만 어떤 걸 바란다 해도, 적들이 남자의 바람대로 움직이는 건 아니니, 결국엔 그냥 될 대로 되라는 심정이었다.

첫 구릉을 넘었을 때, 게릴라들의 공격이 시작되었다. 너른 들판처럼 보여 숨을 데가 없을 듯싶었지만, 놈들은 들판을 가득 메운 억센 들풀들 사이로 머리를 불쑥 들어 올리고는 총을 갈기고 사라지기를 반복했다. 그 기습적인 공격에 대원 하나가 쓰러졌다. 남자의 지시에 따라 모두들 마른 풀더미 위로 바싹 엎드렸고, 덤불을 엄폐물 삼아 적들의 위치를 파악하려 발버둥 쳤다. 하지만 이쪽인가 싶으면, 어느새 반대쪽 덤불을 헤집고 나와 사격을 가했고, 다시 방향을 선회하면 원래의 방향에서 불쑥 튀어나와 수류탄을 깠다.

그놈이 그놈, 아무래도 많은 수의 매복은 아닌 듯싶고 일종의 정찰병들인 듯했지만, 좀처럼 갈피를 잡을 수 없었다. 그사이, 대원 셋이 또 피를 봤다. 죽음의 공포가 고개를 쳐들었다. 게다가 오늘은 성과가 없을 경우 기껏 살아 돌아가도 모욕적인 조롱과 한 달 치 월급이 고스란히 날아가는 참극이 기다리고 있으리라는 불안 탓에 남자의 부대는 서서히 광기로 치달았다.

　마침내 분기탱천한 선임하사가 그 이상 민첩할 수 없을 만큼 신속한 몸놀림으로, 벽석이는 마른 들풀들을 헤집고 적들의 예상 매복 지점으로 내달렸다. 그것은 적들에게는 당혹감을, 아군에게는 사기를 북돋웠다. 다행히도 예상 지점엔 적이 실제로 매복해 있었고, 적들 역시 전우애를 발휘하느라, 속속들이 모습을 드러냈다. 일단 모습을 드러내자, 그 어느 때보다 목표 의식이 분명한 남자의 부대원들을 당해낼 재간이 없었다. 몇몇이 그 자리에서 고꾸라졌고, 몇몇은 잠시 응전하다 뒤돌아 달아나기 시작했다.

　코를 베, 코를 베! 선임하사가 연방 소리를 질렀고, 그 덕에 아직 목숨이 간당간당한 상태의 베트콩들은 산 채로 코가 베였다. 그건 죽기보다 더한 고통이었고, 그 처절한 비명소리는 귓가에서 쉽사리 사라지지 않을 종류의 것이었다. 처음부터 이 내기가 그다지 탐탁지 않았던 남자로서는, 썩 유쾌한 기분은 아니었다.

　하지만 남자는 잠자코 있었다. 어쨌든 게임은 시작되었고, 그 망할 악마에게 질 수는 없지, 하는 각오가 그의 마음 한구석에도 도사리고 있었다.

　베트콩 둘이 억센 들풀들을 가르며 구릉 아래로 내려가는 것이 보였다. 지원군을 불러올 거야, 잡아! 선임하사가 소리쳤고, 모두들 일제히 소란을 떨며 그들을 쫓아 구릉 아래로 질주했다. 마지막 녀석의 코까지 깨끗하게 도려내 씰백에 담은 상병도 곧 그들을 뒤쫓았다. 입대 전에 부둣가에서 사시미로 회를 좀 떴다는 이유만으로, 상병은 궂은일을 도맡아 하고 있었다.

　달아나는 베트콩 척후병들은 멀리서 봐도 아직 어린애들이었다. 하나는 여자애처럼 보이기도 했다. 도대체 저 아이들은 왜 여기서 총을 든거지? 잽싼 달음질로, 자신의 코가 도려내질지도 모르는 위기를 벗어나려고 용을 쓰는 아이들. 총을 들지 않았더라면, 죽을 이유가 없는 아이들이었다. 왜 우리는 저 아이들을 죽여야 하는가. 남자는 부하들과 함께 분노와 광기의 추격을 거듭하는 순간에도 그런 생각이 맴돈다. 그리고 문득 정말 그런 생각이 남자의 머리를 지배한다. 나는 도대체 왜 여기서 이러고 있는 거지?

부하들과 함께 베트콩 척후병을 향해 총구를 겨눈 채 달음박질하면서, 갑작스런 반추가 시작된다. 나는 왜 아버지를 정신적으로 말살하고, 나는 왜 동족을 총으로 쏘고, 나는 왜 미국에 가서 느닷없는 모래폭풍을 맞고, 나는 왜 서서히 죽어가는 이 마당에도 여기서 어린아이들을 향해 총을 겨누고 있는가.

아니 그보다, 지금 이 반성은 도대체 뭐지. 이 긴박한 전장에서 이것은 너무 비현실적이다. 그럼에도 남자의 머릿속으로 자꾸만 온갖 생각들이 스쳐 지나간다. 그리고 정체를 알 수 없는 확신이 배어나온다. 이번에도 자신은 살아남을 거라는 뜬금없는 확신.

한 발의 총성이 그의 상념을 순식간에 깨트린다. 선임하사의 총구가 주변 공기를 데웠다. 그리고 저 멀리서 아이 하나가 풀썩 꼬꾸라진다. 저 거리까지 총알이 가닿을 수 있다는 걸 남자는 이번에야 알았다. 베트콩 하나가 죽자, 남자는 아련한 슬픔과 안도감을 동시에 느낀다. 아마 후자가 전장에서는 더 정상적인 감정일 테지만, 남자는 뜬금없이 찾아든 복합적인 감정 탓에 심히 혼란스럽다.

나머지 아이 하나가 잽싸게 구릉을 타고 내려가 반대편 숲으로 들어가려다, 갑자기 방향을 틀어 저 멀리 촌락을 향해 내달리기 시작했다. 어쩌면 거기 아이의 집이 있을지도 모른다. 공포를 진정시켜 줄 엄마의 품이 있을지도.

마을 어귀로 빨려 들어가듯 스르륵 사라질 때 보니, 아이는 이제 갓 열다섯쯤 되었을까 싶은 소녀였다. 누가 저 아이에게 총을 지웠나. 호치민인가, 아니면 미군? 아, 그렇군. 남자는 깨닫는다. 지금 총을 들어 그 아이를 겨눈 것이 바로 자신들임을. 왜 이런 죄책감을 느껴야 하지? 출정 전까지만 해도, 남자는 지극히 폭력적이고 냉소적인 상태였다. 그런데 왜 지금, 갑자기?

어쨌든 어린 척후병을 빨리 처리하지 않으면, 그들의 접근이 어떤 루트로든 베트콩 유격대의 본진에 전달될지도 모를 일이었다. 어쩌면 그 아이와 상관없이 이미 어떤 신호가 전달되었을지도 모른다. 어떤 경우라도 실제로 달라질 것은 별로 없을 것이다. 그냥 될 대로 되어갈 뿐.

마을 어귀에 도착하자, 마을 전체가, 마치 곧 도살될 것을 아는 병든 송아지 마냥 부들부들 떠는 것이 느껴졌다. 하필이면 정글과 평원 사이에 위치한 탓에, 한때는 정글과 평원 양쪽에서 삶의 양분들을 얻었을 마을은, 이제 양쪽에서 죽음의 위협에 부대낀다. 떠나고 싶어도 떠날 곳을 찾지 못한 왜소한 몰골의 마을사람들이, 그들로서는 어디 붙었는지도 모를 아시아의 어느 나라에서 찾아온 군인들을 맞이한다.

물론 남자는 주의했다. 최대한 조심조심 마을로 접근했다. 위장마을일 수도 있고, 숲 속에 숨어 있는 베트콩 유격대의 전진기지 역할을 하고 있을지도 모른다. 당장이라도 온 마을 주민들이 총을 들고 몰려나와 혈전을 치르게 될 수도 있었다. 전장에서는 모든 것이 불안하고 의심스럽다. 심지어는 자신의 등 뒤에서 함께 싸우는 전우가 오발할 가능성에 대해서도 불안감을 느껴야 하는 곳이 전장이다.

마을은 확실히 떨고 있었다. 공격적인 기색은 전혀 없었다. 그보다는 어떻게 이 위기를 넘겨야 하나, 하는 당혹감과 두려움이 대기 중에 짙게 깔려 있었다. 오랫동안 전쟁을 치러온 사람의 몸에 배는 예리한 감별력으로 남자는 그들의 순수한 공포를 느낄 수 있었다. 마을의 촌장쯤으로 보이는 노인이 알아듣지 못할 베트남어로 뭐라 뭐라 떠들어대기 시작했다.

촌장은 마을이 방금 전의 난전과는 무관하다고 항변하고 있는 것인지도 모른다. 아니면, 그 아이는 아무것도 모르는 어린애라는 걸 강조하며 자비를 구하고 있는 것일 수도 있다. 어쨌거나 못 알아듣기는 마찬가지다. 조심스럽게 문을 닫아거는 소리들이 들린다. 슬금슬금 눈치를 보며 군인들의 분노를 비껴나갈 방도를 모색하는 궁색함이 마을을 가득 메운다. 군인들은 여전히 사주경계를 서며 긴장의 고삐를 바짝 죄고 있다. 한순간, 모든 것이 폭발할 듯한 긴장감이 팽배하다.

그리고 빵, 하고 그 한순간이 터졌다. 이 새끼 뭐라는 거야, 이 망할 베트콩들! 선임하사가 버럭 소리를 지르더니, 경고조차 없이 촌장의 두상에 총알을 박아버린 것이다. 남자가 말릴 겨를도 없었다. 촌장이 내뱉은 말들이 허공에서 흩어지기도 전에, 그 말을 뱉어내던 얼굴이 통째로 사라졌다. 목 아래로만 덩그러니 남은 촌장의 몸은 바닥으로 거꾸러지기 전까지도 계속 손짓으로 뭔가를 해명하려 들었다.

촌장의 가족으로 보이는 사내와 아낙들이 머리가 곤죽이 된 촌장에게로 울부짖으며 달려 나오다, 광분한 병사들의 무자비한 총질에 몰살되었다. 상병이 선임하사에게 말했다. 왜 머리를 쏘셨습니까? 자를 코가 없습니다. 아, 나의 실수. 선임하사가 손을 들어 실수를 인정하며, 나머지 부하들에게 명령했다. 머리는 쏘면 안 돼. 코가 필요하다고, 코가.

남자가 다급하게 소리쳤다. 사격 중지, 사격 중지! 한바탕 총성이 잦아들고, 잠시 사격이 멈췄다. 남자가 선임하사에게 다가가 소리쳤다. 이게 무슨 짓이야. 누가 사격명령을 내렸나. 선임하사가 역시나 통 크게 잘못을 시인한다. 죄송합니다. 그리곤 손가락으로 머리가 사라진 노인의 사체를 가리키며 덧붙였다. 이 새끼, 말하는 게 너무 위협적이라.

여긴 민간 마을이야! 남자가 소리쳤다. 압니다. 하지만 베트콩을 숨긴 마을이고, 총을 든 놈이 이 마을 어딘가에서 지금 우리를 겨누고 있단 말입니다. 아, 그건 또 부인할 수 없는 사실이었다. 알량한 윤리를 찾다가는 이쪽이 당할 수도 있었다. 명령을 내려주십시오. 선임하사가 당당한 눈빛으로 요구했다. 소대장 몇몇이 역시나 고개를 주억거리며 선임하사의 청에 힘을 보탰다. 게다가 코도 필요하지 않습니까. 선임하사가 덧붙였다.

남자는 고개를 돌려 마을을 둘러보았다. 순식간에 비어버린 길들. 어디 숨을 데도 없이, 저마다 제 집에 들어가 문을 꼭 걸어 잠그고는 벌벌 떨고 있을 것이다. 두려움과 공포가 그들의 뇌와 척수 언저리까지 아주 진득하게 들러붙어 있을 것이다. 그래, 하긴. 그렇게 초라하고 두렵게, 살아남아 뭐 하겠는가. 남자는 배가 쿡쿡 쑤신다. 뭔가가 그의 몸을 갉아먹고 있다. 그래, 무슨 상관인가, 하는 생각이 든다. 어차피 베트콩과 민간인을 구별할 수 없다는 것이, 이 전쟁에서 유일하게 일관성을 지닌 테제 아니던가. 게다가 선임하사와 대원들의 살기 어린 눈빛은, 돌이키기엔 이미 늦었음을 여실히 보여주고 있었다.

마침내 남자는 고개를 끄덕이고, 적을 찾아 죽이라는 지시를 내린다. 그리고 남자는 본다. 평온하던 마을이 일순간 지옥으로 돌변하는 것을. 아마 고국에서는 건실한 노동자이거나, 한두 아이의 성실한 아버지이거나, 세상에서 가장 착한 아들이거나, 신의로 뭉친 친구였을 이들이, 살인 기계가 되어, 누군가의 아버지와 어머니를, 아들과 딸을, 아내와 애인을 마구잡이로 도살한다. 비명이 일시에 만개한 꽃망울처럼 피어오르고, 살점이 너저분하게 흩날리고, 흘러나온 내장이 철퍼덕 바닥으로 떨어지고, 피가 웅덩이를 이룬다. 어느 집에서 불이 일고, 그 허름하고 인화성 높은 초가에 차례로 옮겨 붙는다. 불이 붙고 사람들이 날뛰니, 그야말로 지옥의 한 풍경과도 같다.

부하들이 무자비한 짐승이 되어 무고한 생명들을 살해하는 동안, 남자는 가슴속에 쓰라린 느낌을 받으며 마을을 걷는다. 어디서도 총알은 날아오지 않았고, 신변의 위협은 전혀 느껴지지 않는다. 마을은 이제 마지막 신음을 내뱉으며 죽어가고 있다. 남자는 방관한다.

아니다, 누군가에게 쫓겨 그의 앞으로 불쑥 튀어나온 사내의 배에 총알을 박아 넣는다. 쓰라린 마음과는 반대로, 그의 몸은 전투적으로 유능하게 움직인다. 도대체 왜 그러시는 거예요, 하는 원망의 눈초리로, 못 먹어 비쩍 마른 베트남 사내가 죽는다. 그가 튀어나온 곳을 돌아보니, 죽은 사내의 아내인지 딸인지, 젊은 여자 하나가 옷이 벗겨지고 있다. 그의 부하들이 그녀의 수치스러운 부분들을 예리한 총검으로 툭툭 건드려댄다. 남자는 고개를 돌려 외면한다. 아마 그 여자는 옷이 벗겨져 잠시 노리갯감이 된 다음, 참혹하게 살해당할 것이다. 그리고, 그래, 코가 베이겠지. 남자는 자신의 부하들이, 그래도 산 채로 여자의 코를 자를 만큼 잔인하지는 않기를 바란다.

그가 어느새 자그마한 마을의 끄트머리에 다다랐다. 참 작은 동네로군. 괜히 진저리가 나서, 담배를 빼어 물려는데, 마을 끄트머리에 자리한 허름한 초가의 큼지막한 쌀독 하나가 움찔거린다. 누군가 거기 숨어 있다. 그 망할 놈의 베트콩일지도 모른다. 남자가 민첩하게 사격 자세를 취한 후 천천히 접근한다. 그리고 와락 쌀독의 문을 연다.

베트콩이 아니었다. 잔뜩 겁에 질린 평범한 아이들이었다. 남매로 보이는 두 아이. 아홉 열 살쯤. 아마도 아이의 부모가 군인들이 오기 전에 다급히 숨겼으리라. 눈 가리고 아웅 하는 격이었지만, 아이들의 부모로서는 할 수 있는 최선을 다한 것일 테다. 아이들이 애타게 기다리고 있는 부모는 지금쯤이면 이미 죽어 코가 베였을 것이다.

그리고 아이들이 기다리는 부모 대신 낯선 남자가 그들 앞에 서 있다. 총구를 아이들 눈앞에 들이댄 채. 아이들의 겁먹은 눈동자가 크게 흔들린다. 더 어린 남자아이가 울음을 터트리고, 누나로 보이는 여자아이가 남자아이를 품에 안는다. 아마도 이제 자신이 엄마 노릇을 해야 한다는 걸 본능적으로 깨달은 건지도 모른다.

남자는 방아쇠를 당기지 못한다. 이 순박하고 불쌍한 아이들에게 총을 쏘는 순간, 자신의 인간성이 완전히 소실되어 버릴 거라는 걸 깨달았기 때문이다. 돌이킬 수 없는 괴물이 되느냐, 무기력하나마 인간으로 남느냐. 남자는 망설인다. 겁먹은 아이들 못지않게, 남자에게도 공포감이 스며든다. 이건 정말 지옥이다, 지옥. 그가 혼잣말을 한다. 아이들만 아니었어도, 그 정도로 혼란스럽지는 않았을 것이다.

남자가 총을 쏘는 대신 큼지막한 손을 뻗어 여자아이를 밖으로 끌어낸다. 남자아이가 여자아이의 손을 잡고 함께 끌려나온다. 남자가 소리친다. 어디선가 요란한 사격이 이어져, 그의 목소리를 삼켰다. 가! 어서! 저리로 꺼지란 말이다! 아이들은 공포로 몸이 마비된 듯, 남자가 가리키는 방향을 보고도 움직이지 못한다. 남자가 여자아이의 따귀를 갈긴다. 아이의 뺨이 붉게 달아올랐다. 하지만 그 바람에 정신이 퍼뜩 들었는지, 힘겹게 몸을 틀어 남자가 가리킨 방향으로 움직였다. 두 아이가, 정말로 저게 달아나는 동작인가 싶을 만큼 느릿느릿 어기적거리며 걸음을 옮겼다.

아이들이 터벅터벅 정처 없이 걸어 저만치 떨어진 평원의 끄트머리에 다다랐을 즈음, 요란한 굉음이 울렸다. 남자가 고개를 들어 하늘을 본다. 위잉, 하는 날렵하고 민첩한 활강의 소리 끝에, 무언가가 평원으로 비 오듯 쏟아진다. 아, 하고 남자가 멍해진다. 망할 악마 새끼. 남자가 자신이 무슨 말을 중얼거리는지도 모른 채 내뱉었다.

전투기의 굉음보다 더 거칠고 폭력적인 폭음이 터져 나온다. 네이팜탄의 무자비한 화염이 사방을 에워싼다. 후끈하게 달아오르는 열기와 화려한 화염 쇼가 펼쳐지고, 그리고…… 그리고 남자는 본다. 저만치 앞에, 그가 보낸 두 아이가 정글의 입구에 닿기도 전에 온몸에 불이 붙어, 너울너울 춤사위를 펼치는 것을. 달구어진 화구에서 몸을 퉁기며, 봐라, 얘들아, 이게 진짜 지옥이란다, 라고 절규하는 듯한 움직임. 아, 내가 아이들을, 저기로……. 남자가 완전히 넋을 잃고 중얼거린다.

후끈한 열기가 그를 향해 밀려와 덮친다. 고엽제의 매캐함과 네이팜탄의 열기가 버무려진 악마의 기운이 네바다의 모래폭풍처럼 그의 전신을 훑는 불쾌한 느낌을 받는다.

누군가 다급하게 그의 허리를 감고 엎어지며 데굴데굴 굴렀다. 씨발, 이거 뭡니까. 남자는 고개를 돌려 욕을 내뱉는 남자를 몽환적으로 바라본다. 선임하사였다. 온몸이 누군가의 피로 젖어 있다. 아마 이 열기가 금방 말려주겠지. 말끔하게. 아, 그 개새끼입니까? 선임하사가 묻는다. 그 개새끼들이 저 좌표를 알려준 거겠죠! 그 망할 자식이, 그 악마 새끼가 그런 겁니다. 씨발, 이거 정말 장난이 아니로군요. 선임하사가 몸을 털고 일어서며 분을 표출했다.

남자는 그러거나 말거나, 멍하니 아이들이 불타던 곳을 바라본다. 이제 아이들의 춤사위는 볼 수 없다. 까맣게 재가 되어 베트남의 흐리멍덩한 창공을 헤매고 있을 것이다. 얼마나 뜨거웠을까, 그 마지막 순간에. 남자가 머리를 움켜쥐고 헝클어트린다. 선임하사가 당황해서 남자를 쳐다본다. 왜 그러십니까, 대대장님. 아, 씨발! 남자가 미친놈처럼 소리를 질렀다. 네이팜탄의 기습적인 폭격에 잠시 당황했던 부하들이, 늘 냉정하던 상관의 갑작스런 폭주에 당혹스런 시선을 보낸다.

남자가 소리쳤다. 이 내기 반드시 이겨야겠다. 알겠나! 그 악마 새끼에게, 누가 더 잔혹한가 보여주란 말이다! 병사들이 신이 나서 시신의 코를 도려내기 시작했다. 남자는 지금 자신이 무슨 말을 했는지 모른다. 그는 자신이 아이들을 불태웠다는 생각에 사로잡혀 있다. 거기서, 그 형용할 수 없는 두려움과 분노에서, 그리고 물밀 듯 밀려오는 죄책감에서 해방되기 위해서는 나름의 희생양이 필요했다. 자신을 끝내 괴물이 되게끔 몰아넣은 그 악마 새끼에게 분을 풀지 않고는, 정말이지 당장이라도 미쳐버릴 것 같은 느낌이었다.

악마가 이끄는 미군 부대가 정글의 목표지점에 선착해 답보적인 교전을 벌이고 있을 즈음, 남자의 부대가 합류했다. 악마는 생각 외로 완강한 베트콩 게릴라들 앞에 꽤 당황하고 있었다. 하지만 남자가 모습을 드러내자 훨씬 더 당황스러워 했다. 지금쯤 이 미개한 동양인 부대는 그들이 거쳐 가고 있었을 평원에서 네이팜탄의 불길에 한바탕 곤욕을 치르고 있어야 했는데, 예상보다 훨씬 멀쩡히 도달한 것이다. 마을에서 무자비한 살상을 벌이느라 지체한 덕에, 남자의 부대는 외려 곤경을 피한 셈이었다.

어이, 스릴 넘치지? 악마는, 역시 악마답게, 이내 태연을 가장했다. 저 새끼들, 아주 독해. 그가 정글의 울창한 수풀을 가리켰다. 이거 지형도 개떡 같다고. 남자가 훙, 하고 노골적으로 콧방귀를 꼈다. 뭐 좋은 수라도 있다는 거냐? 악마가 비위가 상한 듯 심통 난 표정으로 되물었다. 미군도 뭐 별거 없군. 이봐, 잘 보라고, 진짜 군인들이 어떻게 싸우는지. 그리고 남자는 고개를 끄덕인다. 선임하사와 소대장들이, 좀 전의 그 무자비한 살상과 네이팜탄의 열기로 후끈 데워진 분노를 맘껏 표출하리라 눈을 번뜩인다.

남자의 부대가 과감하게 전진했다. 역시나 몇몇이 속절없이 죽어나갔지만, 이번에는 후퇴도 머뭇거림도 없었다. 죽음이 너무 흔해 빠진 동네라, 이젠 그딴 것에 영향 받을 이유도 의미도 없었다. 그저, 전진과 살상뿐. 나가서 죽이거나, 죽어서 더 이상 못 나가거나, 남자의 부대는 둘 중 하나뿐이었다.

이번에는 남자도 뒷짐을 지고 태연하게 주시하고만 있지 않았다. 그는 가장 선두에서 정체를 알 수 없는 분노에 휩싸여 닥치는 대로 총을 갈겼다. 사시미 출신 상병은 그 와중에도 총탄을 빗겨가며 코를 썰어댔고, 선임하사의 군복은 적성기의 깃발처럼 붉게 물들어갔다.

네 시간의 치열한 교전 후, 고지는 점령되었다. 악마도 혀를 내두를 정도로 남자의 부대는 무자비했다. 부상으로 신음하는 적병들을, 사살하기도 전에 코부터 베었다. 코 따위는 더 이상 필요하지 않았음에도, 부하들은 상병을 도와 일제히 코를 도려냈다. 악마가 손을 내저었다. 됐네, 됐어. 자네들이 이겼다고. 하, 자네들 정말 악랄하군.

순간 남자는 모든 것이 엉망이 되어 버렸다는 생각이 들었다. 전투에서 승리했고, 목숨을 부지했으며, 악마의 코를 납작하게 만들었음에도, 기쁨은 마치 썰물에 휩쓸려간 조가비들처럼 스르륵 사라지고 없었다. 이 난데없는 좌절감의 정체는 도대체 뭐지? 남자는 아이들의 얼굴이 떠올랐다. 동그랗게 치켜뜬 두 눈에 어린 공포, 멈추려 해도 멈추어지지 않는 여린 어깨의 떨림, 그의 손가락이 가리키는 것이 무슨 의미인지 이해하지 못해 혼란스러워하던 아이들의 눈망울. 그리고 그것이 무엇 때문인지, 어디를 향한 것인지도 모른 채, 그저 본능에 따라 죽은 어미를 버려두고 달아나던 그 힘겨운 모습들. 그러나 그 아이들이 힘겹게 도달한 곳은 참혹한 고통으로 버무려진 생의 종착지였다. 아이들이 불에 타오르면서 자신의 손가락을 떠올렸을지, 그러면서 그 사악한 배반에 치를 떨었을지 남자는 궁금했다.

공황상태에 빠진 남자와는 달리, 병사들은 고지 탈환의 감격에 들떠 있었다. 남자는 자신 역시 저들과 어울리는 것이 자연스러운 일이라고 생각했다. 분명 개전 초기의 여러 전투에서 적의 목을 딸 때는 이런 기분이 아니었다. 곧 종말에 임박할 자신의 몸 상태를 고려할 때, 그의 분노는 외려 정당한 대상을 찾은 듯싶었다. 하지만 지금 그의 기분은 전혀 달랐다. 모든 것이 엉망이 되었다. 광분한 살인기계들의 지휘관이라는 게 수치스러웠다.

병사들은 두 달 치 월급까지 보너스로 얻게 된 데다, 자존심도 한껏 추켜진 상태인지라 걷잡을 수 없이 광분했다. 미군들조차 혀를 내두르며, 한국군의 놀라운 살상력에 찬탄을 보냈다. 승리의 감격 속에 인종간의 장벽이 유연해졌다. 한바탕 축제 같은 분위기가 형성되었다. 그도 그럴만했다. 전쟁 종반으로 치달으면서 연합군의 승리 소식은 점점 드물어졌고, 내외의 분위기도 개전 초기와 같지 않았기 때문이다.

음울한 인상을 짓고 있는 남자에게 악마가 다가왔다. 그가 통 크게 웃으며 그의 어깨를 감쌌다. 불쾌했지만, 남자는 그 손길을 굳이 뿌리치진 않았다. 악마가 말했다. 나보고 악마라 했던가. 흐흐흐, 이젠 내게 그럴 자격이 있나 모르겠군. 보라고, 자네와 자네 부하들이 이루어놓은 결과를. 이건 정말이지 인정하지 않을 수 없어. 난 살아생전 저렇게 많은 코가 모여 있는 건 처음 봤다고. 하, 자네야말로 정말 악마라는 별명이 딱 어울리는 남자야.

남자는 뭐라고 대꾸하고 싶었지만, 아무 말도 꺼내지 못했다. 무슨 변명을 한단 말인가. 이건 그저 게임일 뿐이었다고? 승리를 위해서는 야만성도 필요한 법이라고? 어쨌든 그 덕에 살아남은 거 아니냐고? 악마가 말을 덧붙였다. 애들 코도 있더라고. 너무 자그마해서 귀여울 정도더군. 정말 대단해. 이봐, 캠프로 돌아가면 내가 한턱 내지.

남자는 고개를 끄덕였다. 악마 때문이 아니라, 정말로 술을 마시고 싶었기 때문이었다. 술에 취해, 머릿속을 휘젓는 또렷한 이미지들과 누군가에게 질타 받고 있는 듯한 기시감을 지워버리고 싶었다.

점령한 고지에는 미군이 주둔했고, 악마와 남자의 부대는 인근 캠프로 복귀했다. 그리고 악마의 수하 장교들 몇과 남자의 수하 장교들, 그리고 가장 큰 공을 세운 선임하사가 어울려 점령지의 가장 번화한 도시로 나가 술을 마셨다. 서로 말도 안 통하면서 그들은 이내 술기운을 빌려 어깨동무를 하고, 오바이트를 하고, 여자들을 희롱했다. 남자는 속이 울렁거렸다. 죽음은 지척으로 다가오고 있고, 머릿속의 영상은 지워지지 않고, 술은 고프고, 정신은 없었다.

술이 들어가자, 악마도 더 이상 인종주의자가 아니었다. 그토록 멸시하던 동양의 유색인종과 스스럼없이 어울려 코가 삐뚤어지게 마셔대며, 조잘조잘 쉬지도 않고 떠들어댔다. 주로 남자에 대한 입에 발린 찬사 같은 것이었지만, 남자의 귀에는 들리지도 않았다. 둘 다 무진장 취한 어느 순간, 악마가 남자의 손을 끌었다. 이봐, 재밌는 곳을 아는데, 가자고.

그들이 비척거리며 스쳐 지나가는 곳마다, 지나치던 현지인들이 몸을 사렸다. 어느 아이 엄마가 어린 딸을 품에 안으며 치마폭으로 감싸는 것이 남자의 흐릿한 눈에 들어왔다. 마치 괴물을 보는 듯한 시선들. 남자는 욕지기가 치민다.

그토록 술에 취했으면서도 어떻게 길을 찾는지, 악마가 남자를 이끌고 그 좁고 더럽고 불결한 동네 구석구석을 발에 채는 대로 걷어차고 그저 심심풀이로 기물들을 부수며 휘젓고 다녔다.

그리고는 어느 허름한 방이다. 거대한 침대 몇 개가 놓여 있고, 침대와 침대 사이는 하늘거리는 천 조각으로 가려져 있다. 여기 좀 누워 있으라고. 악마가 남자를 침대에 쉬게 한 다음 돌아나갔다.

남자는 그저 군말 없이 따랐다. 머리가 너무 복잡했다. 그저 쉬고 싶어서, 그는 그 푹신한 침대에 드러누워 실성한 사람처럼 지저분한 천장만 응시했다. 천장의 밋밋한 격자 문양에 최면에 걸린 것처럼 빠져들어 스르륵 잠이 들려는 찰나, 악마가 돌아왔다.

악마의 양팔은 잔뜩 겁에 질린 여자애 둘의 허리춤을 껴안고 있었다.

바로 그 한순간

악마가 데려온 여자애들은, 현지인치고는 꽤나 곱상했다. 악마는 선심을 쓰듯, 더 어려 보이는 여자애를 남자의 침상에 앉혔다. 그러고는 다 알지 않느냐는 의미의 사악한 미소를 지어보인 다음, 다른 여자애를 데리고 낡은 천 하나로 구분해 놓은 건너편 침상으로 들어갔다.

성적인 유혹에 대해서는 어느 정도 단련되어 있다 생각했지만, 남자는 그 순간, 그 모든 혼란에서 도피할 요량으로 치밀어 오르는 욕정을 배설하기로 작정했다. 그의 내면에 내재되어 있던 윤리적 준거틀이 일거에 무너졌다. 베트남에 온 순간부터 이미 그런 것들은 흔적도 없이 사라져버린 건지 모른다. 이곳의 열기와 고엽제의 악취는 충분히 그렇게 만들고도 남을 능력이 있었다.

남자는 침상에 걸터앉은 여자애를 날름 벗겨 품에 안았다. 이름도 나이도 묻지 않고, 심지어는 술김에 흐릿해진 시야 때문에 얼굴도 제대로 보지 못한 채, 남자는 부풀어 오른 성기를 여자애의 몸 안에 밀어 넣고 흔들어댔다. 자신이 구제불능의 짐승이라는 생각이 순간적으로 들었지만, 이미 멈출 수 없는 일이었고, 그러고 싶지도 않았다.

모든 일이 끝난 후 잠시의 정적이 흐른 다음, 여자애가 벌거벗은 채로 구석에 쪼그리고 앉아 훌쩍거렸다. 왜? 창녀가 왜 그러는 거야. 돈은 줄게, 라고 남자가 말했지만, 여자애는 영어를 알아듣지 못하는지 계속 훌쩍이기만 했다. 문득 남자는 또다시 뭔가 크게 잘못되었다는 생각이 든다. 그가 천을 걷고 절정을 향해 치달으며 가쁜 숨을 헐떡이고 있는 악마에게 물었다. 이 여자들, 창녀가 아니었던가?

남자가 지켜보는 것도 개의치 않고, 악마가 몸을 부르르 떨며 사정한 다음, 말했다. 이봐, 여기 있는 모든 게 우리 거야. 그냥 가져오면 되는 거라고. 창녀라니, 말이 돼? 여기 별의별 놈들이 다 있다고. 이놈 저놈 다 찔러본 창녀들을 데리고 놀기엔 위험하지, 안 그래? 전투보다 그게 더 위험한 거야. 하지만, 안심하라고. 가정집에서 데리고 온 애들이니까, 그나마 깨끗하겠지.

남자는 서서히 술에서 깨어난다. 그러거나 말거나 악마가 계속 말했다. 자네가 건드린 여자, 아니, 걔는 완전히 애지, 애. 자네가 처음일 거란 생각이 드는데. 어때, 이 누런 악마야, 좋았냐? 악마가 잇몸을 드러내며 사악한 웃음을 흘렸다. 악마 같은 새끼. 남자가 욕을 내뱉고는 거칠게 천을 닫았다.

남자는 망연자실한 표정으로 그 좁고 지저분한 방을 돌아보았다. 거기서 초야를 치른 소녀가 몸을 웅크리고 훌쩍이고 있다. 어쩌면 아이는 이제 자신에게 남은 것은 죽음뿐이라는 생각을 하고 있는지도 몰랐다. 생각해보니, 남자는 술김에다 헤어 나올 수 없는 진창에 빠진 기분에 너무 과격하게 소녀를 다루었던 것이다. 낯선 남자에게 몸을 빼앗기면서도 눈물 한 번, 신음 한 번 흘리지 못한 것은, 그런 공포로 몸의 모든 감각이 마비되어 버렸기 때문인지도 모른다. 그리고 이제 막 남자의 무게에서 풀려 나와 참았던 눈물이 터진 것일지도.

남자는 우는 여자애의 벗은 등을 물끄러미 바라본다. 씁쓸하고 고약한 냄새가 위와 식도를 역류해 올라오는 느낌이다. 술김이라는 건, 결국 핑계에 불과한 것이다. 무언가를 쏟아내고 싶은 분노, 몸속을 돌아다니는 정체불명의 물질에 대한 찝찝함, 그 무수한 질곡 속에서도 여태 살아남은 양심이 제공하는 귀찮기 짝이 없는 가책들까지 모조리 배출하고 싶었고, 때마침 그런 대상이 나타났을 뿐이다. 그러니 본질적으로 그 여자애는 그가 지금껏 그토록 죽이고 코를 도려낸 베트콩들과 전혀 다를 바가 없었다.

하지만 이미 죽어 널브러진 베트콩의 시신을 볼 때와, 아직도 솜털이 보송보송한 여자애가 훌쩍이는 것을 보는 건 전혀 달랐다. 아이들의 시선이 다시 머릿속을 비집고 들어왔다. 아마도 앞으로 그 남매는 틈만 나면 남자의 의식의 한자리를 차지하려 들 것이다.

남자는 가까스로 몸을 움직여 여자애에게 다가갔다. 그리고는 몸을 돌려세우고, 엄지와 검지로 시체처럼 꺾여 있는 아이의 턱을 들어올렸다. 겁에 질린 눈동자가 그와 마주쳤다. 곱상하고 앳된 얼굴. 열네댓이나 되었을까. 도대체 자신이 무슨 짓을 한 것인가. 이 아이의 미래는 이제 어떻게 될 것인가.

여자애의 눈이 묻고 있었다. 날, 죽일 건가요? 언어의 형태로 날아온 질문이 아님에도 남자는 입을 열어 대답했다. 여자애가 알아듣지도 못할 한국어로. 아니, 안 그럴 거다. 널 죽일 이유가 어디 있겠니. 한마디도 알아듣지 못했을 텐데, 소녀가 남자의 눈을 들여다보며 안도하는 것이 느껴진다. 벗은 소녀의 몸이 추워 보여, 남자가 침대보를 말아 몸을 덮어준다.

소녀가 울음을 멈추고, 감사의 눈빛으로 그를 올려다본다. 감사? 감사라니. 맙소사.

남자가 갑자기 눈물을 터트린다. 그건 참 염치없는 일이라고 생각했지만, 남자는 이 갑작스런 추동을 멈출 수가 없었다. 그리고 소녀의 손이 남자의 뺨에 닿았다. 눈물을 훔치는 부드러운 손. 소녀의 눈이 말했다. 괜찮아요, 난. 아마 괜찮을 거예요, 라고. 남자가 흑흑 하고 기어이 소리를 내고 만다.

갑자기 천이 걷히고 악마가 걸어 들어와 남자를 잡아 일으켜 세우며, 여자애를 발로 걷어찼다. 그와 동시에 남자의 주먹이 악마의 배에 꽂혔다. 그 아일 건드리지 마! 하지만 술김이라 강한 펀치는 아니었고, 악마가 잽싸게 뒤로 돌아 남자의 팔을 꺾고는 말했다. 이 새끼, 완전 술에 절었구먼, 이 미친 새끼. 그러고는 여자애에게 눈을 부라리며 소리쳤다. 꺼져!

여자애가 다시 한 번 남자의 눈을 들여다보더니, 곧 악마의 무시무시한 분노가 자신을 덮칠까 두려워 몸을 돌려 황급히 방에서 떠났다. 남자가 울컥해서 소리쳤다. 가지 마! 사라진 여자애는 대답이 없고, 대신 악마가 소리쳤다. 망할 새끼, 다신 네놈이랑 술 마시나 봐라. 이 지랄 맞은 새끼야. 이래서 내가 유색인들을 싫어하는 거라고!

그 이후, 고만고만한 전투가 몇 차례 반복되었고, 누군가는 죽고 누군가는 살아남았다. 물론 남자는 후자였고, 선임하사는 전자였다. 선임하사는 철군이 결정되기 직전에 참여한 전투에서 목숨을 잃었다. 그 한 번의 전투에 훈장의 질이 달라지리라는 확신에 차서, 지금껏 자신을 지켜준 운명의 여신에게 기꺼이 몸을 맡겼던 것이다. 여신은 조금도 망설임 없이 배신을 때렸고, 그는 그대로 황천길로 직행했다.

어쩌다 보니 남자는 또다시 살아남았고, 또다시 훈장을 받았으며, 이번에는 대통령에게 직접 하사받았다. 대통령의 차가운 손을 맞잡고 악수를 하며, 그는 묻고 싶었다. 당신은 도대체 왜 우리를 거기로 보낸 겁니까. 거기서 당신이 얻고자 했던 것이 무엇입니까. 아니다. 그는 이렇게 묻고 싶었다. 당신의 목적이, 내가, 우리가, 그 나라의 무고한 여자와 아이들이, 거기서 겪어야만 했던 고통과 비참함보다 더 대단한 것이었습니까. 아마도 그는, 선글라스 아래 감춰진 매서운 눈빛을 되쏘며 쿨 하게 대답했을 것이다. 물론이지, 라고.

귀국을 하고도 한동안 남자는 아무 생각이 없었다. 병원에 가보아야 한다는 생각도 들지 않았다. 별로 아프지도 않았고, 특별한 이상도 느껴지지 않았다. 딱 한 번 각혈을 했는데, 아주 미미했다. 어차피 곧 죽을 텐데, 이 정도 각혈이 뭐 그리 대수인가, 하는 마음이었을지도 모른다. 하지만 시간이 흐를수록 남자는 자신이 죽지 않으리라는 확신이 들었다. 몸은 나날이 건강해지고 있었다. 그 어느 때보다도 젊고 빨라졌다. 달리기를 해도 웬만해선 숨도 차오르지 않았다. 더 멀리 있는 것이 보이고, 더 멀리서 들려오는 소리를 붙잡을 수 있었다. 이유는 알 수 없었다. 어쨌든 간간이 이어진 각혈을 제외하면, 그의 신체는 더욱 강해지고 있었다.

찌들어버린 것은 몸이 아니라 마음이었다. 머릿속을 맴도는 아이들의 영상, 자신이 짓밟아버린 소녀의 순결, 사람들의 코를 한 무더기나 모아놓은 쓸백. 머리가 팽글팽글 돌았다. 몸이라도 망가져 죽음으로 치닫고 있었다면 그런 고통에서 외려 자유로웠을 텐데, 그렇지 않았다. 몸이 튼튼해질수록, 죽음에서 서서히 멀어지고 있다는 확신이 생길수록, 그의 정신은 점점 더 썩어 곪아가는 기분이었다.

그리고 그에게 남은 건 몸에 배어버린 에이전트 오렌지의 향취와, 네이팜탄의 화염에 그슬린 상처뿐이었다. 화상을 입은 부분은 수시로 콕콕 쑤셔댔다. 통증 자체는 아무것도 아니었지만, 그곳이 쑤셔댈 때마다 그 3천 도씨의 화염에 휩싸여 생의 마지막 순간을 보내야 했을 아이들 생각에 안절부절못하곤 했다. 끈질기게 따라붙는 에이전트 오렌지의 악취는, 그 지독했던 도시의 지저분한 모든 부분들을 끊임없이 상기시켰다. 남자는 아마 그 흔적들에서 영영 헤어 나오지 못할 거란 생각에 사로잡혔다. 그리고 그것은 남자에게, 전장에서도 느껴보지 못한 진정한 공포였다.

자살을 결심한 것은, 무공훈장 두 개가 아무렇게나 방기된 그의 침상 머리에서, 베트남의 어린 남매가 찾아와 그의 목을 조르는 무시무시한 꿈을 꾸고 난 직후였다. 자다가 벌떡 깨어 일어난 그의 예리한 귀에, 밤의 부산물들이 소란스럽게 떠들어대고 있었다. 그것들은 한목소리로 외치고 있었다. 이봐, 그만 포기하시지. 그래야 할 것 같지 않냐, 이 악마야!

그 밤에 남자는 죽기로 결심한다.

사람이 살아가도록 지탱해주는 것

　남자는 죽지 않았다. 다양한 시도들을 했던 것 같지만, 어쨌든 남자는 지금도 살아 있다. 그리고 끝내 살아남아, 죽음보다 더한 고통을 느끼고 있다. 처음 죽음을 결심했던 그때, 어떻게든 죽었어야 했다. 그랬다면 지금의 이 고통은 그의 몫이 아니었을 것이다.

　하지만 그것이 남자의 진심은 아니다. 솔직히 남자는 지난 십 년의 단 하루도 잃고 싶지 않다. 그 십 년의 기억이 남은 생을 얼마나 저주스럽게 만들지 이해하고 있으면서도 말이다. 남자의 인생에서 유일하게 충족적이었던 그 십 년의 삶이 이토록 그를 괴롭힐 줄은, 그 십 년간 단 한 번도 의심하지 않았다. 하지만 이제와 돌이켜보건대, 파국의 징후들은 허다했다. 무엇보다도 그토록 많은 각혈을 했건만.

　베트남에서 돌아온 직후, 무공훈장과 미국 연수 경험을 갖춘 엘리트라는 이유로 남자에게 한동안 국방부 근무가 주어졌다. 공을 세우고 돌아온 유능한 장교에게, 휴식도 취하고 인맥도 넓히라는 의미로 베푼 일종의 호혜였던 셈인데, 그것이 오히려 그에게 독으로 작용했다. 생각할 시간이 많으니, 고통은 갑절이 되었던 것이다. 게다가 주변에 바글거리는 정치군인들의 득세는, 그를 더욱 외롭고 지치게 만들었다. 어디에도 그의 삶을 지탱해줄 만한 위로는 없었다.

화염에 싸인 베트남 아이들이 그의 목을 조르는 악몽을 꾼 다음 날, 그는 화공약품을 반출해 와서 간이 독약을 제조한 다음, 망설일 틈도 주지 않고 잽싸게 들이켰다. 하지만 남자가 들이킨 독극물은 그의 신체를 조금도 훼손하지 못했다. 이해할 수 없는 일이었지만, 그랬다. 독극물은 일정 시간이 지난 후 그대로 배출되었다. 양을 배로, 다시 그 배로 투여했지만, 끄떡없었다. 기가 꺾였다. 죽음조차 자신을 원치 않는다는 패배감이 도사렸다.

그다음엔 칼로 동맥을 그었다. 피가 철철 쏟아져 허름한 숙소의 욕조를 가득 메웠고, 정신이 아찔한 지경에 이르렀지만, 그래도 남자는 죽음의 높디높은 문지방을 넘지 못했다. 심장이, 이 새끼 왜 이 지랄이야, 욕설을 퍼부으며 미친 듯이 펌프질한 덕분에 몸을 가까스로 건사시켰다. 맙소사, 그는 정말로 죽지 않았다. 팔목에 깊은 상처만 하나 남았을 뿐.

그쯤 되자, 남자는 당황했다. 입에다 총을 쑤셔 넣고 머리통을 날려버리는 방법도 생각했지만, 그건 너무 지저분했다. 총에 널브러진 시신들을 얼마나 많이 봐왔던가. 죽는 마당에 그게 무슨 상관이냐 싶겠지만, 막상 시작하려면 그렇지 않았다. 그건 누군가에게 아주 끔찍한 기억을 안겨주게 될지도 모를 일이었다. 혁명가 마라처럼 욕조에서 우아하게 죽어 있는 모습은 아닐 것이다. 그건 좋지 않았다. 게다가 그즈음, 남자는 슬슬 자신을 받아들이지 않는 죽음에게도 짜증이 나기 시작했다.

그가 최후의 방법으로 선택한 것은 익사였다. 그건 확실한 방법이 될 것 같았다. 어쨌든 숨통이 끊어질 때까지 물을 마시고, 마시고 또 마시면

168

되는 거니까. 그래서 그는 휴가를 내 강원도로 갔다. 왜 그래야 하는지 모르겠지만, 죽는다면, 서해안의 해변보다는 동해안의 심해가 더 적합하게 느껴졌다. 불어터진 시신으로 둥둥 떠올라, 해변에 데이트 나온 연인들의 심장에 충격을 주고픈 마음은 조금도 없었다. 그저 조용히, 흔적조차 남기지 않고, 이 땅에서 사라지고 싶었다. 이제는 더 이상 아무도 기억해주지 않을 화염 속의 아이들처럼.

그리고 그렇게 찾아간 정선 바닷가에서, 남자는 아내를 만났다. 그리고 그 바람에, 그는 지금 여전히 살아 있다. 그녀가 아니었더라면, 그때 그는 확실히 끝장났을 것이다. 그녀는 그에게 구원을 가져다준 천사였다. 하지만 지금 남자는 그녀를 하늘로 돌려보내야 한다는 자명한 사실 앞에 고통에 겹다. 게다가 그 죽음이 자신에게서 비롯되었을 거라는 확신이 점점 강해지면서, 남자는 홀로 지탱하기 버거운 좌절과 실의의 무게를 느낀다. 도무지 무엇을 해야 할지, 또 할 수 있을지 알 수 없었다. 그때, 그녀를 처음 만나 구원받기 직전의 자신처럼.

강원도 정선의 그 헛헛한 바닷가에서 남자는 홀로 앉아 소주를 마셨다. 술병이 바닥을 드러내면, 저 푸른 바다로 뛰어들리라. 그리고 죽음이 마침내 그에게 안식을 가져다줄 때까지 수면 위로 올라오지 않으리라. 그는 외로웠다. 죽음을 목전에 둔 마지막 순간, 그는 자신이 살아오면서 언제나 철저히 혼자였다는 생각이 들었다. 그의 시신이 요행히 물고기 밥이 되지 않고 수면 위로 떠오른다 해도, 누구 하나 울어주지 않으리란 생각이 들자, 가슴이 약간 아렸다.

어머니가 아버지의 폭행을 견디다 못해 화병으로 세상을 떠난 이후, 남자에게는 더 이상 친밀한 관계라는 것이 없었다. 친구들은 세월의 속절없는 흐름과 전쟁 통에 부지불식간에 사라졌고, 전쟁터에서 맺어진 군문의 전우들은 아픈 기억만 반추시켜 그를 진저리나게 했다. 군문에서 전쟁을 거듭하고, 가끔 여자를 사서 욕정을 배설하고, 그렇게 나이가 들다 보니, 연애 따위는 할 시간도 여력도 없었다. 남자는 사랑이라는 것의 실체가 과연 존재하는지조차 의심스러웠다.

하지만 진짜 이유는 남자의 의식 깊숙한 곳에, 자신이 아버지처럼 될지도 모른다는 막연한 두려움이 도사리고 있었기 때문일지도 모른다. 아마 정신과 의사라면 분명히 그렇게 말했을 거라고, 남자 역시 인정하는 부분이다.

그런 그의 앞에 그녀가 나타났다. 막 유행을 타기 시작하던 미니스커트를 입고, 찰랑이는 단발머리의 그녀가 마치 운명처럼 그의 곁으로 왔다. 그 차가운 겨울바다에서, 그것은 봄의 때 이른 도래였다. 그리고 죽음 직전에 신이 허락한 마지막 기회였다.

천사치고는 불경스럽게도, 그녀는 담배를 입에 문 채로, 미니스커트 아래로 육감적인 각선미를 드러내며 남자에게 다가왔다. 그녀가 그에게 건넨 첫마디는, 역시나 천사치고는 어울리지 않게, 아저씨, 불 좀 빌릴 수 있어요, 였다. 전장에서 산전수전 다 겪고, 사람을 죽일 만큼 죽여 온 남자가, 당황했다. 당황해서, 라이터를 찾는 손이 연신 허방을 저었고, 누가 봐도, 이 사람 당황했는걸, 하고 생각할 법한 모든 행동을 저질렀다.

여기, 하고 마침내 남자가 라이터를 꺼내, 자기보다 못해도 열 살은 어려 보이는 여자에게 공손히 손을 뻗었다. 앉은 자세에서 올려다보는 바람에 그녀의 짧은 미니스커트 자락이 남자의 머리 앞에서 살랑거렸다. 남자는 시선을 어떻게 처리해야 할지 몰라 또 당황했다. 그는 자리에서 벌떡 일어나, 라이터 불을 손으로 감싸고는 여자의 담배까지 무사히 공수했다. 차디찬 바닷바람이 그들 사이에 낄 틈은 없었다.

담배에 불을 붙인 다음, 여자는 쿡, 하고 참았던 웃음을 터트렸다. 조롱의 의미는 전혀 없었다. 그것은 그저 순수하게, 눈앞의 남자가 보인 순수한 행동에 대한 보답 같은 것이었다. 여자의 입이 미소를 띠자, 남자의 심장이 벌렁거렸다. 잠시 킥킥대다, 여자가 담배 연기를 뿜어내며 물었다. 여기서 뭐해요?

전, 여기서, 술을 마시고 있습니다. 꼭 군인처럼 말하시네. 아, 전 군인입니다. 어머, 정말요? 남자가 그저 어깻짓만 했다. 어쩌죠, 난 군인들이 싫은데. 왜요? 남자가 진지하게 되물었다. 글쎄요, 군인들이 나라를 엉망으로 만들어 놓았으니까요. 정의가 사라지고 있어요. 폭력이 시대를 지배하고 있어요. 그녀가 마치 웅변대회에 나온 어린 소녀 연사처럼 손을 꼭 모아 쥐고 말했다.

아, 그런가요? 어머, 모른 척하시는 거예요. 아니, 전 늘 군문에만 있어와서. 외국에도 많이 나가 있었고. 어디, 베트남? 예, 베트남. 그녀가 고개를 끄덕였다. 전 선생이었어요. 선생님? 해직 당했죠. 왜요? 그녀는 대답 대신, 술잔을 가리켰다. 한 잔 주실래요. 그럼요, 그래요, 앉으세요. 남자가 자리를 권했다.

둘은 정선 바닷가의 인적 드문 자그마한 모래사장에 앉아 찬바람을 맞으며 소주를 마셨다. 안주가 없어서, 하고 남자가 괜히 미안해했다. 괜찮아요. 저 꽤 잘 마시거든요. 몇 살이에요? 남자가 물었다. 몇 살로 보여요? 서로 호감을 느낀 남녀 사이의 전형적인 말장난이 시작되었다. 남자가 대답했다. 아마, 스물다섯? 여자가 쿡, 하고 웃었다. 심각한데요. 여기서, 혼자 소주 마실 만하네요. 여자가 잠시 말을 끊고 진지하게 고심하는 척하더니 말했다. 아저씬, 한 육십? 쿡, 이번엔 남자가 웃음을 터트렸다. 그 웃음으로 남자는 초반의 당혹감에서 벗어나 한결 유연해질 수 있었다. 그쪽도 만만찮네요. 혼자서 겨울바다에 나와 담뱃불 빌릴 만하군요.

그것이 시작이었다. 여자는 대학시절 데모를 하다 알게 된 남자친구, 끝내, 우습게도 자살해버린 남자친구를 기리기 위해, 그 친구가 빠져죽은 정선 바닷가에 나온 차였다. 벌써 육 년째, 이제는 의례적인 일일 뿐이었다. 이 짓도 올해가 마지막이야, 라고 그녀는 작심하고 있었다. 그리고 바로 그 순간, 자살을 하려고 바로 그 바다를 찾은 남자와 조우한 것이다.

그녀는 학교 선생을 하다 학생 선동을 이유로 해직당한 상태였고, 복직 가능성은 제로라고 했다. 남자는 이제 막 군문을 떠나려는 찰나였고, 그리하여 두 백수 예정자는 술을 마시며, 또 술기운을 빌려 온갖 이야기들을 토로했다. 그녀의 짧은 미니스커트가 겨울바람에 하늘거리며 그의 시선을 끌었고, 그날 밤 그들은 정선의 허름한 모텔에서 관계를 가졌다.

남자는 그 허름한 모텔에서 섹스를 끝낸 다음 여자에게 말했다. 난 사람을 많이 죽였어요. 어쩔 수 없는 선택이었습니다. 살아남기 위해서 말이죠. 그걸로 훈장까지 받았습니다. 그건 뭐, 괜찮습니다. 난 군인이었고, 단지 매번의 전투에서 살아 돌아오고 싶었을 뿐이니까요. 하지만 난……아이들도 죽였습니다. 나에게 위협을 가한 것도 아니고, 그럴 수도 없는 아이들이었는데, 죽음으로 내몰았습니다. 악마에게 홀렸기 때문인지도 모르겠습니다. 그건 절대 용서받을 수 없는 일입니다. 사실은 그래서, 여기 죽으러 온 겁니다. 죗값을 치르려고요.

알아요. 여자가 부드러운 손으로 그의 뺨을 훑으며 말했다. 그래서 아저씨한테 불을 빌린 거예요. 예? 남자친구가 죽기 며칠 전부터 계속 그런 표정이었어요. 스스로의 한계에 질려버린 얼굴. 지나친 자학과 살아남은 것에 대한 수치, 그리고 고통에 질식할 듯한 표정. 아저씨 얼굴 보고 알았죠. 남자가 고개를 돌려 여자를 본다.

여자가 그의 눈동자를 들여다보며 말했다. 살아남은 건 죄가 아니에요. 그렇게 살아남은 삶을, 누군가가 그토록 원했던 생의 가능성 자체를 방기하는 게, 그게 바로 죄에요. 그리고 결국 어떻게든 살아가기 위해서는 어느 정도 용서가 필요한 거예요.

남자가 시무룩하게 대답했다. 날 용서해줄 수 있는 사람들은 이미 죽고 없습니다. 그 아이들은 이미……. 아니오. 여자가 남자의 말을 딱 잘랐다. 우린 좀 너그러워질 필요가 있어요. 이 험난한 세상을 기어이 살아남은 스스로에게. 어쩌면 그게 가장 중요한 일인지도 모르니까요. 난 최선을 다해 세상을 더 아름답게 만들 거예요. 유약한 옛 남자친구가 해내지 못한 일들, 감옥에서, 사회에서, 교정에서 친구들이 죽어나갈 때에도 기어이 살아남은 내가 해야 할 일들을 할 거예요. 해야 할 일들이 없다면 더 이상 살아가기 힘든 세상이니까요. 당신에게도 새로운 일들이 필요해요. 예를 들면……. 그녀가 어떤 예를 들까 머리를 곰곰이 돌려보는 동안, 남자가 먼저 대답했다. 당신과의 사랑 같은 거요.

여자가 까르르 웃었다. 그래요, 그거예요. 난 당신의 세상을 치료하고, 당신은 나의 세상을 보듬고 그렇게 세상은 한결 나아질 거예요. 어때요, 그건 정말 도전해볼 가치가 있는 목표 아닌가요? 남자가 그녀를 바라보며 말했다. 그래요, 그건, 정말 멋진 일입니다.

그날 밤, 남자는 베트남에서 돌아온 이후 처음으로 평안한 잠을 잤다. 아이들의 얼굴이 흐릿해지고, 전장의 포성이 귓가에서 잦아들었다. 그리고 아침이 되어도, 둘 중 어느 하나가 먼저 방을 떠나버린 쓸쓸한 풍경은 펼쳐지지 않았다. 남자의 세상이, 나이 마흔을 넘어서야 마침내 위로를 얻었다.

그리고 누군가 영사기를 강제 종료시킨 것처럼 행복한 순간들의 기억이 뚝 멎고, 다시 아내의 병상 앞이다. 남자는 그때 그냥 이 여자를 만나지 않고 죽었어야 했던 게 아닐까, 하는 생각을 하고 있다. 그날 스스로를 용서한 덕분에, 그에게는 더할 나위 없이 행복한 십 년의 시간을 얻었지만, 우주는 철저한 제로섬 원칙을 고수했다. 아내는 그 십 년간 그의 행복을 보정하면서, 서서히 죽음을 향해 발걸음을 내딛고 있었던 것이다.

침상에 누워 있는 아내의 초라한 팔을 본다. 피골이 상접해, 뼈가 도드라져 보일 정도다. 항상 쾌활한 웃음을 담아낼 수 있었던, 조그마해도 알찼던 얼굴은, 이제 볼이라는 것이 있었나 싶을 정도로 핼쑥하다. 지금 남자는 인생 최대의 고통에 직면해 있다. 십 년 전 정선에서 어렵사리 구축한 세상이 토대부터 무너지는 소리를 듣는다.

아내가 쓰러진 건 3개월 전, 화요일 아침 이른 시간이었다. 요일을 정확히 기억하는 것은, 월요일 밤에 남자가 또다시 각혈을 했기 때문이었다. 격한 섹스 후에 종종 찾아오는 각혈이었다. 그리고 다음 날 아침 아내가 맥없이 쓰러졌다. 남자가 아내를 다급히 병원으로 옮겼다. 의사는 병종을 정확히 구분할 수 없는 암의 일종이라고 했다. 식도와 폐를 타고 들어온 미세한 물질들이 그녀의 몸에 차곡차곡 쌓여 생겨난 병이었다.

정확한 원인을 알 수 없군요. 이건 마치 한 십 년쯤 체내에 오염물질을 꼬박꼬박 축적해 온 듯한 양상입니다. 그러다 마침내 한계치에 도달한 거죠. 솔직히 이런 종류의 암 진행과 전이는 정말로 드문 일입니다. 의학적으로도 보고된 사례가 없어요. 하지만 어쨌든, 암은 확실한 상태입니다. 치료성과를 기대하긴 힘들 겁니다. 항암치료는 고통만 더할 테니까요. 고통 끝에 남는 것도 없죠. 아마 몇 달 버티기 힘드실 겁니다. 마음의 준비를 하시는 게……. 아, 그리고 자제분들 부르셔서 남은 생을 함께하도록 해드리는 것도 환자분을 위한 배려가 되지 않을까 싶습니다만. 남자는 세상이 무너지는 소리를 들으며, 천천히 대꾸했다. 우린, 아이가 없습니다.

남자는 정선 바닷가에서 아내를 만난 후, 곧장 퇴역 신청을 했다. 엘리트 군인의 느닷없는 퇴역 요구에 그의 상사들은 화들짝 놀랐고, 동료들은 경쟁자의 때 이른 낙마에 내심 기뻐했으며, 그와 함께 사선을 넘었던 부하들은 배신감을 느꼈다. 어쨌거나, 남자는 조금도 망설임이 없었다. 그리고 아내와 함께 꽃집을 차리고, 조촐한 결혼식을 올리고, 경주로 신혼여행을 다녀왔다. 주말엔 봉사활동을 하고, 장사가 파하면 아내와 동네방네 꽃과 나무들을 심어댔다. 둘 다 마치, 세상의 모든 평안과 안락이 바로 그 일에 달려 있음을 강변하듯 공을 들였다. 그 자체로 그들은 충분히 행복했다. 악몽은 한결 잦아들었다.

어느 날 아내가 말했다. 아이를 가지고 싶어요. 아내는 의지로 충만했고, 섹스는 언제나 만족스러웠다. 하지만 아이는 생기지 않았다. 언제나 쿨 하고 생기 넘치던 아내의 화사한 미소가 한풀 꺾인 건, 아이를 가지려는 노력을 포기하자고 남자가 말했을 때였다. 결혼한 지 5년이 흘렀고, 해볼 수 있는 모든 시도를 다 해본 다음이었다.

남자는 말했다. 세상은 별로 나아지지 않고 있어. 여전히 군인들이 세상을 좌지우지하고 있고, 북한과는 언제든 전쟁이 날지 모른다고. 이 험난한 세상에 굳이 아이를 내보낼 이유가 없어. 그리고 무엇보다도, 난 우리 둘의 사랑으로 충분히 완결된 기분이야. 우리에겐 마을 곳곳에 피어나고 자라는 꽃과 나무들이 있잖아. 우리 손으로 뿌린 씨앗들 말이야.

시간이 오래 걸리긴 했지만, 아내는 결국 예의 그 미소를 되찾았다. 그걸로 남자는 충분히 다행이라고 생각했다. 반면 아내는 자신이 담배를 너무 많이 피워서 그런 것이라는 자책에서 끝내 자유롭지 못했다. 하지만 이상하게도, 지금 남자는 분명히 알고 있다. 그것이 담배와는 전혀 무관한 것임을. 아니 아내와는 애초에 전혀 상관없는 일이라는 것을. 그건 남자 자신의 문제였다. 그의 각혈과 관련된 어떤 작용이 영향을 미쳤음에 틀림없었다.

베트남에서 돌아온 직후 처음 시작한 각혈은, 시간이 갈수록 점점 잦아졌다. 한 해의 한 번, 하다가, 어느 해부턴가는 두 번, 그리고 세 번. 각혈이 일어나는 간극이 점점 좁아지고 있다는 사실도 남자는 알고 있었다. 그리고 어느 순간부터는 툭하면 각혈을 했다. 걱정하는 아내를 안심시키기 위해 병원을 찾아가면, 의사들은 한결같은 대답을 내놓았다. 특별한 문제는 없는데요. 아마 스트레스 때문 아닐까요? 이 사람들아, 스트레스는 군문을 나서는 순간 안드로메다로 날려버렸다고, 라고 대답해주고 싶었지만, 딱히 대꾸하진 않았다. 그리곤 의사의 권유를 받아 종합검진을 받곤 했는데, 시력, 청력, 피의 성분, 모든 것이 완벽했다. 남자는 그야말로 건강의 화신이었다.

남자는 첫 각혈을 했을 때 느껴지던 그 섬세한 감각들이, 각혈을 할 때마다 더 세련되고 강하게 다듬어지는 것을 느꼈다. 물론 그 사실을 굳이 아내나 의사에게 알리진 않았다. 지나치게 예민해진 감각은 일상생활에서는 불편하기 짝이 없었고, 그런 사실이 또 아내의 걱정을 부르게 될까봐, 그는 그냥 그러려니 했다. 의사들이 건강하다는데, 나쁠 것 없잖아, 하고.

아니, 지독하게 나빴다. 어떻게 그가 그 모든 것을 한순간 깨닫게 되었는지는 모르겠지만, 남자는 아내의 임종에 임박해서야 확연히 알 수 있었다. 아이가 생기지 않은 것도, 아내의 몸에 십 년간 꾸준히 오염 물질을 집어넣은 것도, 지금 이 끔찍한 고통 가운데 직면한 것도 모두 그의 각혈과 관련 있음을.

　자신이 아내를 죽음으로 내몬 것이나 마찬가지라는 생각이 그를 지배하자, 그의 고통은 상상을 초월한 것이 되었다. 그리고 그것은 연쇄적으로 서서히 가물가물해지고 있던 베트남의 아이들을 다시금 불러들였고, 그 기억은 그가 총으로 쏘아죽인 무수한 생명들의 몽환적인 인상과 끈끈하고 강력한 연합체를 형성해 그의 꿈을 지배했다. 악몽이 다시 잦아졌다. 하지만 아내의 마지막 3개월 간 남자는 늘 미소를 띠어야만 했다. 그녀의 마지막을 조금이라도 더 평안하게 만들어주기 위해 그가 할 수 있는 유일한 일이었다.

　아내는 그 석 달 동안에도 변함이 없었다. 몸은 마르고, 의지로는 도무지 진정시킬 수 없는 고통에 밤새 몸부림치면서도, 남자를 대하는 아내의 태도는 한결같았다. 당신에게 아이 하나쯤은 남겨두고 갔어야 하는데, 내가 담배를 너무 많이 태웠나 봐요. 무슨 소리, 아이는 필요 없어. 내게 필요한 건 당신이라고. 쿨 하지 못하게 질질 짜는 거예요? 아내가 킥킥거렸다. 하지만 무리한 킥킥거림은 곧 캑캑거리는 가쁜 숨으로 바뀌었고, 그녀는 몸을 뒤틀어야 했다. 남자는 침상에 누운 아내에게 고해성사를 했다. 정선에서 처음 만났던 그날 밤처럼.

　담배 이야기는 꺼내지도 마. 아이가 생기지 않는 건 다 내 탓이야. 미국에서 모래바람을 세차게 맞은 적이 있어. 기분이 뭐랄까, 지금까지도 끈덕지게 따라붙는 그런 느낌이야. 베트남에선 고엽제에 시달렸지. 안 맡아본 사람은 몰라. 다 자란 나무를 통째로 고사시키는 약이야. 고약하지. 몸에서 떨어지지 않는 냄새였어. 그리고 난 각혈을 시작했고 말이야. 내게 문제가 있는 거야. 난 정상이 아니라고. 당신의 아이를 만들어주지 못해 미안해. 그래, 아이는 잊자구. ……아마도 당신이 암에 걸린 게 나 때문인 것 같아. 십 년 동안 당신의 몸에 누적된 그 기이한 물질들, 아마도 내가 당신에게 준 것 같아. 아니 분명해. 그래 난 알고 있어. 당신은 날 만난 다음부터 몸에 암 덩어리를 키워온 거야. 내가 그렇게 만들었다고. 우린 만나지 말았어야 해. 최소한 그날 그 하룻밤에 만족하고 헤어졌어야 했어. 내가 모든 걸 망쳐버린 거야, 언제나처럼.

그리고 남자가 울었다. 의도된 것도, 그리리라 예상한 것도 아닌데, 그만 눈물이 폭포수처럼 쏟아졌다.

뼈마디가 고스란히 느껴지는 아내의 손이 흐느끼는 그의 뺨을 힘겹게 훑었다. 울지 말아요, 여보. 내겐 그 십 년이 인생에서 가장 행복한 시간들이었어요. 폭력적인 세계 앞에 무력감을 느끼지 않고도 살아갈 수 있다는 걸 증명한 시간들이니까. 당신과 함께한 그 십 년이 없었더라면, 언제 죽게 되었더라도, 지금처럼 행복한 기억을 안고 세상을 떠나진 못했을 거예요. 난 당신에게 그 바닷가에서 불을 빌린 걸 단 한 번도 후회한 적 없어요. 그래요, 후회하지 않는다는 게 중요한 거예요. 살아남으려 발버둥 쳐봐도 언젠간 누구나 죽고 이렇게 헤어지는 거니까요. 그러니 죽는 게 문제가 아니라, 후회 없는 삶을 살았느냐 하는 게 더 중요한 문제예요. 원인이 무엇이든 상관없어요. 당신을 만난 걸 후회하지 않으니까. 당신은 최고의 남편이었어요. 세상에서 나무를 가장 잘 심고 꽃을 가장 예쁘게 가꿀 수 있는 남자, 그게 내 남편이잖아요. 그러니 울지 말아요. 다시 만날 때까지, 우리 쿨 하게 안녕, 하자구요.

우리가 또 만나게 될까? 그럼요, 물론, 그럼요. 자살 따윈 생각도 하지 마요. 자살한 사람들은 지옥에서도 가장 고통스러운 곳에 떨어지게 된대요. 그러니 내가 없어서 살 의욕을 잃었다거나 죽겠다는 따위의 말은 하지 말아요. 당신 때문이라고 자책하지도 말고. 그런 게 필요하다면, 난 이미 당신을 용서했으니까요. 세상을 더 아름답게 만들면서, 평안히 살다 와요. 다시 만나면, 거기서 꽃이나 가꾸자구요. 남자가 울먹이며 말했다. 쿨 하게 말이지? 그래요. 쿨 하게.

남자의 아내는 나흘 뒤 세상을 떠났다. 고통은 마지막 순간까지도 그녀의 의식을 지배했다. 마침내 격렬한 몸부림이 잦아들고 한 고비 넘겼다 생각한 순간, 아내는 남자의 품에서 마지막 인사조차 없이 그대로 세상을 떠났다. 남자의 울부짖음이 병원을 찢어놓을 듯 울려 퍼졌다. 고통에 겨운 힘겨운 몸부림이 이어졌다. 아내의 충고를 유언으로 받아들이지 않았더라면, 남자는 정선의 차가운 바닷물에 그대로 뛰어들어 버렸을지도 모른다.

매캐한 에이전트 오렌지의 잔영이 몸 안에서 후끈거렸고, 그녀의 몸에 심어놓은 그 오염 물질이 체내를 배회하는 것을 느낄 수 있었다. 그리고 곧 죽을 사람처럼 각혈이 터져 나왔다. 그 어느 때보다도 격렬한 분출이었다. 이 망할 각혈이 모든 것을 망쳐놓았다는 생각이 들었고, 다음 순간, 고통에 몸부림치던 아내의 모습이, 화염 속에 춤추던 아이들의 모습이, 코가 잘린 어린 군인들의 기이한 형상들이 그의 뇌리 속으로 미친 듯이 질주해 들어왔다. 남자는 도무지 멈출 기미를 보이지 않는 눈물과 각혈을 계속하며, 이젠 두 번 다시 편한 잠을 자기 글렀다는 사실을 깨달았다. 그리고 오히려 그것이 그에게 위로가 되었다. 그 정도 고통이면, 죗값으로 여기고 살아도 되겠다는 생각이 들었던 것이다.

갑자기 바람이 스르륵 불어, 그의 눈물을 씻었다. 웬 바람? 그리고 문득 남자는 그것이 아득한 과거의 일임을 깨닫는다. 그가 강원도의 음습한 골짜기에서 은둔자의 삶을 시작하기 전, 그 언젠가의 일이라는 것을. 그의 얼굴에 주름이 아직 자글자글 일기 전의 어느 한때였다. 아마 그때부터 본격적으로 주름이 하나둘 늘어나기 시작했을 것이다. 그리고 어느새 그의 얼굴은 온통 주름으로 자글자글하다.

도대체 지금이 언제이고 여기가 어딘지, 그는 알 수 없다. 길이 없는 통로 끝, 막다른 곳에 다다른 느낌. 정말로 무언가를 끝내야 할 때가 왔다는 감정의 골들이 요동친다. 이 끔찍한 상황으로 자신을 몰고 온 것들에 대해 참을 수 없는 분노가 치밀어 오른다. 그의 팔에 그 어느 때보다 강한 힘이 들어가 꿈틀거린다. 핏줄이 일렁이고, 피가 역류한다. 아마 곧 또 한차례 각혈이 일어날 테고, 남자는 자신이 더 강해질 것임을 안다. 그리고 이젠 정말 뭔가 문제를 해결해야 할 때라는 자각도 든다.

그가 힘을 쓰기 시작하면, 누군가는 분명 후회하게 될 것이다. 자신에게 이런 짓을 저지른 것을. 그에게 악몽을 불어넣고 아내를 빼앗아간 것을.

두고 봐라, 거짓말이 아니다. 노인이 웅얼거림을 반복한다.

전쟁이란 다 그런 거잖아

이봐, 괜찮을까. 댄이 미심쩍은 눈길로 로버트를 바라보며 물었다. 그들이 주시하고 있는 모니터에 노인의 몸이 격하게 요동하는 것이 보였다. 로버트가 댄을 바라보며 대답했다. 곧 깨어날 것 같군. 확실히 대단한 신체 능력이야. 이토록 빨리 깨어날 줄은 예상 못했어. 댄이, 야, 네가 그렇게 말하면 나는 어쩌란 말이냐, 는 불안을 표정에 드러내며 되물었다. 어쩌지? 좀 더 투약해볼까? 아니. 로버트가 고개를 저었다. 이미 위험 수위를 넘겼어. 더 투여했다간 어떤 결과가 나올지 몰라.

그가 칼라의 깃을 뻣뻣하게 매만지며 말을 이었다. 어차피 우리가 확인해야 할 것은 대충 끝냈고 이 영감도 자신이 들려주고 싶은 이야기를 웬만큼 들려준 것 같으니까, 이 정도면 우리 역할은 충분히 해낸 셈이라고. 나머진 저쪽에서 알아서 하도록 내버려두자고. 원래 성정 자체가 섣부른 모험이라든가 위험한 도박 따위는 딱 질색인 댄이 반색을 했다. 그래, 그러자고.

근데 갑자기 깨어나는 건 아닐까. 요원들을 배치해두긴 했지만, 워낙 괴물이라니 말이야. 댄이 또 노파심에 한마디 거들었다. 로버트도 걱정스럽기는 마찬가지였다. 아무래도 미리 깨어나면 곤란하다. 여차하면 총을 쏴야 할지도 모르는데, 정말이지 쏴도 문제, 안 쏴도 문제가 될 판이었다.

로버트가 시계를 들여다보았다. 시간이 거의 다 됐는데도, 아직 도착해야 할 사람이 오지 않았다. 그 사람, 생각보다 늦는데. 어쨌든 요원들 바짝 긴장하고 대기하라고 해. 무장 잘 점검하고. 알았어. 댄이 전화기를 들어 방금 로버트가 내린 지시를 그대로 반복했다. 소리가 음습한 지하 기지 내부를 울려댔다. 로버트는 노인을 바라보았다. 몸의 유동이 훨씬 격해지고 있었다.

댄이 수화기를 내려놓고는 자기 무장도 점검했다. 로버트는 그런 파트너를 보며, 유능한 친구이긴 한데 소심하고 융통성이 없어 크게 될 인물은 아니라는 생각을 한다. 이번 건이 잘 마무리돼서 해리의 총애를 얻게 된다면, 당장 파트너부터 교체할 심산이었다. 궂은일을 맡기기엔 딱 인데, 임기응변이 필요한 시점엔 전혀 도움이 되지 않는 친구였다. 이쪽 일이란 게 늘 계획대로만 딱딱 진행되는 건 아니기 때문에, 그런 점은 심각한 결격 사유였다.

댄이 총을 점검하고는 서부영화의 총잡이처럼 옆구리에 탁 찼다. 그리고는 로버트를 보며 물었다. 근데, 그 이야기들 다 사실일까? 무슨 얘기? 저 노인이 들려준 이야기들 말이야. 로버트가 그의 한끝 모자란 파트너에게 설명해 주었다. 어쨌든 당분간은 함께 일해야 할 파트너였다.

저 약물, 아직 임상실험을 마치지 않은 거라더군. 워낙에 위험해서 말이야. 중독성도 심하고, 심약한 인간이라면 죽어버릴 공산도 크다더군. 실제로 몇 차례 실험에서 피험자가 죽어나가는 바람에 고생 좀 했다더라고.

그런데? 하는 표정으로 댄이 로버트를 바라보았다. 하지만 효력 하난 끝내줬다더군. 이란 무장테러 단체의 용의자 하나가 자기가 아는 정보를 있는 대로 다 뱉어내고는, 죽었대. 거의 사실로 확인되었고. 거의? 댄이 모처럼 예리한 지적을 했다. 로버트가 허를 찔린 듯, 어, 거의, 하고 계면쩍게 대답했다. 마치 거금을 들였으나 실패한 연구에 대해 면전에서 추궁당한 과학자처럼.

일이란 게 그렇잖아. 항상 완벽한 건 아니지. 이게 원리가 그래, 뇌에 자극을 줘서 환각효과를 일으킨 다음, 피험자가 경험한 과거의 사실을 불러내는 방식인데, 외부에서 어떤 자극을 주면, 해당 기억을 불러내게 되지. 문제는 현재의 자의식을 완전히 배제하진 못한다는 거야. 그러니까 피험자의 현재 의식 수준이 끊임없이 과거의 사실들에 간섭을 시도하고, 그러면서 사실과 해석 사이에 미묘한 갈등이 일어나는 거지. 경험 그 자체의 영향력이 충분히 강하다면 사실에 가까울 것이고, 현재 그의 자의식이 강하다면 자의적인 해석이 개입될 여지가 있는 셈이지.

그럼, 하고 댄이 보다 격렬하게 몸을 흔들어대는 노인을 바라보며 물었다. 이 노인의 이야기는? 글쎄, 그걸 누가 알겠어? 자신도 모를 텐데. 댄이 또 물었다. 아까 사람 죽인 걸 후회하는 것 같던데? 그건 현재의 자의식이 개입했을 가능성이 높아. 실제로 당시에는 어땠을지 모르지. 어쩌면 사람을 죽일 때 누구보다 무자비했을 수도 있고, 코를 벨 때 신이 나 앞장섰을 수도 있어. 아이들이 불탈 때 군무를 감상하듯 즐겼을 수도 있고, 엘리트 군인으로서의 자의식으로 가득 차 있던 꼴통에 불과했을지도 모르지. 아내의 죽음에 큰 충격을 받은 건 사실인 듯하지만, 바로 그 때문에 과거를 다른 식으로 해석하게 된 것일 수도 있어. 어쨌든 이 사람, 분명 지금 자신이 이야기한 것보다는 당시에 훨씬 잔인했을 거야.

댄이 순박한 눈동자로 로버트를 바라보며 물었다. 아니, 그걸 어떻게 그렇게 확신하지? 아무도 모르는 일이라며? 로버트는 허, 하고 저도 모르게 질책성 탄식을 내질렀다. 전쟁이었잖아, 전쟁. 전쟁이 어떤 건지, 몰라?

댄이 잠시 심사숙고하는 표정을 지었다가 다시 입을 열었다. 네바다는 역시 그 일인가? 로버트가 고개를 끄덕였다. 그럼 그 실험으로 저런 초능력이 생긴 건가? 방사능 부작용? 그런 거야?

로버트가 고개를 절레절레 저었다. 그렇게 단정 짓긴 힘들어. 그 순차의 실험에서 살아남은 건, 저 노인뿐이었어. 실험에 동원된 교관들까지 모조리 다 죽었지. 게다가 엄청 일찍들 뒈져버렸다고. 도대체 저 사람만 살아남은 이유가 뭘까. 그걸 알아내기 위해 해리에게 저 사람이 매우 절실한 거야. 어디서 추가역학이 발생했는지, 예상치 못한 변수가 도대체 뭔지, 정확히 알고 싶은 거지.

비밀을 밝혀내면? 댄이 물었다. 로버트가 노골적으로 눈살을 찌푸리며 대답했다. 최강의 군대가 탄생하는 거지. 저런 괴물 집단에 누가 대항하겠어? 안 그래?

그럼 이제 뭘 해야 하지? 댄이 물었다. 할 것 없어. 나머진 해리가 알아서 하겠지. 토마스의 수제자였다더군. 해리 말이야. 댄이 놀라서 물었다. 해리가 과학자였어? 군인에다, 비밀정보조직의 수장에다, 천재 과학자지. 랜돌프도 그 친구가 찾아냈다더군. 그건 그렇고 말이야, 로버트가 갑자기 화제를 바꿨다. 도대체 해리가 보낸 요원들은 언제 오는 거지?

댄이 이번엔 제 차례라는 듯, 냉큼 대답했다. 비행기가 연착해서 조금 늦는대. 그래도 곧 도착할 시간이야.

어쨌든 그가 빨리 와야, 저 사람을…… 하고 로버트가 이야기하는데, 취조실에 누워 있던 노인이 가쁜 기침을 밭아냈다. 콜록콜록. 곧 발작에 가까운 기침이 이어지리라는 신호였다. 그리고 로버트와 댄은 이미 알고 있다. 그 기침의 끝에 피를 보게 될 것이고, 각혈이 시작되면 노인은 세상에서 가장 위험한 존재가 된다는 것을.

그래도 그러기까지는, 그를 미국으로 인계해 갈 요원들이 도착하기까지의 십여 분 정도는 여유가 있겠거니 했던 로버트와 댄의 기대는 무참히 깨졌다. 남자는 진찰대 위에서 콜록콜록 밭은기침으로 몇 차례로 운을 띄운 뒤 곧바로 발작을 일으켰고, 그리고 곧 입에서 피가 튀었다. 동시에 남자가 눈을 떴고, 눈알을 굴려 텅 빈 취조실을 잽싸게 살핀 후 팔뚝에 힘을 주었다.

그의 팔뚝에 핏줄이 도드라지자, 그 단단한 결박이 몸에 안 맞는 옷이 터져나갈 때 날 법한 투둑 소리와 함께 찢겨 나갔다. 아예 철제 의자가 그가 팔을 들어 올리는 각도를 따라 우그러들어 씹다 버린 껌처럼 새로운 모양으로 주물 되었다. 그걸 지켜보는 로버트와 댄의 얼굴도 씹다 만 껌처럼 일그러졌다. 오, 젠장. 댄, 어서 전화 넣어! 그가 각성했는데, 도대체 지금 어디 있는 거냐고! 댄이 군더더기 없는 행동으로 수화기를 집었다. 아니, 아니다. 일단 대기 중인 요원들 모두 취조실 입구로 집결시켜! 빨리, 그가 나가려 한다고! 로버트가 버럭 소리 질렀다.

아니나 다를까, 노인은 지끈거리는 머리를 감싸고 눈가에 흐르는 눈물을 닦아낸 다음, 곧바로 몸을 일으켜 문 손잡이를 움켜쥐었다. 견고한 잠금 장치가 되어 있었지만, 문은 맥없이 스르륵 열렸고, 취조실 바로 앞에 대기 중이던 두 요원은 총을 겨누기도 전에 뇌수를 흩날리며 나가떨어졌다.

감히 범접할 수 없는 대장 코끼리처럼, 노인이 앞을 가로막는 장애물들을 걸어내며 성큼성큼 걸어 나갔다.

제3부 | 우리 모두 함께 춤을

화려한 몰락

아침 첫 뉴스는 전 국민을 달뜨게 만드는 속보로 시작되었다. 지지부진한 권력형 비리 수사를 저만치 뒤로 밀어내며, 그들의 영웅이 또 한 번 무미건조한 뉴스에 아드레날린을 부어넣어 주신 거다. 맙소사. 어제의 영웅은, 때 이른 추위가 기승을 부린 간밤을 보내고 맞은 이른 아침, 지독한 악당으로 변질되어 있었다.

불법무기거래, 라는 이 나라에서는 참 희귀한 죄명을 달고, 쥐도 새도 모르게 대검찰청의 공안부, 에서도 가장 음산한 조사실로 이송된 것이다. 기자들조차 밤새 무슨 일이 벌어졌는지 몰랐을 만큼, 긴밀하게 일이 추진되었다. 이 나라 검찰의 실력이라고는 도무지 믿기지 않을 정도였다. 모든 것이 석연찮았지만, 검찰의 입장은 단호했다.

이번 수사를 진두지휘한다는 공안부 1차장이 화면에 나와, 영웅이든 뭐든 상관없다, 내 손에 걸리면 다 아작, 이라는 단호한 표정으로 사건 개요를 설명했다. 작금, 국민영웅이라 불리던 피의자는 사실 강원도에 은닉한 상태로 불법무기를 제조하고 밀입국해 유통시키는 등 국내 불법무기사업의 총책이자 동아시아 무기 거래 중간브로커로 활약해온 것으로 확인되었습니다. 그가 거주하고 있었다는 강원도 소읍 외곽의 허름한 촌가에서 A-47 기관단총 12정과, 81밀리 박격포 두 대, 수류탄 200개와, 콜트, 매그넘, 웨스스미슨 등 단총 20여 종, 실탄 수만 개가 발견되었으며, 수사 도중 인근 지역에 지뢰 장비까지 설치된 것을 확인, 현재 군이 지뢰 수색 및 제거 작업을 진행하고 있습니다.

기자 하나가 불쑥 끼어들어 소리쳤다. 연쇄살인마들을 제거한 건 어떻게 되는 거죠? 차장검사는 그래 너 때맞춰 잘 씨부렸다는 기꺼운 표정으로 답변했다.

아직 수사가 진행 중이라, 자세한 사항은 수사 결과 발표 때 밝힐 수 있겠지만, 전면적으로 재수사를 진행할 예정입니다. 상식 이상의 참혹한 살해현장을 볼 때, 피의자 본인과 목격자가 주장하는 순수한 정당방위라는 사실에 의심이 가며, 불법무기가 사용되었을 가능성이 농후하다고 판단됩니다. 또 연쇄살인마들이 아무 연고도 없는 강원도 산골로 간 것 자체가, 이미 피의자와 어떤 모종의 거래 관계에 있었기 때문일 수도 있다고 보고 있습니다. 거래에 차질이 생기고, 예상치 못한 목격자의 대동에 피의자가 역할을 바꾸었을 가능성에 초점을 맞추고 재수사에 들어갈 예정입니다.

그 소녀의 증언과 눈물은요? 기자들이 질문을 마구 쏟아냈다. 차장검사가 단호하게 대답했다. 정신적으로 심각한 충격을 받은 상태였지요. 경찰 수사에서 그 점을 간과하고 너무 곧이곧대로 소녀의 말을 믿었던 것 같습니다. 그 점도 재수사 사항입니다.

호텔 앞에 기자들이 진을 치고 있었고 검찰청에도 주둔 기자들이 있었는데, 어떻게 그렇게 감쪽같이 피의자를 이송하신 겁니까? 첫 질문을 던진 기자가 목소리가 가장 우렁찬 지라, 또 우선권을 잡았다. 하지만 이번에는 차장검사의 인상이 조금 구겨졌다. 아, 잘 아시다시피, 피의자는 연쇄살인마 넷을 한자리에서 죽일 만큼 프로 전투요원입니다. 그는 한국전쟁과 베트남전에 참전한 군인으로 고도의 살상 기술을 지닌 사람입니다. 거기다 불법무기까지 다룬다는 점을 고려하면 위험 정도가 극도로 높다고 판단해, 동원할 수 있는 최고 수준의 보안과 공권력을 투입, 은밀하게 작전을 수행하였습니다. 덕분에 현재 일체의 인명 피해 없이 피의자 검거에 성공하였습니다. 저항은, 하고 기자가 다시 묻는데, 질문이 끝나기도 전에, 차장검사가 대답했다. 완벽한 제압 작전이었습니다. 그가 연행 과정에서 난동을 부렸다면, 상주 기자 여러분에게도 매우 위험한 상황이 되었을 것입니다.

앞줄의 기자 하나가, 그러니 뭐 감사라도 하란 말인가, 하고 혼잣말을 했는데, 생각보다 크게 흘러나온 바람에 차장검사가 그 말을 들었고, 제법 좋았던 분위기가 일순간 착 가라앉았다. 누군가, 그럼 어느 조직과 결탁한 것입니까, 라고 질문을 던지자, 차장검사는 무뚝뚝한 표정으로, 아마도 일본이나 러시아 쪽일 듯, 하고 흘리듯 대답한 다음, 기자들을 좌절시키는 멘트로 말을 맺었다. 자세한 건 수사 진행 후 중간발표를 통해 밝히겠습니다. 일단 이상으로 사건 개요 설명을 마칩니다. 그러고는 부하 검사들을 이끌고 브리핑실을 황망히 벗어났다.

차장검사 뒤를 졸졸 따라 나가는 신입 박 검사는 아직도 볼이 얼얼하다. 아침나절, 출근해보니 분위기가 흉흉했다. 뭔가 대형 건수가 들어왔는데, 내부에서조차 정확한 진위를 파악할 수 없다는 것이다. 그러거나 말거나, 이제 갓 이 계통에 발을 디딘 박 검사는 사시 6회 낙방이라는 그 모진 역경을 뚫고 들어왔건만, 생각했던 부귀영화는커녕 웬만한 사회생활 뺨치는 수준의 강도 높은 피로와 압박감 때문에 하루하루를 간신히 모면하는 수준이었다. 최근엔 만성 장염에 시달리며, 안 그래도 바쁜 오전 시간을 화장실을 들락거리느라, 다 소진해야 했다. 오전 부서회의 때도 그의 장이 심상찮은 조짐을 보였고, 그래서 그는 부서장이, 통제가 진행 중이니 일체 공안부 사무실 쪽으로는 가지 말고 이에 대해 발설도 말도록, 하는 소리로 회의를 닫는 걸 귓등으로 흘려들으며 황급히 화장실로 내달렸다.

아, 그런데, 이 망할 장염 검사들이 얼마나 많은지, 화장실 변기는 이미 만석이었고, 배변의 음향들은 화음을 이루며, 끝나려면 한참 멀었다, 고 노래하고 있었다. 검사 체면에 똥을 쌀 수도 없고 해서, 그는 진땀을 뻘뻘 흘리며 이곳저곳 눈에 띄는 화장실은 죄다 쑤셨지만, 빈 곳은 좀처럼 보이지 않았고, 한계에 다다른 그는 얼굴이 백짓장처럼 하얘지고 눈은 까뒤집혀 마침내 아무것도 보이지 않는 무아지경의 상태로 까무러치려다, 다음 순간 의식을 찾고 보니, 다행히도 화장실 변기에 앉아 배변을 하고 있는 자신을 발견할 수 있었다.

시원하게 볼일을 보고, 그야말로 성적 흥분에 가까운 쾌감을 느끼며 화장실 문을 밀고 나왔는데, 이런, 사람이 아무도 없었다. 그 순간, 그는 자신이 공안부의 통제 구역 안에 들어와 있음을 직감적으로 깨달았다. 부서장의 호통소리가 귓가에 울리는 듯했다. 발길도 닿지 말랬는데, 배변의 흔적까지 남겨놓았으니 당장 돌아나갈 일이 걱정이었다.

그가 조심조심, 마치 제임스 본드라도 된 양, 선배들의 눈길을 피해 달아나려다, 우연히, 순전히 우연히, 그 위험천만한 노인이, 바로 그가 있어야만 할 공안부 취조실에 없다는 걸 발견했다. 이거 사달 났군. 자신이 한 번 혼나는 것쯤은, 노인의 탈출이라는 중대 사안에 비하면 아무것도 아니라는 생각에, 박 검사는 장을 싹 비워 한층 날렵해진 발걸음으로 공안부 제1차장의 방으로 돌진했던 것이다.

그리고 양 볼이 부어오르도록 따귀를 맞았다. 그 험난했던 남중 남고 시절과 현역 사병으로 다녀온 군 생활에서조차 경험하지 못했던 매서운 구타였다.

야, 이 새끼야, 너 검찰 된 지 얼마나 됐어? 네가 이 바닥에 대해 얼마나 안다고 지금 깝치고 다니는 거야? 한참을 두들겨 맞은 다음, 간신히 이성을 수습한 차장에 의해 그는 전격적으로 팀에 발탁되어 들러리를 서게 된 것이다. 그는 아직도 궁금하다. 자신의 팀이 수사를 한다던 피의자는 도대체 어디다 모셔둔 건지. 하지만, 따끔따끔 아리는 볼의 감각이, 제발 입 닥치고 있으라고 자신의 이성에게 하소연하고 있었다. 그러니, 뭐, 그럴 수밖에.

뉴스 화면은 이제, 강원도 산골의 어느 폐가 주변을 수색하고 있는 군인들을 비추었다. 인접한 부대의 공병대원들이 지뢰탐지기를 들고, 마치 바퀴벌레를 제거하는 살충용역업체 직원처럼 땅 구석구석을 상기된 표정으로 수색하고 있었다. 노란 바리케이드로 차단된 기자출입구역에서도 군인들의 작업이 훤히 보였다. 지뢰 탐지 같은 위험한 현장치고는, 꽤나 근거리까지 촬영이 가능했다.

여기자 하나가 조심조심 눈치를 보다 차단선 바로 앞에서, 멘트를 시작했다. 지금 이곳 강원도 일대는 즉각적인 불법무기 수거와 주변에 설치된 지뢰 탐색 및 제거에, 군이 만전을 기하고 있습니다. 공병대대가 지뢰를 제거하고 건물 안에 수집된 불법 무기를 반출할 예정입니다. 천혜의 자연으로 둘러싸인 이곳은, 범죄 은닉처로 사용하기에 최적의 장소로 보입니다.

 현장 책임을 맡은 대령이 물끄러미 여기자의 뒤태를 바라보고 서 있었다. 늘씬하게 빠진 게, 맛깔나게 느껴지는데. 군내에서도 타고난 호색한으로 유명한 대령은, 인터뷰 핑계를 대고 어떻게 농이라도 한번 걸어볼까, 하는 마음이 일었다. 국방부에서 파견 나온 에프엠 스타일의 공보장교만 아니었다면, 벌써 인터뷰를 백 번쯤 해주었을 텐데. 새파랗게 어린 대위 하나가 눈을 부라리고 있는 바람에, 체면이 영 말이 아니올시다, 였다. 장관 직속이라는 백을 등에 업고 내려온 놈이라 계급발로도 어찌 할 수 없었다.

 그래도 그는 너그러웠다. 비밀 하나를 공유한 마당에, 요놈의 욕정 한 순간만 잘 참으면 앞길이 탁 트이리라는 희망에 가득 차 있었다. 지난밤, 그는 장관의 전화를 받았다. 이봐, 김 대령. 군과 조국에 대한 자네의 충성을 내가 예의 주시해 왔다는 거 잘 알지? 옛, 감사합니다. 자네 동기 중에 별 먼저 단 친구도 몇 있고. 옛, 동기들입니다. 어, 이번엔 자네가 달아야지. 예? 아, 예, 감사합니다. 아마 두 번째 별은 그 친구들보다 자네가 먼저 달게 될 거야.

 이미 두 차례의 진급 실패로 준장도 버거운 판에, 소장 진급 이야기를 꺼내다니. 이게 웬 횡재, 하고 그는 몸이 절로 붕붕 떠오르는 기분이었다. 하나만 해주게. 자네와 나만 아는 비밀이지. 예. 믿을 만한 친구들 시켜서, 지뢰 몇 개 심어놓고, 내일 부대원 풀어 수색해서 다시 찾아 회수해놔. 그 과정의 모든 번거로운 절차들은 내가 다 해결해놓을 테니. 알았나? 예. 기자들이 올 텐데, 함부로 떠들진 말고. 옛.

 그는 두 번 묻지 않았다. 군인이란 원래 질문이 없어야 한다고 믿었다. 장관께서 지시를 내리고, 별 두 개가 눈앞에 어른거리는데, 아무렴 무슨 대순가. 실제로 그가 대령까지 이른 것도 오로지, 상관에게 굴종에 가까운 충성도를 보여 온 나름의 처세 덕분이었던 것이다. 꼼수나 저의를 분석할 의지 따위는 그에게 전혀, 조금도, 없었다.

그토록 훈련을 시켰는데, 잔뜩 긴장한 꼬락서니의 공병들을 보자, 대령은 부아가 치밀었다. 아, 멍청한 자식들, 터질 이유가 없다니까. 시키는 대로만 하면 딱딱 시간 맞춰 하나씩 찾아내도록 다 계획되어 있어. 하지만 내막을 알 리 없는 병사들은 이 난데없는 실전 상황에 긴장하지 않을 수 없었다. 갓 일병 계급장을 단 공병들 몇은 긴장하는 표정이 너무 확연해, 방송 화면에 고스란히 드러날 정도였다.

어이, 저쪽, 저쪽으로. 대령이 이제쯤 슬슬 지뢰 한두 개 찾아줘야겠다 싶어, 병사들을 구석으로 내몰았다. 일병 하나가 쭈뼛쭈뼛 걸음을 떼, 하늘 같은 대령이 가리킨 방향으로 걸어 들어갔다. 그래, 바로 거기, 하고 대령이 속으로 흐뭇해하는데, 정말 바로 거기서, 폭음이 터졌다. 일병이 순식간에 폭사했다. 굉음이 터지고 사방에 흙더미와 살점이 비처럼 내렸다.

오, 맙소사. 이건 아닌데. 이 멍청한 용역들이 도대체 어떻게 심어놓은 거야? 망할 새끼들. 대령의 얼굴이 순식간에 일그러졌고, 폭사한 전우의 잔해를 뒤집어쓰고 몸을 일으키는 병사들의 표정에는 이제 진정한 공포가 서렸다. 대령이 저도 모르게 슬슬 뒷걸음질 쳤다.

그러다 기자들이 터트리는 플래시 세례에 퍼뜩 정신이 들었다. 호랑이에게 물려가도 정신만 차리면 된다고, 우리의 선조들이 누누이 가르쳐주지 않았던가. 그가 몸을 틀어, 공보장교의 다급한 제지마저 뿌리치고 기자 앞에 섰다. 보셨습니까? 지금 막 우리 장병 하나가 지뢰 때문에 폭사하였습니다. 어떻게 된 겁니까? 이런 상황에 대비해 훈련된 장병들 아닙니까? 마찬가지로 겁에 질린 기자들이 추궁하듯 물었다.

공보장교가 대령의 몸을 가리며 나서서, 공식 성명은, 이라고 말하는데, 대령이 그의 목을 끌어 밖으로 내동댕이치고 말했다. 완벽하게 훈련된 정예 장병들입니다. 하지만 지금의 폭음과 폭파 유형을 보건대, 이건 불법적으로 무기를 개조해 성능을 고도화시킨 지뢰입니다. 그 악당이 불법적으로 개조해 탐지가 어려운 무기가 되었단 말입니다. 그자가 이젠 대한민국의 군인 목숨마저 앗아갔습니다.

기자들은 필사적으로 질문을 퍼부었다. 얼마나 대단한 거죠? 뭐가 어떻게 개조된 겁니까? 지뢰 수거작업을 마친 후, 상세히 보고하겠습니다. 지금 일단은 이 정도로 하시고, 위험 가능성이 훨씬 커졌으니 모두 큰길까지 후퇴해 주시기 바랍니다. 저희로서도 지금 이후 얼마나 심각한 상황이 될지 예측할 수 없습니다.

생방송 화면은 사랑하는 부하를 잃은 대령의 비감한 모습으로 온통 도배되었다. 그가 공보장교를 뿌리치고 선수 친 인터뷰는 실시간으로 전국에 뻗어나갔다. 군 수뇌부에서는 인터뷰 금지라는 명령을 어긴 그에게, 도리어 찬사를 보냈다. 그가 기민하게 대응한 덕분에 일각에서 슬슬 제기되려던 조작설이 씨부터 말랐고, 폭사해 시신조차 수습할 수 없게 된 일병의 불운과, 전우의 전사에 충격을 받은 동료들의 생생한 표정은 무법천지의 범죄자에 대한 국민들의 분노에 불을 지폈다.

기자들조차 그 갑작스런 상황에 너무 당황한 나머지, 허둥지둥 대피하느라 상황은 더욱 심각하게 비쳐졌고, 기사의 내용도 그런 경험을 고스란히 반영한 것이었다. 이 악마의 진짜 정체는 도대체 무엇일까, 하는 질문이 전 국민의 관심사로 대두했다.

유나는 병실 밖으로 나설 수가 없었다. 기자들이 터진 둑으로 새어나오는 물줄기처럼 이곳저곳에서 출몰해, 유나는 당황했다. 아침 뉴스 속보를 보며 경악했던 유나는, 그 발표에 대한 코멘트를 강요하는 기자들의 모습에 또 한 번 충격 받았다.

그 사람이 한국전과 베트남전에서 이미 수많은 살상기술을 익힌 전문 전투요원이라는 사실을 알고 있었습니까? 유나 양을 구해줄 때, 이상한 낌새 같은 건 못 느끼셨습니까? 가령, 연쇄살인마들과 안면이 있는 것 같았다거나, 유나 양을 보며 마음의 갈등을 느꼈다던가, 하는? 연쇄살인마들을 죽일 때 무기는 사용하지 않았습니까? 특공무술이던가요? 수류탄을 차고 있던가요? 질문은 홍수처럼 쏟아졌고, 맨송맨송한 둑을 사정없이 바수어버릴 정도로 거침없었다.

입술 뗄 기력조차 없을 정도로 지쳐버린 유나가, 한순간 갖은 힘을 짜내 버럭 소리 질렀다. 사춘기를 맞은 여자애의 전형적인 짜증과 억울함이 담긴 괴성이었다. 그럴 리가 없잖아요! 할아버지는 제 생명의 은인이라구요! 할아버지가 영웅이라고 했던 게 바로 당신들이잖아요! 소리를 지르는 것과 동시에 참았던 눈물도 터져 나왔다.

맨 앞자리를 차지하고 있던 기자 하나가 아랑곳하지 않고 유나의 질문에 대꾸했다. 상황이 바뀌었습니다. 안 그래요? 그러고는 자신의 노트에 끼적였다. 소녀, 극심한 충격에 휩싸여 무작정 사실을 부인하려 들다, 라고. 그리고 그 아래 자신의 기사 방향을 간단히 메모했다. 사지를 가까스로 살아 돌아온 소녀의 가슴에 두 번 상처를 준 악당의 이중성에 대하여 구체적으로 조망할 것.

그쯤에서 유나의 오지랖 넓은 엄마가 나섰다. 우리 애는 지금 안정이 필요합니다. 이제와 밝혀지고 있는 듯하지만, 결국 우리 아이는 연쇄살인마 넷이 아니라 다섯에게서 가까스로 살아 돌아온 셈이니까요. 생각만 해도 치가 떨리는군요.

유나의 엄마는, 순식간에 불법무기거래 피의자를 연쇄살인마로 둔갑시켰다. 유나는 기가 막혔다. 아니나 다를까, 기자들의 질문이 다시 폭주했다. 한패라고 보시는 겁니까? 그럼요, 물론이죠. 자기들끼리 내분이 이니까, 그 노인이 다 죽여버린 거라고요.

유나가 더 이상 참지 못하고 휠체어에서 몸을 일으켜 엄마의 입을 틀어막았다. 갑작스럽게 일어나는 바람에 팔에 꽂혀 있던 링거 병이 바닥에 떨어져 깨졌다. 포도당의 달콤 쌉쌀한 향이 흩날렸다.

그러거나 말거나, 유나는 엄마의 입을 꽉 틀어막았다. 유나가 그 상태 그대로 엄마에게 호소했다. 제발 좀 조용히 해! 그 동작과 대화는 또 다른 오해를 불러일으켰다. 뭔가 말 못할 비밀이라도 있는 겁니까? 혹시 협박당하고 계신 겁니까? 그러고 보니, 기자회견 끝나고 두 분만의 시간을 가지셨죠? 그때 무슨 이야기가 오간 겁니까? 발설하면 죽인다고 하던가요?

아니, 아니라구요. 다들 무슨 소릴 하고 있는 거예요. 할아버지는 악당이 아니에요! 그럼 뭐죠? 기자 하나가 대놓고 물었다. 그 노인의 정체가 뭐냔 말입니다. 악당이 아니라면, 괴물? 유나가 아까보다 더 큰 목소리로, 목울대에 핏줄이 도드라지도록 발끈해서 소리쳤다. 할아버지는 나의 영웅이란 말이에요!

이번에는 유나의 엄마가 다급하게 딸의 입을 막더니, 휠체어를 끌어 병실로 옮기기 시작했다. 기자들의 플래시가 터지자, 엄마가 심각한 표정으로 돌아보며 말했다. 아시잖아요. 아직 인간의 추악한 본성에 대해 충분히 이해할 수 있는 나이가 아니라는 거. 게다가 아이가 받은 충격도 좀 생각해주세요.

198

유나의 눈물과 울부짖음이 절규로 바뀌었다. 불쌍한 할아버지, 도대체 어쩌다 이렇게 되신 거예요. 누가, 왜? 하지만 그 절규는 기자들에게는 매우 좋은 기삿감이 되었다. 악마가 망가뜨린 여린 소녀의 순수한 인간성, 그래, 소녀의 짐승 같은 절규는 바로 그걸 입증하기에 더 없이 좋은 그림이었다.

정주아는 화가 치밀어 올랐다. 어떻게 이럴 수 있지. 그 많은 기자들이 호텔 앞에 진을 치고 스물네 시간 대기하고 있는데, 사람이 감쪽같이 사라지다니. 도대체 무슨 루트로? 호텔 직원들을 아무리 족치고 닦달하고 협박해도, 직원들은 정말로 아무것도 몰라요, 우리 같은 말단이 무슨, 하는 표정으로 일관했다. 그저 예쁘기만 할 뿐, 아무것도 모르는 순진한 카운터의 여직원을 족쳐봐야 나올 게 별로 없다는 건 진작부터 예상했던 바였다.

거기다, 불법무기거래라니, 이건 또 무슨 수작인가. 모르긴 몰라도 기자들 태반이 검찰의 발표를 곧이곧대로 믿지 않았을 것이다. 하루아침에 국민영웅이 무지막지한 마피아급 범죄자로 전락하게 된 이 무모한 드라마에 어느 냉철한 기자가 단박에 속아 넘어가겠는가. 뭐, 괴력을 가진 노인의 존재 자체가 그런 합리의 개념을 뛰어넘어 버렸다고 하면 할 말 없겠지만, 아무래도 이건 너무나도 드라마틱한 몰락이다.

만일 이 모든 것이 사실이 아니라면, 이런 연극을 꾸민 이로서는 정말로 위험한 도박이 될 터였다. 그리고 그 말은, 국가적 차원에서 이런 도박을 감행하지 않을 수 없을 만큼, 거대한 힘이 배후에 연루되어 있다는 이야기일 테고. 대충 눈 가리고 아웅 하는 식으로 넘어갈 수 있는 건 아닐 텐데, 하고 마치 자애로운 어머니가 결과가 뻔히 보이는 사양사업에 투자한 아들을 걱정하는 투로 읊조렸다.

하지만 동시에 그것은 베일에 싸인 진실을 향한 정주아의 욕망과 의욕을 불지폈다. 그래, 처음부터 모든 게 미심쩍어. 그리고 그녀의 머릿속에 그 음습하고 꼼수로 가득 찬 인상의 미국인들이 떠올랐다. 미국까지 개입하셨다? 좋아, 이거 제대로 한번 붙어볼 만하군.

그리고 곧 노인에게 불리한 여러 가지 정황들이 언론을 통해 유포되기 시작했다. 노인의 집으로 추정되는 곳 근처에서 지뢰가 터져 수색 중이던 병사 하나가 폭사하고, 네 명이 부상을 입었다. 놀랍게도 폭사 현장이 실시간으로 화면을 타면서, 영웅의 몰락이라는 충격을 구체화시켜 주었다.

유나는 실성한 소녀처럼 울부짖는 모습만 편집되어, 하루 종일 방송을 탔다. 그것은 노인의 악마성을 효율적으로 부각시키는 효과를 낳았다. 노인의 집에서 찾아냈다는 무기들이 널려 있는 화면, 새롭게 주목받고 있는 연쇄살인마 살해 현장의 참혹함, 거기다 한국전과 베트남전에서 놀라운 실력을 자랑했던 전적이 하루 종일 이 아나운서에서 저 아나운서로, 목소리를 바꿔가며 반복되었다.

텁텁한 남자 앵커의 목소리, 날카롭고 히스테릭한 여성 앵커의 목소리, 중후한 베테랑 장년 앵커의 목소리, 긴장으로 성대가 울리는 신참의 여린 목소리까지, 그 목소리들은, 모두 하나의 이야기만 반복하고 있었다. 우리가 영웅인 줄 알았던 그 사람이 사실은 악당이었다는군요!

시간이 흐를수록 대중의 의심은 잦아들었고, 눈앞에 보이는 너무나도 명백한 증거들에 마음을 빼앗기기 시작했다. 위험천만한 일이었어, 전 국민이 바보가 될 뻔했잖아, 하는 식이었다. 아니면, 그럼 그렇지, 초인이 어딨어, 초인이, 그냥 조금 난폭한 노인에 불과했잖아, 하고, 자신들이 가지지 못한 능력에 대한 질투심을 거두곤 했다. 무엇보다도 사람들은 영웅

스토리보다는 누군가의 처절한 몰락에 훨씬 풍성한 흥미와 상상력이 동하게 마련이었다.

하지만 정주아는 의심을 거두지 않았다. 그녀가 지금껏 취재해온 자료와 상통하지 않는다는 것이 의심의 근거였다. 오랜 취재 경험을 통해 인간성의 취약한 기반과 배반성에 대해 누구보다 잘 알고 있는 그녀였지만, 동시에 사람을 보는 안목 또한 잘 갈고 닦여 있었다. 아무리 봐도 노인의 고집 센 얼굴은 그런 인격파탄자의 얼굴로는 보이지 않았다. 이건 분명 음모야. 그리고 정주아는 언제나 음모를 사랑했다. 그것은 결국 특종으로 이어지게 마련이니까.

여느 때처럼 그녀는 일단 서장에게 달려갔다. 서장은 풀이 잔뜩 죽어 있었다. 그럴만했다. 영웅 만들기 프로젝트의 최선봉에 서서, 전국적으로 얼굴을 알린 탓이었다. 아, 정 기자. 그가 힘없이 그녀에게 자리를 권했다. 정주아가 자리에 앉자마자 질문을 퍼부으려는데, 서장이 선수를 쳤다. 아, 나 몰라, 아무것도. 이거 정말이야. 어제까지만 해도 어떻게든 국민의 관심을 끌어보라더니, 오늘 아침엔 천하에 둘도 없는 악당이라는군. 이봐, 정 기자, 난 끝났어. 저 악당을 영웅이랍시고 떠벌린 주범이 돼버렸단 말이야. 내 역할은 거기까지였지. 이젠 상황이 변했고, 난 토사구팽 당한 꼴이 됐어. 안 그래? 우리 애들조차 날 무능한 경찰로 보고 있어.

진짜라고 믿는 거예요? 지금 이 상황이? 서장이 한숨을 푹 쉬며 대답했다. 우리가 뭘 믿는가가 뭐가 그리 중요하겠어, 안 그래? 힘 있는 친구들이 이게 진짜라고 말하면, 그게 진짜인 거야. 그런 게 세상이야. 우리 같은 일개 부속품들은 그렇게 기능하다 한순간에 버림받는 거라고. 정주아는 서장이 정말로 아무것도 모른다는 걸 인정할 수밖에 없었다. 이 사람, 조만간 자살하는 거 아냐, 하는 걱정이 일 정도였다.

알았어요, 그럼. 뭘? 그 취재 허가 떨어졌다는 미국인들 신원만 확인해 줘요. 그건 왜? 거기 냄새가 나니까요. 이봐, 정 기자. 이제 그만해. 나 자기 아껴서 그래. 나 진심으로 자기 좋아한다고. 이번엔 위험해. 그러니 어설프게 나서지 말고……. 아시겠지만, 난 어설프지 않아요. 그녀가 딱 잘라 대답하자 서장이 또 당황했다. 아, 아, 내가 또 말실수를 했군. 자네 같은 베테랑에게. 뭐, 어쨌든 이제 내가 자네에게 줄 수 있는 건 다 줬어. 나 이젠 힘도 없어. 이 사건에서 완전히 배제되었다고. 알아요. 근데도 그래? 예. 정주아가 단호하게 고개를 끄덕였다.

여기서 더 망가지고 싶은 건 아니죠? 두고두고 자식들에게 불명예스런 아버지로 기억되고 싶지 않음, 제 부탁 들어주시는 게 좋아요. 아니, 정 기자, 지금 무슨 소리 하는 거야? 제가 눈감아 드린 몇 건의 사건들 있잖아요. 이 상황에서 그것까지 터지면, 와우, 문제의 노인 못지않은 인기스타가 되실 텐데요. 서장은 머리가 띵했다. 어제는 윗선에게 팽 당하더니 오늘은 기자에게 협박을 당하고. 정말이지 지독하다고 생각하며, 서장은, 그래, 알았어, 라고 맥없이 대답했다. 정 기자가 위로했다. 이게 마지막이에요. 그걸로 깨끗하게 끝나는 거예요. 그럼 이제 만날 일도 없겠군. 서장이 존재감이 지워져가는 사람 고유의 씁쓸함을 입술에 바르며 대답했다.

아니요. 우린 계속 저녁도 먹고, 친구처럼 전화도 하고 그렇게 지낼 거예요. 응? 정말? 그럼요. 난 이제 자리에서 물러나면, 당신에게 줄 수 있는 게 아무것도 없는데도? 서장이 정말로 의외라는 듯 눈을 동그랗게 떴다. 그러니까, 정말 친구가 될 가능성이 생긴 거 아닌가요. 어, 그래? 서장의 얼굴에 화색이 돌았다. 그의 공허한 내면에, 그래 아직은 살아볼 만한 세상이로군, 하는 희망이 깃들었다.

제프 몰과 톰 조시. 정주아가 서장에게 받은 신원명세서에는 그런 이름이 적혀 있었고, 소속은 맥길대학교 인지심리학과 교수들이었다. 그녀는 당장 미국특파원으로 가 있는 옛 남자친구에게 전화를 걸어 신원확인을 부탁했고, 불과 서너 시간 만에 거짓 신분임을 확인했다. 그녀는 놀라지도 않았다. 오히려 정말로 그 학교 교수들이었다면 놀랐을 것이다.

그녀는 신원명세서에 붙은 미국인들의 사진을 들고, 제이를 찾아갔다. 오래전 취재 과정에서 알게 된 천재 해커, 제이. 단지 이선희를 좋아한다는 이유만으로 코드네임 제이를 쓰는 천재 히키코모리였다. 15평 남짓한 반지하 원룸에서, 하루 종일 먹고 자고 싸고, 나머지 시간은 온종일 자판 두드리는 게 일과였다.

그런 제이가 거의 유일하게 대면하는 사람이 정주아였다. 그것도 좋아서라기보다는, 목숨보다 소중한 첨단 네트워크 시스템을 떠나 감옥에 끌려갈 절체절명의 위기를 그녀가 무마해 준 바 있기 때문이었다. 그 후, 그녀는 종종 쉽게 구하기 힘든 고급 정보를 필요로 할 때면, 제이를 찾아가 전 세계 데이터베이스를 마구잡이로 뒤지게끔 했다. 당연한 얘기이지만, 자기만의 세계에 빠져 사는 히키코모리에게, 감 놔라 배 놔라 지시하는 오지랖 넓은 여기자는 지겨운 거머리 같은 존재였다.

역시나, 그는 정주아의 방문을 달가워하지 않았다. 이번엔 또 뭐야? 정주아보다 한참이나 어린데도, 그는 언제나 반말이다. 가정교육이랄 것이 없었으니, 뭐 그러려니, 할 뿐이다. 이 사진 속 인물들의 정체를 알고 싶어. 사진뿐이야? 응. 더럽게 대충 찍혔군. 정주아가 못 들은 척하며 다그쳤다. 찾을 수 있겠지? 장담은 못하지. 꼴랑 어설픈 사진 하나로, 그게 쉽겠어. 제이가 쉽지 않다는 의미로 고개를 절레절레 저었다. 미국인이고, 정보요원쯤으로 보여. 뭘 근거로? 내 직감.

그리고 이거. 정주아가 수첩에 그려둔 그림을 보여주었다. 뭐야, 이건. 발로 그린 거야? 제이가 비아냥거렸다. 역시나 무시하고, 정주아가 말했다. 그들이 애지중지 들고 다니던 장비야. 그림을 꼼꼼히 들여다보던 제이가 말했다. 가만, 어디서 본 거 같기도 한데. 제이가 자신의 첨단 네트워크 시스템 속으로 소리 없이 들어갔다.

그는 무기, 시스템, 기계, 네트워크에 관해서라면 둘째가라면 서러워할 녀석이었다. 정주아는 첫눈에 그걸 알아보았고, 수사망을 교란하는 불법까지 감행하며 그와의 유대관계를 형성했다. 제이가 모니터를 들여다보며 말했다. 핵반응을 감지하는 장치야. 아직 무기시장에 노출되지 않은 최신품인데, 미 국방성 예하의 연구소에서 개발한 거야. 이 정도 장비를 대놓고 들고 다닐 정도라면, 미국의 정보기관이나 국방부에 소속된 인물이어야 할 거야. 정주아가 진심으로 탄복했다. 역시 히키코모리 중엔 천재들이 많아. 오케이, 거기서부터 실마리를 잡아봐. 가 있어. 옆에 있으면 일하는 데 방해되니까. 뭐 좀 찾으면 전화할게. 정주아가 쿨 하게 응했다. 오케이. 가능한 빨리, 부탁해, 제이.

전화는 다음 날 새벽에 왔다. 간밤 꼴딱 샜어. 제이는 하소연부터 했다. 물론 정주아는 질문부터 했다. 찾았어? 다음에 어떤 식으로든 보상해줘. 알았어, 걱정 말라고. 미 국방부 예하의 비밀조직이야. 군 비밀정보조직이라고? 정주아가 물었다. 딱히 군부와만 연결된 집단은 아닌 것 같아. 음성적으로 활동하는 기구 같은데, 아무래도 독자적으로 움직이는 조직이라고 봐야 할 것 같기도 하고. 그 사람들은 그 조직의 동아시아 공작 담당이야. 대만과 홍콩에서 활약한 자료를 가까스로 입수해서 신원 확인했어. 이름은 로버트 게일과 댄 블룸.

지금 어디 있는지 알 수 있어? 이봐, 그까진 힘들어. 이 정도 알아내는

데도 오만 군데를 들쑤시고 다녔어. 한국에서 공작 중인 건 확실해 보이는데, 내가 찾은 자료에 따르면, 평창동 쪽에 비밀기지가 있을 것 같아. 그 이상은 무리. 여기서 더 건드렸다간, 역추적 당해서 미국에서 미사일 날아올 판이야. 난 할 말 다했다. 제이가 딱 선을 그었다. 그래, 고마워. 은혜는 꼭 갚을게. 정주아가 인사치레를 하는데, 뚝, 하고 전화가 냉정하게 끊겼다.

미군의 비밀정보조직이라, 이거, 좀 위험한 일이 됐군. 그녀는 잠시 수화기를 든 채로 망설였다. 여기서 멈춰야 하나. 하지만 삼십 초쯤 머뭇거린 다음, 그녀는 결심했다. 어쨌든 난 기자고, 여기서 멈춘다면 정주아가 아니지. 그녀가 짐을 챙기고, 화력 좋은 가스총도 하나 집어넣었다. 제이가 구매해 준 것인데, 조금 작긴 해도 실탄 총과 외형이 흡사했다.

좋아, 일단 호텔에서부터 시작하자. 노인이 거기서 체포됐다면, 어떤 흔적을 발견할 수 있을지도 몰라. 실제로 거기서 뭔가 대단한 것이 나오리라 기대한 건 아니지만, 그래도 시작으론 나쁘지 않았다. 운 좋게 실마리라도 찾는다면 금상첨화고.

쯔엉 흐우는 밀린 멀미를 해결하느라 넓디넓은 인천공항을 헤매다 대형스크린에서 흘러나오는 속보 방송을 보게 되었고, 곧 멀미보다 더 심각한 문제에 직면했음을 깨달았다. 맙소사. 그가 베트남에서 출발할 때까지만 해도 영웅이었던 아버지가, 서울 땅에 발을 디딘 순간 악당으로 변해 있었다. 이럴 수가, 이럴 리는 없어. 이건 분명 모함이고 누명이야.

하지만 다음 순간 흐우의 뇌리에 번뜩 깨달음이 일었다. 그래, 바로 이거야. 이건 운명이야. 아버지를 구하기 위해, 바로 지금 이 순간 내가 여기 오게 된 거야. 그는 혼란스러웠지만, 예의 그 넉넉함을 가지고 다시 희

열에 불타올랐다.

　하지만 어떻게, 라는 질문을 맞닥뜨리자 이내 다시 침울해졌다. 아버지를 만나러 왔는데, 그의 아버지는 피의자 신분으로 검찰청에 수감되어 있었다. 아, 어쩌지. 정말 대책이 없었다. 멀미가 계속 머리를 어지럽게 하고 속을 울렁거리게 해, 더더욱 그랬다.

　뉴스 앵커가 아침부터 반복되어 온 노인의 체포 소식을 재차 보도하고 있었다. 최대한의 안전을 도모하기 위해 호텔에 특공대를 투입, 한밤중에 은밀하게 검찰청으로 이송했다고 설명하고 있었다. 그 순간, 흐우는 지금 자신이 가야할 곳이 어디인지 깨달았다. 그래 그 호텔! 거기서 일단 아버지의 흔적을 찾아야 해. 거기서부터 시작하는 거야.

　흐우는 택시를 잡아탔다. 택시기사가 은근히 그를 불쾌해하는 느낌이 들었다. 어디? 웨어? 어? 택시기사가 행선지를 재촉했다. 흐우가 뉴스에서 들은 호텔 이름을 댔다. 빠리(빨리), 가주세요. 흐우가 한국어로 덧붙이자 택시기사가 놀랐다. 그제야 룸미러로 찬찬히 손님의 얼굴을 살피더니, 기분 나쁜 미소를 씩 지으며 물었다. 혼혈? 예. 아버지야, 어머니야? 예? 한국이 어느 쪽이냐고. 나이 지긋한 기사는 대놓고 반말로 지껄였다. 그래도 마음 여린 흐우는 고분고분 대답했다. 아버지, 임니다. 엄마는 어디야? 베트남, 임니다.

　여긴 처음인가? 예. 뭐 하러 왔나? 아버지 차자, 와습니다. 근데 그 호텔은 왜 가? 거기서, 잘 검니다. 하, 이 친구야, 거긴 부자들이나 가는 호텔이야. 알고, 이습니다. 하지만 거기, 아버지 있어습니다. 그래? 그 호텔에? 예. 기사가 다시 그를 돌아보았다. 아무리 봐도 그런 인상은 아닌데 싶었지만, 어쨌든 고급호텔에 자러 가는 놈이 돈이야 두둑하겠지, 하는 생각에 그는 택시를 몰아 골목과 골목을 가로지르고, 불필요한 유턴을 반복하며, 공항에서 40분이면 닿을 거리를 1시간 30분이나 주행했다. 서울은 길이 원래 이렇게 복잡해. 베트남서는 모르지, 이런 거. 예. 하긴 그 가난한 나라에서 뭘 알겠나. 거긴 밥은 먹고들 사나? 참다못한 흐우가 의뭉스러운 눈길을 돌려보냈다.

무안해진 기사가 볼륨을 높이자, 라디오 뉴스에서 영웅의 몰락을 또다시 구구절절 읊어댔다. 이 나쁜 새끼. 천하의 악당에 테러리스트가 국민 영웅 노릇을 했단 말이야. 기사가 욕을 퍼부었다. 그리곤 어딘가에서 덧붙은 헛소리를 지껄였다. 청와대를 날려버리려 했다지 뭔가. 발끈한 흐우가 반박했다. 분명, 음모, 이습니다. 어, 뭐? 댁이 그걸 어떻게 알아? 그냥, 암니다. 기사가 쯧쯧 혀를 찼다. 싱거운 놈일세. 군인이 하나 죽었어. 내 아들놈도 군대 가 있는데, 그 근방이라고. 이 악당 놈의 새끼는 그냥 사살해 버려야 해. 흐우는 고개를 절레절레 저었다.

동남아의 거렁뱅이 같은 자식이 자기 말에 고개를 젓는 게 기분 나빠, 기사는 택시를 세우려다 또 십오 분을 더 돌았다. 아무것도 모르는 흐우는 그저 달라는 대로 만 원짜리 여섯 장을 내민 다음, 택시에서 내렸다.

태극기와 성조기를 중심에 두고 양쪽으로 만국기가 늘어선 호텔은 역시나 으리으리했다. 잠시 탄복하다, 이럴 때가 아니지, 하는 마음으로, 서둘러 카운터로 갔다. 젊은 카운터의 여직원이 1등석의 스튜어디스처럼, 뭔가 불쾌하지만 그래도 몸에 밴 친절로 버텨 보리라는 가식적인 미소로 그를 맞았다. 무엇을 도와드릴까요?

흐우가 물었다. 여기, 영웅, 이떤, 호텔 마습니까? 여자가 순간 당황했다. 아, 그 범죄자 말씀이라면, 맞습니다만. 방, 주세요. 룸이요? 예. 저희 룸 대실 단가가……. 돈, 만습니다. 영웅, 이떤 방, 주세요. 거긴 현재 대실이 불가합니다. 아……. 흐우가 조금 실망했다. 그럼 아무, 방, 주세요. 여직원이 정말로 룸을 줘야 할지 혼란스러워, 잠시만요, 하고 뜸을 들인 다음, 콘시어지를 호출했다. 곧 조지 클루니 풍의 매력적인 미소를 지닌 미남이 나타났다.

저, 여권 좀 보여주시겠습니까. 그럼요, 여기. 콘시어지가 매우 꼼꼼하게 여권을 훑었다. 흐우는 다시 긴장감이 묵직하게 감도는 것이 느껴졌다. 저, 계산은 선불이고, 여권은 체크아웃하실 때 돌려드리겠습니다. 괜찮으시겠죠? 콘시어지가 물었다. 흐우가 대답했다. 그게, 저차(절차), 입니까? 그렇습니다. 콘시어지가 그것만은 양보할 수 없다는 굳은 표정으로 단호하게 대답했다. 그럼, 그래요. 흐우가 계산을 했다. 짐을 옮겨 드리겠습니다. 흐우가 손사래를 쳤다. 아니, 나, 합니다.

마치 불법무기라도 되는 양, 콘시어지는 그의 짐을 예의주시했다. 무기를 담기에는 너무 허술했다. 도대체 그 악당의 방은 왜 찾은 거지? 에이 설마 저 사람이? 콘시어지는 고개를 흔들며 생각을 고쳐먹었다. 아무리 봐도 흐우는 전형적인 촌뜨기에 불과했다. 그런데, 옷이 저게 뭐니, 저게. 콘시어지가 엘리베이터로 스며드는 흐우를 보며 여직원과 킥킥거렸다. 예의 주시해볼 필요가 있어. 비데에 머릴 감을지도 모르니까. 다시 킥킥. 킥킥거리면서도, 콘시어지와 카운터의 여직원은, 누가 봐도 친절하기 짝이 없어 보이는 미소만큼은 잃지 않았다.

방에 들어온 흐우는 짐을 풀고 샤워를 했다. 이런 고급 룸을 사용하기란 처음이라, 그냥 이용해보고 싶었다. 몸을 간결하게 정리하고 나자, 갑자기 잠이 몰려왔다. 그는 문득 자신이 지난 한밤을 꼴딱 샜다는 걸 깨달았다. 그래, 맑은 정신으로 움직여야겠지. 이런 중차대한 일을 어설프게 움직이다 망쳐버릴 순 없어. 그는 막 껴입었던 하와이풍 무무를 벗고, 침대에 대자로 드러누웠다. 세상에, 그렇게 편한 침대는 처음이었다.

랜돌프는 텅 빈 취조실을 보고 있었다. 그 옆에서 로버트와 댄이 계면쩍은 자세로 서 있었다. 말로만 들었지, 실제로 랜돌프를 만나기는 처음이었다. 달아난 노인과 비슷한 연배였지만, 정기적으로 보톡스라도 맞아주는 건지, 주름 하나 없는 매끈한 피부를 가지고 있었다. 어쨌든 당장이라도 그가 책임을 물어 자신들의 목을 따버릴까 싶어 로버트와 댄은 잔뜩 긴장한 상태였다.

그러니까, 달아났단 말이지? 예, 그렇습니다. 로버트가 침을 꼴깍 삼키며 대답했다. 약을 주입했는데, 예상보다 빨리 각성하는 바람에 그만…… 너무 얕잡아봤군. 예, 그렇습니다. 그 사람의 능력에 대해 해리에게 듣지 못했나? 들었습니다. 그런데, 그토록 허술하게 일을 처리하려 했단 말이지. 댄이 침 삼키는 소리가 너무 크게 들려, 로버트는 자기가 다 민망할 지경이었다. 하지만 그러는 자기도 식은땀이 뺨을 타고 흐르는 것까진 어쩌지 못했다.

사진은? 예? 그 사람 어떻게 생겼는지 좀 보자고. 예, 여기. 로버트가 버튼을 누르자 상황실의 모니터에 노인의 사진이 떴다. 랜돌프의 눈이 동그래졌다. 이 사람이란 말인가. 노인의 주름진 외양을 보고 놀란 거라 여긴 로버트가 재빨리 대답했다. 예, 많이 늙었죠. 흠, 나와 동년밴데 늙었다고 말하긴 좀 그렇군. 로버트는 아차 싶었지만, 다시 주워 담기도 어색한 상황이었다. 내가 흥미로운 건 말이야, 아는 친구라서 그래.

예? 로버트가 생뚱맞은 이야기에 놀라, 저도 모르게 톤을 높여 반문했다. 내 오랜 친구라고. 아, 하고 댄이 탄성을 질렀지만, 임기응변에는 젬병인 사내인지라 이럴 땐 이어서 뭐라고 해야 할지 감을 잡을 수 없었고, 결국 짧은 탄성이 잦아드는 대로 다시 입을 다물었다. 이거 정말 흥미로워지는군. 그가 혼잣말을 한 다음, 로버트와 댄에게 말했다. 그런데, 그거 아나? 예, 뭘 말입니까? 저 친구, 정말 제대로 된 악당이라고. 아주 잔인한 친구란 말이지. 아, 하고 이번엔 로버트가 심각하게 대꾸했다. 예, 알고 있습니다. 우리 요원들의 머리를 순식간에 박살내고 달아났으니까요.

랜돌프는 둘은 전혀 안중에도 없는 듯, 혼잣말을 반복했다. 이거 정말 오랜만에, 아주 재미있어지는걸. 랜돌프가 로버트와 댄을 다시 바라보았다. 그것은 매우 온화한 신사의 눈길이었음에도, 로버트와 댄은 오금이 저렸다. 랜돌프가 지시를 내렸다. 저 친구 신상에 관한 자료는 다 가져오게. 그리고 모든 수단을 동원해서 그를 찾아. 찾으면 곧장 내게 연락할 것. 내가 가기 전에는 아무도 손대지 못하게 하고 말이야. 알아들었나? 예, 바로 수배하겠습니다. 아니, 아니, 요는 내가 아닌 다른 사람이 건드리게 하지 말라는 거야. 알아들었어? 그는 내 친구란 말이야.

환상의 호흡

스산한 어둠이 내리기 시작한 시각, 흐우는 잠에서 깨어났다. 그는 천천히 몸을 일으켰다. 미남 콘시어지의 예상과 달리, 흐우는 베트남의 고급호텔에서 잡역부로 일한 경험이 있어 웬만한 호텔 시설을 충분히 이해하고 있었다. 아버지가 묵었던 VIP룸에 접근하는 것이 용이하지 않으리라는 것도 알고 있었다. 그렇다고 물러날쏘냐. 그의 각오는 결연했다.

그는 간단히 짐을 부린 후, 밖으로 나갔다. 계단을 타고 한 층씩 올라갈 때마다, 그는 비상구를 열고 통로를 살폈다. 두 층도 채 올라가기 전에 그는 호텔 잡역부들이 세탁물을 정리하거나 청소도구를 정비하는 구석지고 어두컴컴한 작업공간을 찾아냈다. 식사시간인지, 지키는 사람은 아무도 없었다. 그는 아무 관물함이나 열고, 옷을 몇 가지 꺼내 갈아입었다. 레이에 깨끗한 수건 몇 개를 올리고, 세탁물을 수거하는 통도 올렸다. 오래 근무해온 붙박이 직원처럼 능숙한 손놀림이었다. 모자까지 푹 눌러 쓰자, 영락없는 잡역부였다. 손님으로 왔을 때조차 잡역부 취급을 받은 그이지 않은가.

이럴 때 보면, 사람들이 자기를 둔하다고 하는 건, 정말로 오해에 불과하다는 확신이 들곤 했다. 지금 자신을 보라. 마치 오랫동안 훈련받아 온 전문 첩보요원 같지 않은가. 흐우는 스스로가 대견했다. 왠지, 정말로, 간단히, 아버지를 구할 수 있을지도 모른다는 자신감이 불끈 치솟았다.

바로 그때, 등 뒤에서 인기척이 났다. 너무 존재감 없이 들이닥쳐, 흐우는 전혀 대비할 수 없었다. 그의 예민한 감각으로도 느껴지지 않을 만큼 작고 조용하고 존재감이 없는 상대가 그의 등 뒤에 바싹 다가와 있었다. 머리 회전은 좀 둔해도, 감각 하나만큼은 최고라 자부한 그인데.

어데, 아저씨 새로 온 사람임네까. 나이 든 여자 목소리였다. 흐우가 최대한 자연스럽게 행동하려고 노력하면서, 그러나 그 노력 덕분에 더 과장된 몸짓으로 몸을 틀어 상대를 바라보았다. 자그마한 체구의 여자였다. 머리에 두건을 둘러쓴 그녀는 이 호텔의 진짜 청소부였다. 그녀도 흐우를 보고는 조금 놀란 표정을 지었다.

어데, 연변사람이 아님네다. 조선말은 할 줄 암네까. 예. 흐우가 대답했다. 조금, 함니다. 어데서 왔슴네까. 필리핀? 아닙니다. 베트남서, 와슴니다. 아, 월남. 멀리서 왔슴네다, 그래. 아주머니는? 나는 리영순이라 함네다. 연변에서 왔슴네다. 환영함네다. 예? 남조선에 오신 거를 말임다. 아, 고마슴니다. 돈 많이 벌어 가십시오. 예. 여기 괜찮슴네다. 돈 많이 주는 편임네다. 대신, 막 돌아다니면 안 됨네다. 눈에 안 띄게 다니십시오. 특히 연변이나 가난한 나라에서 온 사람들은, 손님들 안 볼 때, 안 보이는 곳에서 일하는 게 여기 규칙임네다. 안 그럼, 짤림네다. 예. 흐우가 겸허한 신참의 자세로 조선족 아줌마의 말을 경청했다.

아이고, 뭐, 다 교육받으셨을 긴데, 내래 또 줏대 없이 나섰슴네다. 여자가 가볍게 자신을 책망하면서, 수거해온 세탁물을 밀고 들어갔다. 하도 오랜만에 사람 봐서 그럽네다. 사람요? 여기 조선족들 다 따로 놉네다. 지배인이 어울려 노닥거리는 거 되게 싫어함네다. 아저씨도 조심하시오. 예.

그럼 또 보시라요. 예. 조선족 아줌마가 세탁물을 카트에 올린 다음 밀고 나가려는데, 흐우가 갑자기 생각난 듯 그녀를 불렀다. 저기……. 어, 와 그럽네까. 눈에, 안 보이게, 어떻게, 다닙니까? 아, 그거는 아이 못 들으셨습네까? 저쪽에 가면 전용 엘리베이터 있슴네다. 그쪽으로 다니면서, 통로에 사람 없는 거 확인하고 다니면 됨네다. 저쪽? 흐우가 손을 뻗어 복도의 음침한 구석을 가리켰다. 여자가 고개를 끄덕였다. 손님들 모르는 엘리베이터 하나 있슴네다. 좁고 좀 덜컹대긴 하지만, 뭐, 쓸 만함네다.

저, 그거, VIP룸, 감니까? 흐우가 기어들어가는 목소리로 물었다. 거긴 딴 사람이 청소함네다. 우리 같은 사람 말고, 남조선 사람 쓴단 말임네다. 아, 궁금, 해슴니다. 엘리베이터는 감네다만, 조심하십시오. 지배인이 거기 기웃거리는 거 봤다가는 결과가 안 좋을 김네다. 안 그래도, 거기 시끄럽잖슴네까. 예. 여자는 쓸데없이 너무 지체했다는 생각이 들었는지, 갑자기 얼굴에 공포가 한가득 어렸다. 그럼 지배인이 올지 모르이, 난 이만 가보갔슴네다. 또 보시라요. 예, 고마슴니다.

조선족 여자가 올 때처럼 소리 없이 사라졌다. 보고 있는데도 꼭 눈앞에 없는 것처럼, 너무나도 가뿐하고 조심스럽게, 한마디로 존재감 없이 움직였다. 나도 저렇게 움직여야 해, 하고 흐우는 생각했다.

흐우는 모자를 푹 눌러쓴 다음, 카트를 밀고 조선족 여자가 알려준 엘리베이터로 갔다. 복도 끝 막다른 벽에 다다르자, 손잡이가 보였다. 알고 보지 않으면 볼 수 없을 만큼, 벽과 일체형이었다. 그 문을 밀고 들어가자, 엘리베이터가 나왔다. 버튼을 누르자 삐걱삐걱 음산한 소리를 내며 엘리베이터가 올라왔다.

목적지까지 가는 동안 누군가 엘리베이터를 세우고 올라탈까봐 흐우는 조마조마했다. 특히 그 악명 높은 지배인이 나타나 모든 것이 어그러질까 겁이 났다. 그는 천성적으로 누군가를 속일 수 있는 성격이 아니었다. 지배인이 윽박지르면, 어떤 식으로 대처해야 할지 몰라 버둥댈 게 뻔했고, 그럼 계획은 물거품이 될 터였다. 손님으로서도 쫓겨날 게 뻔했다. 너무 가슴을 졸인 나머지, 아무도 마주치지 않고 엘리베이터가 VIP룸에 도착했음을 알리는 소리가 땡, 하고 울리자, 그만 너무 놀라 뒤로 자빠질 뻔했다.

VIP룸으로 가는 통로는 어둠에 휩싸여 있었다. 하지만 특별히 폴리스 라인을 세우거나 차단막을 세워둔 것은 아니어서, 그다지 위압적으로 느껴지진 않았다. 그저 어둠과 정적뿐. 복도의 고급 카펫 위로 청소 카트를 내버려두고, 그는 천천히 룸을 향해 다가갔다. 어딘가 감시카메라가 있을지도 몰랐지만, 아무도 보지 않기만을 바랄 뿐이었다.

문 앞에 서서야 흐우는 자신의 실수를 깨달았다. 키가 없다. 자신이 전문털이범도 아니고 경보장치가 어떤 식으로 작동할지도 모르는데, 도대체 어떻게 문을 따고 들어간단 말인가. 가장 중요한 건데, 생각조차 못했다. 조금 전의 기고만장함은 순식간에 사라지고, 난 역시 머리가 둔해, 라는 자기비하의 감정이 일었다.

어찌 됐건, 이제 와서 그냥 돌아갈 수도 없고, 그는 천천히 다가가 엉거주춤 한쪽 다리를 뒤로 뺀 채, 손잡이를 잡았다. 경보라도 울리면, 잽싸게 반대편으로 뛰어, 삐걱대는 엘리베이터에 몸을 실을 만반의 준비를 한 채.

문은, 스르륵 열렸다. 너무 스르륵, 이라서, 흐우는 그게 더 놀라웠다.

손님을 받지 않을 때는 문을 열어두나? 고급호텔치고는 조금 허술한데. 자기처럼 베트남에서 막 서울에 입성한 사람이, 이토록 쉽게 일류호텔의 VIP룸에 접근할 수 있다니. 이건 호텔 행정에 문제가 좀 있는 거 아닌가 생각하며 흐우는 룸 안으로 몸을 밀어 넣었다. 그래도 여전히 조심스러웠다. 혹시 VIP룸 전담 청소부가 일을 하고 있을지도 모른다. 하지만, 굳이 왜 이런 어둠 속에서? 청소가 죄도 아닌데.

흐우가 룸 안으로 몸을 완전히 밀어 넣었다. 룸은 굉장히 넓었다. 들어서자마자 널찍한 공간에 대형 침대가 놓여 있었다. 창이 벽 전면을 메우고 있었지만, 밖에도 빛은 거의 없었다. 침대 옆으로 다용도실 격인 방이 또 하나 있었다. 그가 슬금슬금 거실로 발을 들이려는데, 무언가가 거칠게 그의 옆구리를 찔렀다. 그가 짧은 신음을 내지르며 옆으로 툭 밀려났다. 그리고 곧 동그란 빛이 눈을 찔러, 인상을 찌푸렸다. 손전등의 불빛이 그의 눈을 정면으로 찔렀다. 흐우는, 아, 뭐야, 라고 했다가, 순간적으로 그럴 처지가 아니라는 생각이 들어, 뭡니까, 라고 재빨리 존댓말로 바꿨다.

마침내 눈이 손전등의 빛에 내성을 갖추자, 흐우의 눈에 빛 가운데로 불쑥 튀어나온 총구가 보였다. 오 마이 갓. 뭘 해보기도 전에 죽을 판이었다. 날카로운 여자 목소리가 흘러나왔다. 당신, 뭐야? 누구지? 예, 흐우, 청소부입니다. 여자가 어이없다는 듯 말했다. 여기서 뭐하는 거예요? 청소, 와습니다. 여자의 목소리가 그다지 위협적이지 않다는 걸 깨달은 흐우도 용기를 내 되물었다. 여기서, 뭐, 합니까? 난 취재. 여기가 현장이니까.

잠시 흐우를 위아래로 훑은 여자가 다시 말했다. 좋아요, 우린 못 본 거예요. 알았죠? 총 좀……. 음, 그러죠 뭐. 여자가 보기에, 흐우는 어수룩하기 짝이 없는 평범한 외국인 노동자일 뿐이었고, 그래서 그녀는 그의 요구를 흔쾌히 들어주었다. 하지만 내게 총이 있다는 거 명심해요. 나, 명사수니까. 혹시라도 허튼 짓하면 그냥 쏴버릴 거예요. 흐우가 손사래를 쳤다. 아라써요, 아라써요.

정주아가 가방을 뒤지더니, 지갑을 꺼내 그에게 만 원짜리 열 장을 내밀었다. 팁이라고 생각해요. 알았죠? 흐우는 잠시 머뭇거리다 주는 돈을 받았다. 그럼 청소해요. 예. 둘은 잠시 서로를 쳐다보다 그녀가 다시 손전등을 켜 방을 둘러보는 것을 신호로, 함께 방 구석구석을 살피기 시작했다. 흐우가 잠시 방을 둘러보다 물었다. 근데, 왜 모래(몰래), 합니까? 이곳에 있던 사람, 뭔가 다른 게 있을 것 같아서요. 아, 하고 흐우가 고개를 끄덕였다.

그녀는, 청소부가 뭔 관심이 그렇게 많아, 하는 표정으로 흐우를 바라보다, 재빨리 다시 총을 겨누었다. 흐우가 또 놀래 손을 치켜들었다. 당신 청소부가 아니잖아. 예? 청소도구도 하나 없고, 소리 없이 룸에 들어온 것이나, 불도 켜지 않고 이곳저곳 둘러보고 있잖아. 게다가……. 그녀가 잠시 뜸을 들인 다음, 말했다. 우리말도 너무 잘해. 사실대로 말해. 당신 누구야?

흐우가 대뜸 맞받아쳤다. 그러는, 당신은? 당신, 같아요. 카메라 없어요, 불 안 켜요, 또 총 들었어. 좋아, 난 진짜 기자야. 이 사건에서 구린내를 맡아서 취재하러 왔어. 그러니까, 당신도 정체를 밝혀! 이 노인이랑 무슨 관계지? 혹시…….

순간 정주아의 머리에 불길한 생각들이 떠올랐다. 어쩌면, 노인은 정말로 불법무기 브로커일지도 모른다. 그리고 눈앞의 이 남자는, 동남아 폭력조직의 일원일지도 모른다. 약속한 날 받지 못한 무기를 직접 회수하러

온 것일지도. 와우, 이거 장난 아닌데 싶었지만, 이내 남자의 어수룩함과 그래도 명색이 불법무기를 다루는 사람이라면, 직업 윤리상 도무지 그래서는 안 될 정도로 총 앞에 주눅 든 모습을 보고 생각을 바꾸었다. 이건 기껏해야 가스총일 뿐인데, 그조차도 분간 못하다니. 그래, 에이, 설마.

난, 아들입니다. 흐우가 말했다. 지당한 말씀, 누구나 누군가의 아들이고 딸인 법이다. 근데, 지금 그게 무슨 소리냐고! 나, 아버지, 만나러 와슴니다. 정주아가 냉정하게 대꾸했다. 가지가지 하세요. 지금 여기가 무슨 러브인아시아, 라도 되나. 이거 왜 이러셔. 흐우가 또 손사래를 쳤다. 아니, 아니, 사실, 임니다. 나 영웅의 아들임니다. 둘 다 말이 없었다. 한쪽은 기가 차서, 한쪽은 억하심정에.

그때, 자박자박 다가오는 구둣발소리가 들렸다. 복도 전체를 깔끔하게 울려주시는, 당당한 보무다. 여긴 손님을 안 받는댔는데, 설마……. 정주아는 좀 전에 자기가 구워삶아 키를 빼낸 호텔 행정실 직원이 그새 배반을 때린 건가, 하고 생각했다. 봉투는 충분히 두둑했을 텐데, 망할 자식!

흐우는 더 놀랬다. 그가 보기에 이건 필시, 그 존재감 없는 조선족 아줌마가 지배인에게 고발한 것이다. 전, 도무지 베트남 애랑은 같이 일 못합네다, 자존심 문제라요, 이건. 이렇게 말했을지도 모른다. 오, 그 무자비한 지배인이 지금 자신을 잡으러 온 것이다.

둘은 누가 먼저랄 것도 없이 사방을 두리번거리더니, 마치 오랫동안 호흡을 맞춰온 환상의 짝꿍처럼, 흐우가 다용도실의 문을 열어주고 정주아가 안으로 뛰어 들어가 다시 옷장 문을 열고, 흐우가 들어가는 것을 확인한 다음, 자신도 들어가 문을 착 닫았다. 나란히 서 있는 옷장 세 개 중 가장 왼쪽 옷장이었다. 두 사람이 편안히 몸을 숨기기에는 많이 비좁았다. 옷장 문이 결을 따라 가로로 촘촘히 틈이 나 있어서 흐릿하게나마 밖을 볼 수 있었기에 망정이지, 안 그랬으면 금방 호흡곤란이 찾아왔을 것이다. 다행히 결이 내리막 형태로 나 있어서, 밖에서는 내부가 보이지 않았다.

좁은 옷장 안에서 두 사람의 몸이 꼭 포개졌다. 너무 비좁아, 정주아의 한쪽 다리가 자연스레 흐우의 다리에 살짝 감겼다. 흐우의 튀어나온 배와 정주아의 탄력 있는 허벅지가 바싹 붙었다. 그것은 굉장히 에로틱한 포즈였지만, 그런 걸 생각하기엔 둘 다 잔뜩 긴장한 상태였다.

침을 꼴깍꼴깍 삼키며 기다리고 있는데, 마침내 다용도실 안으로 사내 하나가 들어왔다. 미세한 틈으로 상대를 알아본 정주아의 눈이 동그래졌다. 와우, 그 미국인이잖아. 이거 심각해지는데.

흐우의 생각은 또 달랐다. 아, 역시 고급호텔이라, 지배인이 외국인이었군. 그럼 그렇지. 외국인들은 일 관리가 철저하단 말이야. 독일계만 아니었으면 좋겠군, 하고 그는 생각했다. 베트남 호텔에서 일할 때, 독일계 관리인에게 호되게 당한 경험이 있었기 때문이다.

로버트는 태연하게 다용도실의 책상을 뒤지고, 서랍을 뽑아 쏟아내고 있었다. 아무것도 없었다. 원래 이 호텔의 것으로 보이는 성경책 하나가 툭 떨어졌을 뿐. TV 뒤도 살피고, 스탠드의 갓마저 벗겨냈다. 마치 아주 정교한 미술 감정가처럼 섬세한 손놀림으로, 그는 사물 하나하나를 뒤적였다.

한참을 그렇게 뒤졌건만, 나오는 건 아무것도 없었다. 로버트는 잠시 심각한 표정으로 방 중앙에 서서 턱을 간질이더니, 갑자기 고개를 확 돌려 옷장을 바라보았다. 오, 맙소사. 정주아가 총을 쥔 손에 힘을 주었다. 보잘것없는 가스총에 불과하지만, 가스가 사람을 가리는 건 아니니까. 손이 덜덜 떨렸다. 흐우는 여전히 다른 생각에 사로잡혀 있었다. 아, 지금이라도 뛰어나가 무릎 꿇고 빌어볼까. 아버지를 만나러 왔다는데, 단지 그뿐인데, 그리 박하게 대하기야 할까.

바로 옆의 옷장이 벌컥 열리고, 옷걸이 몇 개가 떨어지는 소리가 들렸다. 물론 아무것도 없었을 테지. 이제 그가 마치 슬로우 모션을 취하듯 느릿느릿, 간통 현장에서 다급히 몸을 숨긴 불륜 커플처럼 두 남녀가 엉겨 붙어 있는 옷장 앞으로 다가왔다. 어두운 그림자가, 두려움에 질린 그들의 얼굴을 뒤덮었다. 정주아가 총을 쥔 손에 힘을 꽉 주었다.

로버트가 옷장 문고리를 잡기 직전, 거실에서 목소리가 들렸다. 헤이, 로버트. 옷장으로 손을 뻗다 말고, 로버트가 뒤로 돌아섰다. 왜? 내가 뭔가를 찾았어. 댄이 문간으로 다가왔다. 이거. 그의 손에는 사진이 들려 있었다. 하, 교묘하게 숨겨두었더군. 그의 아내 사진이로군. 로버트가 대답했다. 엄청 아끼는 물건인가 봐? 경찰에 잡혔을 때 한 번 잃어버렸었거든. 로버트는 경찰의 세세한 수사내용까지 죄다 꾀고 있었다. 이걸 찾겠군 그래. 사진 뒤에 추적기 부착해서 원래 있던 자리에 도로 갖다놔. 로버트가 속삭이듯 나지막하게 말했다.

오케이, 여긴 뭐 다른 거 없었어? 어, 아무것도. 로버트가 고개를 저었다. 그 사진이 원래 노인이 가진 전부였으니까. 흠, 시시하군. 랜돌프가 좋아하지 않을 거야. 댄이 위축된 표정으로 말했다. 다른 방법을 찾아봐야지. 도대체 어디 숨어버린 거지? 얼굴이 알려져서 숨기도 쉽지 않을 텐데 말이야. 그러게.

그들이 마지막으로 방을 한 번 훑더니, 거실로 나갔다. 사진에다 추적기를 장치하는지 잠시 웅성거리다가, 룸 도어가 열렸다 닫히는 소리가 났다. 그와 동시에 정주아가 옷장 문을 열었다. 그제야 베트남 남자에게서 풍기는 이국의 탁한 냄새가 그녀의 코끝을 간질였다. 아, 이런. 이게 무슨 꼴이야. 흐우는 지배인에게서 벗어났다는 안도감과 더불어, 밀려드는 향긋한 여자의 향취에 깜짝 놀랐다. 흐우가 껴안은 최초의 여자였다. 와우, 아버지 나라에 와서 여자를 다 안아보네.

정주아가 소리쳤다. 빨리, 빨리요. 저들을 쫓아가야 해요. 왜요? 아니 겨우 위기를 모면했으면서 이 무슨 해괴망측한 소리야, 하는 표정으로 흐우가 쳐다보았다. 저 사람들이, 그 노인을 잡아갔다구요. 어떻게든 저 사람들을 추적해야 해요. 그렇게 말하면서도 정주아는, 자신이 왜 이 어수룩하기 짝이 없는 낯선 동남아인에게 도움을 청하는지 이해할 수 없었지만…… 어쨌든 그녀는 그에게 지원을 요청했다.

그 말을 듣자마자, 흐우가 쏜살같이 쫓아나갔다. 이봐요. 같이 가요. 정주아와 흐우가 룸 도어를 열자, 통로 반대쪽 벽이 일렁이고 있었다. 아니, 저기 벽이……? 벽, 아니에요. 거기 엘리베이터, 있어요, 청소부 거. 아, 그렇게 된 거군. 저런 비밀 통로가 있어서, 기자들 모르게 빼돌릴 수 있었던 거야. 빠리빠리(빨리빨리). 흐우가 재촉했다.

엘리베이터는 지하 1층에서 멈췄다. 잡역부들의 신속한 업무 이동을 위해 그렇게 고안한 건지, 엘리베이터는 엄청난 속도로 올라왔다. 문이 열리고, 정주아가 지하 1층 버튼을, 흐우가 닫힘 버튼을 누르며 또 한 번 환상의 호흡을 선보였다. 지하 1층은 호텔 후문의 후미진 골목으로 연결되어 있었다. 그들이 막 뛰어나오자마자, 잘 빠진 유선형 크라이슬러 한 대가 뒤꽁무니를 내보이며 골목을 빠져나가고 있었다.

너무 멀어. 번호판을 읽을 수가 없잖아. 정주아가 아쉬워했다. 숨차게 뛰어내려온 보람이 없었다. 하지만 흐우는 끝까지 차의 궤적을 눈으로 쫓았다. 저들, 누구, 임니까? 흐우가 물었다. 미국의 정보요원들이에요. 예? 흐우가 놀라며 되묻는데, 뭔가 묵직한 것이 그의 등을 후려쳤다. 정주아가 비명을 지르며 다급하게 총을 들어 올리려다, 상대에게 너무 쉽게 쑥 빼앗겨 버렸다.

미 정보요원의 하수는 아니었다. 그 후미진 골목의 지배자, 동네 양아치 사인방이었다. 일이 제대로 꼬이고 있었다.

어이, 한국 아줌마랑, 동남아 아저씨랑 붙어먹은 거야? 씨발, 그게 말이 되는 상황이야? 한국 년은 한국 놈이랑 놀고, 동남아 새끼는 너네 나라 가서 너네 여자랑 놀아야지. 이런 호텔에서 뒷문으로 나다니며 붙어먹어. 이거, 아주, 아예 막가자는 거구만. 양아치들이 상황이 흥미로운 듯 키득키득 거렸다. 그럼, 좋아.

정주아가 소리쳤다. 야, 너희들 뭐야. 나 기자야. 건드리면 가만 안 둘 줄 알아. 역효과만 났다. 이년이, 지금 상황 파악 좀 하시라고요. 얼어죽을, 기자는 여자 아냐? 어? 기자는 돈 없어? 어? 그리고 씨발, 기자라는 년이, 뭐가 모자라서 이런 배불뚝이 불법체류자랑 붙어먹는 거야. 어? 당신 남편이 알아? 정주아는 순간 겁이 났다. 이런 동네 양아치들쯤이야 얼마든지 처리할 수 있겠지만, 당장이 문제다. 돈은 괜찮다, 하지만 이 어두침침한 골목 맨바닥에서 성폭행이라도 당한다면? 생각만 해도 몸이 오슬오슬했다.

아, 어쩌지. 믿을 만한 건, 이 어수룩한 남자뿐인데. 흐우의 부풀어 오른 배와 벗겨지기 시작한 머리는, 아무리 봐도 그것이 헛된 기대임을 증명할 뿐이었다. 안 그래도 양아치들은 흐우를 조롱하고 있었다. 어이, 넌 주제를 알아야지, 주제를. 여기 남의 나라 왔으면 곱게 돈이나 벌어 꺼질 것이지, 감히 여자를 넘봐. 이런 좆같은 경우를 봤나. 야, 이 연놈들 옷 좀 벗겨봐. 씨발 어떻게 붙어먹나 좀 보자고. 우두머리로 보이는 놈이 똘마니들 둘에게 지시했다. 정주아가 소리쳤다. 이러지 마. 돈 줄게, 응? 지금 우리 일하는 중이라고!

아, 이 아줌마가. 우리도 지금 일하는 거야. 우리 같은 건달들 일이, 이 거지, 뭐야? 그냥 좋은 말할 때 한번 대줘. 그리고 돈은 우리가 알아서 가져갈게. 그래도, 아줌마, 나이는 좀 있어 보이는데, 꽤 귀엽게 생겼어. 저런 잡종 새끼한테도 주는데, 우리라고 뭐 어때. 이래봬도 우리 토종이야. 백 프로 토종. 볼래? 그러면서 두목이 혁대를 끌렀다. 바지를 끌어내려, 그래, 얼마나 대단한 것인지 자기 물건을 보여주려는데, 녀석이 갑자기 저만치 날아갔다. 마치 누군가 부메랑을 집어던진 듯, 우아한 회선을 그리며 나가떨어졌다.

양아치들은 경악했다. 정주아도 경악했다. 순간적으로 상대를 던져버린 흐우도 경악하긴 마찬가지였다. 그는 자신의 손을 바라보며 혼자 중얼거리고 있었다. 이게 무슨……. 저만치 벽으로 날아갔다 가까스로 몸을 일으킨 두목이 오줌을 지렸다. 이런 충격은 그가 살아오며 한 번도 경험해보지 못한 것이었다. 가스총을 든 놈이 재빨리 흐우의 면전에다 대고 방아쇠를 당겼다. 정주아는 그토록 놀란 상황에서도, 저런 멍청이, 하고 소리치고 말았다. 어쨌든 승기를 잡았을 때 처리했어야지, 한눈팔다 가스총에 맞다니.

흐우는 총알이 날아오나 싶어 기겁했다가, 그저 허연 가스만 흩날리는 걸 보고 깜짝 놀랐다. 이건 또 무슨 짓? 장난감이었나? 그가 매캐한 냄새에 콜록콜록 기침을 하며, 손을 휘저어 탁한 공기를 몰아냈다. 말짱했다. 두 눈은 외려 더 또렷해진 기분이었다. 으아악, 이거 괴물이야! 양아치가 소리쳤다. 너무 놀라서, 총까지 떨어트렸다. 야, 야, 튀어, 튀어! 혁대를 끌러둔 바람에 자꾸만 내려가는 바지를 부여잡고, 바닥에 오줌을 질질 흘리며, 두목이 소리쳤다.

정주아가 잽싸게 일어나 총을 주워들었다. 그리곤 달아나는 놈들을 향해 가스총을 마구 분사했다. 제이가 구해준 건데도 불량이 다 있군, 하며 부담 없이 총을 쏴댔는데, 뒤처진 녀석이 가스에 휩싸여서는 약 먹은 바퀴벌레처럼 바닥에 드러누워 버둥거렸다. 효과 만점이었다. 그렇담, 역시나 이 사람이 문제였군. 정주아는 고개를 돌려, 여전히 자신이 어떻게 그런 초인적인 능력을 발휘할 수 있었는지 이해하지 못해 잔뜩 놀란 흐우를 바라보았다. 흐우도 멍하니 정주아를 마주보았다. 그녀가 이 모든 상황을 명쾌하게 설명해주기를 기대하면서.

정주아가 말했다. 당신, 정말로 그 사람의 아들이로군요. 흐우가 고개를 끄덕였다. 예, 나, 정말, 아버지 만나러, 와서요. 근데 어쩌죠. 중요한 실마리를 놓쳤으니. 차 번호라도 봤으면 뭔가 해볼 수 있었을 텐데. 아, 차 번호. 갑자기 생각난 듯 흐우가 말했다. 나, 봐서요. 예? 나, 눈 조슴니다. 와우, 그걸 봤다구요? 정주아가 정말로 놀랐다.

일단 불러줘요. 어떻게든 찾아볼 수 있을 거예요. 정말요? 흐우가 오히려 그녀의 능력이 놀랍다는 표정을 지었다. 예, 우리 둘 다, 그 노인을 만나야 하니까요. 아버지 만나러 안 갈 거예요? 감니다, 갈 겁니다. 그래요, 뭐가 어찌 됐든, 한번 가보자구요.

정주아가 전화기를 꺼냈다. 딱 열네 번 벨이 울린 다음, 제이가 마뜩찮은 목소리로 전화를 받았다.

　유나의 휴대폰이 울렸다. 사건이 터진 이후, 유나는 좀처럼 휴대폰을 받는 일이 없었다. 전화가 와봐야, 기자들의 성화이거나 아니면 용서를 비는 친구들의 형식적인 인사치레가 대부분이었는데, 어느 쪽이든 달갑지 않았기 때문이다. 하지만 이번에는 유나도 대뜸 휴대폰 슬라이드를 밀어 올렸다.

　거대한 태풍처럼 한바탕 훑고 지나간 기자들의 호들갑에 정신 못 차리고 당했던 게 억울해, 유나는 누구든 하나만 걸려라, 하는 독한 심정이었던 것이다. 슬라이드를 밀어 올리자, 공중전화의 동전 떨어지는 소리가 들렸다. 요즘엔 참 듣기 힘든 소리였다. 이젠 추적 안 당하려고 별짓을 다 하는군, 하고 유나는 생각했다.

　그리고는 가차 없이 쏘아붙였다. 당신이 누군지 모르겠지만, 제발 날 좀 내버려둬. 할아버지는 아무 죄가 없어. 그딴 음모, 난 믿지 않아. 당신 기자라면, 제발 입 좀 닥치고 있어. 그녀가 악을 썼다. 유나 엄마가 놀래서 휴대폰을 빼앗으려 했지만, 유나가 완강히 뿌리쳤다.

엄마와의 사이는 사건이 터진 후, 파국 일보 직전의 상태에 이르렀다. 엄마도 하도 극성을 부리느라 지칠 대로 지친 나머지, 유나가 뿌리치자 힘없이 포기했다. 그래, 엄마 고생한 건 하나도 모르지? 네 멋대로 해라, 네 멋대로.

안 그래도 그럴 생각이었는데 뭘. 유나는 휴대폰에다 대고 다시 한바탕 욕을 뱉으려다, 상대가 침묵을 지키자 마음이 조금 진정되었다. 여보세요? 기자, 아니에요? 친구니? 말 좀 해보세요. 수화기 저편에서, 마치 다른 행성에서 걸려온 것처럼 아주 감이 멀게 느릿느릿한 말투가 흘러나왔다. 다행이구나. 네가 풍문을 믿지 않아서……

할아버지, 하고 유나는 소리칠 뻔했다. 하지만 유나는 역시나 워낙에 영악하고 똑똑한 소녀였고, 사지에서도 기어이 살아 돌아온 대찬 여학생이었으므로, 지금 통화 상대가 들통 나선 안 된다는 걸 재빨리 깨달았다.

기자님. 그래요. 말씀하세요. 여긴 사람들이 많으니까, 멋대로 떠들어보세요. 그게 말이 되는 대꾸인지는 따질 겨를도 없었다. 노인 역시 유나의 상황을 이해했다. 그래, 유나야. 난 지금 누군가에게 잡혀 갔다가 간신히 도망 나왔단다. 그래서요? 유나가 기자에게 쏘아 붙이는 말투로 되물었다. 놈들이 내게 이상한 약을 주입했는데, 쉽게 회복되지 않는구나. 정말 한번 만나야겠군요. 지금 어디세요? 유나가 앙칼지게 따졌다.

서울역이다. 거긴 왜요? 응, 여기서 노숙자들과 같이 행세하고 있다. 아직은 아무도 몰라본다만, TV에 계속 내 얼굴이 나오는구나. 다행히 아직 난 검찰청에 있는 걸로 되어 있는 모양이니까. 그러게요. 나도 이게 다 무슨 일인지 모르겠다. 아주 나쁜 꿈을 꾼 것처럼 머리가 지끈거리고 가슴이 답답하다. 말이 이렇게 청산유수처럼 쏟아지다니, 아무래도 내가 약에 취하긴 취한 모양이다. 괜찮아요? 유나가 자신도 모르게, 연극에서 빠져나와 걱정스런 말투로 되물었다. 아차 싶었지만, 엄마는 완전히 풀이 죽어 귀담아 듣고 있지 않았다.

전화할 데가 없더구나. 이젠 마땅히 갈 데도 없고. 예, 어떡하죠? 글쎄다. 지금 이 생활도 그다지 어렵진 않다. 하지만 머리가 많이 아프구나. 도망치기도 지쳤다. 그냥 당분간은 기다려보려고.

보고 싶어요. 유나가 수화기를 입으로 가리고 속삭이듯 말했다. 유나의 엄마는 어느새 유나의 침상에서 조곤조곤 졸고 있었다. 며칠째 온종일 설쳐대더니, 엄마도 한계에 부닥친 모양이었다. 기자들이 한산해진 틈을 타, 또 꾸벅 꾸벅이다. 아빠는 출근하고 없다.

부탁이 있다. 예. 힘들지도 모르겠다만. 뭐든지 도와드릴게요. 할아버진 제 목숨도 구해주셨잖아요. 고맙다. 내가 묵었던 호텔에 말이다, 아내 사진을 두고 왔다. 그게 있었으면 좋겠구나. 예, 어떻게든 찾아볼게요. 약 때문인지도 모르겠다만, 이상하게 아내 얼굴이 자꾸 가물거려, 그게 날 힘들게 하는구나. 노인이 잠시 말을 끊고 호흡을 가다듬었다.

날 잡으려는 작자들이 호텔 입구에서 진을 치고 있을지도 모른다. 난…… 또 그들 중 몇을 죽였단다. 유나는 섬뜩한 기분이 들었다. 죽음이란, 언제나 그런 인상을 자아내게 마련이다. 연쇄살인마들에게 심장이 도려내질 뻔한 경험이 있는 아이라면, 더더구나.

너도 조심해야 할 거야. 너무 유명해졌잖니. 노인이 걱정스러운 듯 말했다. 걱정 마세요. 그동안 엄마가 화장을 하도 떡칠해서 내보낸 바람에, 화장 지우면 아무도 몰라볼 거예요. 농담 아니에요. 그래. 노인이 농담이라는 말의 정의조차 모른다는 듯, 지친 목소리로 대꾸했다.

사진은, 침대 머리맡에 매트리스와 머리받침대 사이의 얇은 틈에 밀어 넣어 놨다. 아마 청소부들도 어떻게 하진 못했을 거다. 예. 찾으면, 서울역으로 오렴. 내가 널 알아보마. 확실히 알아보실 수 있으세요? 유나가 불안한 듯 물었다. 그럼, 나는 널 분명히 알아볼 거다. 노인의 대답은 확신에 차 있었다.

예, 그럼 곧 봬요. 애야, 하고 노인이 전화를 끊기 전에 그녀를 불렀다. 예? 유나가 되물었다. ……조심해라. 위험하다 싶으면 바로 돌아가거라. 예, 그럴게요.

공중전화에 수화기를 찰칵 올려놓으며, 노인은 혼잣말을 했다. 사실은 네가 보고 싶은 건지도 모르겠다. 절망으로 가득 찬 인생의 패배자 모양으로 그가 허리를 꾸부렸다. 꼿꼿한 허리와 거만한 표정 대신, 그는 잔뜩 겁먹은 짐승처럼 몸을 웅크리고 울상을 지었다. 영락없는 노숙자 행색이었다. 그가 그렇게 하자, 놀랍게도 아무도 알아보지 못했다.

노인은 며칠간의 노숙 경험을 통해, 이 사회에서 소리 없이 존재감을 지우기 위해 굳이 인적 드문 두메산골로 들어가지 않아도 된다는 걸 깨달았다. 너무나도 쉽게, 그는 사람들의 시선에서 벗어날 수 있었다. 조금만 허리를 꾸부리고, 얼굴의 주름을 몇 개 더 늘리는 걸로 충분했다. 안 그래도 이번 일을 겪으며 훨씬 늙어 버렸으니, 딱히 어려운 일도 아니었다. 노숙자는 사람들에게 특별한 관심을 환기시키는 신분이 아니었다. 그가 서울역에 구부정하게 쭈그리고 앉아 있는 것은 하나도 어려울 것 없는 일이었다.

다만, 외로움이 문제였다. 강원도의 산골에 박혀 있을 때는 그다지 실감할 수 없었던, 지독한 외로움과 따뜻한 온기에 대한 그리움이 그의 내면에 차올랐다. 생글생글 웃던 아내의 얼굴이 그리웠다. 아내의 얼굴이 자꾸만 가물거리는 느낌이라 그는 더 곤욕스럽다. 사진만 있었더라면, 아내는 그에게 질책을 하거나, 욕을 뱉거나, 가끔 칭찬을 해주면서, 그렇게 변함없이 생글생글 웃어주었을 것이다. 하지만 사진이 사라지자, 그녀도 곁을 떠나버린 느낌이었다.

그래서였다. 그는 몇 차례나 주저한 끝에 유나가 준 번호로 전화를 걸었다. 방송에서는 그의 탈출에 대해 일언반구도 없었다. 그가 단 한 번도 가본 적 없는 대검찰청에 가 있다는 낭설만 반복할 뿐. 하지만 지금도 정체를 알 수 없는 그들은 집요하게 자신을 쫓고 있을 것이다. 그가 정신을 잃게 만들 정도의 약을 사용하는 자들이라면, 다음에 마주쳤을 땐 별로 모양새가 좋지 않을 것이다.

유나와 통화를 하고서야, 그가 원한 것은 바로 그 목소리를 듣는 것이었음을, 그리고 그녀가 세상의 음모와 오해에 휩쓸리지 않고 자신을 믿어주고 있다는 사실을 확인하는 것이었음을 깨달았다. 그리고 아내와 많이 닮은 그 아이가 보고 싶었다. 그래서 말도 안 되는 위험한 부탁을 했던 것이다. 이런 맙소사, 내가 무슨 짓을. 그가 몸을 일으킨다. 단지 외로움을 달래보려고, 그 아일 위험 가운데로 내몰다니.

그가 황급히 공중전화 부스로 달려갔다. 요즘은 통 인기가 없는 공중전화 부스는 덩그러니 비어 있다. 좀 전의 머뭇거림과는 달리, 일말의 지체도 없이 유나의 번호를 눌렀다. 유나는 받지 않았다. 한 번 끊은 후 다시 걸었지만, 이번에도 유나는 받지 않았다. 그는 곤욕스러운 표정을 짓고는, 아무래도 별수 없다는 생각을 한다. 호텔로 돌아가는 수밖에.

유나는 휴대폰을 받을 수 있는 상황이 아니었다. 주섬주섬 옷을 챙겨 입는데, 엄마가 화들짝 깨어났다. 꿈에서 살인마들이라도 만났는지, 사색이 된 몰골이었다. 어, 너 뭐 하니? 아, 바람 좀 쐬고 싶어서. 얘가, 지금이 어느 땐데. 이제 기자들 관심도 줄었고, 아무래도 병원에서 나가고 싶어. 하여간 안 돼. 유나가 사정했다. 엄마, 요 앞에 잠깐만 나갔다 올게. 얘가, 죽다 살아온 지 얼마나 됐다고. 아, 그럼 평생 이렇게 갇혀 살아? 차라리 죽는 게 낫겠다. 엄마의 얼굴이 사색이 되었다.

이 엄마는 어쩔 셈이니. 엄마가 뭘? 갑자기 엄마의 눈가에 글썽글썽 눈물이 괬다. ……네 아빠, 바람났다. 뭐? 생뚱맞은 엄마의 고백에 유나는 순간, 할 말을 잃었다. 내겐 너뿐이야. 집착 같니? 이게 다 널 보호하려는 거야. 너 때문에 마지못해 그 인간이랑 사는 거라고. 근데, 너마저……. 흑흑. 엄마가 울었다. 솔직히 유나는, 그다지 안쓰럽지 않았다. 아빠가 버티고 산 게 대단하다는 생각을 종종 했었으니까. 그래도 엄만데, 우는 엄마 달래는 건 딸이 해야만 하는 일들 가운데 하나였다.

알았어. 난 엄마 곁에 계속 있을게. 네 아빤, 인간도 아니야. 엄마가 울부짖었다. 아, 이 바쁜 때에 엄마까지 왜 이러서, 라는 불만이 일었지만, 그래도 유나는 예의 바른 딸이었으므로, 엄마를 달랬다. 아빠도 그렇다, 딸이 사지에서 겨우 살아 돌아온 이 마당에, 바람을 피우다니. 어쩐지 아빠는 엄마와 함께 화면에 잡히는 걸 피했고, 어느 순간 딸의 매니저 노릇에서도 슬그머니 발을 뺐다. 유나가 어차피 신경 쓰지 않아 그렇지, 곰곰 생각해보니, 요즘 통 아빠 얼굴을 볼 수 없었다. 하지만 지금은 그 문제에 얽매일 때가 아니었다. 뭐, 당장 오늘내일 이혼할 것도 아니고.

엄마, 걱정 마. 난 엄마 곁을 지킬 거야. 그렇지? 넌 역시나 내 딸이지. 날 속이거나 하진 않을 거지. 엄마가 애처럼 굴었다. 물론, 엄마. 사실은 지금 바로 이 순간, 유나는 엄마를 속이려 하고 있었지만, 어쨌거나 말이라도 기분 좋게 해주자 싶었다. 근데 옷은 왜 갈아입었니? 다시 갈아입을게. 그래, 빨리 갈아입고 누워 쉬렴. 근데 엄마가 빤히 보고 있으니까, 괜히 좀 그렇다. 얘는, 언제부터 그랬다고? 화장실 가서 갈아입을게. 꼭? 응. 나 사실 생리혈이 조금 흘러서. 얘는, 잘 간수하지 않고. 내가 그랬지? 여자는 그저 몸 간수가 가장 중요하다고. 알았어, 엄마. 빨리 가서 갈아입고 올게. 그러렴.

유나가 문을 열고 나가려 하자, 엄마가 제지했다. 잠깐! 유나의 맘이 조급해졌다. 휴대폰은 두고 가. 왜? 아니, 너야말로 왜? 옷 금방 갈아입고 오는데, 휴대폰이 왜 필요하니? 속옷 갈아입으려면, 거추장스럽잖아. 왜, 딴꿍꿍이라도 있는 거야? 엄마가 눈을 번뜩였다. 아니, 아니. 유나는 태연하게 휴대폰을 침대 머리맡에 올려놓았다. 여기. 됐지? 금방 갔다 올게. 그제야 엄마는 안도했다. 잠시만 주춤거렸어도 의심을 거두지 않을 생각이었지만, 의외로 쉽게 응하는 걸 보고 깜빡 속아 넘어갔다. 남편에게도 늘 그런 식으로 당해 왔음에도, 유나 엄마는 아직도 정신을 차리지 못했다.

유나는 병실 문을 밀고 나와, 재빨리 화장실로 향했다. 점심시간이 끼어서인지, 아니면 이제는 더 이상 짜낼 것이 없어서 철수해 버린 건지 기자들은 보이지 않았다. 화장실로 들어가는 대신, 그녀는 화장실 저편에 있는 비상구로 향했다. 음산하고 공허한, 그래서 허허롭고 냉혹한 인상의 계단이 죽 이어져 있었다. 그녀가 계단을 타고 내려갔다. 1층 비상구 입구에 서서, 그녀는 뒷주머니에 꼬깃꼬깃 꾸겨 넣어 두었던 모자를 꺼내 푹 눌러 썼다. 데님 티셔츠에 스키니진까지 전형적인 십대의 심플한 패션으로 거듭나자, 병실 안에서 오열하던 여학생의 이미지는 온데간데없었다. 꽤나 발랄한 이미지로, 청소년출입제한 구역까지도 거침없이 드나들 듯한 불량기까지 느껴졌다.

그녀가 거칠 것 없는 여느 십대처럼, 병원 로비를 사뿐히 가로질러 택시를 탔다. 택시기사는, 역시나 그녀를 알아보지 못했다. 언론은, 연배에 비해 무자비할 정도로 건장한 노인과 병실에 갇힌 병약한 여중생의 이미지로만 그들을 소개해왔기 때문에, 살짝만 변주를 주어도 다들 쉽게 눈치 채지 못했다.

오랜만에 찾은 시내의 풍경은 변함이 없었다. 기자들에게 하도 들볶이다 보니, 세상이 자기와는 별개로 태연하게 돌아가고 있다는 사실을 실감할 수 없었다. 하지만 도심 한복판에 서고 보니, 유나는 확실히 알 수 있었다. 노인이 불법무기거래를 하든, 몰락한 영웅으로 전락하든, 유나가 지옥에서 돌아와 몸을 비틀며 오열하든, 남몰래 생사를 건 모험을 벌이든, 실제로는 아무 상관없는 것이다. 세상은 그냥 제 길을 묵묵히 걸어갈 뿐. 유나는 그게 섭섭하기도 하고 다행스럽기도 했다. 뭔지 모를 안도감도 느껴졌다. 호텔에서 사진을 찾아오는 것은 간단히 가능한 일일지도 모른다. 노인을 제외하면, 그 누구에게도 오래된 사진 한 장은 의미가 없을 테니까.

유나는 호텔 입구에서 서성이다, 대가족이 우르르 몰려 들어가는 틈에 어정쩡하게 끼어서 들어갔다. 그들은 시끌벅적한 남녀노소 혼성팀이었다. 갓난아기들은 하나같이 돼지 멱따는 소리를 내며 울어댔고, 걷기 시작해서 아직 철들기 전까지의 아이들은 그 거대한 고급 호텔의 로비를 운동장처럼 질주했다. 성질 고약해 보이는 노인들이 아이들에게 꽥꽥 소리를 질러댔고, 아줌마들은 저들끼리 수다를, 젊은 남녀들은 홈페이지를 꾸밀 용도로 시도 때도 없이 플래시를 터트려댔다. 로비가 아수라장이 되었다. 정말 제대로 걸렸군, 하는 표정의 호텔 직원들과 달리, 유나는 덕분에 모든 게 훨씬 수월했다. 누구에게도 의심받지 않고 일행과 섞여 엘리베이터를 탔고, 하나둘 엘리베이터에서 작별을 고한 다음, VIP룸 두 층 아래에서 내렸다.

계단을 타고 VIP룸이 있는 데까지 올라가자, 지독한 어둠이 그녀를 맞았다. 와우, 손전등을 들고 왔어야 하나? 하지만 문은 열려 있었고, 실내는 너른 창에서 쏟아져 들어온 햇빛 덕분에 아주 훤했다. 유나가 잠시도 머뭇거림 없이, 노인이 말한 위치로 향했다. 누군가 들이닥칠까 봐 심장이 쿵쾅거렸지만, 태연하게 손을 뻗어 침대 머리맡 아래에서 사진을 꺼냈다. 오래되고 낡은 사진이었다. 몇 십 년 전의 낡은 머리 스타일을 하고 있었지만, 생글생글 웃는 미소만큼은 빛을 잃지 않은, 젊고 매력적인 여자가 거기 있었다. 할아버지의 아내로구나. 이 사진을 그토록 원했다는 사실이 유나를 또 감동시켰다.

뭉클한 감동을 느끼며, 그녀가 잽싸게 룸을 벗어나 계단을 타고 이번엔 세 층이나 내려와 객실통로로 들어간 다음, 태연히 엘리베이터를 타고 내려왔다. 로비를 가로지르는 동안, 누군가 그녀의 어깨에 손을 척 올리고, 이봐, 다 봤어, 너 무슨 짓을 한 거지, 하고 물을까봐, 저도 모르게 어깨를 움츠리고 총총걸음을 걸었지만, 다행히 아무도 유나에게 관심을 보이지 않았다. 로비의 안내원이, 친절하게도 그녀에게 문까지 열어주며 작별을 고했다. 뭐야, 이거 정말 간단하잖아. 유나는 영화에서 보았던 그런 긴박한 스릴이, 문자 그대로 얼마나 영화적인 것인지를 새삼 실감하며 어깨를 으쓱했다. 좋아, 이젠 할아버지를 만나러 가자.

갈 데까지 가보자

정주아와 흐우는, 평창동의 대저택 앞에서 멀찍이 떨어진 곳에 차를 대고, 마치 무기한 잠복수사를 펼치는 형사들처럼 앉아 있었다. 제이도 차량을 추적하고 위치를 파악하기까지, 꽤 애를 먹었다. 아무래도 쉽지 않은 일이었지만, 정주아가 한번 한다면 하는 성질이라는 걸 잘 알기에 제이는 최선을 다했다. 어느 순간 그는, 자신의 해킹이 상대에게 노출되었음을 알았다. 아, 집 밖으로 달아나야 하나, 아님 잡혀가 고문을 당하게 될 것인가, 그는 두려웠지만, 아무도 그를 잡으러 오지 않았다.

상대는 그저 애송이 해커가 장난질을 하다 우연히 접속한 걸로 본 모양이었다. 그도 그럴 것이 서울 강북의 초라한 동네 반지하방에서 쳐들어온 침입자였으니, 뭐, 별 볼일 있겠나 싶었을지도 모른다. 그들은 그저 바이러스를 되돌려 보내는 걸로 응수했다. 바이러스는 제이의 오랜, 그리고 (정주아를 제외하면) 유일한 친구라 할 수 있는, 첨단 네트워크 시스템을 사정없이 파괴했다. 너무 빠르고 강력해서 제이도 미처 손쓰기 힘들었다. 정주아는 낙담한 제이에게 짧은 애도의 말과 복원을 위해 물심양면으로 돕

겠다는 메시지를 전했지만, 그보다는 제이가 시스템이 붕괴되기 직전에
적들의 위치를 파악해낸 것에 안도하는 마음이 더 컸다.

제이에게서 받은 주소에는 전직 대통령이나 살 법한 고급 저택이, 엄청
난 부지를 차지하고 들어앉아 있었다. 제이의 말로는 집주인 명의는 어
느 부동산업자로 되어 있는데, 그 사람의 신원을 확인하기 직전에 시스템
이 붕괴되었다고 했다. 갑자기 조성된 정주아와 흐우의 수사팀이 고심 끝
에 내린 결론은, 뭐 별 뾰족한 수가 있나, 그냥 죽치고 기다리자, 였다. 중
무장하고 있을, 미 비밀정보조직의 한국 지부를 노처녀 기자 하나와 정
체가 불확실한 베트남 노총각 단둘이서 쳐들어갈 수는 없는 노릇이었다.
그와 그녀는 대부분의 잠복형사들과 같은 판단을 내렸다. 뭐, 언젠간 움
직이겠지.

그들은 잠복수사를 하는 형사들이 왜 그토록 시시껄렁한 농담들을 주
고받고, 야심한 시각에 햄버거를 사먹고, 세상 돌아가는 꼬락서니를 한탄
하며, 차내에서 쪽잠을 자는지, 금방 깨달았다. 이건 그야말로 기약할 수
없는 무료함과의 지리멸렬한 한판 승부였던 것이다. 정주아와 흐우는 대
화를 주고받으며, 햄버거를 사이좋게 나눠먹고, 노인을 괴롭히는 조직에
대해 함께 공분을 품었다. 그러다 보니, 은연중에 오랜 파트너처럼 친밀감
이 쌓이기 시작했다.

대화는 대부분 한국말로 했지만, 흐우가 충분히 이해하지 못한 부분은
영어를 섞었다. 삼 개 국어를 하는 라이따이한을 만나기란 쉽지 않았으
므로, 정주아는 흐우가 여간 신기한 게 아니었다. 게다가 자칭 영웅의 아
들인 데다, 양아치들을 상대할 때 보여준 괴력은 충분히 매력적인 요소였
다.

아버진 줄 어떻게 알았죠? 정주아가 물었다. 어머니, 말해, 주어슴니다.

234

흐우가 대답했다. 어머닌 어떻게? 독립전쟁 때, 아버지, 만나따고, 해슴니다. 버리고, 떠나서, 원망, 이슴니다. 그 힘은 아버지에게 물려받은 건가요? 무슨 힘, 이요? 양아치를 날려버렸잖아요. 아, 그거. 흐우가 깜빡 잊고 있었다는 듯, 새삼 자신의 손을 내려다보았다. 나, 놀라슴니다. 나, 항상, 맞아, 슴니다. 때려본 거, 처음임니다. 그 사람, 날아가서, 나, 정말, 놀라슴니다.

왜 아버지를 만나려는 거죠? 예? 흐우가 무슨 소리냐는 듯 반문했다. 당신과 당신 어머니를 외면한 아버지를 굳이 찾으려는 이유가 뭐냐고요? 말, 해주고, 시슴니다(싶습니다). 아들, 이따고. 아버지는 전혀 모르고 있나요, 당신의 존재를? 예. 아버지, 가고, 어머니, 임신, 아라슴니다. 혹시 아버지가 부인할 거란 생각은 안 해보셨나요? 많은 사람들이 그렇게 나 몰라라, 하거든요. 게다가 당신 아버지는 여기서 결혼도 했었습니다. 암니다. 하지만, 나, 아버지, 딱, 아라봐슴니다. 아버지도, 나, 아라볼 거라고, 생가함니다(생각합니다). 낙관적이군요. 어머니, 가르쳐슴니다.

하지만 아버지가 버리고 떠난 바람에, 많이 힘드셨잖아요. 라이따이한의 삶이 그다지 쉽지는 않다고 들었어요. 맞습니다. 원망스럽지 않으세요? 아니, 아님니다. 다 용서, 함니다. 이해함니다. 원래, 영웅 가족, 언제나, 피해, 이슴니다. 운명, 같은 거라고, 생가함니다. 여기서, 좋은 일 해슴니다. 그러니, 팬차슴니다. 좋은 일? 소녀, 구해슴니다. 악당, 물리쳐슴니다. 뉴스, 봐슴니다. 하지만 지금 언론과 정부는 그게 다 거짓이라고 말하고 있어요. 음모, 임니다.

정주아가, 확신에 찬 흐우를 바라보며, 그처럼 딱딱 끊어서 말했다. 제 생각이, 바로, 그거예요. 그리고 지금, 저들의 존재가 그걸 입증하고 있죠. 정주아가 손가락을 뻗어 멀찍이 떨어진 곳에 위치한 대저택의 정문을 가리켰다.

마치 그 손가락질이 신호라도 됐는지, 갑자기 굳게 닫힌 문이 철컹 열리고, 마침내 그들이 모습을 드러냈다. 검정 정장을 잘 갖춰 입은, 그 비밀요원들이. 그리고 그 뒤를 회색 정장을 갖춰 입은, 탄탄한 체격의 백인 신사가 따라 나와 검정색 밴에 올라탔다. 흐우가 눈을 찌푸렸다. 저 남자, 어디서, 봤습니다. 정주아가 소형망원경에 눈을 갖다 댔다. 전 처음 보는 인물인데요. 어디서 보셨어요? 모르게, 습니다. 하지만, 분명, 본 사람……. 좋아요, 계속 생각해 보시고, 일단은 따라가 보죠.

미행, 입니까. 그래요, 미행. 지금 이 상황에서 누굴 믿겠어요. 일단 우리라도 실마리를 찾아내야죠. 벨트 매세요. 아, 하고 흐우가 그제야 안전벨트를 맸다. 한번 달려볼까요. 정주아가 왠지 들뜬 기분이 되어 소리쳤다. 약간의 거리를 두고 정주아의 날렵한 소형차가 검정색 밴을 뒤쫓았다. 취재는 속도전, 그녀 역시 도심 질주라면 단련될 대로 단련되어 있었다.

밴의 운전대는 댄이 잡고 있었다. 그다지 능숙한 운전자는 아니었지만, 뭐 복잡한 서울 도심에선 추격전 자체가 불가능했으니 문제될 건 없었다. 로버트는 신호추적기를 지켜보았다.

어디로 가고 있지? 랜돌프가 중후한 목소리로 물었다. 서울역 방면입니다. 서울역? 사람이 많이 밀집한 곳으로 가고 있군요. 계획적인 걸까요? 글쎄, 난 아무래도 상관없네. 속도는? 걸어가는 것 같습니다. 호텔에서 그리 멀지 않은 곳이니까요. 티 안 나게 봉쇄할까요? 아니, 그럴 필요 없어. 내가 가니까. 랜돌프가 당연하다는 듯 말하는 바람에, 로버트는 괜히 호들갑만 떤 것 같아 무안했다.

그 친구일까? 랜돌프가 그리운 옛 친구를 부르듯 말했다. 로버트가 모처럼 자신감을 가지고, 딱 부러지게 대답했다. 아닐 겁니다. 방금 노인이 구출한 소녀가 병원을 빠져나간 게 확인됐다는군요. 저희 요원을 기자로 변장시켜 느슨하게 감시를 붙였는데, 식사를 하고 왔더니 빠져나가고 없더랍니다. 호텔 쪽에도 사람을 하나 매수해 놓았는데, 저희가 지시한 대로 개방해놓은 룸에 웬 소녀가 몰래 들어왔다 나간 게 CCTV로 확인되었습니다. 아마, 그 소녀일 겁니다. 랜돌프는 칭찬도 질책도 없이, 그저 가볍게 흠, 하고 숨만 한 번 뱉어냈다.

애먼 아이가 끼어 불편하십니까? 로버트가 조심스럽게 물었다. 아니, 아닐세. 랜돌프가 인자한 노인의 목소리로 대답했다. 하지만 로버트는 알고 있다. 이 인자한 목소리는 노인이 되면서 별 수 없이 입에 붙어버린 것일 뿐, 이 남자의 실체와는 전혀 무관하다는 걸. 랜돌프가 말했다. 오히려 구경꾼이 많으면 좋지, 뭐. 난 원래부터 시끌벅적한 게 좋거든. 어쨌든 난 그 친구만 만나면 되니까. 그건 그렇고, 해리는 뭐라던가?

아, 해리 말씀이십니까. 그래, 해리. 어젯밤 로버트는 해리와 통화를 했다. 그의 직속상관인 해리는, 상황을 매우 불편하게 바라보고 있었다. 랜돌프를 보내긴 했는데, 큰 일로 번지지 않을까, 정말 걱정이라고 해리는 거듭 강조했다. 토마스의 기록에 의하면, 그 친구들 핵물질을 몸에 잔뜩 재고 있는 거라고. 아, 걱정은 말라고. 직접적으로 피가 튀거나 상해를 입지 않는다면, 그렇게 쉽게 새어나오진 않을 테니까. 그랬다면, 벌써 랜돌프와 접촉한 미국 시민 중 절반은 죽었을 거야. 게다가 이번 임무는 금방 끝날 테니까, 자네들은 문제없을 거야.

내가 걱정하는 건 말이야, 라고 해리가 운을 뗐다. 해리가 걱정이라고 말하면, 정말 걱정해야 할 문제였다. 그런 괴물들이 서로 충돌했을 때, 어떤 일이 벌어질 것인가 하는 점이란 말이야. 이런 경우는 예상조차 불가능하다고. 그러니, 돌이킬 수 없는 상황이 발생하지 않도록 잘 감시하고, 무슨 일이 생기면 즉시 내게 연락해. 근처에 대응반을 항시 대기시켜 놓을 테니까. 내 말 충분히 이해했나?

해리는 그렇게 장황하게 떠들어댔지만, 로버트는 랜돌프에게 간단히 둘러댔다. 최대한 모든 수사를 당신의 지시에 맞추라고 하셨습니다. 필요한 요원은 얼마든지 동원하라고. 흥, 해리가 날 우습게 보는군. 사실 난 자네들도 필요 없어. 나 혼자서도 얼마든지 처리 가능하니까. 그러니 이만 떨어져, 라고 말하면 큰일인데, 하고 로버트가 긴장된 표정으로 그를 바라보았다.

하지만, 뭐, 이런 낯선 도시에서 말벗도 없이 다니는 건 재미없지. 어쨌든 난 시끌벅적한 게 좋으니까. 로버트가 드러나지 않게 안도의 한숨을 내쉬었다. 이봐, 이거 아나. 내가 하는 모든 일들은 말이야, 그저 일종의 장난 같은 거야. 사람이 많이 모이고 판이 커질수록 흥이 나는 거라고. 예, 하고 로버트가 고개를 끄덕였다.

그래서 말인데, 친구들이 더 붙었군. 예? 그가 고갯짓으로 뒤를 가리켰다. 로버트가 룸미러로 뒤를 살폈다. 복잡한 도심이라 차들이 줄지어 따라붙고 있었다. 무슨 말씀이신지? 오른쪽 차선에서 뒤로 여섯 번째 소형차 보이나? 예. 아까 기지 앞에 주차되어 있던 차야. 아니 그걸……? 난 시력과 기억력이 아주 좋다네. 저건 백 퍼센트 그 앞에 서 있던 차야.

맙소사. 뭐죠, 저건? 글쎄. 랜돌프가 별 관심 없다는 투로 대답했다. 로버트가 댄에게 말했다. 댄, 따돌릴 수 있겠나? 댄이 랜돌프의 눈치를 살피며 주뼛주뼛 대답했다. 이 정체를 보라고. 바로 옆 차선으로 움직일 틈조차 없어. 아니, 이봐, 그럼 저걸 달고 다니잔 말이야? 로버트가 버럭 소리쳤다.

랜돌프가 손을 들어, 로버트를 제지했다. 그냥 놔두게. 이런 교통난을 뚫고 가는 건, 나라도 불가능한 일이야. 로버트가 의기소침해서 대답했다. 하지만 저들의 정체도 모르는 판에……. 됐어, 내버려두게. 내가 그러지 않았나. 시끌벅적한 게 좋다고. 여자 하나와 남자 하나. 남자는 외국인처럼 보이는군. 저급한 제3세계 인종이야. 로버트는, 그것까지 보이세요, 라고 물으려다 괜히 안 좋은 소리만 들을 것 같아, 냉큼 입을 닫았다. 뭐, 별일이야 있겠어, 저런 소형차로. 로버트가 애써 스스로를 설득했다.

그나저나, 얼마나 남았지? 한 오 분 거린데, 길이 막혀서 좀 더딥니다. 길이 트이는 곳까진 그냥 쫓아가기만 해. 예. 어차피 그 친구와는 쉽게 끝날 문제가 아니니까. 예. 뒤의 차도 잘 쫓아오게끔 해주고. 이왕이면 다 같이 어울릴 수 있는 판을 만들자고. 랜돌프는 정말 상황을 즐기고 있었다. 그것이 로버트를 불안하게 만들었다.

길, 엄청, 막입니다(막힙니다). 흐우가 말했다. 그러게요. 하지만 덕분에 추적은 용이하잖아요. 갑자기 내뺄 우려는 없으니까. 어디, 가는, 겁니까? 글쎄요. 어쩌면 당신 아버지에게 가는 걸지도. 잡혀, 이따고, 들어슴니다. 음 물론 믿으신다면서요. 예. 그럼 검찰청에 있다는 보도는 어떻게 믿죠? 며칠째 그를 봤다는 사람이 없어요. 검찰청 상주 기자들도 너무 통제가 심해 확인할 길이 없다더군요. 그럼? 정주이가 핸들을 꺾으며 대답했다. 어쩌면 지금 우리가 그를 만나러 가는 길인지도 모르겠네요.

잠깐만요. 흐우가 갑자기 목소리를 낮췄다. 왜요? 우리, 봄니다. 예? 룸미러 방향, 여기로, 틀어슴니다. 그게 보여요? 예. 선팅이 잔뜩 되어 있는데요? 나, 눈, 굉장히, 그러니까, 진짜, 정말, 굉장히, 조슴니다. 그것도 능력인가요? 모르게, 슴니다. 어릴 때부터, 그래슴니다. 귀도, 좋은데, 여기 너무, 시끄러슴니다.

그럼 어쩌죠? 저 사람들, 미국 정보요원들이에요. 잘못 걸리면 우리 죽어요. 정주아의 설명에 잠시 침묵이 감돌았다. 흐우가 말했다. 그만큼, 대단한 사람, 이면, 어차피, 피하기, 힘듬니다. 음, 하고 정주아가 신음소리를 냈다. 맞는 말이었다. 위험은 애초에 이 사건에 관심을 가진 순간부터 이미 시작된 셈이었다.

나, 괜차슴니다. 흐우가 말했다. 예? 뭐가요? 정주아가 물었다. 아버지, 만나려고, 이까지, 와슴니다. 목숨 걸 준비, 되어, 이슴니다. 하지만, 기자님, 위험함니다. 어라, 지금 남의 나라 와서 이 나라 최고의 베테랑 기자를 걱정하는 거야, 은근히 귀여운 맛이 있네, 이 남자, 하고 정주아는 생각했다. 걱정 말아요. 어떻게든 빠져나갈 길은 있는 법이니까. 저도 관록과 노하우가 있다구요. 조폭들 싸움판에도 끼어들어 취재해 본 적 있는 여자에요, 저. 어쨌든 이쯤 되면, 갈 데까지 가보는 수밖엔 없겠군요. 흐우가 어눌하게 따라 했다. 그래요, 가는 데까지, 감니다. 흐우는, 준비, 돼슴니다.

정주아가 자못 심각한 표정으로 흐우에게 말했다. 미리 말해두겠는데, 힘을 써야 할 상황이 생기면, 그냥 맘껏 써요. 알았죠? 예. 흐우가 비장하게 대답했다.

갑자기 검정색 밴이 골목으로 빠졌고, 정주아도 망설임 없이 차를 틀었다. 주도로를 벗어나자, 뭔가 일이 벌어지기에 딱 좋을 정도로 적당히 한산한 도로가 나왔다.

현기증

유나는 서울역을 향해 터벅터벅 발걸음을 옮겼다. 할아버지가 정말 자신을 알아볼 수 있을까. 마주치지 못하면 어떡하지. 만나면, 또 무슨 말을 해주어야 할까. 유나는 이런저런 생각을 하며, 계속 걸었다. 지하철을 타면, 가까운 거리인데도 두 번이나 갈아타야 했기 때문에, 유나는 걸어가기로 했다. 날도 좋았고, 오랜만에 나들이를 나온 거라, 여간 기분이 상쾌한 게 아니었다. 사람들이 알아보지 못하니, 문제될 것도 없었다. 그녀는 그냥 이 상황을 잠시 즐기기로 마음먹었다. 거리를 따라 늘어선 숍들의 화려한 제철 옷들이 십대 소녀의 감수성을 자극했다. 사람들의 두런거림과 거리의 매캐한 매연까지도 사랑스럽게 느껴졌다.

그리고 그녀는 딱 멈췄다. 저만치 앞에서, 노인 하나가 그녀를 쳐다보며 손을 들고 있었다. 처음엔 그것이 자신을 향한 것인지 확신할 수 없었다. 전형적인 노숙자 행색이었기 때문이다. 그래서 그녀는 뒤를 돌아보았다. 누군가 그의 반가움에 동조하고 있기를 기대하면서. 하지만 사실은, 이상한 일이지만, 그녀도 누군가 다른 사람이 그 손짓에 반응하고 있으리라는 생각은 들지 않았다.

그리고 다시 고개를 돌리자, 노숙자가 허리를 폈다. 헝클어진 머리를 조금 다듬고, 다시 손을 들었다. 그제야 유나는 밝은 미소를 되찾았다. 할아버지였다. 그녀는, 남들이 알아보지 못하게끔 발랄한 옷을 걸치고 모자까지 푹 눌러 썼는데도, 먼발치에서부터 한눈에 자신을 알아본 할아버지가 마냥 고마웠다. 그녀 역시 손을 높이 치켜 올렸다. 손끝에는 사진이 들려 있었다. 그녀의 걸음이 빨라졌다. 타박타박이 타다닥타다닥으로 변했다. 그렇게 걸음을 옮기며, 그녀는 모든 것이 잘되리라는 막연한 기대감을 가졌다.

노인은 허리를 구부정하게 만들고 노숙자 행색을 하고 오느라, 생각보다 시간이 많이 걸렸다. 무엇보다도 길이 엇갈리면 어떡하나 하는 불안 때문에, 역사에서 너무 오래 주저한 탓도 있었다. 어쨌거나 다행스럽게도, 그는 먼발치에서 그녀를 알아보았다. 처음엔 착각한 게 아닐까, 싶기도 했지만, 그의 예민한 후각이 유나의 향을 인지했다. 그리고 예리한 시각으로 다시 소녀를 훑자, 유나의 모습이 금방 드러났다.

그가 손을 들었지만, 그걸 보고도 유나는 반신반의하는 표정이었다. 그제야, 그는 자신 역시 유나가 이전에 보았던 그 모습이 아니라는 걸 깨달았다. 그가 허리를 세우고 예의 그 영웅의 모습으로 돌아오자, 그제야 그녀가 걸음을 바삐 움직이기 시작했다. 유나를 직접 마주하고서야, 그는 자신이 얼마나 이 만남을 기다리고 있었는지 확실히 깨달았다. 유나의 손끝에서, 그런 자신을 바라보며 생글생글 웃고 있는 아내의 모습이 보였다. 그래, 필요한 건 다 얻었다는 생각이 들었다. 아내와 유나. 그 이상 뭘 더 바랄까 싶었다.

바로 그 순간, 난데없는 검정색 밴이 노인을 획 스쳐 지나가더니, 유나

옆에 급정차했다. 문이 드르륵 열리고, 매우 억센 팔 하나가 튀어나와 단숨에 유나를 낚아채 차에 태웠다. 그것은 너무나도 민첩하고 세련된, 군더더기 하나 없는 동작이었고, 유나가 비명을 지를 틈도 없을 만큼 신속하게 이루어진 탓에 거리의 군중들조차 방금 눈앞에서 벌어진 일, 그러니까 납치라는 중범죄적 행위에 대해 올바르게 자각할 수 없었다.

차는 한산한 도로를 그대로 질주했다. 그제야 몇몇 사람들이 웅성거렸고, 노인도 차도로 뛰어내려 달리기 시작했다. 엄청난 속도였다. 사람들이 다시 한 번 소리를 질렀다. 저 사람, 그 사람 아냐, 그 악당! 노인은 어느새 노숙자의 태를 완전히 벗어던지고 초인의 모습으로 변해 있었다. 누가 뭐라든, 지금 그는 저 차를 따라잡아야만 했다.

밴은 저만치 앞에서 커브를 틀고 있었다. 오래 달리면 따라잡을 수 없을 텐데, 이게 도대체 무슨……. 노인은 아직 완전히 가시지 않은 약효 때문에 이내 숨이 차올랐다. 그리고 바로 그때, 그의 옆에도 차가 따라붙었다. 차의 유리창이 내려가고, 낯익은 얼굴이 등장했다. 그를 취재했던 여기자였다. 옆자리엔 낯선 외국인이 앉아 있었다.

그녀가 소리쳤다. 타요. 쫓아가야죠. 아니 당신들이 어떻게, 라고 묻고 싶었지만, 노인도 안다. 지금은 한가로이 대화나 주고받을 때가 아니라는 걸. 그가 빨려 들어가듯 뒷좌석에 몸을 실었고, 문이 채 닫히기도 전에, 정주아가 액셀을 밟았다.

댄은 진땀을 빼며 커브를 틀었다. 혹시라도 교통 체증에 걸려 작전을 망칠까봐, 그는 초조했다. 원래부터가 능숙한 운전자가 아니었으므로, 핸들에서 손끝으로 전달되는 그 짜릿하고 불길한 기운에 몸이 움찔거렸다. 다행히 정체는 없었고, 길들은 열려 있었다. 로버트는 발버둥치는 유나를 몸으로 눌러 제압하면서, 랜돌프에게 물었다.

왜 이러신 겁니까? 그냥, 노인을 만나면, 그때 그를 덮쳐도 될 텐데. 랜돌프가 고개를 저었다. 난 그를 봤어. 예, 거기 있었단 말입니까? 그래, 바로 뒤에 있었지. 그런데 왜? 그가 나와 같은 능력의 소유자라면, 거기서 도대체 어떻게 그를 납치할 것이며, 차에는 어떻게 태울 것이고, 태운다 한들, 이 안에서 뭘 어쩌란 말인가. 뭔가를 해볼 수 있는 곳으로 끌고 가야지. 하지만 안 따라올 수도 있지 않습니까?

따라올 거야. 그 친구가 지금 관심을 가질 만한 것이 여기 다 있으니까. 이 사진. 그러면서, 랜돌프는 유나의 손에서 사진을 낚아챘다. 사진을 뒤집자, 미세한 종이가 덧대 있었다. 종이처럼 얇은 슬림형 추적 장치였다. 유나는 몸부림을 치면서도, 왜 그걸 보지 못했는지 스스로가 한심했다. 랜돌프가 말을 이었다. 그리고 이 소녀. 나도 그 기자회견이 녹화된 테이프를 봤어. 그는 이 아이를 좋아하고 있어. 악착같은 면이 있어서 끝까지 쫓아올걸.

보라고. 랜돌프가 자신만만한 표정으로 뒤를 가리켰다. 로버트가 뒤돌아보자, 예의 그 소형차가 엔진이 터져라 쫓아오고 있었다. 적당히 거리 유지하면서, 우리가 원하는 장소로 데려가자고. 랜돌프가 지시했다. 어디로 말씀입니까? 글쎄, 어디가 좋을까. 뭐, 일단 달려보지. 초대 손님은 이만하면 충분하니, 어디 조용한 데만 찾으면 되겠군. 랜돌프는 태연하게 몸을 뒤로 기댔다. 그는 유나의 몸부림이 마치 자신을 위한 쇼라도 되는 듯, 흐뭇하게 바라보았다.

노인은 용케도 속력을 내는 소형차 뒷좌석에서 연신, 빨리빨리만 외쳐 댔다. 과묵한 줄로만 알았는데, 보기보다 시끄럽네, 하고 정주아는 생각했다. 아이를 어쩌진 않겠지? 노인이 조바심을 냈다. 아마도요. 할아버지를 노린 것 같은데, 그들도 알겠죠, 소녀에게 무슨 일이 벌어지면 할아버지가 어떻게 돌변할지. 노인이 고개를 끄덕였다. 그래, 끔찍한 일이 벌어지겠지.

흐우는 뭔가 입을 열려다, 타이밍을 찾지 못하고 괜히 앞차의 동향만 생중계했다. 정주아가 뻔히 보고 있는데도, 흐우는 계속 소리쳤다. 오른쪽, 오른쪽, 입니다. 아, 왼쪽, 왼쪽, 입니다. 그리고 어느 한순간, 세 사람 모두 깨달았다. 저들이 지금 자신들을 따돌리려는 게 아님을. 그것은 외려 일종의 유인처럼 보였다. 자, 날 따라와 봐, 재미있는 걸 보여줄게. 그런 인상이었다.

노인의 찌푸린 눈에 밴에 탄 남자들의 말쑥한 뒤태가 보였다. 유나는, 이미 축 늘어져 있었다. 노인은 침착함을 되찾고 몸을 뒤로 젖혔다. 노인은 예의 그 과묵한 사내로 돌아가고 있었다. 그들이 우릴 초대할 모양이로군. 정주아가 말을 받았다. 그래 보이네요. 흐우는 그저 말없이 눈만 껌뻑였다. 그는 아버지와 마주친 후에야, 자신이 이 상황의 실제적인 측면에 대해서는 조금도 생각해보지 않았다는 걸 깨달았다. 도대체 어디서부터 어떻게 시작해야 할지, 그는 당혹스러웠다.

정주아가 흐우의 속내를 읽었다. 벌써 마음을 읽을 수 있는 관계, 까지 나아간 것은 물론 아니고, 그의 내심이 얼굴에 고스란히 드러났기 때문이었다. 그사이 밴은 몇 번의 유턴과 회전과 신호 위반을 반복했고, 시끄러운 경적과 따가운 시선을 받으면서도 정주아의 소형차가 곧잘 따라했다. 하지만 상대가 그들을 따돌리려는 것이 아님은 점차 분명해졌고, 덕분에 정주아의 운전도 한결 여유를 찾았다. 그래, 그렇담, 이제 슬슬 흐우를 좀 도와줘야겠군. 어쨌든 파트너니까.

저기요, 어르신. 노인은 정주아의 말랑말랑한 말투에 조금 당황했다. 왜 그러시오? 여기 이분과 인사 나누시죠. 어쨌든 한 배를 탔고……. 뭔가 더 이야기하려는데, 노인이 딱 잘랐다. 한 배를 탄 적 없소. 상대는 매우 위험한 친구들이오. 날 괴롭힐 정도니, 만만찮은 놈들일 거요. 그러니, 저 차가 서면, 날 내려주고 두 사람은 돌아가시오.

정주아가 발끈했다. 이미 아시겠지만, 우린 그러지 않을 거예요. 우리에게도 목적이란 게 있으니까요. 단단히 맘먹고 뛰어든 거라구요. 게다가 저들은 굉장히 조직적인 집단이라구요. 혼자서 뭘 어쩌실 수 있겠어요? 힘으로 해결할 수 있는 문제일까요? 이번에 또 누군가를 죽여봐요. 아마 이젠 정말 돌이킬 수 없는 악당으로 낙인 찍혀버릴 걸요.

노인은 잠시 생각한 후 말했다. 좋소. 하지만 하나는 분명히 하지. 난 저 아이에 대한 책임이 있소. 그러니 저 아이를 구하기 위해서는 무슨 일이든 할 거요. 그게 누군가를 죽이게 되는 일이라 할지라도. 아마 아주 위험한 상황이 벌어질 가능성이 크고, 당신들 또한 그런 상황에 휘말리게 될 수도 있소. 하지만 나에게서 도움이나 구원을 기대하진 않는 게 좋을 거요.

정주아가 깔끔한 목소리로 대답했다. 뭔가 착각하고 계시네요. 지금 여기서 누가 누군가를 구하는 상황이라면, 그건 우리가 할아버지를 구해드리는 거예요. 우린 진실을 밝힐 작정이니까요. 이 모든 음모에 얽힌 비밀을 말이에요. 게다가 왜 미국이 이 사건에 개입하는 건지도 알아야 하고. 아, 물론 위험에 처할 수도 있겠죠. 걱정 마세요. 저희 문제는 저희가 해결합니다. 여기, 능력을 가진 사람은 할아버지만이 아니니까요.

하지만 노인은 정주아가 능력 운운하는 말은 귀담아 듣지 않았다. 미국이라는 단어에서, 생각이 딱 멈춰버렸기 때문이다. 지하실에서 그에게 영어로 질문을 던지던 목소리가 떠올랐다. 미국? 저 납치범들, 미국의 비밀정보요원들이에요. 아시겠어요? 정체 모를 비밀정보조직이 당신을 납치해 제거하려는 이유가 도대체 뭐냐고요? 노인은 외려 담담했다. 미국이라, 거 흥미롭군. 그의 머릿속은 이미 네바다의 모래폭풍 속으로 뛰어 들어가 있었다. 미국, 이라는 단어가 환기시키는 가장 강렬한 이미지.

그러니 우리를 배제하려 들지 말아요. 더더군다나, 이쪽은 더 그럴 수 없구요. 정주아가 마침내 본론으로 돌아와 흐우를 가리켰다. 그제야 노인은 낯선 이방인을 쳐다보며 말했다. 그야말로, 전 지구적인 사건이로군. 한국에다 미국 놈들, 그리고 이젠 동남아 사람까지. 도대체 이 사람은 누구요? 직접 물어보세요. 정주아의 권유에 노인이 흐우에게 물었다. 당신은 누군데, 이런 위험한 일에 끼어드는 거요? 흐우는 아버지와의 첫 대화에 너무 긴장한 나머지, 아, 그, 그러니까…… 하고 말을 더듬었다.

아, 이 사람, 정말 숙맥이로군. 참다못한 정주아가 말을 가로챘다. 이 사람, 얼굴을 잘 봐요. 보여줘요, 어서. 정주아가 흐우에게 다그쳤다. 흐우가 쭈뼛거리며 몸을 틀었다. 모르겠어요? 정주아가 물었다. 노인이 생뚱맞다는 표정으로 대답했다. 무슨 소리요? 전혀 모르는 사람이오.

잘 봐요, 당신 아들이라구요! 풋, 하고 잠시의 망설임도 없이 노인이 실소를 터트렸다. 별 소릴 다하는군. 난 아이를 가질 수 없는 몸이오. 게다가 외국인이라니, 당신 정말 이런 식으로 날 웃기는군. 아니면, 지금 날 조롱하는 건가. 노인이 으르렁거렸다.

흐우의 얼굴이 붉게 달아올랐다. 호흡곤란에 빠진 환자처럼, 가쁜 숨이 뿜어 나왔다. 정주아가 다시 나섰다. 이 사람, 베트남에서 왔어요. 순간 노인의 비아냥거림이 딱 멎었다. 베트남? 아, 그리고 그가 그토록 잊고 싶어 했으나 잊을 수 없는 풍경들이 눈앞에서 다시 펼쳐졌다. 정체 모를 약기운이 채 가시지 않아, 그것은 더욱 선명하고 생생하다. 아이들이 화염 가운데 춤추고, 네이팜탄의 불길과 에이전트 오렌지의 매캐한 냄새가 또다시 감각을 어지럽힌다. 그리고 여자가 떠오른다. 벌거벗은 채, 침대에 웅크리고 앉아 울음을 터트리던, 그 얼굴이 곱상한 베트남 소녀. 노인이 흐우의 턱을 잡고 홱 돌렸다. 가뜩이나 긴장한 흐우의 얼굴이 노인의 매서운 눈길 앞에 한껏 위축되었다.

노인은 흐우의 얼굴에서, 그 여자의 흔적을 보았다. 살이 찌고 둔중한 얼굴이지만, 입가와 눈매가 그녀와 닮았다. 술과 분노에 취해 단 한 번 몸을 섞은 여자였지만, 수시로 꿈에 떠오른 얼굴이라 세밀한 부분까지 또렷이 기억할 수 있었다. 노인이 코에서 피 냄새를 맡는다. 빨리 진정시키지 않으면, 이 좁은 소형차 안에서 각혈을 하게 될지도 모를 일이었다. 그가 크게 숨을 들이마시며 중얼거렸다. 그럴 리가.

그리곤 고개를 저었다. 그럴 리가. 아니, 맞는 것 같은데요. 베트남 아저씨가 살이 쪄서 그렇지, 살만 빼면 할아버지랑 굉장히 닮았을 얼굴이에요. 게다가 만난 지 얼마 안 됐지만, 기자의 직감으로도 이 사람, 거짓말할 사람으로는 보이지 않아요. 도대체 전국적인 악당의 아들이라고 속여 얻을 게 뭐가 있겠어요, 안 그래요? 그렇게 말하며, 정주아가 검정색 밴을 따라 핸들을 꺾는 바람에, 세 사람 모두 한 방향으로 몸이 기울었다.

몸이 균형을 되찾자마자, 노인이 흐우의 멱살을 움켜쥐고 소리쳤다. 말해봐. 네가 직접 말해봐. 네 정체가 뭐냐. 흐우가 수줍음과 부끄러움을 무릅쓰고 대답했다. 나, 난, 베트남 여자, 티안 홍의, 아들입니다. 그리고 당신은, 나의 아버지, 입니다. 노인의 손에서 힘이 풀리면서 흐우의 멱살이 풀려났다. 노인이 뒤로 몸을 젖히며, 망연자실한 표정으로 축 늘어졌다. 이게 무슨……

그리고 바로 그때, 차가 멈췄다. 정주아가 말했다. 부자간의 상봉식은 잠시 미루죠. 저들이 초대한 파티에 참여해야죠.

앞쪽에 세워진 검정색 밴의 문이 스르륵 열리더니, 요원 둘이 유나를 끌어내렸다. 요원들은 소음기가 장착된 권총을 겨누고 있었다. 그들 뒤에서 백발이 성성한 풍채 좋은 백인이 따라 내렸다. 백발의 백인은 아무것도 들고 있지 않았다.

난데없는 아들의 등장으로 혼란에 빠진 노인의 눈이 또다시 휘둥그레졌다. 뭐지, 이건 또? 저건…… 저놈이 어떻게 여길……. 지금 이게 다 무슨 상황인 거지?

노인은 지금, 느닷없이 세상이 역류하는 듯한 현기증을 느낀다.

제4부 | 전쟁의 공식

Agent Orange

여기가 바로, 지옥

도심 한가운데, 누군가 짓다 만 12층짜리 가건물 안. 공사가 진행되던 중에 부도라도 났는지, 무수한 자재더미들만 제멋대로 나뒹굴고 있고, 한창 일할 시간이건만, 인부들은 어디에도 보이지 않는다. 삐걱대는 판자 바닥이 계단을 오르는 사람들의 무게를 힘겹게 받아내고 있다.

마치 교파가 다른 수도승들처럼, 두 팀으로 갈라진 일행이 공사판의 가계단을 타고 오른다. 왜 이런 곳을 택했는지, 로버트도 어리둥절했다. 하지만 애초부터 랜돌프는 장소 따위에는 관심이 없었다. 방기된 건설현장이 보이자, 랜돌프가 말했다. 지겹군, 이제 그만 저쪽 친구들 좀 만나볼까. 그래서 지금, 여기다.

노인은 여전히 현기증을 느끼고 있었다. 유나의 갑작스런 납치에다, 꿈에서조차 생각 못했던 아들이란 존재의 등장만으로도 충분히 놀라운 하루였다. 그런데 이젠 망할 악마까지 나타났으니……. 우선 요동치는 가슴을 진정시켜야 했다. 각혈이 시작되면, 여러 가지로 불편한 일들이 벌어질 것이고, 어쩌면 스스로를 통제할 수 없게 될지도 모른다.

랜돌프가 역시 별다른 말 없이 손가락으로 위를 가리킨 후, 앞장서서 걸어 올라갔다. 궂은일은 도맡아 하는 댄이 이번에도 유나를 움켜잡고 있었다. 유나는 그의 팔 안에서 축 늘어져 있었다. 아직 의식은 있었지만, 저항할 기력은 없어 보였다. 로버트는 총구를 겨누고 천천히 뒤를 살피며 올라갔다. 총구는 처음부터 끝까지, 오로지 노인을 향해 있었다. OK 목장의 전설적인 결투 신처럼, 그들은 매우 조용히, 그리고 신사적으로 대열을 갖춰 결전의 장소로 향했다.

그리고 마침내, 한낮임에도 어두컴컴하기 짝이 없는 공사판 3층에서, 양 진영은 서로를 마주 보고 섰다. 음산한 서늘함이 공간에 쫙 깔려 있었다. 폭풍 전야의 팽팽한 긴장감이 황량한 공사판을 감돌았다.

노인의 시선은 유나와 랜돌프를 오갔다. 도대체 이 상황에서 느닷없이 저 인간이 왜 나타난 것인지, 그는 그것이 궁금하다. 노인이 시선을 틀자, 이번엔 역시나 정체가 불명확한, 자칭 아들이라는 친구가 잔뜩 긴장해서 서 있다. 갑자기 모든 것이 아주 잘못되었다는 생각이 든다. 아니다, 갑자기가 아니다. 어쩌면 그것은, 아주 오래전부터 이미 어그러지기 시작한 것이다. 그리고 지금이 그 결국인지도 모른다.

마침내 랜돌프가 입을 열었다. 오랜만이군, 친구. 다행히도 그 건물 안에 모인 사람들은 모두 영어를 알아들을 수 있다. 유나만이 완벽한 해석에 어려움을 겪을 뿐, 정주아도, 흐우도 내용을 이해하는 데는 어려움이 없다. 노인이 콧방귀를 꼈다. 우린 친구가 아니다. 잊었나? 랜돌프가 예상했던 반응이라는 듯, 껄껄 웃으며 대답했다. 아니, 우리 친구 맞아. 아니, 친구라기보다는 같은 종에 가깝다고 봐야겠지. 자네나 나나, 괴물이잖나? 노인이 고개를 치켜든다. 무슨 소릴 하는 거야? 랜돌프가 담배를 꺼내 물었다. 곧, 알게 될 거야.

네놈이 왜 여기 있는지 모르겠다만, 설마 그 아일 괴롭히기 위해서는 아닐 테지. 랜돌프가 유나를 흘낏 쳐다보았다. 이 아이? 물론이지. 내 관심사는 자네니까. 아이는 손끝 하나 다치지 않을 거야. 무사히 보내준다고 약속하지. 단, 자네와 내가 충분히 이야기를 나눈 다음에 말이야.

노인이 어이없다는 표정으로 대꾸했다. 도대체 무슨 이야기를 말인가? 그 지긋지긋한 전쟁 이야기라면, 관둬! 지금 당장 저 소녀를 데려갈 거니까. 랜돌프가 말을 딱딱 끊어가며 대답했다. 할 수 있으면, 어디, 해보게.

내가, 그렇게 하지 못할 거라 생각하나? 노인이 대답했다. 난, 네놈과 처음 만났던 그때와 다르다. 게다가…… 예전에도 난 자네를 이겼던 것 같은데.

랜돌프가 대답했다. 알아, 자네의 능력에 대해선. 하지만, 왜 자네만 그런 능력을 가지고 있다고 생각하나? 나도 그때의 내가 아니라네. 게다가, 그때 진 빚도 갚아야 하니, 동기도 충분하지. 하지만 내 생각엔 굳이 뭐 그럴 것까지 있나 싶군. 그냥 대화나 좀 하자는 건데 말이야.

또다시 침묵이 감돌았다. 콘크리트 외벽에 난 자그마한 창으로 바람이 불어와 공사판의 자재더미들을 집적거린 다음, 반대편 벽에 부닥쳤다. 먼지가 피어올라, 정주아가 탁한 기침을 했다. 하필이면, 왜 이런 데서 이런담. 심각한 위기 상황이었음에도, 정주아는 왠지 모를 안전함을 느끼고 있었다. 아마도 소문 무성한 노인의 괴력과 직접 목격한 흐우의 실력을 무의식적으로 신뢰하고 있기 때문일지도 모른다. 상대가 훈련받은 요원들이라고는 하지만, 어린 소녀를 납치해 고작 한다는 짓이 공사판 맞짱이라니, 영 치졸하게 느껴져 외려 유약하게 보인 탓도 있었다.

하지만 그녀도 랜돌프의 태연자약함에는 긴장하지 않을 수 없었다. 확실히 다른 존재감이 느껴졌다. 뭔가 있어, 저 남자. 정주아의 예리한 레이

더망에 그런 판단이 감지되었다.

순간, 노인이 다짜고짜 튀어나갔다. 바람과 같은 속도로, 유나에게 총구를 겨눈 댄을 향해 주먹을 날렸다. 댄이 겁에 질려 반사적으로 노인을 향해 방아쇠를 당겼다. 하지만 총알은 노인이 일으킨 바람결에 방향을 잡지 못하고 흐우가 서 있는 쪽으로 날아왔다. 흐우가 다급하게 몸을 움츠렸다. 움츠렸다고는 하지만, 조금만 늦었어도 그대로 머리통이 날아가 버렸을 것이다.

거의 동시에 랜돌프가 역시나 바람과 같은 속도로, 먼지란 먼지는 죄다 일으키며 끼어들어 노인의 주먹을 쳐냈다. 랜돌프가 노인의 주먹을 막지 않았더라면, 댄의 얼굴은 그대로 으깨져 버렸을 것이다. 댄은 기겁해 나자빠지면서도 유나를 잡은 손만은 놓지 않아, 둘이 함께 먼지 자욱한 바닥에 나뒹굴었다.

워낙 순식간에 일어난 일이라, 다들 방금 누군가가 총을 쏘았고, 덕분에 누군가가 죽을 뻔했다는 사실을 인지하는 데도 시간이 걸렸다. 게다가 노인과 랜돌프는 여전히, 아주 오래된 스파링 파트너처럼 주먹을 치고받으며 기 싸움을 벌이고 있었다. 총성에 놀라 몸을 수그렸다 일으키며, 정주아는 이 놀라운 광경에 맥이 탁 풀렸다. 역시나, 저 강단 있는 백인도 괴물이었던 것이다.

그녀는 흐우를 보았다. 총알을 피해 나자빠졌다가 불룩한 배를 이고 간신히 몸을 일으키는 그의 실력은, 어쨌든 이 둘에는 미치지 못할 것 같았다. 아닌 게 아니라, 천성적으로 선한 흐우는 이런 엄청난 속도와 힘의 충돌이 일으킨 파장에도 정신을 차릴 수 없을 지경이었다. 댄은 정신이 혼미한 상태였고, 그나마 침착한 로버트도 불안감을 감추지 못했다.

하지만 그 누구보다 놀란 건 공격에 실패한 노인이었다. 유나의 관자놀이에 총구가 겨누어져 있음에도, 과감히 몸을 날린 건 놈들이 총을 쏘기 전에, 아니 무슨 일이 벌어졌는지 파악하기도 전에 상황을 정리할 수 있으리라는 자신감이 있었기 때문이었다.

그것이 일순간 저지된 지금, 그의 놀라움은 오싹한 전율로 바뀌었다. 주먹과 손바닥이 맞닿아 팽팽한 힘겨루기가 이어지는 상황에 노인은 복합적인 감정을 느낀다. 자신과 같은 종류의 힘을 가진 인간이 존재한다는 사실에 대한 놀라움, 어쩌면 모든 것이 뜻대로 풀리지 않을 수도 있다는 두려움, 그리고…… 세상에 괴물이 그 혼자만은 아니라는, 정체를 알 수 없는 안도감까지. 안도감이라니, 노인은 경악한다.

서로 간에 한 치의 힘도 더하거나 빼지 않고 주먹과 손바닥을 맞잡은 채 서로의 실력을 단번에 가늠한 그 순간, 노인은 유나를 손쉽게 구할 수 있으리라는 확신을 잃었다. 아, 어쩌면 정말로 목숨을 걸어야 할지도 모르겠군.

그 팽팽한 긴장으로 버무려진 정지의 순간을 지켜보며, 저거 도대체 뭐 하자는 거야, 하는 생각 따윈 아무도 하지 않는다. 저 한순간의 다음 향배는 용호상박의 절정고수들의 싸움이 흔히 그렇듯, 그야말로 일순간에 결정되리라는 것을 알기 때문이다.

침이 꼴깍꼴깍 넘어가는, 땀방울이 볼을 타고 흐르는, 먼지가 스산한 바람에 살포시 일어나는 소리 말고는 아무 소리도, 조금의 미동도 없다. 바깥에서 차 한 대가 휑하니 스쳐 지나가는 소리가 들린다. 아무도 이 낡고 버림받은 건물에서 무시무시한 충돌이 벌어지고 있으리라, 예상치 못할 것이다.

지금 이 모든 상황에서 유일하게 당황하지 않은 건 랜돌프뿐이었다. 그가 마침내 입을 열었다. 이봐, 이 손 좀 치울까. 노인이 고개를 끄덕였다.

좋다, 네가 먼저 물러서라. 랜돌프가 여유롭게 그러나 여전히 긴장감을 유지하며, 노인의 주먹에서 손을 떼고 뒤로 한 걸음 물러났다. 노인도 주먹을 거두고, 뒷걸음질로 천천히 일행 곁으로 돌아왔다.

그가 정주아와 흐우에게 물었다. 다들, 괜찮은가. 정주아가 고개를 끄덕였다. 정주아의 자신감과 용기도 한풀 꺾였다. 아는 사람인가요? 노인이 고개를 끄덕였다. 당신과 같은 사람들을 어디서 양성해낸 거죠? 어떻게 이런 사람들이, 둘씩이나, 라고 말했다가, 정주아는 흐우를 돌아보며, 아니, 셋이나…… 라고 덧붙였다.

흐우가 노인을 바라보며 걱정스러운 듯 물었다. 아버지, 괜찮아요? 노인이 화들짝 놀라 그를 돌아보며 말했다. 누가 아버지라는 거냐. 입 다물고 있어라. 하지만 랜돌프의 예민한 귀가 그걸 놓칠 리 없었다. 이런, 이런, 아들? 유어 선? 도대체 씨를 어떻게 남발한 거야? 어디서 낳은 자식이야? 순진한 흐우가 제법 능숙한 영어로 대답했다. 난, 베트남 사람입니다. 왜 이러는 겁니까?

랜돌프가 어떻게 된 건지 알겠다는 표정으로 눈을 똥그랗게 뜨며 휘파람을 불었다. 하, 베트남이라니. 이봐, 우리 추억이 깃든 곳이잖나. 자네 거기서 사고까지 친 건가? 자넨 그런 짓은 별로 즐기지 않는다고 했던 걸로 아는데. 아, 음? 그가 뭔가 떠오른 듯 잠시 생각에 잠기는 듯하더니, 말했다. 혹시 그때 그 여자애?

이 친구는 나도 오늘 처음 본 친구니까 신경 끄시지. 지금은 우리 이야기에 집중하는 게 더 좋겠군. 그 아이가 다치면 오늘 여기서 모두 다 죽게 될 거야. 노인의 으르렁거림을 랜돌프는 여유로운 미소로 받아넘겼다. 예의 그 악마의 웃음이라기에는, 너무나도 정다운, 노인의 너그러운 미소였다. 오, 설레발치기는. 방금 전의 충돌로, 자네도 알고, 나도 알고, 여

258

기 우리 모두가 알게 됐지. 내가 자네를 맡으면, 인질까지 잡은 우리 요원
이 거기 자네 쪽의 그 여자나 당신 아들이라는 저 친구보다야 훨씬 유리
하리라는 걸. 그러니 어떤가, 대화로 풀어보는 것이. 난 정말 자네와 이야
기를 나누고 싶다고. 그리고 이 사진도 돌려받아야 하질 않나. 랜돌프가,
생글생글 웃고 있는 노인의 아내 사진을 들어보였다. 미녀로군. 이런 미녀
를 두고 엄한 데서 애를 얻다니. 쯧쯧.

입 닥쳐! 노인이 소리쳤다. 랜돌프가 진정하라는 의미로 손을 위아래
로 까딱였다. 자, 이렇게 하지. 나와 단둘이 좀 더 위로 올라가지. 여기 나
머지 친구들은 다 떼 두고 말이야. 오랜만에 전우를 만난 회포나 풀자고.
자네 말마따나 우리 둘의 문제 아닌가. 대화에 응한다면, 이 사진은 돌려
주지. 솔직히 내겐 별 필요 없는 사진이잖아, 안 그래?

노인이 물었다. 저 소녀는? 랜돌프가 유나를 한 번 쳐다보고는 대답했
다. 내가, 이 아인 무사할 거라고 말하지 않았던가. 자넨 늙더니 의심이
더 많아졌군. 랜돌프의 이죽거림을 무시하고 노인이 다시 대꾸했다. 하지
만 우리 둘 다 올라가버리면, 자네 부하들이 이쪽 일행을 해칠 텐데.

랜돌프가 단호하게 고개를 저었다. 아, 뭐 하러 그러겠나. 우리에게 필
요한 건 바로 자넨데. 게다가 자네 친구들은 원래 우리가 부른 것도 아니
었다고. 자네 친구들이 무모하게 굴지 않는다면, 모두들 여기서 편안히
나갈 수 있을 걸세. 안 그런가, 로버트? 랜돌프가 갑자기 묻는 바람에, 로
버트는 화들짝 놀랐다.

로버트는 랜돌프가 왜 자신들을 따돌리려는지 그 의중을 고심하고 있
었던 것이다. 해리의 충고가 떠올랐다. 둘이 충돌하면 무슨 일이 벌어질
지 모르니, 두 눈 똑바로 뜨고 감시해. 문제가 생기면, 자네도 끝장이야.
하지만 지금 이 판국에, 랜돌프가 저렇게 인자한 미소를 띠고 묻는데, 거

역할 수도 없는 노릇이었다. 무, 물론입니다.

그걸 어떻게 보장하지? 노인이 여전히 의심을 거두지 않고 물었다. 랜돌프가 느릿느릿 대답했다. 믿을 수 없겠지. 그게 우리 모두의 문제 아닌가. 서로를 믿을 수 없다는 거. 그러니 이런 소모적인 약속이나 논쟁 따위는 관두자고. 어쨌든 우린 대화를 나눌 거고, 그래야만 모든 게 끝날 거란 말일세. 내 장담하지. 자네가 나와 함께 올라가 대화 나누길 거부한다면, 여기서 가장 먼저 죽어나가는 건 저 소녀가 될 거야.

협박인가. 노인이 아까보다는 옅게 으르렁거렸다. 랜돌프가 실제로 그러고도 남을 인간이라는 걸, 그는 잘 안다. 랜돌프가 말을 이었다. 협박? 난 그런 거 안 해. 그냥 그렇다는 이야기일 뿐이야. 이봐, 우리 요원들은 날 두려워해. 지금 내가 분명히 다짐을 두지. 로버트? 그가 다시 로버트를 불렀다. 로버트가 왜 자꾸 불똥이 자신한테 튀냐는 표정으로 그를 바라보았다. 저 친구들은 건드리지 말게. 저 소녀도 마찬가지고.

랜돌프가 노인을 바라보며 물었다. 이제 됐나? 노인이 여전히 미심쩍은 표정을 지으며, 일행을 돌아보았다. 내가 돌아올 때까지, 절대 허튼 짓들은 하지 마시오. 알았소? 정주아가 고개를 끄덕였다. 상대편의 약속을 신뢰해서는 아니었다. 흐우가 적시에 능력만 발휘한다면, 승산이 있을지도 모른다는 생각을 했던 것이다. 너도? 어느새 노인은 말 안 듣는 아들을 다그치듯, 흐우에게 물었다. 흐우가 대답했다. 예, 아버지.

노인이 잠시 흐우를 바라보다 유나에게 말했다. 조금만 기다려라. 곧 구하러 오마. 유나는 말할 기력도 없는 듯, 그냥 머리만 까딱했다. 노인이 랜돌프에게 시선을 돌리며 말했다. 좋아, 내 사진부터 돌려줘.

랜돌프가 아이처럼 해맑은 미소를 지었다.

물론이지, 물론이야. 자, 어서 올라가자고, 친구.

우리는, 뭐지?

랜돌프가 앞서고 노인이 뒤따르는 모양으로, 두 남자는 가파르고 불안정한 가계단을 올라갔다. 노인은 태연히 등을 보인 눈앞의 적을 덮치고픈 욕망이 일었지만, 실패하면 당장 유나의 목숨이 위험에 처하게 될지 모른다는 생각이 들어 섣불리 행동할 수 없었다.

랜돌프가 유나를 인질로 잡고 있는 것은, 단지 적에게 등을 보여도 괜찮다는 저런 태연함을 과시하기 위해서일지도 모른다. 하긴, 저 악마의 속을 누가 알겠는가. 맘에 들진 않지만, 어쨌거나 칼자루를 쥔 건 랜돌프였다. 그러니 묵묵히 따라 올라갈 수밖에.

마침내 랜돌프가 멈췄다. 12층이었다. 사방으로 도심이 훤히 보였다. 외벽을 10층까지 밖에 쌓지 못한 상태로 공사가 무산된 탓이었다. 부도가나 실의에 빠진 업주가, 딱 이쯤에서 뛰어내려 세상과 작별을 고했을 법한 위치였다. 실제로 그런 기사가 연일 신문지상을 메우고 있었다. 실의, 좌절, 투신, 죽음, 허무, 이런 관념들이 세상을 지배하고 있었다. 아내가 죽은 후, 노인이 줄곧 느껴왔던 바로 그 감정들이 기어이 세상마저 집어

삼키려 들고 있는 것이다.

외벽이 없으니 더 불안정하고 휑하게 느껴졌다. 랜돌프가 척척 걸어가더니, 가장자리로 바싹 다가섰다. 당장이라도 한발을 내딛어 지긋지긋한 세상과 작별을 고하려는 사람처럼 위태롭고도 아슬아슬하게. 노인은 다시금 그의 등을 떠밀고픈 욕망을 느꼈다. 저 정도 위치라면, 아무리 랜돌프라도 떨어지지 않을 수 없을 것이다. 물론 마음 한구석에서는, 이 친구, 능력이 너무나 출중해 하늘을 훨훨 날기까지 하는 건 아닐까, 하는 불안감도 있었다. 이런 능력이 없을 때도, 인간 이상의 악랄함을 지녔던 악마였으니까.

랜돌프가 담배를 꺼내 물고는 허허롭게 웃었다. 마치 무슨 꿍꿍인지 다 알고 있다는 듯. 노인은 생각했다. 어쩌면 저 녀석의 능력은 상상 이상일지도 몰라. 만일 내가 여기서 저놈에게 죽는다면…… 나야 그렇다 쳐도, 유나는? 여기자는? 그리고 아들이라는 녀석은 어떻게 되는 거지? 아내가 죽은 이후 처음으로, 그는 가진 것을 잃는 것에 대한 두려움을 느낀다.

랜돌프가 입을 열었다. 언젠가 10층 높이의 건물에서 뛰어내린 적이 있었지. 그것도 머리가 먼저 지면에 닿게끔 완전히 몸을 까뒤집어서 말이야. 자살을 시도했단 말인가? 랜돌프가 어깨를 으쓱했다. 뭐, 그 정도 각오는 아니었고, 그냥 시험해보고 싶어서 말이야. 그러다 죽으면, 또 그만이라고 생각하긴 했지. 노인은 문득 베트남에서 돌아와 자살을 시도했다 실패했던 경험들을 떠올렸다. 왠지 모를 씁쓸함이 혀끝을 감돌았다.

랜돌프가 돌아서며 양팔을 쫙 폈다. 물론 보다시피, 난 멀쩡해. 찰과상 정도야 피해갈 순 없었지만, 미미한 뇌진탕 증세조차 일으키지 않았지. 내가 그런 시도를 했다는 것 때문에, 그리고 내가 벌여놓은 그 사고를 수습하느라, 해리가 진땀깨나 뺐지. 그 친군, 항상 땀을 흘린다고. 내가 가까이 있으면 불안한 모양이야.

해리? 노인이 생소한 이름을 되뇌었다. 오, 해리를 몰라? 자네를 잡아오라고 내게 지시, 아니지, 그 친구는 내게 지시를 내릴 만큼 배포가 크질 못해, 그러니 부탁이라고 해두지. 하여간, 부탁한 게 그 친군데. 노인이 코를 쿵쿵거린 다음 말했다. 어쨌든 처음 들어보는 이름이다. 도대체 그놈은 또 누구냐?

토마스 중령의 수제자지. 아, 하고 노인이 짧은 탄성을 내질렀다. 토마스라니, 역시 네바다의 사막이 모든 것의 출발점인가, 하고 노인은 고개를 끄덕였다. 랜돌프가 노인의 내심을 읽은 듯 말했다. 나도 네바다에 있었지. 그때는 아직 핵실험 초창기였고, 아예 공개적으로 안전하다고 뻥을 까댔지. 당시엔 세상 돌아가는 모든 일이 지루해 미칠 지경이었으니까, 나로서는 이런 신나는 일을 놓칠 수 없었지. 그래서 자원했어.

랜돌프는 잠시 숨을 끊었다가 말을 이었다. 이 나라에 와서, 자네 기록을 봤네. 네바다에 있었더군. 더 이상 공개 임상실험이 불가능한 시점이었고, 더더군다나 자국민을 쓰기에는 위험부담이 너무 커졌을 때였지. 그래서 선택된 것이 빙고, 바로 자네와 자네의 죽은 친구들이었지.

지금 내게 나의 과거사에 대해 설명하려는 건가? 그게 날 이리로 따로 불러낸 이유인가? 랜돌프가 손을 내저었다. 아, 아, 잠깐만 더 들어보게. 어쨌든 여기서부터 출발할 수밖에 없어. 자네와 나, 우리 같은 종이 탄생한 게 바로 이 지점부터일 테니까. 그러니까, 이건 자네나 나의 개인사를 되짚는 게 아니라고. 이건, 신인류의 기원을 탐색하는 과정이야.

신인류라니, 이 또라이 자식이 또 무슨 소릴 하는 거야, 하고 노인은 생각했지만, 잠자코 있었다. 아내를 죽음으로 내몬 이 망할 힘의 근원에 대해 그가 막연히 느껴 오던 것들이, 악마의 입을 빌려 형체를 입고 있었다.

랜돌프가 잘 다듬어진 턱수염을 매만졌다. 토마스는 자신의 실험이 철저히 실패했다고 생각했지. 공개 실험은 완벽한 실패였어. 실험 참가자들의 말로는 비참했지. 꽤 오래 산 친구들도 있긴 한데, 대부분 골골거리다 저세상으로 갔어. 심지어는 실험 지역 근방에서 영화를 찍던 사람들까지도 죄다 비참하게 죽었을 정도니까. 어쨌든 나도 상태가 안 좋았어. 정말 죽을 뻔했다고.

해리 말로는, 비공개 실험의 결과는 더더욱 끔찍했다더군. 그건 훨씬 강도가 높고, 은밀한 만큼 더욱 노골적이었다지. 그들은 아주 빠른 속도로 죽어나갔어. 토마스는 단순히 핵무기가 인간에게 미치는 영향을 연구한, 그저 그렇고 그런 과학자가 아니었어. 야심이 있었지. 그의 진짜 목적은, 보다 강화된 신체와 핵의 폭발성을 내재한 생체 무기를 만들어내는 것이었지. 물론 비공식적으로였지만 말이야. 또 나중에 그런 실험 자체가 문제가 되어서 강제 전역을 당했고, 결국 자네나 나와 같은 성공사례를 보지 못한 채 죽고 말았어. 불쌍한 토마스.

랜돌프가 잠시 묵념이라도 하듯, 말을 멎고 고개를 숙였다. 물론, 묵념은 아니었고, 담배 연기를 내리깔고 싶었을 뿐이었다. 노인도 담배 생각이 간절했다. 하지만 랜돌프에게 빌리고 싶진 않았다. 마른침이 입 안을 감돌았다.

랜돌프가 다시 고개를 들고 말을 이었다. 이봐, 이걸 알아야 해. 우린 운이 좋았다는 걸 말이야. 난 베트남에 가기 전에 거의 죽기 직전이었어. 내 안에 가득 도사린 분노와 반항심 같은 것들이 아니었다면, 그 망할 전장엔 가지도 않았을 거야. 그 지저분한 땅은, 그러니까, 정말로 지저분했다고.

그런데, 이봐, 난 이제야 깨달았어. 사실은 자네를 보고서야 비로소 확신을 가지게 되었지. 자네와 나의 공통점이 뭘까? 그래, 우린 네바다에 있었고, 베트남에도 있었지. 그 망할 전쟁이 다 죽어가던 우리를 살린 거야. 무엇일까, 응? 네이팜? 에이전트 오렌지? 아님, 악마 같은 잔인함? 이봐, 해리가 자네를 잡아오길 고대하는 데는 다 이유가 있는 거야. 누가 봐도 명백한 공통성을 지닌, 새로운 인류가 둘이 된 거야. 이젠 비밀을 찾을 열쇠가 하나 생긴 셈이지. 마치 오래된 게임처럼, 하나를 찾으면 줄줄이 딸려 나오게 되는 거야. 네바다의 실험은 분명 실패였어. 하지만 베트남에서의 어떤 작용이 그 실패를 보상한 거야. 그래서 우린 살아남았다고. 알아? 우린 핵실험에서도 살아남았고, 그 망할 전쟁에서도 살아남았어. 우린 신인류야.

랜돌프의 눈이 노인답지 않게 형형했다. 노인은 이상하게도 오금이 저리는 공포가 느껴졌다. 이 자식, 폭주하고 있어, 하는 느낌이, 아니, 확신이 느껴질 정도였다. 노인의 아랫배가 묵직해왔다. 뭔가가 그의 내부에서 꿈틀댔다. 그것은 속에서부터 역류하는 아주 익숙한 향취, 피비린내였다. 각혈의 징후들이 식도를 타고 코끝까지 치닫는다.

다행히 랜돌프는 폭주하는 대신 새 담배를 입에 물었고, 그리고 흥분을 가라앉혔다. 갑작스런 허무가 밀려온 듯이. 사실 자네를 만나러 오기 전까진, 이제 그만 모든 걸 끝내고 싶다는 생각뿐이었거든. 이건 너무 지루해. 알아? 자넨 정말 운이 좋았다고. 난 군에 머문 바람에, 해리와 그의 일당들의 집요한 추적에 꼼짝없이 당했지. 그들도 내 힘을 어쩌진 못했지만, 나를 옴짝달싹 못하게끔 옭아맸지. 날 통제하려는 요원 몇을 죽인 후에 내가 깨달은 건 말이야, 이 조직이 매우 광범위하고 끝도 포기도 모른다는 사실이었지. 죽이고 또 죽여도, 지구 끝까지 쫓아올 놈들이란 말이야. 지독한 자들이야. 랜돌프가 고개를 절레절레 저었다.

처음엔 제법 재미있었어. 몇 건의 암살을 했고, 구소련의 몇몇 지역을 초토화시키는 몰살 작전에 투입되기도 했지. 그건 정말 컴퓨터오락 같더군. 치트키를 써서 무한대의 능력을 얻은 주인공이, 이미 죽어 나가기로 프로그래밍 된 적들을 마구잡이로 때려죽이는 그런 게임 말이야. 그런데, 그거 아나? 베트남이 재미있었던 건, 우리가 이길 수 있으리란 확신을 가질 수 없었기 때문이야. 그건 정말 제대로 된 난장판이었거든. 하루하루가 짜증나고 더럽고 재수 없었지만, 그래서 하루하루가 살아남은 쾌감이 있었던 거야. 그건 정말 중독성이 있었지. 그런데, 이런 능력을 가지고 보니, 사는 게 금방 지겨워지더군. 정말 재미없었어.

그래서 내 능력을 시험도 해볼 겸, 고층 건물에서 뛰어내려 본 거야. 잘못돼서 죽어도, 정말이지 다를 바 없다는 생각이었거든. 그리고 알게 됐지. 이 몸은 잘 죽지도 않는다는 걸. 그 사실을 깨닫고 나니, 정말로, 정말로 살기 싫어지더군. 머리털은 세지만, 언제 죽을지는 가늠할 수 없어. 정말 엿 같지.

노인은 칼로 동맥을 그었는데도 살아남았다. 그들은 살아남는 것에 관해서라면 그야말로 탁월한 능력을 지니고 있었다. 어쩌면 바로 그것이 노인과 랜돌프가 특별해진 이유일지도 모른다. 그저 잘 살아남았기 때문에, 능력을 부여받은 것일지도.

랜돌프가 계속 떠들어댔다. 그런데 나와 비슷한 존재가 있다는 소식을 듣게 된 거야. 이리로 오는 비행기 안에서 많은 생각을 했어. 갑자기 환희에 불타올랐지. 처음엔 이유를 알 수 없었어. 그런데 문득 깨달았지. 우린 신인류라는 걸 말이야. 토마스가 만들고 싶어 했던 바로, 그 차세대 인류. 인간의 육체적 한계를 가뿐히 뛰어넘은 위대한 존재들. 하나일 때는 그저 괴물에 불과하지만, 둘이 되고 셋이 되면 그것은 하나의 인종이 되는 거야. 이제 백인이고 껌둥이고, 누렁이고 이런 건 무의미해졌어. 초인이냐 아니냐, 그것이 인류의 새로운 구분법이 될 거야.

역시나 인종차별적인 놈이로군. 사람은 좀처럼 변하지 않는다는 진리를 노인은 다시 한 번 곱씹고 있다. 문득 자신은, 그 매캐한 전장의 연기로부터, 네바다의 모래폭풍으로부터, 아버지의 폭력적 기질로부터 얼마나 달라졌나, 하는 생각이 든다. 그 모든 것으로부터 살아남아서도, 그다지 달라진 것이 없지 않은가.

랜돌프가 말을 이었다. 난 나를 감시하는 놈들이 지긋지긋해졌어. 나를 두려워하면서도 어떻게든 나를 통제하려 들고, 끊임없이 더 큰 힘을 소유하지 못하면 불안에 떠는 존재들. 그들 모두를 적으로 돌리지 않는 한, 나는 자유로울 수 없어. 혼자서는 의미가 없어. 그저 사로잡힌 맹수의 발악 정도로 치부될 테니 말이야. 하지만 둘이 되면, 그건 인류 진화의 새로운 역사가 되는 거야.

신인류가 되기에는, 우린 너무 늙지 않았나? 노인이 자조적인 조롱으로 랜돌프의 열변에 찬물을 끼얹었다. 랜돌프는 개의치 않았다. 그는, 결국 세상엔 너와 나뿐이라는 유대감으로 가득 차 있었다. 그가 손사래를 치며 말했다. 우린 그들과 싸워야 해.

노인이 물었다. 그들이라니, 도대체 누구를 말하는 거냐? 랜돌프가 간결하게 대답했다. 구인류. 노인이 웃음을 터트렸다. 그러니까, 네놈 말은, 우리 둘이서 세계를 갈아엎자는 건가? 랜돌프가 조금도 웃지 않고, 지극히 진지한 표정으로 고개를 끄덕였다. 그래, 바로 그거야. 물론 우리 둘로는 아직 역부족이겠지. 그래서 아직은 해리가 필요해. 그에게로 가자. 그는 머저리고 소심하기 짝이 없는 변태지만, 그래도 토마스의 수제자야.

그가 신인류의 비밀을 밝혀줄 거야. 그에게 조금만 시간을 주는 거야. 그리고 우리가 우리의 인류들을 확보하기 시작하면, 놀라운 일들이 벌어질 거야. 세계의 패권을 두고, 신인류와 구인류가 한바탕 일전을 벌이는 거지. 전면전. 그들은 수가 있고, 우리에겐 능력이 있지. 어때 멋진 게임이 될 것 같지 않나? 베트남의 위대한 두 악마가 세상을 바꾸는 거다!

잠시 침묵이 흘렀다. 짓다 만 공사판은 그런 침묵과 잘 어울리는 공간이었다. 침묵 속으로 화염 속에서 춤추는 아이들의 모습이 떠올랐다. 괜찮다고 말하고 죽은 아내의 얼굴이 떠올랐다. 살인마들 앞에 몸을 움츠리던 유나의 모습이 떠올랐다. 그 아이가 그의 품에서 눈물을 흘렸던 것도. 그리고 이름조차 몰랐던 베트남 소녀의 벗은 등과 그녀가 낳아놓은 그의 혈육이 떠오른다. 노인이 담담히 대꾸했다.

완전히 맛이 갔군, 이 미친놈아.

랜돌프의 표정이 급격하게 일그러졌다. 방금 시한부 인생을 선고받은 말기암환자처럼 패배감이 노골적으로 드러났다. 그러거나 말거나, 노인이 물었다.

그럼, 이제 이야기는 끝난 건가.

그리고 그는 각혈을 했다. 입가로 새어나오는 피의 씁쓸한 맛이, 에이전트 오렌지의 매캐한 기운을 고스란히 환기시켰다. 그래, 이놈을, 여기서 죽여야만 한다. 그때 그 내기에서 이겼던 것처럼, 오늘 이 승부에서도 반드시 이겨야만 한다. 안 그러면, 유나와 아들과 여기자가 죽는다. 그리고 정말로 세계가 붕괴될지도 모른다. 자신과 아내가 함께 살았던 이 세계가. 노인이 가쁜 숨을 내쉬며 허리를 꼿꼿이 폈다. 연쇄살인마들 틈에서 유나를 구해내던 바로 그 영웅의 모습이다.

랜돌프가 고통으로 일그러진 표정을 수습하며 말했다. 그도 노인의 결연한 표정에서, 이미 자신의 계획대로 되기는 글렀음을 깨달았다. 그럼 아쉬운 대로 네놈 시신이라도 가져가야겠군. 해리가 뭔가 밝혀주겠지. 좋아, 좋다고. 그렇담, 이제 진짜 빛을 갚을 시간이 된 셈이로군.

노인이 고개를 끄덕였다.

그래, 그거 흥미롭군. 그런데, 지금이라고 네놈이 날 이길 수 있을 듯싶으냐?

랜돌프와 노인이 삐걱대는 계단을 타고 올라가 버리자, 정주아는 잔뜩 긴장했다. 흐우는 전혀 움직일 생각이 없었고, 요원들은 인질과 총을 가지고 있었다. 두 노인이 무슨 얘기를 나누든, 좋은 방향으로 끝나지 않을 거라는 생각이 들었다. 상대에 대한 노인의 적의가 너무 강했다. 그리고 그들이 다시 싸우면 결론이 어떻게 날지, 그녀로서는 전혀 예측할 수 없었다.

그러니 정주아의 결론은 자명했다. 여기 상황은 여기서 해결해야 한다. 그녀가 보기에, 요원들도 갑자기 틀어진 계획 때문에 꽤나 당황하고 있는 게 분명했다. 하지만 바로 그렇기 때문에 그들도, 여기 상황은 여기서 해결해야 한다, 라고 생각하고 있을지 모를 일이었다.

그녀는 흐우를 바라보았다. 이럴 때, 흐우가 실력 발휘를 좀 해줘야 하는데. 흐우는 그녀의 바람을 아는지 모르는지, 너무나도 순박한 얼굴로 눈만 껌뻑이고 있었다. 어쩌다 여기까지 왔나, 하는 표정이었다. 아, 정말, 이거 나라도 시작해야 하나. 그녀는 백 속에 담긴 그 말랑말랑한 가스총 하나로 저 견고한 연발 권총들을 이겨낼 수 있을지 자신이 없다.

그리고 마치 그런 그녀의 속내를 읽기라도 한 듯이, 로버트가 말했다. 어이, 이봐. 당신 말이야. 그가 기분 나쁘게 총구를 까딱이며 정주아를 가리켰다. 당신, 어디서 본 것 같은데? 뭐 하는 사람이지? 이분은 기자이십니다. 흐우가 영어로 순박하게 대답했다. 정주아가, 복장 터지는 심경으로 흐우를 바라보았다. 그 표정을 보고, 흐우가 제 입을 막으며 속삭였다. 기자, 아닙니까?

그래, 어디서 봤나 했더니, 그 사건 현장에도 있었지. 로버트가 그녀를 기억해냈다. 기자라니, 정말 난감한데. 로버트가 고개를 저었다. 흐우가 말했다. 아버지와 당신 두목이 협상하는 동안, 우리는 가만히 있기로 약속하지 않았습니까? 로버트와 정주아 모두 뻥한 표정을 지었다. 도대체 이 자식, 뭐야?

정주아는 고민에 빠졌다. 자신이 기자라는 걸 안 이상, 놈들이 곱게 보내줄 리 없었다. 하지만 혼자서 뭘 할 수 있지? 흐우가 도와주지 않는다면? 혹시 그때 그 순간의 괴력이 그야말로 절체절명의 순간에 나온 아주 특별한 한 번의 능력이었다면? 아래층의 혼잡스런 상황을 정리하려고 내려오는 자가, 노인이 아니라 그 백인이라면? 정주아는 고개를 끄덕인다. 그러면 모두 죽는 거다. 하지만, 여기 가만히 있는다고 해서 뭔가 해결되는 것도 아니다. 어찌 됐든 곱게 돌아가긴 글렀고, 주춤거리다간 마지막 가능성마저 날려버리게 될지 모른다.

흐우, 제발 날 도와줘. 정주아가 최면을 걸듯 흐우를 빤히 쳐다보며 속으로 빌었다. 하지만 정작 흐우는 느닷없이 자기를 노려보는 정주아의 날카로운 눈매에 외려 주눅이 들었다. 내가 또 뭘 잘못한 거지, 하고.

그 시선의 의미를 눈치 챈 것은, 흐우가 아니라 로버트였다. 로버트는 잔뜩 긴장했다. 랜돌프가 건드리지 말랬는데, 그게 진심인지 아닌지 도무지 알 수 없었던 것이다. 속내를 알 수 없는 인간, 그게 바로 랜돌프였다. 하지만, 어쨌든, 상대가 인질을 빼앗기 위해 도발한다면, 이쪽에서도 그냥 당할 수만은 없는 일이었다.

정주아의 손이 백 속으로 스르륵 밀려들어가 총을 잡았다. 가스총 하나로 상대를 제압하기에 역부족이라는 건, 그녀도 잘 안다. 그녀는 어쨌든 시작은 자신의 몫, 뒤처리는 흐우의 몫이라고 생각하고 있었다. 제몫은 충분히 해낼 자신 있었지만 흐우의 마무리가 통할지, 그녀로서는 확신할 수 없었다. 양아치를 밀어 넘어뜨리고도 어찌할 바를 몰라 발을 동동 구르던, 뼛속까지 착한 저 남자의 폭력성을 어떻게 끄집어낸단 말인가.

그리고 바로 그때, 그녀는 간신히 고개를 든 유나와 눈이 마주쳤다. 여자들의 유대감이 대기 중에 급격하게 형성되었다. 유나의 눈빛이 말하고 있었다. 뭐든지, 내 걱정 말고 시도하세요. 유나는 젖 먹던 힘까지 짜내, 축 늘어진 몸을 간신히 곧추 세웠다.

로버트가 소리쳤다. 그의 입에서 침이 튀어, 공사판의 메마른 먼지 속으로 스며들었다. 이봐, 가방에서 손 빼! 뭘 꺼내려는 거야? 정주아가 침착하게 대답했다. 뺄게요, 빼. 생수통을 꺼내려고 했다구요. 유나에게 물을 좀 먹여야 할 것 같아서요. 로버트가 유나를 힐끗 봤다. 유나는 사막 한가운데 조난당해, 며칠째 물 한 모금 마시지 못한 탈진 직전의 고행자 같은 표정을 지었다.

거기서 꺼내서, 이리로 던져. 정주아가 백에 손을 넣은 채 고개를 끄덕였다. 로버트가 거칠게 소리쳤다. 빨리 꺼내라니까! 알았다, 알았다고. 정주아가 천천히 손을 끌어올렸다. 그리고 그 순간, 댄이 악, 하고 소리를 질렀다. 무기력하게 처져 있던 유나가, 온 힘을 짜내 댄의 팔뚝을 문 것이다. 너무나 기습적이어서, 댄은 아픔보다는 놀라서 악을 질렀다. 로버트의 시선이 한순간 흐트러졌고, 다음 순간 정주아가 그를 향해 냅다 달렸다. 그녀의 손에는 가스총이 들려 있었다.

그녀가 로버트를 향해 총을 쐈다. 자욱한 가스의 매캐함이 정주아가 달리며 일으킨 공사판의 먼지와 섞여, 누렇고 뿌연 대기를 만들었다. 코를 자극하고, 눈을 찌푸리게 만드는 기체가 그 어두침침한 공간의 기질을 바꾸어놓았다. 순간적으로 로버트가 기침을 터트렸다. 콜록콜록. 댄은 유나가 뜯어낸 팔뚝의 살점에서 흘러나오는 피 때문에 따끔거려 죽을 지경이었지만, 바로 그 일을 위해 태어난 것처럼 사명감에 가득 차, 유나의 목을 더 억세게 옭아매고는 잽싸게 오염된 공기의 영향권에서 벗어났다.

조금만 더 여유가 있어서, 조금만 더 달릴 수 있고, 그래서 조금만 더 가까이에서 분사했더라면, 그 고성능 가스총은 나름의 역할을 해냈을 것이다. 하지만 그 조금의 여유가 부족했다. 결국 그 기습공격은 로버트의 잔기침을 불러일으키는 수준에서 그치고 말았다.

게다가 로버트는 훈련받은 요원이었다. 그는 기침을 터트리면서도 신속하게 다음 조치를 취했다. 옷자락으로 코를 막고, 자세를 수그린 다음, 분사 범위 옆으로 데굴데굴 굴렀다. 눈물이 흐르고 쪽팔리게 콧물도 쏟아졌지만, 거의 반사적으로 정주아의 이차 분사를 막기 위해 몸을 날렸다.

로버트의 주먹이 정주아의 복부를 강타했다. 오장육부가 뒤집히는 고통을 느끼며 그녀가 나자빠졌다. 총은 어느새 그녀의 손을 벗어나 저만치 바닥에 나가떨어졌다. 매캐한 연기가 그녀의 코에도 느껴져, 그녀가 피와 기침을 동시에 터트렸다. 순식간의 일이었다.

로버트가 몸을 일으켜 깔끔한 블랙 슈트를 허여멀겋게 만든 먼지를 털어내고 철부지 꼬마처럼 손등으로 콧물을 쭉 닦고는 고개를 어깨 좌우로 움직여, 아, 피로하게 만드는군, 하는 시늉을 했다. 그가 분노로 반쯤 뒤집힌 눈깔을 하고는 정주아에게 다가갔다. 정주아는 복부에 받은 충격 때문에 옴짝달싹할 수 없었다. 로버트는 분노로 속이 이글거리고 있었다. 정주아의 뒤집힌 복장만큼이나 로버트의 속도 정상은 아니었다. 쪽팔리게 눈물 콧물 다 뺐으니.

여기자의 배를 강타하려는 순간, 그가 무언가에 낚인 듯 허공을 가르며 휘리릭 몸이 뒤집혔다. 거대한 산짐승이 자신의 다리를 치받은 듯한 느낌을 받으며, 그가 정주아 너머로 저만치 날아갔다. 쌓여 있던 자재더미가 와르르 쏟아지며 그의 몸에 상처를 입혔다. 갑작스런 충격으로 총이 손에서 빠져나가, 정주아와 로버트의 중간쯤에 툭 떨어졌다.

흐우가 여전히 자신의 괴력에 놀라, 날아간 로버트와 누워 있는 정주아를 번갈아 바라보았다. 정주아가 소리쳤다. 멍청하기는! 왜 이제야 움직인 거예요. 피가 흘러, 말끝이 조금 어눌하게 흘러나왔다. 아, 뭐가 뭔지 혼란스러워서……. 아, 그리고 움직였으면, 빨리 유나를 구해야지 뭐 해요! 아, 하고 그제야 흐우가 고개를 돌려 댄과 유나를 바라보았다.

댄은 방금 눈앞에서 벌어진 광경을 믿을 수 없었다. 저, 배불뚝이 베트남인이, 방금 전까지만 해도 저기 멀찍이 떨어져서 눈만 뻐끔거리고 있던 머저리가, 벌새처럼 날아와 자신의 우상과도 같은, 냉철하고 때로는 잔인한 친구 로버트를 저만치 날려 보낸 것이다. 입이 쩍 벌어졌다.

흐우가 고개를 돌려 그를 바라보자, 급격하게 위축된 댄은 재빨리 유나의 관자놀이에 총구를 갖다 댔다. 가까이 오지 마! 가까이 오면 쏜다! 유나의 눈도 휘둥그레져 있었다. 이 아저씨, 정말 그 할아버지의 아들인가 봐! 유나가 속으로 탄성을 지르며 소리쳤다. 무시하고, 이 사람 공격해요.

274

아저씨는 할 수 있어요!

흐우가, 내가 과연 할 수 있을까, 생각하는데, 유나가 덧붙였다. 아저씨는, 할아버지의 아들이니까요! 아, 그렇구나. 흐우는 문득 깨달았다. 나의 괴력은 아버지에게서 물려받은 것이었어. 그렇게 생각하자, 그는 뿌듯했다. 누가 뭐래도, 자신이 아버지의 아들임을 증명하는 명백한 증거였으니까. 그가 괴력을 선보이자, 모두들 그가 노인의 아들임을 두말없이 인정해 주지 않는가. 이걸 아버지한테도 보여줘야 해. 내가 정말로 당신의 아들이라는 것을.

하지만 유나의 관자놀이 근처를 배회하는 총구는 정말 위협적이었다. 머뭇거리는 흐우를 대신해, 정주아가 힘겹게 몸을 일으키며 말했다. 그 아이에게 총을 쏘면, 그다음엔 어쩔 건데? 당신도 끝장이야. 댄이 침을 꼴깍 삼켰다. 틀린 말은 아니었다. 정주아가 다시 소리쳤다. 네가 살아남을 수 있는 유일한 방법은, 그 아이를 우리에게 보내고 거기 그대로 무릎을 꿇고 있는 거야. 우린 너희처럼 살인마가 아니니까, 시키는 대로 하면 목숨은 살려준다.

뺨을 타고 흐르는 땀방울이 댄에게 결단을 촉구하며 입가를 적시고 턱 아래로 미끈하게 흘러내렸다. 이봐, 당신들은 우리 조직을 잘 몰라. 증언? 홍, 우린 지구 끝까지라도 쫓아가서 배신자를 제거하지. 그러니, 알겠나? 만일 네놈들이 아이를 버리기로 작정했다면, 난 이 아이가 죽든 살든 어차피 죽을 목숨이 되었다고. 그러니 어느 쪽을 택하겠나, 엉? 그 정도 계산은 되겠지? 이 아이를 살리려면 당신들이 뒤로 물러나!

허튼소리가 아니었다. 댄은 자신에게 어떤 선택사항도 없다는 걸 알고 있었고, 그래서 아주 강력하고 확실하게 자신의 죽음이 임박했음을 느꼈다. 최소한 중동의 테러집단과 싸우다 산화할 줄 알았는데, 이런 조그마한 나라의 허름한 공사판에서 죽게 되다니. 그가 고개를 절레절레 저었다. 이건 정말 원하던 바가 아니야. 하지만 다른 선택지도 없지. 아, 그래, 바로 그런 게 인생이었어! 댄은 문득 인생에 대한 심오한 철학을, 생뚱맞게도 전혀 그런 것을 찾을 법한 상황이 아닌 바로 그 순간에 깨닫는다.

로버트는 댄의 긴장을 확실히 감지할 수 있었다. 절체절명의 순간에 경직되는 버릇은 여전했다. 바닥에 추락하며 등허리가 휘어지는 듯한 통증을 느꼈지만, 그래도 로버트는 제대로 훈련받은 수준급의 요원인지라, 곤두박질 직전에 최대한 몸을 둥글게 말고 목을 들어올려, 척추나 뇌가 바수어지는 최악의 불상사는 피했다. 물론 그렇다 해도, 삭신이 오그라들 정도의 통증과 공포를 죄다 떨쳐낼 수는 없었다. 순간적으로 기절했던 그는 재빨리 의식을 회복했다. 하지만 섣불리 몸을 일으키진 못했다. 어쨌든 저들이 정말 악당이었다면, 아니, 그들 조직의 일원만큼만 철저했더라면 확인사살부터 했을 텐데. 상대는 확실히 아마추어였다.

그래도 베트남인의 괴력만큼은 정말로 놀라웠다. 잘못 건드렸다가는 뼈도 못 추스르리라는 판단 정도는 할 수 있었다. 댄은 인질을 빼앗기거나 목숨을 잃기 직전이었고, 그가 돌이킬 수 없는 선택을 하기 전에 뭔가 해야 했다. 그는 모두의 관심이 유나에게 쏠려 있는 틈을 타 천천히 손을 움직였다. 다행히 몸은 움직였다.

손을 조금 휘젓자, 둔탁한 물체가 손에 닿았다. 각목 따위라면 소용없을 터였지만, 그것은 손잡이를 가지고 있었다. 총이다. 그가 속으로 쾌재를 불렀다. 문제는 저 배불뚝이가 고개를 틀어 그를 보기 전, 그 찰나의 순간이 유일한 기회라는 점이었다. 신체가 강철로 되어 있는 게 아니라면, 총알이 심장을 꿰뚫는 것까지는 어쩔 수 없을 것이다. 하지만 그게 빗나가면?

로버트가 총의 손잡이를 움켜쥐었다. 긴장감 때문에 별다른 느낌은 들지 않았다. 티 나지 않게 다리를 끌어 무릎을 세웠다. 세워졌다. 허리를 살짝 들어보았다. 들렸다. 척추나 뼈에 심각한 이상이 있는 것 같진 않았다. 그럼 잽싸게 일어나 총을 쏘아야 한다. 바람보다 빠르게 움직여 단박에 끝내야 한다.

댄은 이제 정말 끝이라는 생각이 들었다. 그렇담, 최대한 조직에 도움이 되는 방향으로 최후를 맞아야 했다. 그래야, 오하이오 주에서 옥수수 농사를 짓는 그의 아버지에게 조금이라도 도움이 될 것이다. 아들의 연금으로, 옥수수는 무럭무럭 자라겠지. 그가 절망적인 생각을 품다 곧 적개심이 일었다. 혼자 갈 수는 없다. 이 소녀를 죽이면, 놈들도 고통 받을 것이다. 내 아버지처럼. 댄이 총구를 유나의 관자놀이에 바싹 갖다 댔다.

유나가 마지막 힘을 짜내 발악했지만, 확고한 신념이 담긴 댄의 팔뚝을 풀어낼 수는 없었다. 흐우는 더 이상 기다릴 수 없다는 듯 몸을 수그렸다. 둔감한 흐우조차도 댄의 눈에 어린 살기를 읽을 수 있었던 것이다. 정주아는 자신의 협박이 상대로 하여금 보다 강한 살의를 불러일으켰다는 사실에 당혹했다.

다음 순간, 둔탁한 총성이 울렸다. 모두의 신경이 유나에게 쏠린 틈을 타, 로버트가 재빨리 몸을 일으켜 오랜 세월 갈고닦은 실력으로 총을 쏘았다. OK 목장의 버트 랭카스터처럼, 인디언을 쫓던 존 웨인처럼, 석양의 무법자 클린트 이스트우드처럼. 모두가 움찔했지만, 어디에서도 총알 파편은 튀어 오르지 않았다. 대신, 로버트의 총구 앞으로 허연 가스가 흐물흐물 흘러넘쳤다. 맙소사, 로버트의 입이 쩍 벌어졌다. 그제야 그는 손에 쥔 총이 자신이 애용하던 리볼버보다 훨씬 자그마한 크기의 가스총이라는 것을 깨달았다. 그리고 자신과 정주아 사이에, 지금 자신이 쥐고 있어야 할 바로 그 총이 여전히 널브러져 있다는 것도.

마치 그 순간을 기다린 듯 자그마한 창에서 선선한 바람이 불어왔고, 로버트는 자신이 분출한 가스가 역풍을 맞아 그의 코끝에 닿는 것을 그대로 들이켰다. 숨통을 조는 듯한 매캐한 독성에 그가 휘청거렸다. 그리고 그와 동시에, 처음이자 마지막으로 로버트가 정말 바보 같다고 느끼며 댄이 방아쇠를 당겼다.

총알은 유나의 머리카락을 흩날리며 날아가 콘크리트 외벽에 그대로 틀어박혔다. 잘린 유나의 머리카락이 너풀너풀 춤을 추었다. 유나의 몸이 앞으로 고꾸라졌다. 뒤통수에서 스멀스멀 피가 흘러나왔지만, 다행히 외피만 긁어낸 정도였다. 충격을 제대로 받은 건 댄이었다. 총을 발사하기 직전, 그는 거대한 들소에게 들이받힌 듯한 통증을 느끼며 그를 껴안은 남자와 함께 붕 날아올랐다. 방아쇠를 당겼지만, 총알은 이미 표적지의 중앙을 벗어난 다음이었다. 댄은 눈을 감았다. 이젠 놀랄 기력도 남아 있지 않았다.

서로 엉킨 두 남자는 그대로 외벽을 들이받았고, 너무나도 맥없이 콘크리트 외벽이 붕괴되더니 밖으로 둘을 내동댕이쳤다. 순식간에 이루어진 추락이었다. 아아, 이런 망할 공사판에서 추락해 죽게 되다니. 댄은 자신의 보잘것없는 최후가 심히 슬펐다. 하지만 슬픔의 감정은 아주 잠시였을 뿐, 곧 아무런 감정도 느낄 수 없게 되었다. 머리부터 아스팔트 도로의 맨바닥에 짓이겨졌기 때문이었다. 그리고 흐우의 몸이 댄의 몸을 덮쳤고, 그들은 바닥을 움푹 파고들었다.

한적한 도로가를 주행하던 오토바이 폭주족 하나가 난데없이 생겨난 구멍을 피해 핸들을 꺾다 뒤집어졌고, 그 바람에 팅겨나간 운전자가, 갑작스런 굉음에 놀라 우르르 몰려든 구경꾼들을 덮치면서 한바탕 소란이

278

일었다. 누군가 휴대폰으로 다급하게 119와 112를 눌렀고, 보다 적극적인 구경꾼들이 구멍 주위로 우르르 몰려드는 바람에, 이 은밀한 회동은 아예 노골적인 구경거리가 되고 말았다.

정주아는 당황했다. 요원만 밀어내면 될 일이었는데, 흐우마저 추락하고 말다니. 이 높이에서 저런 동작으로 엉켜 떨어졌다면, 몸 성히 돌아오기 힘들 것이다. 게다가, 이 소리를 가뜩이나 예민한 청력의 두 노인이 듣지 못했을 리 없었다. 취재고 뭐고, 당장은 유나를 데리고 여기를 벗어나는 수밖에 없었다.

유나는 피를 흘려 매우 지친 상태였다. 천만 다행으로 머리를 날려 먹지는 않았지만 충격을 받은 것은 사실이었고, 게다가 건물 외벽이 부서져 나가며 쏟아져 내린 콘크리트 파편에 몸이 잔뜩 긁혀 꼴이 이만저만 처참한 게 아니었다. 사람이 평생에 한 번 겪을까 말까 한 일들을, 박복하게도 유나는 이즈음 이미 숱하게 겪고 있었다.

그리고 그때, 가스에 취해 혼자 허우적대던 로버트가 좀비처럼 몸을 비척대며 일어섰다. 유나가 비명을 질렀다. 정주아가 달리기 시작했다. 로버트와 그녀의 사이에 덩그러니 놓인 고급 리볼버, 소음기와 연사 장치가 제대로 구비된 그 현란한 수식의 총을 향해. 로버트가 비척대면서 함께 몸을 날렸다. 그래도 훈련받은 요원이라고, 망신창이가 된 몸으로도 민첩하게 미끄러져 총을 잡는가 싶었는데, 어느새 달려온 정주아가 그녀의 취재용 캔버스화로 로버트의 손을 걷어찼다. 악, 하고 로버트가 새된 소리를 내며 총을 놓쳤다. 그리고 그 총을 정주아의 야들야들한 손이 집었다.

그녀가 바닥에 대자로 몸을 뉘인 로버트의 이마에 총구를 겨누었다. 제발 가만히 있어. 움직이면, 머리통을 날려버릴 거야. 정주아가 소리쳤다. 로버트가 낄낄거렸다. 정주아의 제지에도 불구하고, 그가 태연히 몸을 일으켰다. 당신, 정말 그 총을 내게 쏠 수 있어? 살인은 아무나 하는 게 아니라고. 어때? 정말 살인자가 될 각오가 선 거야? 로버트가 확신에 가득 찬 다부진 표정으로 머리를 쳐들었다. 다음 순간 정주아가 총격의 반동에 밀려 뒤로 나자빠졌다.

로버트는 순간 멍한 표정이 되었다. 무슨 일이 일어난 거지, 가 그의 마지막 상념이었다. 이마 정중앙에 아주 정갈한 구멍이 났다. 피조차도 갑작스런 분출구의 등장에 소스라치게 놀라 얼어붙은 듯, 한순간, 정말 한순간 아무런 일도 일어나지 않았다. 그리고 그 찰나의 한순간이 지나자, 로버트의 이마에서 피가 급격히 분출했다. 어린아이가 오줌을 사재끼는 것처럼, 그 정갈한 구멍에서 피가 주르륵 솟구쳤다. 쿵, 소리를 내며 로버트가 나자빠졌다.

정주아의 얼굴이 로버트의 이마에서 뿜어져 나온 피로 물들었다. 그녀가 방금 사람을 죽인 것이다. 이제 그녀는 유나보다도 더 붉게 변색된 몰골로 굉장한 혼란과 히스테리에 빠져들었다. 유나가 외려, 초점 잃은 눈으로 방금 자신이 죽인 남자를 응시하고 있는 정주아를 위로해야겠다는 생각이 들 정도였다.

건물 밖에 웅성웅성 모인 구경꾼들은 머리 위에서 비명 소리가 나자, 모두들 일제히 몸을 움츠렸다. 시선이 일제히 소리가 삐져나온 3층 높이를 향했다. 이봐, 여기 도대체 무슨 일들이 벌어지고 있는 거야? 누군가가 소리쳤다. 경찰은 언제 와? 경찰의 출동은 언제나처럼 늦장이었다. 모두의 시선이 건물 허공을 향해 있던 그 순간, 우연히 바닥을 내려다본 여자 하나가 비명을 질렀다. 다시 사람들의 시선이 일제히 아래를 향했다.

거기, 흐우가 부스럭부스럭 몸을 일으키고 있었다. 온몸에 자신의 피인지 상대의 피인지 모를 혈액을 잔뜩 처바른 채 힘겹게 몸을 일으킨 흐우는, 주변에서 들리는 비명소리와 웅성임 속에서 비로소 상황을 인식했다. 형체를 알아볼 수 없을 정도로 으깨진 댄의 시신이 그의 몸 아래 놓여 있었다. 몸이 꼬깃꼬깃 구겨져 바닥에 짓이겨진 그 기이한 형상을 보며 흐우가 구토를 했다.

어쩌다 이렇게 된 건지 모르겠다는 망연자실한 표정이 그의 얼굴에 드러났다. 그는 단지 아버지를 만나러 왔을 뿐인데, 그만 사람을 죽인 것이다. 머리 위에서 누군가가, 당신 괜찮아요, 라고 물었다. 괜찮을 리 없잖아, 하고 주억거린 것 같지만, 소리가 되어 나오진 않았다.

저 멀리 어디선가 사이렌 소리가 들렸다. 경찰일까. 경찰은 우리 편일까. 만일 그들이 모두 아버지를 죽이려 든다면? 흐우는 모든 혼란을 뒤로하고, 일단은 아버지를 구해야겠다는 생각이 들었다. 아버지가 걱정하는 소녀와 자신에게 살갑게 대해 준 여기자도 구해야 했다. 그가 무릎을 살짝 굽혔다 뛰어올라 가뿐하게 구멍 밖으로 나왔다.

용감하게 앞줄에서 구경하던 사람들이 기겁하며 바닥에 나자빠졌다. 그도 그럴 것이, 온몸에 피 칠을 한 채 단박에 그 높이를 뛰어오르는 건 소복 입은 우물 속 귀신이 아니라면 섣불리 도전할 수 없는 과제였으니까. 그리고 그가 빠져나온 구멍 아래로 처참하게 뭉개진 시신이 드러나자, 극단적 히스테리가 시작되었다. 괴, 괴, 괴물이다! 용감하게 나서는 시민은 없었다. 감히 누가 그러겠는가. 상대가 괴물인데.

그리고 흐우가 아무런 말도 없이 불뚝한 배를 좌우로 출렁이며, 건물 계단을 향해 달렸다. 그는 이상하게도 자신의 능력에 대한 믿음과 확신이 자라나는 걸 부인할 수 없었다. 그리고 무언가 분출하고픈 폭력적 욕구가 충만히 차오르는 것도.

각성한 초능력자 흐우가 다시 전장을 향해 돌진했다.

노인들의 전투

노인은 랜돌프의 다리에 엉켜 붙어 있었다. 랜돌프의 다리는 단 한순간도 훈련을 쉰 적 없는 군인의 근육을 가지고 있었다. 지독한 놈이라는 말밖에는 할 말이 없을 정도였다. 초인과 초인의 맞대결은 의외로 노인들의 아귀다툼이랑 크게 다르지 않았다. 워낙 운동신경이나 반응속도가 남다르다 보니, 충돌로 몸이 휘리릭 날아간다거나 붕괴된다거나 하는 일은 벌어지지 않았다. 팽팽한 긴장감이 흘렀지만, 긴장감에 비해서는 볼거리가 없는 소극적인 공방이 지리멸렬하게 이어졌다.

싸움이 시작되자, 말은 일체 없어졌다. 틈을 노려 잽을 뻗으면, 한쪽에선 그것을 받아치며 킥을 찼고, 폴짝 뛰어올라 그것을 피하며 몸을 돌려 후려차면, 또 상대는 안면을 살짝 틀어 방어해내는 식이었다. 누구든 한 번 진흙탕 싸움으로 몰아가면 상황은 걷잡을 수 없어지겠지만, 아직은 둘 다 신중했다.

상황을 바꾼 건 아래층에서 들려온 총성이었다. 소음기가 달린 총구에서 나온 거라 뱀이 땅을 기는 소리처럼 쉭쉭거렸지만, 두 노인의 예민한 귀에 감지되기에는 충분했다. 한 발의 총성과 이어지는 거친 파열음. 노인의 가슴이 철렁했다. 랜돌프도 의식하는 기색이었지만, 총성의 결과에 대한 부담은 노인에 비하면 아무것도 아니었다. 사실 랜돌프에게는 아래층에서 누가 죽든 별 상관없었던 것이다. 하지만 노인은 달랐다. 총성의 결과는 엄청난 파국을 낳을 수도 있었다. 어쩌면 이미 유나가 피범벅이 된 채 드러누웠을지도 모를 일이었다.

그에게 떠오른 생각은, 한시라도 빨리 거기로 돌아가야 한다는 것뿐이었다. 하지만 이 망할 녀석을 어떻게 떼어낸담. 그가 그런 생각을 하는 사이, 랜돌프의 주먹이 얼굴을 스쳤다. 방심하다 머리통이 날아갈 뻔했다. 이런 식이면, 내가 질 거야. 그리고 그 사이, 유나와 여기자와 그…… 아들놈에게 무슨 일이 벌어질지 모를 일이다.

특단의 대책이 필요했다. 노인이 느닷없이 랜돌프와 반대방향으로 도움닫기를 했다. 그리고는 잠시도 머뭇거리지 않고 그대로 창공을 향해 몸을 던졌다. 몸이 허공으로 솟구치려는 찰나, 무언가가 그의 발목을 착 감았다. 랜돌프의 손이다. 이 지긋지긋한 거머리 새끼. 랜돌프가 그의 발목을 거칠게 당겨 다시 공사판 안으로 밀어 넣었다. 노인이 바닥을 차르르 미끄러져, 건물 중앙 기둥에 머리를 찧었다. 쩍하고 기둥에 금이 갔다.

랜돌프가 팔을 뻗어 노인을 잡느라 중심을 잃고 휘청이다가 가까스로 균형을 잡았다. 랜돌프도 노인의 갑작스런 질주를 따라잡느라 전력을 다한 탓에 마침내 숨이 차올랐다. 그들의 모습은 영락없는 팔순 노인들의 모습이었다. 나이에 맞지 않게 고된 노무를 마친 노인들의 가쁜 숨소리가 그 살벌한 공간을 메웠다.

노인의 머리에 피가 흘렀다. 랜돌프가 힘을 실어 던진 탓에, 충격이 배가되었던 것이다. 건물의 중앙 기둥도 타격을 입었다. 기둥에 금이 가는 소리가 아래로 뻗어가고 있었다.

노인은 이젠 정말, 이 악마를 죽이지 않고서는 여기서 벗어날 수 없으리라는 걸 깨달았다. 그와 타협하거나 그를 죽이거나. 아니면 그에게 죽임을 당하거나. 당연한 이야기지만, 타협은 없다. 선택지는 다시, 죽거나 죽이거나, 둘 중 하나로 줄어들었다. 그가 힘겹게 몸을 일으켰다. 그는 피를 원한다. 가슴과 폐에서부터 치밀어 오르는 검붉고 잔인한 피. 아내를 죽음으로 내몬 바로 그 각혈이, 처음으로 갈하다.

그리고 다시 총성이 울린다. 두 번째 총성이다. 이번엔 분명 누군가 죽었으리라. 노인의 가슴에서 급격한 체혈이 올라온다. 식도를 타고 오르는 피비린내가 그의 코끝을 간질이며 따끔거린다. 후끈한 것을 강제로 집어삼켰을 때의 그런 화끈함이 몸을 데운다. 그리고 다음 순간, 울컥하고 피가 튀어나온다. 그 어느 때보다도 많은 양이었다. 매번 이 정도였다면, 아내는 그 십 년조차 버티지 못했을 것이다.

쯧쯧쯧. 늙을수록 몸 관리에 신경 써야지. 죽을 때가 다 됐구먼, 다 됐어. 랜돌프가 악의적인 미소를 지었다. 자넨, 그토록 무의미한 죽음에 노출되었던 것이 원망스럽지도 않나? 그렇게 만든 그 망할 놈들에게 복수하고 싶지 않냐고!

노인은 대답하지 않았다. 하고 싶어도 피가 솟구쳐 도리가 없었다. 랜돌프가 초를 쳤다. 다 죽었을 거야, 자네 일행들. 그 여자애나, 되바라진 여기자나, 자네의 유일한 혈육까지 말일세. 지금쯤 죄다 죽었을 거라고. 그리고 지금, 네놈도 죽어가고 있고 말이야.

노인에게 자신의 죽음은 별 상관없었다. 아직 아이일 뿐인 유나가 비참하고 고통스럽게 짧은 생을 마감했을지도 모른다는 생각이 그의 가슴을 먹먹하게 만들었다. 진즉에 죽었어야 했을 자신은, 이렇게 피를 철철 흘리면서도 여태 살아 있는데. 그의 분노가 치솟을수록, 그의 자괴가 반복될수록 피는 철철 흘러내리고, 그와 더불어 육체는 더욱 명료하고 예리하게 단련되어 간다. 이제 곧 그는 랜돌프, 저 악마와 최후의 주먹을 섞게 되리라. 노인이 고개를 들어 입가에 흐르는 피를 쓱 닦는다. 피가 멎기 시작했다.

노인은 전쟁터의 비릿한 악취를 맡는다. 그리고 눈앞에 선 거대한 적을 바라본다. 적을 죽이지 않으면, 자신이 목숨을 잃는다. 전쟁의 법칙은 오로지 그 하나뿐이다. 눈앞의 적을 죽이고 살아남는 것. 살아남는 것이 정말 중요한 걸까, 라는 의문은 언제나 차후의 문제다. 게다가 지금은 꼭 지켜야 할 대상들이 있다. 베트남에서는 몰랐지만, 지금은 싸움의 이유를 안다. 그들을 구할 수만 있다면, 그래, 그럴 수만 있다면, 이번에는 살아남지 못해도 좋다.

랜돌프도 그의 매섭고 결연한 눈빛을 감지했다. 랜돌프는 노인의 결연함에 외려 강한 희열을 느꼈다. 그러니, 이번엔 제대로였다. 둘은 그대로 서로를 향해 돌진했다. 아까처럼 소극적인 공방전이 아니었다. 서로를 죽여야만 살아남는 서바이벌 게임에 참가한, 생존욕구가 무한대로 치솟은 꼴사나운 노인네들의 폭주였다. 랜돌프의 주먹이 노인의 옆구리를 강타했다. 뼈가 으스러지는 소리를, 노인은 들은 듯했다. 하지만 그와 동시에 노인의 발이 랜돌프의 장딴지를 걷어찼다. 힘줄이 두두둑 끊어지는 소리를, 둘 모두 들었다. 랜돌프의 몸이 공중으로 붕 떴다가, 바닥에 쿵 내리찍었다. 부실한 콘크리트 바닥에 금이 가기 시작했다. 노인이 몸을 날려 무릎으로 랜돌프의 명치를 노렸다. 랜돌프가 재빨리 몸을 굴려 피한 다음, 성한 다리로 다시 한 번 노인의 옆구리를 후려쳤다. 노인이 저만치 밀려나가, 두 번째로 기둥에 몸을 박았다. 이번엔 뼈가 으스러지는 소리가 확실히 들렸다.

노인은 갈비뼈가 으스러져 호흡이 가빴다. 그가 캑캑거리며 노쇠한 호흡을 뱉어냈다. 내가 늙긴 정말 늙었나보군. 각혈이 아니더라도, 피가 흥건히 흘러나온다. 이 늙은 몸에 웬 피가 이리도 많은지.

사방에서 일어난 부유물을 헤치며, 랜돌프가 다가왔다. 노인에게 걷어차인 다리가 성치 않은지 절뚝거리긴 했지만, 그는 확실히 유리한 위치에 서 있었다. 노인은 이제 정말 단 한 번의 공격에 모든 걸 걸어야 한다고 생각했다. 어떻게든 저놈의 심장을 쥐어뜯지 않는다면, 승산이 없었다. 노인의 셔츠 안쪽에서 그녀의 아내가 생글생글 웃으며 물었다. 포기할 건 아니지? 노인이 중얼거렸다. 물론이지.

랜돌프가 숨을 헐떡이며 말했다. 이봐, 꼴이 이게 뭔가. 나잇살은 먹을 대로 먹어서 말이야. 정말 이대로 끝장을 볼 셈인가. 우리가 꼭 이렇게 목숨까지 건 다툼을 벌여야겠나. 게다가 지금으로 봐서는, 자네에게 유리할 게 전혀 없어. 이건 자네답지도 않아. 거기 패잔병처럼 쭈그리고 앉아서 말이야. 그때 그 지독히 더럽고 짜증나던 나라에서는 말이야, 자넨 정말 대단했다고. 그런 코 무더기는 나도 처음 봤어. 인간의 악랄함에 대한 경이마저 느껴지더라니까. 자넨 진정한 악마였어. 내 사랑스런 별명을 무색하게 만들 만큼 말이야.

랜돌프가 잠시 숨을 헐떡인 다음, 다시 말을 이었다. 이봐, 거기서 많은 친구들이 죽었지. 그런데 자네와 나는 살아남았어. 왜 우리만 살아남았을까? 정말 모르겠나? 우리가 악마였기 때문이야, 악마! 그런 자네가 지금 남 걱정이란 말인가? 자네가 이런다고 뭐가 달라지지? 지금도 전쟁은 곳곳에서 벌어지고 있고, 괴물들은 계속 생성되고 있어. 더 지독한 악마가 되지 않으면, 우리에게 남은 것은 죽음뿐이야!

286

　노인은 대꾸하지 않았다. 그럴 기력도 없었지만, 단 한 번의 기회를 위해 가능한 많은 힘을 비축해야 했다. 랜돌프는 그 묵묵부답을 노인의 체념으로 받아들였다. 랜돌프가 보기에도, 이미 노인은 너무 많은 피를 흘렸다. 랜돌프가 예의 그 사악한 미소를 지었다.

　오호라, 이제 알겠어. 다 끝났군, 끝났어. 안 그래? 결국 나만 살아남는 거로군. 자네 때문에 좋은 꿈을 꿨는데, 또 지루해지게 되었어. 혼자 살아남아 말이야. 이젠 정말 해리가 뭔가 새로운 걸 찾아내기만을 기다려야 하는 건가. 그가 고개를 절레절레 흔들며 말했다. 피차 더 할 말도 없는 것 같은데, 이제 그만 끝내지.

　랜돌프가 공사판을 나뒹굴고 있는 대형 스패너를 집었다. 공사용으로 사용되는 대형 스패너였다. 은빛의 섬광이 번뜩였다. 자넨 피를 너무 많이 흘렸어. 주먹으로 자네 골수를 부수기가 저어되는군. 어쨌든 오랜 전우이자 동족을 죽이는 일이니까. 그러니, 이게 좋겠어. 그러면서 랜돌프는 스패너를 환풍기 날개처럼 세차게 빙빙 돌렸다.

　랜돌프가 한발 한발 거리를 좁히며 다가왔다. 먼저 네 머리를 곤죽으로 만든 다음, 심장을 도려내 영원히 소생 가능성을 없앨 거다. 그다음에 뭘 할지 알아? 클클클. 그래, 네놈의 코를 베어갈 거다. 정말 멋진 전리품이지 않나.

　노인은, 어디 할 수 있으면 해봐라, 는 의미로 힘겹게 고개를 까딱했다. 노인의 귀에 그가 기대고 선 기둥의 금이 바닥을 향해 질주하고 있는 것이 느껴졌다. 이 건물, 오래 버티지 못하겠군. 노인이 속으로 읊조렸다.

　스패너가 붕붕거리며 돌아가는 소리가, 노인의 관자놀이 근처의 공기를 울렸다. 노인은 기력이 쇠진한 데다 스패너가 앵앵거리는 소리 때문에, 그리고 그 와중에도 상대의 심장을 노리는 일격을 준비하느라, 누군가가 그 허술한 가계단을 타고 오르는 소리를 미처 잡아내지 못했다.

그리고 곧장 총성이 울렸다. 저 아래에서 시끄러운 군중들의 웅성거림이 느껴졌다. 멀리서 사이렌 소리도 들려왔다. 총알은 랜돌프의 심장을 헤집는 대신, 그의 본능적인 몸놀림의 반향을 타고 허공으로 날아갔다.

노인이 고개를 돌려 총알이 날아온 방향을 보았다. 정주아였다. 총을 꽉 움켜쥔 그녀의 손이 바들바들 떨리고 있었다. 그리고 그녀 뒤에 유나가 서 있었다. 노인의 얼굴에 순간적으로 화색이 돌았다가 이내, 살아남았으면 어떻게든 이 지옥을 빠져나갈 일이지, 도대체 왜 여기까지 올라온 거냐는 원망이 일었다. 이들을 무사히 돌려보내야 하는데, 지금 그의 기력으로 그것이 가능할지 확신할 수 없었다.

랜돌프가 당혹스런 기색을 감추지 못했다. 피를 많이 흘리고 신경이 곤두선 탓이긴 하지만, 그래도 이들의 움직임을 미리 포착하지 못했다는 사실이 곤혹스러웠다. 하지만 이내 평정을 되찾고 이죽거렸다. 오호라, 제법이로군. 요원들의 총을 빼앗다니……. 랜돌프가 말을 맺지도 않았는데, 정주아의 총이 다시 불을 뿜었다. 이번엔 단발이 아니었다. 소음기 때문에 쉭쉭거리는 스산한 소리를 내며 총알이 마구 튀어나갔다. 총알이 다 배출되어 탄구가 비었음을 알리는 찰칵 소리가 들릴 때까지, 그녀는 적을 향해 무작정 총을 갈겼다.

예상외의 거친 총알세례에, 랜돌프가 늙은 개코원숭이처럼 춤사위를 벌이며 먼지투성이의 바닥을 굴러댔다. 물론 정주아의 실력으로는 랜돌프를 저격할 수 없었다. 하지만 무작정 갈겨댄 총알 중 하나가 랜돌프의 현란한 몸놀림을 비집고 들어가 가까스로 팔에 적중했다. 그의 몽키 스패너가 바닥으로 뚝 떨어졌다. 랜돌프의 팔이 쩍 갈라지며 너덜너덜하게 걸렸다. 이런 젠장. 랜돌프가 자신의 의지대로 움직이지 않는 부러진 팔을

288

보며 중얼거렸다. 오늘 좀 무리했기로서니, 이 정도 총알도 못 피하다니. 이런, 나도 늙어버린 건가.

하지만 그의 회한만큼이나 분노도 급격히 치솟았다. 이제 곧 도태될 현생인류가 감히 신인류의 시조에게 손을 댄 것이다. 랜돌프의 입장에서는, 있을 수 없는 역린이었다. 죽음을 자초하는군. 그가 너덜거리는 팔을 거추장스러운 액세서리를 걷어낼 때처럼 뜯어냈다.

정주아는 그 잔혹한 광경을 멍하니 바라보고 있었다. 역시나, 우리가 낄 싸움이 아니었어. 그냥 달아났어야 했는데. 그녀가 입술을 잘근잘근 씹었다. 정주아가 유나를 바라보았다. 아직까지는 정신을 잃지 않고 있었지만, 언제 쓰러져도 이상하지 않을 상황이었다. 하지만 정작 유나는, 이제 그런 건 하도 겪어봐서, 뭐 이 정도쯤이야, 하는 표정이었다. 열네 살짜리 소녀가 지니기에는 너무 패배적이고 염세적인 표정이었다. 차라리 정신을 잃는 쪽이 더 나을 거야. 정주아가 그러길 바란다는 의미로 고개를 끄덕였다. 이제 곧 무시무시한 재앙이 찾아올 테니까. 아마도 저 악마가 자신의 팔처럼, 여자들의 사지를 잘라낼지도 모른다.

랜돌프가 먹이를 포착한 뱀처럼 눈 깜짝할 사이, 소리도 없이 스르륵 여자들 틈으로 다가왔다. 노인이 다급히 몸을 일으키려다, 쿨럭, 하고 또 한 바가지의 피를 쏟아냈다. 랜돌프의 하나 남은 팔이 정주아의 목을 움켜쥐려는 순간, 무언가가 그의 복부를 쳤다. 노인이 어느새? 라고 생각했지만, 노인은 여전히 뒤에서 캑캑거리고 있었다. 그의 복부를 친 것은 노인의 아들이었다. 랜돌프가 아주 유연한 덤블러처럼 몸을 회전했다가, 잘려나간 팔 때문에 중심을 제대로 잡지 못하고 기우뚱하며 바닥에 머리를 찧었다. 또다시 쩍, 하고 금이 갔다. 바닥의 금이 낙동강 하천의 지류처럼 섬세하게 뻗어나가고 있었다.

이건 또 뭐야. 랜돌프가 소리쳤다. 상대에게 충격은 주었지만, 이 배불뚝이 베트남인은 아직 제 힘을 충분히 활용하는 법을 모른다. 이제 막, 사람 하나를 죽였을 뿐이니까. 랜돌프가 몸을 털고 한 팔로 몸을 일으키며 중얼거렸다. 역시 베트남은 망할 좆같은 나라야.

하지만 다음 순간, 그는 불현듯 깨달았다. 유전을 통해 능력이 전달된 놀라운 사례가 지금 그의 눈앞에 서 있다는 것을. 랜돌프의 뒷골을 타고 전율이 흘렀다. 이건, 신인류의 종족 번식이 가능하다는 반증이 아닌가. 그는 가만히 자신이 그간 몸을 섞었던 여자들을 떠올렸다. 대부분 창녀들이었다. 어디선가 그의 씨가 자라고 있을지도 모를 일이 아닌가. 좋아, 이번 건만 마무리하고 나면, 전 세계 방방곡곡을 유랑하며 늘씬한 백인 영계들만 골라 씨를 남겨 주리라. 신인류의 태동을 일으킬 위대한 씨들을.

하지만 그 전에 이놈들부터, 라고 랜돌프가 마음을 다잡는데, 그의 귓가에 익숙한 소음이 들려왔다. 그것은 노인의 귀에도, 흐우의 귀에도 들렸다. 소리는 빠른 속도로 다가오고 있어, 정주아와 유나의 귀에도 곧 포착되었다. 프로펠러가 회전하는 소리였다. 그리고 곧 그들의 눈앞에, 전투헬기가 저공비행을 해 모습을 드러냈다. 헬기 발걸이에 발을 올리고 기관총을 겨눈, 완전무장한 전투요원 하나가 확성기에 대고 소리쳤다.

모두 바닥에 엎드려라. 안 그럼, 사살한다. 다시 한 번 반복한다. 모두 바닥에 엎드려라.

그러나 아무도 바닥에 엎드리지 않았다.

전장의 포화

　건설현장 앞을 메웠던 구경꾼들은 삽시간에 달아났다. 뒤늦게 나타난 경찰관들이 현장을 봉쇄하며 바리케이드를 치는 동안 또 다른 검정 밴들이 들이닥치더니, 무장요원들이 우르르 내렸고, 그중 우두머리가 경찰 책임자를 불러 귀에다 대고 뭐라고 소곤거렸다. 현장의 경찰 책임자는 깜짝 놀란 표정을 짓더니, 이내 확성기에 대고 소리치기 시작했다. 대규모 테러다. 폭발이 있을지도 모르니, 다들 대피하세요!

　그 소리와 더불어, 관중들은 삽시간에 얽히고설켜 엉망진창으로 달아나기 시작했다. 안 그래도 뭔가 심상찮았다. 사람이 추락하질 않나, 괴물 같은 인간이 피를 철철 흘리며 건물로 달려 들어가질 않나, 건물 전체가 으르렁거리질 않나, 느닷없이 전투헬기가 나타나질 않나. 경찰의 한마디에 마치 9.11사태가 눈앞에서 재현이라도 된 듯, 사람들은 우르르 흩어졌다.

　그사이 중무장한 요원들은 몸이 납작하게 눌려 내장을 다 쏟아낸 댄의 시신을 꺼냈다. 그들은 한동안 시신을 물끄러미 바라보았다. 침투조장이 이어폰에 대고 대원들에게 지시했다. 장비 다시 한 번 점검해. 이번엔 정말 만만찮은 상대다. 말을 맺자마자, 탄창을 갈거나 수류탄을 걸거나, 최후의 육박전을 대비해 단검을 장착하는 소리가 일사분란하게 퍼졌다.

건물은 계속 시동 걸린 오토바이처럼 부르릉거리며 침투조를 긴장시켰다. 헬기에 이번 작전의 총책임자가 타고 있었다. 그는 해리에게 직접 출동 지시를 받았다. 해리는 역시나 서투른 사람이 아니었다. 취향이 변태적이고 카리스마가 부족하긴 했지만, 토마스가 자신의 모든 연구 성과를 물려줄 만큼 유능한 인물이기도 했다. 그리고 그는 굉장히 현실적인 인물이기도 했다.

그가 보기에 스승의 연구는 더 이상 봐줄 수 없을 만큼 처참하게 실패했다. 랜돌프는 도무지 감정 통제가 되지 않는 인간이었다. 우울했다가, 분노했다가, 히죽거렸다가, 더없이 침착했다가, 한순간 폭발하는 괴물이었다. 그런 괴물을 데리고는 어차피 미래를 기약하기가 힘들었다. 그래서 해리에게 더더욱 그 노인이 필요했다. 수십 년간 자신의 능력을 숨기고 존재감을 지울 수 있을 정도라면, 어쩌면 희망이 있었다. 하지만 이미 작전은 어그러졌다. 로버트와 댄의 죽음은 그들의 체내에 삽입된 인식 칩이 정지하면서, 실시간으로 전달되었다. 그것은 조직이 그들의 인적 자원을 관리하는 방식이었다.

해리는 고개를 저었다. 로버트와 댄의 죽음이 슬퍼서가 아니라, 스승의 연구가 실패해서였다. 아, 처음부터 다시 시작해야 하나. 해리가 초조하게 펜을 두드리다, 한국지부에 전화를 걸었다. 전원 출동해. 한국 정부에는 내가 손을 쓸 테니, 너희들은 가서 다 끝내. 민간인 피해자? 그딴 건 개의치 말고, 그냥 폭사시켜. 자네들도 알잖아. 랜돌프가 어떤 인간인지. 한번 시작하면 반드시 끝을 봐야 해, 반드시! 좋게 말해서 방심시킨 다음, 다

몰살시켜.

그래서 헬기가 왔고, 책임자는 그들을 방심시키기 위해 바닥에 엎드릴 것을 지시했다. 일단 엎드리면, 쏴죽이면 된다. 하지만 누구도 엎드리지 않았고, 그것이 그를 당혹스럽게 만들었다. 노인이 힘겹게 몸을 일으켰다. 그리고 그는 문득, 지금 이것이 아주 익숙한 정경임을 깨달았다.

무시로 날아와 고엽제를 뿌려대던 헬기의 프로펠러 소리, 사방을 부유하는 흙먼지와 피비린내, 그리고 정체를 알 수 없는 거대한 분노들의 충돌. 아마 곧 적들의 사격이 시작되면 총성까지 더해질 테니, 그래, 이건 더할 나위 없는 전쟁터의 재현이다. 그리고 거기서 살아남는 것은 그가 가장 잘하는 일이기도 했다. 아마 랜돌프도 마찬가지겠지만, 이번에는 그리 쉽지 않을 것이다.

망할 해리 놈이! 랜돌프가 버럭 소리를 질렀다. 노인이 흐우를 쳐다보았다. 아버지의 눈길로, 그리고 예리한 지휘관의 눈빛으로. 흐우는 폭주를 시작한 이후, 자신의 능력이 시시각각 증폭되고 있음을 느끼고 있었다. 노인의 고갯짓이 무엇을 의미하는지, 그는 금방 알아챘다. 저놈을 없앨 방법은 너와 내가 힘을 모으는 것뿐이다. 흐우가 고개를 끄떡였다. 노인은 아들에게 돌이킬 수 없는 질병을 유전으로 물려준 듯한 기분이 들어 안쓰러움이 일었다. 어쩌다 너까지 괴물로 태어난 것이냐.

노인이 정주아와 유나에게 기둥 뒤편의 건축자재를 가리키며 소리쳤다. 저리로 뛰어! 그들이 몸을 움직임과 동시에 헬기의 기관수가 사격을 시작했다. 타다다다, 타다다다. 총알 파편이 가뜩이나 부실한 건물을 사정없이 들쑤셨다. 사방에 피폭의 잔해들이 튀어 올랐다. 화염과 불꽃이 곳곳에서 일고, 먼지와 건축자재의 잔해들이 그 사이의 빈 공간을 메웠다. 랜돌프가 재빨리 몸을 날려 몽키 스패너를 잡고는 하나뿐인 팔을 그대로 뻗어 헬기로 집어던졌다. 순식간의 일이었다. 몽키 스패너가 기관사수의 머리통을 그대로 몸체에서 끊어냈다. 스패너와 깜짝 놀란 면상이 함께 허공을 날아, 저 멀리 어딘가로 떨어졌다. 누군가가 그걸 보고 또 기겁을 할 것이다.

머리는 날아갔어도, 기관사수의 몸체는 성실하게도, 방아쇠를 놓지 않았다. 랜돌프가 기관단총의 무차별 사격을 피해 가까스로 자재더미 뒤로 몸을 숨겼다. 잠시 후, 탄환이 다 떨어져서야 겨우 요격이 멎었다. 겁에 질린 대원들이 헬기의 고도를 높이며, 지상 침투조에게 뒷마무리를 떠넘겼다.

휴우, 대단한 놈들이로군. 랜돌프가 자재더미에서 몸을 일으키는 것과 동시에 흐우가 몸을 날렸다. 랜돌프가 느닷없는 기습에 반응해 몸을 틀었다. 흐우는 자신이 가진 전력을 다해 랜돌프를 껴안았다. 이 미친 새끼가. 랜돌프가 뒤에서 안긴 상태로, 팔꿈치를 들어 흐우의 머리통을 때렸다. 골이 울리는 느낌 때문에, 흐우는 버거웠다. 이대로 가다간, 금방 두개가 함몰될 것 같았다. 다행히 그는 각성한 능력만큼이나 맷집도 좋아져 있었다.

하지만 랜돌프의 타격이 계속되자, 흐우도 더 이상 버틸 수가 없었다. 마침내 틈이 벌어졌고, 랜돌프가 잽싸게 몸을 틀어 박치기를 했다. 흐우가 거대한 해머에 두들겨 맞은 것처럼, 멍해져서 뒤로 나가떨어졌다. 그리고 그와 동시에, 랜돌프는 극심한 고통을 느꼈다. 마지막 힘까지 다 짜낸 노인의 손이 랜돌프의 몸을 찢고 앞으로 불쑥 튀어나와 있었다. 랜돌프는 자신의 몸을 관통한 노인의 손을 물끄러미 들여다보았다. 노인의 손에 담긴 악마의 심장이 끈질기게도 콩닥거리고 있었다.

랜돌프가 허허롭게 웃었다. 허, 허허, 허허허. 내가 내 심장을 보면서 죽는군. 이봐, 네놈들은 뭐 그리 행복하게 죽을 수 있을 것 같나. 랜돌프가 거대한 함선이 침몰될 때처럼, 주변의 무거운 공기를 휘감고 쓰러졌다. 역전의 용사에게 어울리지 않는, 침울한 죽음이었다. 노인이 정체를 알 수 없는 감정을 느끼며 물끄러미 랜돌프의 최후를 지켜보았다.

아들아. 마침내 노인이 흐우에게 말했다. 흐우는 아들이라는 소리에 퍼뜩 정신을 차렸다. 목이 메었다. 그 한마디를 듣기 위해 여기까지 와서, 이 죽을 고비를 넘긴 것이다. 흐우가 울먹이며 대답했다. 예, 아버지. 유나와 기자를 구해라. 예. 흐우가 막 몸을 일으킨 정주아와 유나에게 달려갔다. 정주아가 유나를 가리켰다. 난 괜찮아요. 유나가 위험해요. 유나를 엎어요. 알았습니다. 흐우가 순박한 청년으로 돌아와, 정주아가 시키는 대로 유나를 엎었다. 정주아가 총에 탄창을 갈아 끼웠다. 아까 죽은 요원 거예요. 정주아가 설명했다. 내가 죽인 그 남자에게서…….

시간이 없어. 건물이 무너지려 한다. 노인이 소리쳤다. 예, 아버지. 흐우가 여자들에게 되풀이했다. 여기, 무너집니다.

곧 아래층에서부터 일사불란한 군홧발소리가 들렸다. 계단을 틀어 막 면상을 들이민 요원에게 정주아가 가차 없이 총을 갈겼다. 총알이 튀어올라, 선봉을 맡은 요원을 자빠뜨렸다. 건물 계단이 너무 삐걱대고 부실해 중심을 잡을 수 없었던 탓에, 그는 계단 틈사이로 추락했다.

적들의 일제 사격이 시작되려는 찰나, 바람처럼 계단을 타고 내려간 노인이 그들 틈으로 스며들어가 닥치는 대로 주먹을 휘둘렀다. 요원들은 머리를 맞아 두개가 으깨지고, 노인이 내지른 발길에 심장이 터져나갔다. 노인이 손에 잡히는 요원의 몸통을 들어 굴리자, 일제히 와르르 굴러 떨어졌다. 하지만 노인의 몸 상태는 이미 망신창이었고, 살과 살을 부대끼며 총검에 이곳저곳을 사정없이 찔리기도 했다. 반사 신경이 둔해지고, 피가 푹푹 솟구쳤다.

흐우가 아버지를 돕기 위해 유나를 내려놓으려 하자, 노인이 소리쳤다. 뭐하는 거냐. 어서 유나와 기자를 데리고 여기서 벗어나라. 하지만 아버지……. 내 걱정은 마라. 살아남는 건 내 전문 분야다. 노인이 요원들의 면상을 벽에 짓이기며 말했다. 요원 몇이 거리를 벌리며 물러나 사격자세를 취했다. 정주아가 흐우 뒤에 바싹 붙어 내려오며 그들에게 사격을 했다. 노인에게 시선이 집중된 탓에, 날아오는 총알을 피하지 못한 요원이 정수리에 피를 분출하며 쓰러졌다. 시선이 흐트러진 사이 노인이 잽싸게 뛰어들어 총을 하나 빼앗고는, 실전 경험이 풍부한 베테랑 군인의 실력으로 적들을 하나하나 쏘아 죽였다. 그러는 사이 그의 몸에도 총알이 몇 군데 들어박혔다.

콰르릉. 머리 위에서 폭음이 쏟아지며 건물 부스럼이 쏟아지기 시작했다. 헬기가 전략을 수정했다. 전장 상황을 보고받은 해리가 마침내 최종 지시를 내렸다. 과감하고도 단호한 지시였다. 건물이랑 함께 통째로 날려 버려.

헬기가 건물에다 마구잡이로 갈겨댔다. 건물이 더 이상 못 참겠다는 표를 노골적으로 드러냈다. 침투조 중 일부가 후퇴 명령이 떨어지기도 전에 돌아서 달아나기 시작했다. 하지만 조직에 대한 충성도가 남달리 투철한 요원들은 노인과의 마지막 일전에 기꺼이 목숨을 내놓았다.

5층 높이까지 밀고 내려왔을 때, 노인이 다시 소리쳤다. 아들아, 여자들을 안고 뛰어내려라! 예. 흐우는 아버지의 말이 무엇을 의미하는지 알았다. 이미 그는 추락에서 살아남는 법을 경험했다. 아버지는……? 바로 따라가마. 예. 노인이 잠시 흐우의 얼굴을 물끄러미 들여다보았다. 이름이 흐우랬나. 예, 쯔엉 흐우, 입니다. 그래 흐우…… 넌 아이와 여자를 구한 거다. 알았니? 예. 그걸 평생 가슴에 품고 살아라.

흐우가 뭐라고 되물으려는데, 용맹한 요원 하나가 기회라 생각하고 총을 쏘며 달려들었다. 노인의 등에 총알이 박혔다. 노인은 곧장 주먹을 내질러 요원의 용기를 허무하게 만들며 소리쳤다. 어서 가라!

흐우가 아버지에게 고개를 까딱이고는 정주아와 유나를 품에 안고 허공을 갈랐다. 뛰어내리기 직전, 유나가 가물거리는 정신을 가까스로 부여잡고 희미하게 소리쳤다. 할아버지, 어서 와요! 그러나 그 소리는 너무 작았고, 노인의 예민한 청력은 이미 그 위력을 거의 상실한 상태였다. 그들이 뛰어내림과 거의 동시에 건물이 와르르 무너져 내리며 먼지구름을 피워 올렸다. 그 먼지구름이 흐우의 추락 반경을 감쪽같이 감춰주었다.

노인은 아들을 뒤따르지 않았다. 대신 그는 아내의 사진을 꺼냈다. 아내는 이 상황을 아는지 모르는지, 여전히 생글생글 웃고 있다. 아내가 고개를 끄덕였다. 그래요, 이제 그만하면 됐어. 내 말이. 노인이 고개를 끄덕였다. 총알을 죄다 소진한 요원 하나가 다가와 무방비 상태인 노인의 등을 칼로 찔렀다. 잘 익은 돼지고기 수육에 꽂히듯 칼이 푹 들어갔다. 노인은 태연하게 뒤를 돌아보았다. 감히 아내와의 시간을 방해하다니. 요원이 제풀에 기가 꺾여 주저앉았다.

그와 동시에 건물이 아래로 붕괴되기 시작했다. 떨어지는 함석에 요원이 납작하게 함몰되며 바닥을 연이어 허물어뜨렸다. 노인은 몸이 건물과 함께 추락하도록 그대로 내버려두었다. 순간적으로 손에서 아내의 사진을 놓쳤다. 그 추락의 와중에도 아내는 연신 생글생글, 이었다. 아내가 살갑게 말했다. 이젠, 좀 웃어도 돼. 노인이 멀어져 가는 아내를 향해 팔을 뻗으며, 미소를 지었다.

흐우와 정주아와 유나는, 추락하며 생긴 구덩이 아래에서 건물이 무너져 내리는 것을 지켜보았다. 몸 위로 파편이 쏟아지는 걸, 흐우가 등으로 막았다. 유나가 마지막 기력을 다해 울부짖었다. 흐우도 몸부림쳤다. 노인은 끝내 따라오지 않았다. 어쩌면 모두들 그리리라는 걸 이미 알고 있었는지도 모른다. 유일하게 이성을 수습한 정주아가 몸을 웅크린 채 소리쳤다.

일단 빨리 여길 벗어나요. 살아남아야, 뭐든 할 수 있어요. 안 그럼, 당신 아버지의 희생이 모두 헛된 게 될 테니까요. 지금 우리에게, 그리고 당신 아버지에게 중요한 건, 우리가 어떻게든 살아남는 거잖아요. 흐우가 눈물을 흘리며 고개를 끄덕였다.

건물이 무너진 후에도 폭격은 한동안 계속되었고, 자재 더미가 자잘한 부스러기 단위로 완전히 분해될 쯤에야 도심을 충격과 화염 속으로 몰아넣었던 전투가 막을 내렸다. 공사현장 인근은 마치 전쟁 직후의 폐허처럼, 처량한 황폐함과 화염의 흔적들로 가득 찼다.

그리고 파괴의 매캐한 악취가 사방에 짙게 깔렸다.

중후한 목소리의 앵커는 혼란스러웠다. 신속 공정한 보도를 사명으로 알고 살아온 그는, 오늘도 도심 한복판에서 벌어진 테러에 대한, 스스로도 믿기 어려운 소식으로 뉴스의 첫머리를 열었다. 갈수록 자신이 뭔가에 조종당하는 꼭두각시 같은 기분이었다. 어쨌든 그는 예민한 아내와 예민한 딸을 먹여 살려야 했으므로, 오늘도 한껏 목소리를 깔아 멘트를 읊었다.

이미 속보로 여러 차례 방송이 되었습니다만, 다시 한 번 오늘 일어난 도심 테러 사건의 개요를 정리해 드리겠습니다. 오늘 오후 4시 30분경, 서울 외곽순환도로 근처의 아파트 공사현장에서 대규모 테러가 발생하였습니다. 용의자는 오늘 오전, 검찰청에서 도주한 불법무기거래업자로 파악되었습니다. 우리가 잠시 영웅으로 오인했던 바로 그 사람입니다. 테러 발생 지역은 15층 높이의 아파트 건축 현장으로, 이 아파트는 지난해 말 시공업체의 부도로 공사가 중단된 채 방치되어 있었습니다. 현재까지의 검찰 수사 결과에 따르면, 범인은 오늘 오전 12시경 감시가 소홀한 틈을 타 도주해 지원 세력과 결탁, 현장에서 경찰특공대와 대치하다 총격전이 오 갔으며, 고성능폭발물을 설치하고 테러 위협을 가하던 중 폭사한 것으로 알려졌습니다. 건축물 전체가 붕괴되면서 인근 지역 주민들이 긴급 대피 하였고, 현장에서 방사능 오염 물질까지 검출되면서 접근이 철저하게 차 단된 상태입니다.

현재 군경이 수사에 총력을 기울이고 있습니다만, 현장이 완전히 붕괴 된 데다 방사능 물질에 대한 조치 때문에 시신 발굴은 여의치 않은 상황 입니다. 이 사건으로 우리 경찰 약 30여 명이 사상한 것으로 알려져 있습 니다. 현재 용의자를 지원한 세력이 누구인지 정밀 분석 작업이 진행되고 있습니다. 러시아 마피아 같은 범죄조직에서부터 알카에다 같은 국제적 테러집단까지 폭넓게 고려되고 있습니다. 그럼 여기서 현장에 나가 있는 김기진 기자 연결하겠습니다.

일전에 심히 당황해 말을 더듬은 바람에 데스크에 불려가 얼이 나갈 정도로 혼쭐이 난 후, 개선은커녕 카메라 울렁증까지 얻게 된 김기진 기 자가, 단지 다른 고참 기자들이 방사능 오염지역에 나가고 싶어 하지 않 은 탓에 다시 현장 마이크를 잡았다. 가뜩이나 위축된 심리상태로 이만 저만 긴장되는 게 아닌데, 현장에 나와 보니 이건 말도 아니었다. 멀리서 봐도 건물이 무너져 흩날리는 잔해들이 여전히 열기를 뿜어내고 있었고, 차단 구역 안에서는 몸을 방호복으로 꽁꽁 싸맨 검역요원들이 현장을 점 검하며 위태로운 기운을 물씬 풍기고 있었다.

현장을 관리하던 군인들은 취재 기자들에게, 사망을 포함한 모든 종류 의 불미스러운 사태 발생 시 전적으로 본인 책임, 이라는 내용의 서약서 까지 받은 후에야 방호복을 내주었다. 하지만, 일전에 '우리 군의 방호복,

정말 방호 가능?'이라는 제하의 기획보도를 한 적 있는 김기진 기자는 군인들이 건네준 방호복의 효과를 도통 신뢰할 수 없었다. 요즘 기자직은 자신의 적성이 아닌가, 하는 고민에 뜬눈으로 밤을 지새우곤 하는 김기진 기자로서는 그야말로 살맛 안 나는 짓거리였다. 엄격한 통제 덕분에 현장 중심부까지는 들어가지 못한다는 점이 그나마 다행한 일이었다.

카메라에 불이 들어오고 그가 심호흡을 가다듬은 다음, 말을 시작했다. 여기, 현장에 나와 있습니다. 예, 아, 저는 김지진, 아, 아니 김기진 기자입니다. 아뿔사, 이름까지 잘못 튀어 나오다니. 스튜디오의 앵커가 인상을 찌푸렸다. 저거, 아무래도 잘라야겠어.

그러거나 말거나, 이미 체념 상태에 들어간 김기진은, 아예 맘을 비우고 마구 떠들어댔다. 맘을 비우니, 외려 더 술술 흘러나왔다. 진즉에 이럴 걸, 싶을 정도였다.

이번에도 현장은 더없이 참혹합니다. 현재까지 추정 사망자는 범인 일당을 포함해 약 40여 명 선으로 예상되고 있습니다. 방사능 오염 수치가 생각보다 높아, 적들이 핵을 이용한 무기를 사용했을 가능성도 배제할 수 없습니다. 현재 이곳 주민들은 군경의 지휘 아래 인근 지역으로 대피한 상태입니다. 아직 숨겨진 폭발물이나 화학무기가 산재해 있을 가능성이 있어 2차 피해 또한 우려됩니다. 솔직히 저도 좀 떨립니다. 김기진은 에라 모르겠다, 자신의 내면에 도사린 두려움까지 적나라하게 고백해 버렸다. 이러거나 저러거나 이 회사 붙어 있기도 글렀고, 아예 전업마저 고려중이었으니.

서구인 시신과 동남아인 범죄자를 보았다는 현장 목격자들의 증언이 있어, 이번 테러가 단순한 불법무기거래업자의 난동 수준이 아니라, 국제적 테러집단의 이권이 얽힌 고도로 정련된 테러 상황이 아닌가 추정됩니

다. 워낙 대규모의 폭발이라, 용의자들은 현장에서 모두 사망했을 것으로
보고 있습니다. 아, 정말, 이젠 대한민국도 테러 위협에서 자유롭지 못한
위험천만한 나라가 되어 버렸습니다.

스튜디오의 앵커는 이어서 소개할 내용을 보고 또 한숨이 절로 나왔
다. 망할 악당이 일전에 구출한 소녀가 또다시 실종상태였다. 테러 발생
몇 시간 전에 병원을 빠져나가 사라져버린 것이다. 아, 소녀와 같은 중학
교를 다니는 예민한 딸의 예민한 반응이 두려웠다. 또 그 예민한 딸의 엄
마이자, 딸에게 그 예민함을 고스란히 물려준 그의 아내가 또 얼마나 예
민하게 굴어 그의 마음에 상처를 입힐지 생각만 해도 머리가 지끈거렸다.
이럴 경우, 남편이 통이라도 크면 모든 것을 포용하고 그들의 예민한 성정
을 보듬어 안을 수 있겠건만, 장중한 목소리와는 달리 지극히 섬세한 예
민함을 갖춘 앵커는 자신이 받을 상처에 벌써부터 짜증이 났다.

그러거나 말거나, 김기진은 시간이 되었는데도, 계속 자신의 개인적인
감상을 읊조리며 말을 끊을 생각을 하지 않았다. 그는 이것이 이 방송국
에서 자신이 뱉어낼 마지막 멘트라는 것을 자각했는지 미련스럽게 장광
설을 펼쳤다.

아, 정말 어수선합니다. 과연 범인들은 모두 죽은 걸까요. 일당들이 제
2, 제3의 테러를 준비하고 있는 건 아닐까요. 정부의 실책만으로도 사회
는 혼란 그 자체인데, 이제는 이런 외부의 위협까지 실재하다니, 정말 대
한민국의 미래가 걱정입니다. 아무래도, 제가 보기에는……. 화면이 뚝
끊겼다. 참다못한 엔지니어가 현장 화면을 끊고 다급히 스튜디오로 장면
을 전환시켰다.

현장기자의 말이 채 끝나기도 전에 다급히 카메라에 불이 들어오는 바
람에, 방심하고 있던 앵커가 한숨을 내쉬는 게 그대로 전파를 탔다. 그가

황망히 자세를 가다듬고 넥타이를 끌어올리는 것도. 당황해서 넥타이를 너무 높이 끌어올리는 바람에 목이 꽉 끼었다. 그의 굵직한 목이 우스꽝스럽게 조여, 그가 장중한 목소리를 뱉기 시작하자 얼굴이 벌겋게 달아올랐다. 하지만 그래도 그는 베테랑, 능숙하게 상황을 정리했다.

현장의 어수선함과 위험도가 취재기자마저 질리게 만들 만큼 심각한 상황으로 보입니다. 잠시 뜸을 들인 다음, 그가 여전히 벌건 얼굴로 심각하게 말을 이었다. 또 하나 걱정스런 소식입니다. 불법무기거래업자가 영웅 행세를 하며 구해준 것으로 알려졌던 이유나 양이 다시 실종되었습니다. 테러 발생 약 3시간 전으로 추정되는데, 테러현장에 있었던 건 아닌지 걱정되는 상황입니다. 이 착하고 어린 소녀에게 왜 이토록 많은 시련이 찾아오는 것일까요? 지금 다시 한 번 전 국민이 애타게 유나 양을 찾고 있습니다. 도대체 지금 유나 양은 어디에 있는 걸까요?

1

삼 년의 시간이 흘렀다. 도심 테러 사건은 역사적인 사건이 되었지만, 그것이 주는 생생한 충격의 여파는 채 1년도 지나지 않아 가물가물해졌다.

테러나 불법무기거래에 대한 특단의 대책 같은 것은 나오지 않았다. 국방비가 조금 늘어난 정도였다. 2차 테러도 없었고, 어느 집단도 관련성을 인정하지 않았다. 한동안 과하다 싶을 정도로 떠들썩했지만, 속 시원히 밝혀진 것은 아무것도 없었다. 정부는 예민한 사안을 다룰 때면 언제나 그래왔던 것처럼, 얼렁뚱땅 얼버무리며 넘어갔다.

현장이 워낙 확실하게 파괴되어, 진실도 함께 함몰되어 버린 듯했다. 방사능 때문에 지역 일대가 폐쇄되었고, 일 년의 시간이 흐른 후에야 다시 일반에 공개되었다.

유나는 결국 돌아오지 않았다. 사람들은 그녀가 테러 현장에서 함께 폭사했다고 생각했다. 딸 하나만 믿고 살아온 유나의 부모는 한동안 정신을 잃고 오열해대더니, 정신을 차리자마자 이혼하고 딱 갈라섰다. 예상 외로 엄마 쪽이 훨씬 빨리, 정확하게 말하면 유나의 사망이 어느 정도 기정사실화된 직후인, 불과 5개월여 만에 재혼했다. 상대는 유나의 병실 앞에 주구장창 쭈그리고 앉아 대기하던 기자들 가운데 하나였다.

정주아가 근무하던 신문사는 그녀가 테러 직후, 종적을 감추자 당혹스러웠다. 대한민국에 그녀보다 더 탁월한 취재기자는 없었다. 또 그만큼 해낼 후임자도 없었다. 한동안 그녀가 이번 사건에 너무 개입한 탓에 불상사를 당한 것 아니냐는 전망이 우세를 이루었다. 신문사 차원에서 지면에 실종보도까지 냈다. 그래도 그녀는 돌아오지 않았다. 돌아오지 않는데 뭘 어쩌나, 하는 심정으로 주변사람들은 서서히 그녀의 부재를 받아들였다.

약 6개월쯤 뒤, 신문사 편집국장은 정주아로부터 편지 한 통을 받았다. 사표였다. 처음에는 봉투 겉면의 그녀 이름을 보고, 누군가의 장난이거나 음모일지 모른다고 우려했다. 하지만 정말 그녀였다. 한때 그녀에게 연정을 품기도 했던 편집국장은, 그녀의 그 혼란스러운 필체를 몰라볼 수가 없었다. 그녀는 기자직에 환멸을 느꼈고, 더 이상 위험한 현장을 누비고 싶지 않다는 단순명료한 표현으로 사표를 갈음했다. 편집국장은 어깨를 으쓱할 뿐이었다. 그래도 한때의 연인이 무사하다니, 감사할 일이지, 하는 맘이었다. 지가 싫다는데, 자유민주주의 국가에서 뭐 어쩌란 말인가. 그러면서도 그는 아쉬웠다. 그녀는 매혹적인 여자였고, 최고의 기자였으니까.

흐우의 동생은 형이 한국으로 떠나자마자, 형의 아버지란 작자가 영웅에서 악당으로 정체가 탄로 났다는 사실을 듣고 통쾌해했다. 거봐, 그 자식이 고귀한 혈통일리 없지. 그런 개새끼의 피를 타고 나서 그토록 멍청하고 우둔했던 거야. 고생 좀 해봐라, 킥킥. 그러면서도 그는 혹시나 형이 아버지에게 환멸을 느끼고 돌아올까 봐 걱정이었다. 돌아오기만 해봐, 내가 아주 그냥 죽여버릴 테니까.

하지만 그럴 걱정은 아예 없어졌다. 얼마 후 그 망할 형의 망할 아버지라는 작자가, 도심의 15층짜리 아파트 건축 현장을 통째로 날려버렸다는 소식이 전 세계에 타전되었다. 목격자 증언에 동남아인 운운하는 말을 듣고, 그는 즉각 그것이 형을 말하는 것임을 깨달았다. 오호라, 이 얼마나 신나는 일인가. 그가 쾌재를 불렀다.

그러다 그는 문득, 어린 시절 그에게 무시로 맞아가면서도 늘 뭔가를 챙겨주거나 헤벌쭉 순박하게 웃던 형의 모습이 떠올랐다. 내 눈앞에서만 꺼져주면 되는 건데, 그렇게 죽을 것까지는 없었잖아. 그는 갑자기 밀려드는 외로움에 당황했다.

흐우의 모친은 아들의 죽음에 삶의 의욕을 거의 상실했다. 그녀는 자신의 박복한 인생을 탓하며, 그날 집에서 자수를 뜨던 자신을 막무가내로 끌고 가 이 모든 비극을 초래한 그 악마 같은 백인에게 저주를 퍼부었다. 어디 살아 있다면, 당장 뒈져라! 그녀는 울부짖고, 짖고, 또 짖다, 1년 뒤 화병으로 세상을 떠나고 말았다.

라이따이한 집안 출신임을 증명하던 두 사람이 몽땅 사라졌건만, 흐우의 동생은 전혀 행복하지 않았다. 그 무렵 그는 이미 자신의 인생이 뭔가 굉장히 잘못되었다는 의식에 사로잡혀 있었다. 하지만 그 바닥이 원래, 어이구 이거 이제 그만 관둬야겠군, 해서 훌훌 털고 떠날 수 있는 곳이 아니었다. 그는 흐우가 죽은 것으로 알려진 그날로부터 채 삼 년을 살지 못하고, 조직 내 라이벌의 칼을 맞고 죽었다. 죽음의 순간에 그는 생각했다. 형은 아버지를 만나 행복하게 죽었을까?

삼 년이란 세월은 많은 일들이 벌어지고 또 묻히기에 충분한 시간이었다.

2

그들이 마을에 들어온 건, 어느 한적한 밤이었다. 생뚱맞게도 캠핑카를 타고 들어왔다. 정체성이 불확실한 집단에 대한 거부감은 자그마한 산골마을에서도 예외 없는 일이었다. 그들은 잠시 쉬어갈 것처럼 굴더니, 아예 캠핑카를 집 삼아 마을에 들러붙었다. 낯선 사람들에게 호의적일 리 없는 산골 사람들은 노골적인 불쾌감을 드러냈다.

그러거나 말거나, 그들은 태연히 생활했다. 마치 원래 그곳 토박이인 것처럼 굴려고 했지만, 그건 좀처럼 쉬운 일이 아니었다. 하나는 어디 하나 모자람 없는 전형적인 도시 커리어우먼처럼 보였고, 다른 하나는 조금은 불량기가 흐르는 상큼 발랄한 서울 소녀의 모습이었다. 둘은 그렇다 쳐도, 머리가 잔뜩 벗겨진 동남아인은 도무지 융화의 대상으로 고려될 여지가 없었고, 그런 그보다 더 심각한 존재는, 매일 새벽 죽을상을 한 채 커리어우먼에게 끌려나와 마을을 한 바퀴씩 도는 꾀죄죄한 몰골의 청년이었다. 그 무기력한 몰골은 시골의 순수한 건강함이 도무지 받아들일 수 있는 성질의 것이 아니었다.

그들이 비로소 마을 주민으로 받아들여진 것은, 그 마을의 순박한 주민들을 등처먹고 사는 읍내 건달들을 흐우가 처리해준 다음이었다. 그즈음 흐우는 더 이상 배불뚝이가 아니었다. 지금 그의 몸은 단련된 운동선 수처럼 탄탄하고 구리빛이 난다. 한국어도 한층 자연스러워졌다. 그에게 는 남다른 언어습득 능력이 있었던 것이다. 다만 여태껏 그걸 몰랐고, 써 먹을 생각도 하지 못했을 뿐이었다. 능력을 자각한 순간, 그는 쑥쑥 성장 했다. 그가 어쩔 수 없었던 것은, 벗겨진 머리뿐이었다. 아무리 능력을 발 휘해도 머리카락을 다시 자라게 할 수는 없었다.

처음엔 흐우도 마을 주민들의 문제에 끼어들 생각이 없었다. 그들은 그 저 조용한 공간이 필요했을 뿐이었다. 도시의 철저한 관리와 감시시스템 이 무력화되는 공간 말이다. 관심을 보인 건, 건달들 쪽이었다. 대여섯 명 의 건장한 시골 건달들에게 낯선 동남아인은 가지고 놀기에 딱 좋은 먹 잇감이었다. 어디 그뿐인가, 도도한 인상의 늘씬한 성숙미를 지닌 여자와 조금 까져 보이긴 해도 이제 막 여자티를 내기 시작한 예쁘장한 여자애 를 골라잡을 수 있는 옵션까지 딸려 있었으니, 이건 건달들의 눈길을 갈 구하고 있는 것이나 다름없었다.

그리고 마을 주민들은 보았다. 건달들이 흐우 주변에 너저분한 낙엽처 럼 나뒹굴고 있는 모습을. 건달들은 그날 평생을 악몽에 시달려야 할 만 큼 뼛속까지 저린 공포를 경험했고, 흐우는 일약 마을의 스타가 되었다.

낯모르는 상대에게는 예민하게 굴던 산골 사람들은, 그 상대를 자신들 편이라고 여기자마자 금세 촌사람 특유의 친화력을 발휘했다. 흐우를 필 두로, 일행은 서서히 주민들과 친해지며 무리 속으로 스며들었다. 결코 서두르지 않았다. 그들에게는 분명한 목적이 있었고, 그 일을 위해서는 충분한 시간이 필요했다.

셋은 자연스럽게 의기투합했고, 하나는 억지로 끌려들어 왔다. 복수를 제안한 것은 정주아였다. 그녀는 펜이 전하는 진실 너머에 더 거대하고 비밀스러운 힘이 존재한다는 걸 깨달았다. 그리고 그것은 그녀가 백방으로 노력하고 부르짖어도, 이른바 제 목숨 상하기에나 딱 좋은 일이었다. 그녀는 그런 무기력한 인간이 되고 싶지 않았다. 게다가 정당방위였다고는 해도, 그녀는 이미 살인을 저질렀다. 그녀는 마치 아무 일도 없었고 거기에 대해서는 아무것도 모른다는 식으로 발뺌할 수 없다는 걸 깨달았다.

문제는 목격자들이 생존해 있다는 걸 알게 된다면, 그 문제의 정보조직이 가만있지 않으리라는 것이었다. 방법은 하나, 죽은 듯이 숨어 있거나, 이쪽에서 선수를 치는 것뿐이었다. 정주아는 둘 다 택했다. 죽은 것처럼 위장해 있다가, 한순간 놈들의 뒤통수를 후려치기.

흐우는 대번에 동의했다. 그들 중 복수의 동기가 가장 확실한 건 흐우였을 것이다. 그는 그 전투에서 갓 만난 아버지를 잃었다. 지난 수십 년간 그토록 찾고 싶었던 바로 그 아버지를 말이다.

유나를 어떻게 해야 하나, 정주아는 망설였다. 그녀는 아직 어린아이였다. 부모가 그리울 텐데, 라고 걱정했지만, 유나는 아랑곳하지 않았다. 가끔 그립긴 하겠지만, 그 생활로 돌아가고 싶진 않아요. 그녀의 의지는 확고했다. 게다가 뉴스에서 온통 실종된 소녀 이야기가 나돌기 시작했고, 정주아로서도 그녀를 돌려보내는 것이 여러모로 위험한 일이 되리라는 걸 깨달았다. 세간의 풍문대로 그날 거기서 죽은 것으로 해두는 것이, 유나에게도 안전할 터였다.

제이는 미친 거 아니냐는 반응이었다. 거의 반평생을 방구석에 틀어박혀 지낸 제이에게 유랑을 제의하다니, 미친 짓이라는 생각도 들었지만 가능성이 전혀 없는 것도 아니었다. 제이 역시 자신의 네트워크 시스템을 박살내버린 문제의 조직에게 자존심이 상한 데다, 정주아에게 코가 꿰인 일도 한두 건이 아니었고, 무엇보다도 캠핑카 안에 최고의 첨단 시스템을 복구해 주겠다는 타협안이 이루어졌기 때문이었다. 제이는, 나머지 멤버 누구도 자신에게 간섭하지 않고 자신만의 공간을 침범하지 않는다는 조건을 걸고 팀에 합류했지만, 실제로 그 약속은 전혀 지켜지지 않았다.

제이는 마을에 정착한 이후, 틈만 나면 정주아에게 끌려나와 새벽 운동을 해야 했고, 시도 때도 없이 해킹 시스템에 관심을 보이는 유나의 질문에 답변해야 했으며, 마을주민들과의 술자리가 있을 때마다 흐우의 억센 손에 이끌려 다녀야 했다. 죽기보다 더 싫었지만, 마을 주민들이 강제로 먹인 술에 정신이 풀린 어느 날, 문득 이것도 나쁘지 않다는 생각이 들었고, 세상이 생각만큼 그렇게 적대적이기만 한 것도 아니로구나, 하는 깨달음을 얻었다. 그의 봉두난발 머리는 어느덧 마을의 명물로 통했고, 술자리마다 제이가 끼어 흥청망청 취해 나뒹구는 광경은 이제 더 이상 특별한 이야깃거리가 아니었다.

돈은 큰 문제가 되지 않았다. 흐우가 동생에게 받아온 돈이 제법 남아 있었고, 정주아가 비축해놓은 돈도 꽤 되었다. 그리고 제이의 해킹 실력은 그 밑천을 목돈으로 불려줄 만큼 탁월했으며, 산골의 삶이란 지극히 소박한 것이었기 때문이다.

유나는 자신의 선택을 후회하지 않았다. 처음으로 자유로움을 느꼈을 뿐 아니라, 연쇄살인마를 만나고, 노인을 만나고, 정주아를 만나고, 또 납치를 당하고, 흐우를 만나고, 폭발하는 건물에서 뛰어내리고, 도무지 십대 소녀가 겪을 수 없는 일들을 연이어 경험하며, 그녀는 자신이 보통의 소녀와는 다른 길을 걷도록 선택받았다는 확신을 가지게 되었다. 마치 오를레앙의 잔 다르크처럼, 할아버지의 원수를 갚고 악당을 퇴치해야 하는 용감한 소녀로서의 인생이 새롭게 시작된 것이다. 이 얼마나 흥미로운 인생이란 말인가.

다만 유나는 TV를 통해 너무 노출된 탓에, 머리를 요란하게 꾸미고 화장을 짙게 하고 다녀 예의 그 모범생 이미지를 완전히 탈피하고 불량소녀의 이미지를 얻었다. 그래도 그녀의 영악함과 용기만은 끄떡없었다.

흐우는 자신의 능력을 자각한 이후, 날로 더 강해지고 있었다. 외양도 그에 발맞춰 세련되고 훌륭해졌다. 아마 정주아가 없었으면 불가능했을 것이다. 그녀는 훌륭한 리더가 되어 주었고, 흐우가 나아갈 방향을 정확하게 조언해 주었다. 흐우와 정주아 사이에 사랑의 감정이 뭉게뭉게 피어오른, 것까진 아니고, 오랜 전우처럼 아주 굳건한 파트너십을 형성해갔다. 물론 흐우의 몸이 날로 탄탄해져 가고 함께하는 시간이 늘어갈수록, 그들 사이의 파트너십이라는 것의 성격이 점차 묘연해져 가는 것은 또 부인할 수 없는 사실이었다.

이제 막 그들은 하나의 이름을 손에 쥐었다. 제이가 자신이 이전에 쓰던 것에 훨씬 못 미치는 수준의 장비들로 느릿느릿 온 세상을 누비고 다니느라 또 사이사이 술자리에 끼어 만취하는 일이 잦아진 바람에, 무척 오랜 시간이 걸려 힘겹게 얻어낸 이름이었다. '불독' 해리가 바로 그 이름이었다.

그들 모두 다시 전장에 뛰어들 각오는 충분히 되어 있었다.

3

박 경위는 작년에 경사 딱지를 떼고 경위가 되었다. 조금 둔하기는 해도, 성실함 하나만은 알아주던 박 경위는 꽤 잘나가고 있었다. 특히 진급 시험에서 최우수 성적을 거둔 바람에, 지서장에게 불려가 치하의 말까지 들었다.

지서 내에서 윗사람의 칭찬릴레이가 펼쳐지자, 그의 위세도 한결 당당 해졌고, 그가 스스로 당당하게 굴자, 실제로 꽤나 실력 있는 친구라는 것이 증명되었다. 몇 건의 사건을 아주 지혜롭게 해결했고, 특별히 최근 미결사건 하나를 해결한 탓에 본청에까지 이름이 알려지게 되었다.

반면 강 경위의 몰락은 그야말로 드라마틱했다. 그의 보잘것없는 경찰 경력의 최정점은 3년 전 노인에게서 유나를 받은 그 순간이었다. 이내 상황은 돌변했고, 노인은 악당이 되었으며, 그는 천하에 둘도 없는 악당 테러리스트를 알아보지 못하고 영웅 취급한 얼빠진 경찰로 알려져 톡톡히 신세를 조졌다.

엎친 데 덮친 격으로, 강 경위는 최근 회식자리에서 신참 여경에게 술 따르기를 강요했다 성희롱으로 고발까지 당했다. 사태를 유야무야 시키려고 새까맣게 어린 여경 앞에 머리를 조아리며 무릎까지 꿇은 탓에 이만저만 망신창이가 된 게 아니었다. 지서장은 경찰 분위기 쇄신 차 함량 미달 요주관찰자 명단이라는 살생부를 작성했는데, 거기 첫머리에 강 경위가 버젓이 올라가 있었다. 가나다순이었던 탓에 본의 아니게 앞자리를 차지하게 된 것이었지만, 덕분에 지서장 눈에 단단히 들어박힌 상태였다.

강 경위와 박 경위는 더 이상 파트너가 아니었지만, 오늘은 여차여차한 내부 사정으로 둘이 함께 청사에서 꽤나 떨어진 마을까지 볼일을 보고 돌아오는 길이었다. 운전은 어느새 강 경위의 몫이 되어 있었다. 아, 더운 데, 박 경위, 하드 하나 먹고 갈까. 싫은데요. 박 경위가 딱 잘라 대답했다. 이 새끼, 죽고 싶어, 라고 소리치고 싶었지만, 제 코가 석자인 강 경위는, 하긴 그렇지? 하드 하나로 사라질 더위가 아니지, 하고 묵묵히 차를 몰았다.

마을 어귀를 돌아나가는데, 차가 한 대 보였다. 낡은 코란도 지프차. 아, 오랜 추억을 환기시키는 그런 차다. 운전석에 주인은 없다.

누가 이런 데 차를? 하고 강 경위가 질문을 던진 다음, 소스라치게 놀랐다. 이런, 이봐, 박 경위, 이거 그때, 그날이랑 상황이 똑같지 않나? 박 경위가 약간 상기된 얼굴로, 그러나 더없이 냉정하게 잘랐다. 그때는 인적 드문 국도변이었고, 그 노인은 이미 죽었고, 그 똥차는 폐차 처리 됐습니다. 강 경위가 고개를 끄덕이면서 반문했다. 그건 그렇지. 그럼 이 차는 뭐지? 누가 세워놓고 잠시 볼일 보러 갔나보죠. 아니, 마을이 저만치 앞인데, 여기다? 갑자기 박 경위가 짜증을 냈다. 아, 그래서요?

강 경위가 박 경위의 갑작스런 짜증에 당황해 멍한 표정을 지었다. 어? 아니, 난 혹시나……. 무슨 혹시나, 입니까. 늦었으니까, 빨리 서로 가시죠. 지서장님께서 오늘 본청 나가시는데 수행하러 가야 하니까, 속도 좀 내시죠.

강 경위가 반사적으로 액셀을 밟았다. 어, 그래. 저기 지서장님께 말이야, 나 그때 정말 술에 취해서 제정신이 아니었다고 좀, 잘 말해줄래. 정말 나는 개가 그렇게 나올지 몰랐다니까. 발랑 까진 계집애가 선후배도 모르고 말이야. 박 경위가 강 경위를 돌아보며 또 딱 잘랐다. 지금 저 들으라고 하시는 얘깁니까? 강 경위는 소스라치게 놀랐다. 아니, 아니. 개 이야기야. 자네 이야길 한 건 절대, 맹세코 절대 아니라네. 그걸 증명이라도 하듯, 강 경위가 다시 온 힘을 실어 액셀을 밟았고, 경찰차는 순식간에 낡은 코란도를 저만치 남겨두고 횅하니 사라졌다.

마트의 여직원은 오늘도 어김없이 카운터에 앉아 바코드 단말기를 상

품에 댔다 떼며 무표정하게 일하고 있다. 떠나야지, 떠나야지, 노래를 불러온 세월이 매시, 매분, 매초 똑딱똑딱 부피를 늘려가고 있었다. 이제는 그녀도 서서히 깨닫고 있었다. 아마도 살아생전 여기를 떠나지 못하리라는 걸. 그리고 조금도 흥미롭지 않았던 자신의 한평생을 이렇게 마감하게 되리라는 걸. 별다른 이유는 없었다. 하지만 그녀가 별다른 이유도 없이 그 자리에서 그냥 그렇게 수십 년을 살아온 것처럼, 또 그렇게 수십 년을 살아갈 것이고, 어느 한 날, 별다른 이유도 없이 세상을 떠나게 될 것이다. 그래, 그게 바로 인생이지. 여직원은 깊은 한숨을 내쉰다.

그리고 그때 카운터 위로 누군가 장바구니를 턱 올려놓는다. 그녀는 반사적으로 몸을 일으켜, 물건들을 꺼내 바코드를 찍고 카운터에 늘어놓는다. 남자의 억센 손이 비닐봉투에 음식물을 쓸어 담는다. 시바스 리갈 한 병, 맥주 캔 여럿, 망에 담긴 하우스 귤, 그리고 통조림 몇 개. 아, 담배도 한 보루. 바코드를 찍는 그녀의 손놀림은 그동안 끊임없이 숙련된 탓에 더 빨라졌다. 느는 건 밀려드는 자괴감과 바코드를 찍는 속도뿐이다.

남자가 꼬깃꼬깃 접힌 더러운 지폐를 내민다. 그제야 여직원이 고개를 들어 눈앞의 남성을 본다. 백발이 성성한 노인이다. 머릿결도 하얗게 세어 있고, 다듬지 않아 제멋대로 뻗친 수염도 흰 눈이 내려앉은 듯 새하얗다. 마치 오랜 세월 세상을 등진 이들이 가질 수 있는 도인의 기품이 넘실거린다. 키는 컸지만, 몸은 굽었고, 팔뚝엔 커다란 화상이 있다. 입가의 자글자글한 주름은 이제 곧 세상과 하직하고 구름 타고 천공을 향해 떠날 듯한 위태로움을 드러내고 있었다. 영수증 드려요? 여직원이 물었다. 남자는 필요 없다는 의미로 고개를 저었다.

여직원은 한동안 이유도 모른 채 멍하니, 문밖으로 나서는 노인의 등을 바라보다, 무심코 손에 들고 있는 영수증을 내려다본다. 시바스 리갈과 맥주와 담배와 귤과 통조림. 익숙한 조합이다. 아, 하고 그녀는 다시 고개를 들어 문을 바라본다. 노인은 어느새 사라지고 없다. 갑자기 그녀는, 왈칵 눈물이 났다.

이발사 최는 담배를 피워대고 있었다. 한낮의 졸음이 그를 엄습했다. 나이가 많아, 요즘 그의 행보는 굼뜨고, 미련하게 느릿느릿하다. 손님의 발길이 끊긴 지 이미 오래라, 이발소는 그저 생활보호대상자의 좁은 집구석이나 마찬가지였다. 최에게 남은 건, 이 낡고 오래된 이발소와 평생을 마누라처럼 끼고 산 담배가 선사한 신체 기능의 저하뿐이다. 그래도 워낙에 건강한 신체를 타고난 탓에, 아직 가위 들 힘은 충분했다. 손님이 없어 조금 녹슬었을 듯하지만, 어차피 손님이 없으니, 아무려면 또 어떤가 싶다.

그가 오늘의 열네 번째 담배를 입에 물었을 때, 요 근래 최 자신 외에는 누구도 손대지 않았던 미닫이문이 드르륵 열렸다. 마치 절대로 열려서는 안 될 악의 문이 열린 듯, 화들짝 놀라 최가 돌아보았다. 너무나도 비현실적인 느낌의 풍경 뒤로, 너무나도 비현실적인 인상의 노인이 서 있었다. 어딘가 모르게 지친 기색을 풍기는 백발성성한 노인이었다. 지금 최의 손놀림으로 그 머리를 깔끔하게 정리하려면, 아마도 족히 한 시간은 걸릴 것이다.

그러나 최는 그런 설명이 필요 없으리라는 걸 이내 깨닫는다. 그는 마지막 손님을 받을 때 그랬던 것처럼 열네 번째 담배에 불을 붙인 다음, 이발석을 손으로 툭툭 쳤다.

노인이 다가가자, 최가 말했다. 오랜만이군요. 노인이 흠칫 놀랐다. 놀라기는 했는데, 곰곰 생각해보니 왠지 최는 자신을 알아보리라는 걸 이미 예상하고 있었다는 생각이 들었다. 그의 생각을 읽었는지, 최가 대꾸했다. 딱 보면 알죠. 제가 손님 머리를 얼마나 깎아드렸는데.

　노인은 안온한 고향에 온 듯한 느낌을 받는다. 생각해보니, 마트를 나가는 일은 항상 귀찮았지만 머리를 깎는 일은 그다지 싫지 않았던 것 같다. 최와의 대화를 즐겼던 건지도 모른다. 아내의 사진이 있었다면, 그녀가 또 생글생글 웃으며 질투했을지도 모른다. 나 혼자로는 부족했던 거야, 쳇, 하고. 애석하게도 이제 아내의 웃음은 그에게 없고, 그래서 그는 우울하다.

　최가 말했다. 언젠가 돌아오실 줄 알았습니다. 노인이 되면 그런 예지력 같은 게 조금은 생기는 법이죠. 노인이 고개를 끄덕였다. 돌아온 건 아니고, 근처를 지나다 잠시 들른 것뿐이오. 아무래도 정착하기가 힘들어져서. 최가 이해한다는 듯 고개를 끄덕였다.

　노인이 말없이 한숨을 짧게 내쉬고는 화제를 돌렸다. 그나저나 문을 닫았을 줄 알았소만. 그때 서울로 간다고 하지 않으셨소? 최가 아무것도 아니라는 듯이 태연하게 대답했다. 아마 손님이 진짜 마지막이 아닐까 싶습니다. 그렇다고 서울 가려는 건 아니고, 이제 그만 죽어야죠. 노인은 아무런 말도 하지 않는다.

　최가 계속 말했다. 큰아들 놈 사업이 갑자기 부도나서 도망자 신세가 되는 바람에, 나도 생사를 모른 지 꽤 됐습니다. 둘째 놈이랑 막내도 나 데리고 있으면서 먹여 살릴 만큼 넉넉지 않고. 그래도 예의 차린다고 올라오라고 말은 하는데, 폐 끼치기 싫어 관뒀습니다. 이만큼 살았으면 됐지, 늙어서 짐이나 되어서야 쓰겠습니까. 그러니 여기서 담배나 피우면서 버티고 있는 거죠. 빨리 죽었으면 좋겠는데, 이토록 담배를 태워대도 끄떡없으니, 원.

노인도 안다. 끝끝내 살아남는 것이 얼마나 고역인지.

최가 노인에게 담배를 권했고, 노인이 담배를 받아 물었다. 잠시 동안 두 사람이 담배 피는 소리만 그 좁고 허름한 공간을 허여멀겋게 메웠다. 한 개비가 거의 다 타들어 갔을 때, 최가 담배를 바꿔 물며 물었다. 그래, 이젠 어디로 가시렵니까? 노인은 고개를 저었다. 모르겠소. 그냥 발길 닿는 대로 다닐 뿐이니까. 뭐, 그러다 보면, 언젠간 죽을 날이 오겠지요.

최가 말을 받았다. 우린 노인이니까요. 그러니…… 아마 이게 마지막 만남이 될지도 모르겠군요. 노인이 고개를 끄덕였다. 아마도. 최도 고개를 끄덕이고는 말했다.

그럼, 이발을 하실까요.

노인이 이발석 너머의 거울을 응시했다. 거기 노인의 지친 표정과 일그러진 주름, 그리고 노쇠를 대변하는 백발이 성성하게 자리 잡고 있다. 그는 유나를, 젊은 여기자를, 그리고 아들을 떠올린다. 그들도 살아남아 어딘가에서 삶을 꾸려가고 있을 거라고 노인은 믿는다. 그들을 다시 만나는 건 그들에게 위험한 일이 될 터였다. 아직도 그를 쫓는 이들은 포기하지 않고 있으니까. 노인은 그저 아들과 유나와 여기자가 경험하는 세상은 자신의 것과 같지 않기를 바란다.

최가 자신의 마지막 손님을 위해 정성을 다한다. 분무기로 머리에 물을 뿌리고 가장 잘 손질된 가위를 들고 최대한 민첩하게 움직인다. 노인은 익숙하고 평안한 느낌을 받으며 의자에 몸을 기댄다. 오랜만에 느껴보는 평온이다. 아내가 보고 싶다. 유나와 아들도 보고 싶다. 이제는 최도 보고 싶어질지 모른다. 그때 그냥 그 건물과 함께 폭사했더라면 더 이상의 번민 따위는 없었겠지만, 어쩌겠는가, 그는 자신의 의지와는 상관없이 언제나 살아남는 편에 서온 것을.

　이발석 주위를 가득 메운 담배 연기 속에서 사각사각 가위질 소리만 도드라진다. 두 노인이 곧 허물어질 듯한 이발소에서 마치 고귀한 예술작업인 양, 이발 과정을 섬세하게 진행한다.

　모처럼의 평온이 짧게 흘러간다.